W0234141

Marica Bodrožić

Die Arbeit der Vögel

Marica Bodrožić

Die Arbeit der Vögel

Seelenstenogramme

Luchterhand

Der Gerechte gedeiht wie die Palme.

Psalm 92,13

Stil gibt es, wenn die Wörter einen Blitz erzeugen, der
von den einen zu den anderen überspringt, auch zu weit
abliegenden.

Gilles Deleuze

Der Weg über die Pyrenäen

Die Rätsel eines Weges offenbaren sich den Füßen erst auf der eigentlich zu gehenden Strecke, wenn mit jedem Schritt das Gespräch mit der Erde, dem Geröll, den Steinen, Bäumen, Sträuchern und Blumen beginnt und die wechselnden Farben des Gebirges das Sehen verändern, es genauer werden lassen und im Einklang mit dem ergangenen Atem in neue Erkenntnisse überführen. Das größere Gedächtnis fängt an mitzusprechen. Die Wahrheit der kleinen Steine und die Verstrebungen einer sich selbst erzählenden Baumkruste, eines der aufsteigenden Geher in helfenden, festen, aber im Wind noch gerade genug biegsamen Astes haben keine eigentliche Mitteilung zu machen. Alles in der Natur steht für sich und hat keine Forderungen. Darin ist aus der Sicht der Atmenden gleichermaßen ihre Kälte wie ihre Schönheit enthalten. Aber später, im Rückblick und aus dem schrittweise erfahrenen Lungenvolumen eines Weges, aus dem Aufbruch der gestanzten Schmerzens-, Lust- und Lebenszeit eines im Gehen denkenden Menschen, entsteht ein neues Fassungsvermögen, ein Sprachvolumen, dem die Leere, das Nichtwissenkönnen, was beim nächsten Schritt geschehen wird, das Nicht-vor-die-Wahrheit-der-Füße-Treten-Können, zuvorkommt. So ist es auch an diesem frühen, noch frischen Februarmorgen im langsam sich ankündigenden Geleit der Tramontana, die mir ihre Kühle tief in die Lungen schleust und so von Beginn an in aller Deutlichkeit ihr königliches Terrain markiert. Die Luft mit dieser Windsprache zu teilen und den Füßen Vertrauen zu schenken, das ist die einzige Aufgabe für diesen Lebenstag, für diese kommenden Stunden, die Vergangenheit, Gegenwart und Zukunft in sich bündeln, schwanger sind mit der Kraft und Geschichte dieses Weges, den es nun auch für mich gibt, weil es Menschen auf der Flucht gab, denen er einst Rettung versprach. Einer dieser Menschen war Walter Benjamin, ein Erdenbürger, der Europäer war, lange noch bevor dieses Wort als Denkmodell in unserer verwandlungsbereiten Welt schwebte. Benjamin redete nicht über sich als Europäer, er lebte diesen verletzlichen Zustand eines Ausgesetzten, in Teilen wohl, weil es seiner Rastlosigkeit entsprach und dann, weil er keine Wahl hatte und die Menschen seiner Zeit ihn dazu zwangen, *sich so zu bewegen – wie er es nicht wollte.* Er wusste, dass nur derjenige, der eine Straße geht, von ihrer Herrschaft Kenntnis erlangen kann. Mit der Freiheit, die das jegliche Wollen abstreifende Gehen mit sich bringt, wird für mich auf diesem Weg auch Gott zu einem kleinen Stein zur anderen Seite der Berge. Der Stein liegt zwischen zwei Ländern und erinnert mich daran, dass ich ein Kind in mir trage. Es ist schwer, sich zu bücken und den kleinsten Stein aufzuheben. Im vierten Monat seiner Menschwerdung ist der neue Mensch nun dem Einflussbereich der Tramontana auf die gleiche Weise ausgesetzt wie ich, verbunden durch den Blutkreislauf unserer Leben und den Atem seines Vaters, der mit uns geht. Bald schon wird uns vielleicht ein blauer Gipfel unter einem hohen Himmel grüßen, ein Gipfel, der sich aber eine ganze Weile versteckt hält und doch zugleich von immer dunkler werdenden Wolken angekündigt wird. In der Ferne, längst schon, wie ich nun sehe, zum Stadtmenschen geworden, stelle ich mir die vibrierende Lunge von Marseille vor. Ich reise in meinen Gedanken zu den flimmernden Lichtern dieser Stadt und ihres Hafens, so, als könnte der Blick noch nicht aus sich selbst heraus ruhig werden, sich noch nicht einlassen auf diesen Weg, der für mich von Berlin nur zwei Flugstunden bis Barcelona und von dort zwei Stunden Autofahrt entfernt ist und der für unzählige Menschen im Zweiten Weltkrieg der letzte mögliche Fluchtweg in die Freiheit war. Viele waren von Paris über Marseille nach Banyuls-sur-Mer gekommen und einige von ihnen trauten sich nun mit der deutsch-jüdischen Widerstandskämpferin Lisa Fittko die wagemutige Flucht auf die andere Seite der Welt in ein Spanien zu, das mit neuen Gesetzen für weitere existentielle Verunsicherungen sorgte. Walter Benjamin ist der Einzige von ihnen, dem zwar mit Fittkos Hilfe die Flucht gelang, der sie aber nicht überlebte und der seinem Leben selbsttätig ein Ende setzte in dieser anderen, immer noch vielversprechenden Welt. Wer aber tötet eigentlich einen Menschen, wenn er sich selbst tötet? Die Zeit tötet ihn nicht. Das können nur Menschen als Teilhaber der Zeit, die sie mit anderen verbindet. Ich gehe diesen Weg, und er denkt mit, geht mir voraus. Dem Weg ist äußerlich nichts eingeschrieben. Dennoch hat seine innere Beschriftung Anteil an meiner Lunge und dem Drängen der Fragen, die sich im Gehen herausschälen. Alles, was ich hier innen und außen sehe, stelle ich mir zusammen *mit dem Weg* vor, der mir zuarbeitet. Der Weg und ich, wir sind ein Zusammen-Sehen. Ein schwerer Anstieg, der immer kälter werdende Wind, rutschiges Gelände, der nasse Boden, von den starken Regenfällen der letzten Tage unwägbar geworden, all das ist Sprache für den ausgesetzten Menschen, eine Sprache, die Punkte, Kommas und Semikolons verweigert. Ob das der Grund dafür ist, dass einige Menschen auf ihrer gefährlichen Flucht kurz vor dem Übergang nach Spanien, in der Nähe der aufmerksamen Ohren der Grenzwachen, sich selbst in Gefahr brachten, indem sie lautstark nach Äpfeln, Kuchen oder anderen weit entfernten und wie in einen anderen Kosmos ausgelagerten Dingen verlangten? Obwohl Lisa Fittko ihnen vorher eingehend erklärt hatte, an welcher Stelle des Fluchtweges nicht einmal gesprochen, geschweige denn geschrien werden durfte, zerriss etwas in ihnen, eine feine Naht ging auf, die sie in ihrer Beherrschung Wochen und Monate beschützt hatte. Der Ausbruch aus der Syntax der Gewalt, er klingt jetzt für mich angesichts der Gefahr, der diese Menschen ausgesetzt waren, wie ein Akt der notwendigen Selbstermächtigung. Selbst um den Preis der Zerstörung einer Freiheit, die sie mit jedem Schritt ersehnten, war es der Ausdruck *ihrer Freiheit*. Das Gewicht des wachsenden Lebens in mir tragend, kann ich es mir, umringt von den Gipfeln der Berge und mit dem Blick auf ein immer weiter sich entfernendes, hinter unserem Rücken zurückbleibendes Meer mit seinen kleinen, mediterranen Städtchen, Häfen, Cafés, plötzlich vorstellen – diesen unermesslichen Wunsch nach Selbstbestimmung, die in ihm enthaltene eigene Autonomie, auch in Gefahr der eigenen Stimme Ausdruck geben zu wollen. Merkwürdigerweise denke ich jetzt, ich selbst hätte aber wohl eher versucht, mich vernünftig zu verhalten. Vernünftig, was meine ich damit? Vielleicht still und leise. Dabei ist immer in meinem Leben alles in die richtige Bewegung gekommen, wenn ich mich, mit dem Maßstab eben dieses Vernünftigen gemessen, vollkommen unvernünftig, unlogisch, unberechenbar verhalten habe. Wir können keinen Weg dauerhaft gehen und im Gehen zeitgleich von oben, aus der dahinschwebenden weiten Luft der Vögel, auf uns selbst sehen. Wir müssen manchmal aufbrechen, ohne zu denken, der Aufbruch muss die Regie über das Ziel und den Blick auf unsere Füße übernehmen. Und uns die Gefahren vergessen lassen. So jedenfalls erscheint es mir am Anfang der achtzehn Kilometer langen Strecke durch die Pyrenäen, die uns noch bevorsteht. Später, viel später, erreicht mich die wirksame Wahrheit der Schritt um Schritt mitzählenden Lunge. Sie hat sich bei jedem Auftreten und Weitergehen Fragen erlaubt, sie in der inneren Zeit wie Fische in einem

Netz gesammelt, und diesen Vorrat an Fragen und Zahlen, diese offenen Fragen und Zahlen, die zu Lebensfragen und Lebenszahlen werden können, hat sie mir für die nächsten Jahre mit auf den Weg gegeben und gezeigt, dass das eigene Leben nie außerhalb der Welt da ist, sondern immer in ihr wirkt, sie abbildet und das Große im Kleinen spiegelt. Auf dem Vogelweg singen alle Stimmen der Erinnerung mit. Er kann und muss allen äußeren Zielen trotzen und kann nur im Innen aufleuchten. Der Vogelweg ist ein Seelenweg, ein Bindeglied zwischen Himmel und Erde, er singt seine Schneise zwischen Göttern und Menschen ein, so leise, wie die Farben am Morgen mit dem Aufgang der Sonne sich ins Erwachen bringen. Der Vogelweg ist der Weg, nach dem man uns richten wird jenseits aller Geschäfte, der Stimmschall, der uns einschreibt in sich, weil wir sein Buch sind im Tal der Entscheidung. Sonne und Mond verdämmern, die Sterne raffen ihren Strahl ein. Unzugehörige durchziehen deinen Weg nicht mehr, jetzt aber bist du durch und durch verletzlich. Gerade weil du keine Feinde hast, bist du eine sichtbare Spur im Leben. Vogelweg, labe mein Herz und befreie es von falschen Bedeutungen. Denn jetzt, da du da bist, wo du vorher nicht warst, sehe ich, dass ich dich immer nur erahnt, oft ersehnt, mit dem Kopf herbeigerufen habe, du aber warst nicht zu erzwingen und ohne die stille und doch so einfallsreiche Mitarbeit der Füße warst du uneinnehmbarer Fels hinter allen Welten und Alten Träumen. Jetzt zieht deine Weltzeit ein in die Füße, die einem Quell gleich den

Akaziengrund trinken. Es gibt keine probierbare Gnade. Gnade ist unteilbar, allwaltend nimmt sie sich alles, was ihr gehört – du kannst in ihr Schlaf und Erholung und auch atmende Tage in einem Semikolon finden. Und so sieht jetzt der Blick hinter dem Blick, dass kein Leben von einem anderen Leben getrennt ist, dass kein Weg von einem anderen Weg getrennt ist, dass keine Not von einer anderen Not getrennt ist, dass kein Aufblitzen der Wahrheit in einem Einzelnen getrennt ist von der aufblitzenden Wahrheit eines anderen Einzelnen. Wo diese Arbeit der Vögel beginnt, dort hat das eindimensionale und Besitzansprüche stellende Ich an Einfluss verloren. Ein weiter gefasstes, großzügigeres Selbst stellt uns seine Offenheit zur Verfügung, und Langmut und Huld des Lebens sind Nahrung dann im Wogen der Halme, die wir erblicken. Es lebt und bebt in der fortwährenden Anwesenheit der anderen Menschen. Es hat Augen hinter den Augen. Und es hat gelernt, der Lesart seiner grasliebenden Füße zu vertrauen. Der russische Dichter Daniil Charms hat es gekannt, dieses Selbst, das ihn in seinen metaphysischen Spekulationen atmen ließ, als er einmal vom Wandern kam und nach Hause ging auf einer Straße zwischen zwei Städten, irgendwelche nordischen Lieder pfiff und ihm in der Ferne eine Kuhmagd erschien und er sich in die Kletten setzte und verborgen ward und nur noch denken konnte, wie hoch, oh mein Herr, war Dein Gras gewachsen, es war so hoch gewachsen, dass es ihn verhüllte, wie er es in seinem Gedicht sagt, bis an die Schultern. Wenn dieses ans

Gras sich anlehnende Selbst erwacht, ist es Zeit für die bleierne Nacht in uns zu verschwinden. Auch Aristides de Sousa Mendes war vertraut mit diesem anderen *grünen* Selbst. Deshalb wird er der Gerechte von Bordeaux genannt. Die Gerechten sind Einzelwesen. Es gelang ihm etwas, das unmöglich genannt wird. Er rettete 1940 mehr Menschen als Oskar Schindler. Warum wissen wir so wenig über ihn? Die Linden blühen im Geist und im Leben. Die Ernte ist immer im Jetzt, in unserem inneren Juni müssen wir uns ändern, weil das Leben nicht schläft. Der Weg, dieser Erzähler in meinem Kopf, weiß mehr als meine schreibende Hand. Aber sie sprechen jetzt miteinander, um mich teilhaben zu lassen. Und ich höre zu, höre und staune, wie die Füße sich einarbeiten in diese Unterhaltung zwischen ihren Elementen.

Die Geburtsurkunden reden miteinander

Die frische Bergluft liebt mich. Sie lässt mich alle im Vorfeld imaginierten Gefahren vergessen, die Fragen, die noch kurz vor dem Abflug von Berlin nach Barcelona wichtig waren, rücken sich selbst ins Verhältnis. Werde ich es in meinem Zustand schaffen, über die Pyrenäen zu gehen? Die ganze Fluchtroute am Stück meistern, die An- und Abstiege, die einst Walter Benjamin ging? Wird es regnen? Wie viele Stunden werde ich brauchen? Der Aufbruch in

Colera auf der katalanischen Seite Richtung Cerbère läuft schon anders als geplant. Die Ortsnamen lassen mich frösteln. Mischt euch ein, Freunde, mischt euch, redet im Geist mein Pasolini mit. Ich mische mich ein, indem ich im Stillen das Denken übe und bevor ich es laut mit der Stimme sagen kann, brauche ich Zeit. Und doch ist das, was im Inneren geschieht, kein Prozess der Zeit, es ist ein Werden in Dauer, metaphysische Mandeln. Da wir außerhalb der Saison unterwegs sind und keine Touristen die Küste durchschwärmen, ist es schwer, eine angenehme und beheizte Unterkunft zu finden. Meine dalmatinische Kindheit, in der ich die harten, heizungslosen Winter über und in allen Nächten und in allen frühen Morgenstunden derart schlimm fror, dass sich mir Frostbeulen an den Fingern bildeten, meldet sich zurück. Ich will nicht frieren, meine lieben Mitmenschen, ich brauche euch, brauche bitte eine warme Unterkunft. Solch eine Bitte konnte sich Lisa Fittko nicht einmal in Gedanken leisten, als sie sich 1938 von Berlin nach Frankreich begab und ohne es zu wissen, eine Flucht einleitete, die fünfzehn Jahre dauern und sie durch die halbe Welt führen sollte. Wir sind, lange noch bevor ihr die Stadt Berlin eine nach ihr benannte und doch gut versteckte Straße schenkte, nun auf ihren Spuren unterwegs zur »F-Route«, benannt nach dem Ehepaar Lisa und Hans Fittko, die es während weniger Monate 1940 und 1941 zustande brachten, über dreihundert Menschen auf diesem alten Maultierpfad in Sicherheit zu bringen. Auf der katalanischen Seite der Pyrenäen, im Nachbarort von Portbou, findet sich ein einfaches Hotel. Die Züge von Portbou in Richtung Banyuls-sur-Mer halten lange in Cerbère. Und zwar in den frühen Morgenstunden, eine halbe Stunde lang. Das ist zu lang. Also fahren wir mit dem Auto in die Grenzstadt und nehmen von dort den Zug nach Banyuls-sur-Mer. Nur drei kurze Minuten später sind wir am Ausgangspunkt unseres Weges angekommen. Ich empfinde Scheu, dieses morgendliche Februar-Unternehmen als Wanderung zu bezeichnen. Das Freizeit-Wort fühlt sich an wie eine zweite, nun kapitalistisch versierte Vereinnahmung jener Menschen, die in ihrer Not gezwungen waren, diesen Weg auf sich zu nehmen und die Flucht zu wagen. Aber längst schon ist die ganze Route durchs Gebirge mit dem Etikett »Walter-Benjamin-Wanderweg« versehen worden, eine für unsere Zeit typische touristische Beschlagnahmung, ein wie zum Verkauf ausgelegtes Schicksal, das sich nicht mehr aufbäumen kann, so, wie sich Walter Benjamin nicht mehr gegen die heutigen rechtsextremen Politiker in Perpignan zur Wehr setzen kann, die ausgerechnet ihn als Namensgeber für ihr Kulturzentrum entdeckt haben. »Auch die Toten werden, vor dem Feind, wenn er siegt, nicht sicher sein. Und dieser Feind hat zu siegen nicht aufgehört.« In seinem Todesjahr 1940 hatte Benjamin diese Sätze niedergeschrieben, nicht ahnend, dass sie einmal auf ihn selbst anwendbar sein würden. Der Weg über die Pyrenäen, der ihm Rettung sein sollte, ist jetzt eine Art kapitalistischer Sticker, dessen Einverleibung ich beim Gehen spüre und loswerden möchte, weil ich gehend auch Teil davon bin. Ich schaue nicht mehr auf die Wegweiser, sondern versuche, die ganze Zeit auf meine Füße oder in die Ferne zu sehen. Dann erblicke ich erste Häuser eines kleinen Städtchens. Dann die Weinberge. Sehe auf die Hügel. Ausläufer der Pyrenäen. Die Idylle zittert erst nicht, dann doch, nur dieses Zittern blättert in mir, es blättert mich um, weil ich das Buch bin, in dem das Gedächtnis sich sein Ufer findet. Dies sind die Zeugungen des Himmels und der Erde: Ihr Erschaffensein segnet unser Hiersein. Im Anfang ist der Mensch selbst ein Anfang, und er ist so gemeint, wie ein Anfang ist – immerwährend ist seine Kraft. Das Gedächtnis gehört den Wehrlosen. Wollen wir ihm gleichen, müssen wir so zuhören lernen, dass das Lebendige nicht vergeht, wenn es unsere Sprache erreicht. Wir sind an diesem Morgen Anwärter der Erinnerung, nicht selbst auf der Flucht, aber wir können nicht die Flucht der anderen aus unserem Denken löschen, sie bringt sich selbst ein. Die Toten gehen mit. Wir dürfen in der uns gegebenen Freiheit leben, müssen uns nicht tarnen, können, anders als Walter Benjamin und die von Lisa und Hans Fittko über die Berge geführten, in Lebensnot geratenen Menschen, einen Apfel oder zwei Äpfel mitnehmen, einen Rucksack und alles, was wir für diese Überquerung brauchen oder tragen können, auch eine Weltanschauung, was immer das heißt, wenn es etwas heißt und gebraucht wird. Ist Liebe zur Ganzheit das Gleiche wie Liebe zur Wahrheit? Ich habe selbstgebackenes Bananenbrot dabei und Zeit genug, um mich im Fragen zu üben und die ineinandergelegte Zeit wie ein mehrschichtig übermaltes Gemälde zu lesen. Unweigerlich fällt mir als Teilhaberin dieser Luft jene für sich genommen schlichte, aber gerade dadurch furchterregende Szene ein, die Varian Fry, der 1940 / 1941 unzähligen deutschen Emigranten das Leben rettete, in seinem Bericht »Auslieferung auf Verlangen« beschrieben hat. Einmal ging er nachts etwas später als sonst durch Marseille, er befand sich auf dem Rückweg von der Post, wo er wie jeden Tag Telegramme nach New York verschickt hatte, um Visa für seine Schützlinge zu erbitten. Als er mit seinem Begleiter bei seinem Hotel ankam, sah er davor ein Auto mit einem deutschen Nummernschild: »Der Chauffeur öffnete den Schlag und heraus stiegen fünf deutsche Offiziere. Sie trugen lange graue Mäntel, vorne hochgebogene Schirmmützen, die an das Hinterteil von Enten erinnerten, schwarze Glacéhandschuhe und glänzende schwarze Lederstiefel. An den Mützen konnten wir den vergoldeten Adler und das Hakenkreuz erkennen.« Fry und sein Begleiter ziehen sich zurück und warten ab, bis die Offiziere im Hotel verschwunden sind, erst dann gehen sie, mit vor Entsetzen zusammengeschnürten Hälsen, selbst auf ihre Zimmer. Aus der historischen Distanz betrachtet, wirkt diese Szene wie ein Albtraum, durchströmt von dunkler Energie, die sich gebieterisch auf die Schauenden, das Hotel, die Straße, ja, auf ganz Marseille legt. Wir müssen uns an diesem Tag nicht ducken, müssen nicht flüstern, sind nicht gezwungen, uns unauffällig und wie Geister zu verhalten. Wir können umkehren, auf Sonne hoffen, auf die Gnade dieses Tages und aller Tage, die diesem Tag folgen werden. Und doch leben auch wir in einer Zeit, in der die Menschen den Blick für die heilige Kontur eines Einzelwesens verloren haben und empfänglich sind für schwarze Mäntel und militärische Strenge und die Allmacht der Lüge. Es ist, als hätte Walter Benjamin uns und unsere verhärtete Wahrnehmung mit seinen synästhetisch ausgestreckten Antennen schon vorweggenommen, als er schrieb: »Jeder Freie erscheint ihnen als Sonderling.« Und plötzlich wird einer, der gar nichts mehr besitzt (auch keinen privilegierten Pass, der ihm das selbstermächtigte Reisen erlaubt) und nur noch sein Selbst hat (diesen einzigen wirklichen Besitz) zur Provokation. Die dunklen Wolken des Wohlstandes, unserer Gewinne, Zinsen und Sparbücher stehen auf der Habenseite, die wir nicht hergeben und nicht einmal zeigen wollen, der Allernächste, der all das nicht besitzt, erscheint uns wie eine lästige Fliege, die uns bei unserem köstlichen Essen in irgendeinem Gartenlokal dieser Welt stört, wenn er um ein bisschen Geld bittet. Auch der Geburtsurkunde eines anderen, dessen Sprache wir nicht verstehen und von dem wir verlangen, dass er als Allererstes *unsere Sprache* beherrscht, weisen wir den Platz im Soll zu. So sehen wir dem Leben ins Gesicht, weil wir nicht mehr wissen, dass es eines Tages auf die gleiche Weise in unser Gesicht zurückschauen wird und weil wir ahnungslos sind, nicht wissen wollen, dass wir eine Sprache nie beherrschen können, dass Herrschaft und Sprache nicht eine Einheit bilden, sondern Sprache das Menschlichste am Menschen ist, und dass ihre Lücke darauf hinweist, wie hoch das Maß der Verletzlichkeit eines sprachlos gemachten Menschen ist. Weil wir nicht mehr wissen, dass wir den in uns eingeschriebenen geistigen Ursprung der Würde verloren haben, rechnen wir nicht mehr mit den Spiegelungen unserer Gedanken in unserem Leben. Aber das Sein ist ein Spiegel für jeden, der lebt, der Spiegel wird zurückschauen, jedem Einzelnen von uns wird er ins Gesicht sehen und uns zeigen: »Der Mensch ist ein Zögling der Luft.« Besitzer von Wahrheiten sind roh in ihrem Bestreben, bloß nur auf ihrer eigenen Habenseite zu bestehen. Die äußere Zeit hat ihre eigenen Gesetze. In der inneren Zeit gehen meine Füße dorthin, wo das Gedächtnis sie belebt, und an diesem Morgen gehen sie in ein Zeitzurück an den Ort, an dem ich 1973 das Licht der Welt erblickte, ich zeitzurückele also, während die kleinen, immer vorstellbarer werdenden Füße meines Kindes Richtung Welt heranwachsen, größer werden, fähiger, sich schon bald dieser Welt und der in ihr schwindenden Wärme zu stellen. Zu wem wird mein Kind in dieser die Herzen auslöschenden Welt gehören, wenn ich selbst nicht mehr am Leben bin? Aber ist die Welt denn so ein kleines Ding, dass sie die Herzen auslöschen kann? Sind es nicht eher die Herzen, die die Welt auslöschen und nicht umgekehrt? Interpolatevi, amici, interpolatevi, dann wird offenbar, wir Menschen sind verantwortlich für das Licht. Mischt euch ein, Freunde, sagt

Pier Paolo Pasolini. Das Licht verbindet uns mit dem »Farben- und Friedenbogen«, in den wir uns einüben als Botschafter der Seele, die nach Kandinsky das Klavier mit vielen Saiten ist. Nicht die mythologisch vernähten Verquickungen ätherisch überhöhter und aus der Geschichte herausgefallener Ahnen, sondern nur die Menschen hier können sich untereinander aussöhnen, sich mit der Seele sehen und in vielen Tonlagen einander nahe sein. Ahnen sind Menschen, die einmal hier waren. Ihre Füße sind uns vorausgegangen und haben uns den Auftrag hinterlassen, unser Ich noch genauer als sie selbst auszuleuchten. Ahnen hatten einmal Namen, hatten Hände echter Menschen, wie jene von der Sonne und vom Wind gegerbten echten Hände meines Großvaters, der als einfacher Landarbeiter in Gegenden wie diesen auf der anderen Seite des Mittelmeers für seine fünf Kinder arbeitete, als unzählige Flüchtlinge im Zweiten Weltkrieg um ihr Leben bangten. Mit einer Schale Essen wurde Großvater für seine Arbeit bezahlt und brachte es, so die Familienerzählung, noch warm zu seinen wartenden Kindern. Er selbst soll wieder hungrig zur Arbeit gegangen sein. Sein Hunger erzieht mich heute noch, *genauer zu sehen*, was mit den Jahren des Lebens ein Synonym für *genauer zu sein* wurde. Der ihm auf die ausgestreckte Hand ausgezahlte Verdienst reichte nicht für alle ihm anvertrauten Mägen. Dieser Hunger, der lange noch nach dem Krieg anhielt und der letztlich dazu führte, dass mein Vater als Wanderarbeiter zu Fuß über Ungarn und Österreich schließlich nach Hessen in den beschaulichen Main-Taunus-Kreis kam, geht offenbar auch in mir mit. Vaters Hungerroute geht meinem Leben voraus. Sein Hunger war lange Zeit auch mein Hunger, die Fortsetzung einer unvermeidlichen Erinnerungsarbeit, die getan werden musste. Selbsttätig bestimmt dieses Archiv die Koordinaten meines Blicks bis heute und weitet nun, da der Hunger nur noch geistiger Art ist, die Dankbarkeit aus, die an den Wärmelinien meines Lebens baut. Sie kommt nicht aus dem Willen, sie rührt nicht aus einer akribisch betriebenen spirituellen Übung, sie steigt als selbsttätiger Lichtfunke aus dem Leben auf. Ich kann diesen Funken nicht machen. Der Lichtfunke macht mich. Das Leben selbst erstarrt nie. Es geht über die Person hinaus. Es war vor der Person da. Es wird nach der Person da sein. Und weiterwirken in unserer großen Menschenbibliothek, in der die Geburtsurkunden aller Lebenden und aller Toten über die Zeit hinweg aufbewahrt werden. Die Geburtsurkunden reden miteinander. Wenn wir schlafen, leiden, träumen und erwachen, tauschen sie ihre inneren Sonden aus. Es sind keine bürokratischen Daten, um die sich diese geistigen Urkunden kümmern. Sie wissen um unsere Rohheiten, aber sie sind nur den Essenzen verpflichtet und reichen über unseren Willen hinaus, auch über unsere blinden Forderungen, nur aus der persönlichen Existenz heraus Dinge, Pässe, Menschen für uns und unser Ansehen oder unsere Sicherheit zu beanspruchen. Das gebärende Meer der inwendigen kosmischen Verfassung ist stets tätig. Es ist diese Bewegung, diese Sternsaat, die uns sieht und deren Augen wir nicht entkommen können. Wer nicht im Geist tätig ist, der ist überhaupt nicht tätig. Das 20. Jahrhundert, das Erbe der Barbaren, will seine Anker weiterhin in uns ausgeworfen halten. Es will seine Glacéhandschuhe, seine militärischen Uniformen, seine eisigdunklen Archive in unserer Sprache wieder wirksam machen. Seine in den Konzentrationslagern und Gulags ökonomisch genau verwalteten Abgründe haben für die brüllenden Menschen unserer Zeit wieder an Anziehungskraft gewonnen. Die Polternden wollen wieder und noch lauter schreien, wollen wieder, dass es brennt, dass die einem jedem von uns in gleicher Würde ausgestellten Geburtsurkunden und die stille Kraft der Dankbaren verschwinden. Mitgefühl einem Fremden entgegenzubringen, schreibt Toni Morrison, bringe die Gefahr mit sich, selbst zum Fremden zu werden. Das ist ein Wagnis. Sich selbst abhandenzukommen. Am Ende erschrickt ein jeder von uns nur vor sich selbst. Schritt für Schritt durch die französischen Weinberge gehend, kommt mir das Bild der so schnell Zuschlagenden als von Leuten in den Sinn, die sich fortwährend in einem lauten Selbstgespräch befinden, ohne es überhaupt zu bemerken. Was sie zu zerstören, zu liquidieren versuchen, sind in diesem Bild ihre eigenen Schatten. Sie meinen sich die ganze Zeit selbst, wenn sie aus Menschen, die sie fürchten, in ihrer Vorstellung genau jene Ungeheuer machen, von denen sie selbst in ihrer Innenwelt bewohnt werden. Eine Sackgasse, in der nur noch das Weiterhassen als Handlung erscheint, ein

Tätigsein, das *nicht hilft*. Akribisch arbeitet und vermehrt sich dieser Hass. Er ist wirksam. Und er kommt ohne die Helligkeit aus, die sonst den Schmerz ausleuchtet und zu unserer Achillesferse führt. In den Bergen ist alles still, so, heißt es bei Jean Paul, »wie in erhabenen Menschen«. Wer die innere Stille nicht mehr kennt, ist verführbar, ein reiches Mahl für die Welt der Schatten. Die Pyrenäen sind jetzt leise wie der allerkleinste Vogel, dem ich meine Hand hinhalte. Ich mache die Augen zu, und die Füße kennen den Weg von alleine, mein Ohr hört die Füße, das Ohr, das mich kennt und unterrichtet und wendet und windet und vermittelt zwischen den Welten. Schritt für Schritt wird das Wetter fordernder. Die reine Luft öffnet eine andere Weite in meinem Satzvermögen. Der unmittelbare Umkreis, den wir mit den äußeren Augen sehen, ist nicht der geistige Umkreis. Immer noch liegt der große Mangel der Europäer darin, über den Ursprung der Dinge stets nach Maßgabe dessen zu philosophieren, was in ihrem unmittelbaren Umkreis vor sich geht. Die Frische des Tages aber weiß, dass es tödlich ist, sich an den Tod zu gewöhnen.

Fingerkuppenleser

Im verbissenen Kampf gegen etwas oder jemanden verlieren wir die Kraft für das andere und eigentliche Leben, für das, was wir erbauen wollen, für jene stillere Welt in uns, an die wir glauben und die es nicht geben kann, wenn wir selbst aus ihr herausfallen und sie auf diese Weise nicht nur verlassen, sondern auch im Verrat zu ihren leblosen Statisten werden. Die Kraft auf etwas auszurichten, sich dafür einzusetzen, dass es Welt wird, verändert die Blickweisen auf das Gegebene. Sobald ein Mensch dazu in der Lage ist, greift der ludistische Tanz des Lebens ein und hat ihm andere Wirkkräfte anzubieten. Es ist auch dann kein eigentlicher Kampf mehr, sondern ein lebendiger und von Innen verbürgter Einsatz, eine in der Handlung gespiegelte Tat. Wir können noch immer ohne Ziel gehen durch Wälder, durch Täler und Bäche und schlafende Dörfer, um die große Nacht zu genießen wie einen Tag. Die nachglimmende Abendröte ist auch im heutigen Gang durch die Nacht noch wirksamtätig und stärkt und das nicht nur in Büchern, *die mich lieben*. Ein Wunder ist ein Sprung aus der Wunde in das letzte unbekannte Stück Dasein, das auf uns wartet und erst entsteht, wenn wir *springen*. »Überzeugen ist unfruchtbar.« Jetzt verstehe ich diesen Satz von Walter Benjamin zum ersten Mal in seiner ganzen Tragweite. Er ist mit meiner Geburtsurkunde verwandt, und ich werde gelebt haben, um an den Urgrund seiner Buchstaben heranzukommen. Es gibt keine Zeit im Innensprung und alles, alles ist *jetzt*. Deshalb klopft dieser Satz seit Jahren mein eigenes Denken ab. Wie oft habe ich geirrt und wollte doch überzeugen? Ich sage es mir wieder laut vor, damit die Stimme mitarbeitet: »Überzeugen ist unfruchtbar.« Vielleicht ist das, einmal als Erkanntes in uns tätig, die Genesis aller Menschen. Der »maßlose Widerstand« (Adorno) ist diesem Gedanken eingeschrieben. Aber zeugt unser Widerstand nicht davon, dass er uns nicht nur Vorstellungskraft abverlangt, sondern auch Gelegenheit zur Entfaltung der Innenbilder anbietet, neue sanfte Träumereien eines einsam Schweifenden? Damit wir nicht mehr und nie wieder etwas von den anderen Menschen fordern, was wir selbst nicht leben können? Die Erde ist kein Versteck. Je einbetonierter unser Empfinden ist, desto mehr Wärme wird benötigt, um es in Sprache zu verwandeln. Wird sich das Gleichgewicht erhalten lassen? Wir können nur das in der Wahrheit erhalten, woran wir selbst glauben, indem wir es leben. Nur so wird es seine Wirkung entfalten und neue Magneten werden entstehen. Bewusstsein und Füße, Ohren, Augen, Hände, die nicht zuschlagen. Fingerkuppenleser sind sehr gute Lehrer. Wer sich Zeit nimmt, die eigenen Lebenslinien zu lesen, wird aus der Rolle des in sich eingesperrten Traumstatisten erlöst. Nehme ich mir gerade Zeit? Meine Mündigkeit kommt aus der Wärme, die ich aufbringe, um aus der kühlen Einsamkeit all jener auszubrechen, die sich nur in der Menge wohlfühlen. Es gibt aber die andere, wahre Einsamkeit, die mit der Wahrheit unseres Wesens verquickt ist, in der wir ungeschminkt leben. Jeder Schritt führt uns wieder zurück zu jenem stilleren Blick, der im anderen Menschen auch das Verletzliche sieht, weil er für uns in uns selbst Sprachbrücke zum anderen ist. Unsere Ausgesetztheit und Verlorenheit vermehrt sich, wenn wir jenseits der Nähe, jenseits dieser Möglichkeit von Liebe *immernurgeradeaus* und nie nach innen sehen. Dabei verdient die Liebe unsere Liebe gerade deshalb, weil sie keine Fehler ausblendet, sondern, an ihnen entlang, das Vorhandene genauer in Augenschein nimmt und so gerettet und herausgetragen wird aus dem Wirkkreis einer frostigen Gefangenschaft der perfekt Funktionierenden. Die Lunge erlernt wieder das richtige Atmen. Jenes, das von allein geschieht. Und wenn es nicht von allein geschieht, schickst du wie ich an einem Heiligabend, in einer kalten Berliner Nacht eine Familie aus Aleppo weg. Sie haben keine Beziehung zum 24. Dezember. Für sie ist es ein Tag wie jeder andere. Du hast Gründe für deine Entscheidung, und du führst sie dir vor Augen – die Verabredung war vor vier Stunden vereinbart. Sie sind genau diese vier Stunden zu spät gekommen. Es ist Heiligabend und das Essen steht auf dem Tisch. Nun, ganz offensichtlich sind diese Leute unhöflich. Nach ihrem Fortgehen schmeckt dir das Essen aber überhaupt nicht. Auch die gewichtigen Gründe sind in den Einflussbereich des Gewissens überführt worden – und hier, heute noch nach Jahren, bleibt nur noch eine Wahrheit übrig: Deine Regeln waren dir so wichtig, dass du ausgeblendet hast, was du selbst überhaupt mit Heiligabend verbindest, vielleicht warst du und nicht die anderen unhöflich. Vater, Mutter und zwei kleine Kinder hast du nicht mehr nach zwanzig Uhr empfangen wollen. Die heilige Familie nahm es gelassen, bestieg daraufhin im Berliner Stadtteil Schöneberg den 48er Bus und fuhr lächelnd zu ihrer bescheidenen Bleibe. Und dir hat ein Essen noch nie so ungut geschmeckt wie damals. Du denkst jetzt an die Heiligabende deiner Kindheit zurück. Niemand aß überhaupt etwas bis zur Mitternachtsmesse. An Heiligabend wurde stets gefastet. Du hättest auch warten, auf diese Erfahrung der Geduld, des glücklichen Zuwartens zurückgreifen können. Die Berge, die dich jetzt umgeben, erzählen dir von jenem einfachen Leben, das dich geborgen gehalten hat, mit Blick auf das alte Feldsteinhäuschen, mit Blick auf die dahingestreckten Felder, mit Blick auf den Maulbeerbaum, mit Blick auf den Walnussbaum, mit einem alles langsam in sich aufnehmenden Blick, der in die Augen der Pferde sah und wusste, dass er nichts tun, sich nicht anstrengen muss, anders zu sehen, sondern dass es reicht, bloß da zu sein, leise und scheu wie ein Mischwesen im Wind. Vergiss es nicht, dieses schnörkellose Sein. Die Schafe. Das Grün. Der Himmel. Der Wind. Sie malen an einem anderen Bild in dir, zu dem du gehörst, weil du lebst und eingewoben bist in die Einheit aus Landschaft und Farbe. Lass sie nicht verloren gehen, diese Einheit, die dich ein- und ausatmet. Diese Berge hier versetzen dich zurück in jene Zeit, in der dir der Blick in den Spiegel die Eindeutigkeit des alle und alles verbindenden Lebens in deinem eigenen Gesicht aufzeigen konnte. Vergiss nicht dieses wache Gesicht, es war dein echtes. Es war bereit, jeden genau zu sehen und als Lebewesen zu erkennen.

Innere und äußere Landschaft

Was der Mensch in seiner inneren Landschaft anrichtet, wie er mit sich und den anderen Menschen seiner nächsten Umgebung umgeht, zeigt auch, wie er mit der Erde und der ihn im Außen umzirkelnden Natur in Berührung steht. Wir selbst sind Natur, dass wir das vergessen haben, erklärt im Kern unsere grausame Bereitschaft, das natürliche Gefüge zu zerstören, in dem wir selbst leben. Es gibt kaum noch eine »Ehrfurcht im Nehmen«, von der Walter Benjamin sagt, es gebühre sich, sie zu zeigen, »indem von allem, was wir wie je und je empfangen, wir einen Teil an (Muttererde) zurückerstatten, noch ehe wir uns des Unseren bemächtigen«. Denn es sei uns nicht gegeben, der Muttererde aus eigenem zu schenken. Was aber können wir dann überhaupt zurückerstatten? Und wie? Wir sind schon so über die Habgier hinausgegangen, dass sie längst nicht nur eine routinierte Geste ist, sondern ein wie fremdgesteuert arbeitendes Implantat, das, an der Stelle einer geistigen Bewegung und dem Wissen um die Gesetze der Erde, nun an unserer Stelle tätig wird, wo immer es nur kann: Plastikmenschen, Plastiklungen, Plastikgesichter, Plastikideen von Plastikmenschen, die keinem zu Hilfe eilen, weil sie längst in die Falle ihrer eigenen und in tausend Absicherungen lebenden Person getappt sind. Aber auch unser einzelner Körper ist Erde. Strenggenommen gehört der Körper niemandem. Strenggenommen ist auch er Natur. Strenggenommen haben wir auch ihn besetzt und ausgelaugt, ihn gefangen genommen, wie die Felder und Grundstücke, die nun, wohin das Auge reicht, immer irgendjemandem gehören und in Grundbüchern verzeichnet werden, auf Ämtern, von Beamtenhänden fixierte und vom Kapital untermauerte äußere Wahrheiten, die nicht immer mit der Wahrheit der Natur übereinstimmen. Geld ist nützlich. Seine Kraft besteht aber vor allem darin, dass sie fließt und das Vertrauen multipliziert, das man ihm entgegenbringt. Wenn Willkür das Innere des Menschen in Beschlag nimmt, stehen auch schnell im Außen Grenzwächter bereit und haben neue Stempel, neue und aus dem Nichts auftauchende Gesetze, viel Papier in der Hand, das die einen schützt und die anderen in tödliche Bedrängnis bringt. Und 1940, als Walter Benjamin an die Tür von Lisa Fittko klopft, hat er angesichts der zahlreichen neuen Verordnungen, die sich Tag um Tag gegen die Juden richten, nichts außer seiner vollendeten Höflichkeit bei sich. Er besitzt auch keinen deutschen Pass mehr, schon im Jahr davor war ihm, wie vielen anderen auch, die deutsche Staatsbürgerschaft aberkannt worden. Vielleicht hat er, als jemand, der sich mit der Ausdruckskraft der menschlichen Hand auskannte wie kaum ein anderer, beim Sprechen mit Lisa Fittko auch auf die eigenen Fingerkuppen geschaut oder sie zumindest in sanfter Beharrlichkeit umklammert und sich dabei Hilfe erhofft vom in ihnen eingeschriebenen Leben. »Die Welt gerät aus den Fugen, dachte ich, aber Benjamins Höflichkeit«, notiert Fittko in ihren Erinnerungen, »ist unerschütterlich.« Und: »Gnädige Frau«, sagte er, »entschuldigen Sie bitte die Störung, hoffentlich komme ich nicht ungelegen.« Es war der 25. September 1940. Benjamin hatte zu diesem Zeitpunkt schon in einem Lager eingesessen, wo er philosophische Kurse im Freien abhielt und eines Tages, am Rande des Stacheldrahts, zu dem Mithäftling Hans Sahl sagte: »Einmal wieder auf einer Caféterrasse sitzen und die Daumen drehen – das ist alles, was ich mir noch wünsche.« Benjamin habe im Lager in einem Verschlag gehaust, am Fuße einer Wendeltreppe, die über seinem Strohlager eine Art Dach bildete. Ein jüngerer Lagerinsasse, der in den Berichten aus dieser Zeit als sein Jünger bezeichnet wird, habe ihm aus einem Stück alter Sackleinwand einen Vorhang angefertigt, um ihn vor den Blicken der anderen zu schützen. »Ein Heiliger in seiner Höhle, von einem Engel bewacht«, schreibt Hans Sahl. Als sich die beiden Monate später in Benjamins Pariser Wohnung wiedersahen, drehte der Heilige aber keineswegs die Daumen – »er saß am Schreibtisch und arbeitete«. Jetzt war Benjamins Schreibtisch weit entfernt, verschwunden aus seinem Leben, wie das alte Jahrhundert aus der Zeit verschwunden war. Erst hatte Lisa Fittko, wie sie es sagt, »den alten Benjamin« für das kleine Mädchen aus dem Erdgeschoss gehalten. Es muss ein zartes, zaghaftes Klopfen gewesen sein. Dabei war er wie Tausende anderer Ausgesetzter längst verzweifelt von Paris nach Marseille aufgebrochen – und ohnehin schon seit Jahren ein Mensch auf der Flucht, als die Deutschen in Frankreich einmarschierten. Kurz zuvor hatte der Bürgermeister von

Banyuls-sur-Mer, ein gewisser Monsieur Azéma, Lisa Fittko von einem alten Schmugglerweg erzählt: Ruta Líster. Benannt war dieser Weg nach einem General der spanisch-republikanischen Armee, der den alten Maultierpfad während des Spanischen Bürgerkriegs für seine Truppen entdeckt hatte. Monsieur Azéma. Dieser Name arbeitet in mir wie eine Erinnerung. Es ist merkwürdig, dass auch er sich ab einem bestimmten Punkt, wenn man den Namen lange genug wiederholt, wie eine Figur aus einem Märchen oder aus der eigenen Kindheit anhört. Der andere, bisher in dieser Gegend benutzte Weg, über den sich die Flüchtlinge aus Frankreich retten konnten, führte über jenen Grenzort Cerbère, in dem wir noch weit vor Sonnenaufgang in den Regionalzug nach Banyuls-sur-Mer gestiegen waren, so früh und so müde, als wären wir selbst unterwegs in ein anderes und neues Jahrhundert, das uns noch nicht kennt, das wir aber schon in uns tragen, als Talschaft einer Zeit, die uns erwartet. Zerberus, der Höllenhund, der uns nichts tat, konnte damals im September 1940, als Benjamin nach Jahren des Unterwegsseins mehr denn je auf Hilfe angewiesen war, nicht mehr gebändigt werden. Die Pyrenäen waren voll von Entrechteten und Staatenlosen, die ohne gültige Papiere in den kleinen Dörfern und Städtchen auffielen und auf der Suche nach einem Ausweg waren. Lisa Fittko war auch eine von ihnen. Sie hatte sich gerade selbst aus dem Internierungslager Gurs in Südfrankreich gerettet. Ihre eigene gelungene Flucht bildet das Muster für ihre zukünftigen erfolgreichen

Fluchten im Dienst anderer Menschen. Im Lager Gurs befand sich zeitgleich mit ihr auch Hannah Arendt, die von der dichterischen Kraft Benjamins schon früh überzeugt war. Die Welt war auch ihnen eine Zeitlang nur noch eine auf die Baracken, auf die Umzäunung beschränkte gewesen. Nach der Flucht treffen die beiden Frauen, so der eigensinnige Bericht von Fittko, in einem der Dörfer, in denen sie untertauchten, aufeinander. »Unterwegs sahen wir in der Nähe des Dorfes, in dem sie sich allein versteckt hielt, Hannah Arendt durch die Wiese wandern«, heißt es bei Fittko vierzig Jahre später in ihren nicht immer ganz verlässlichen Erinnerungen. Sind Erinnerungen verlässlich? Ach, diese Dichter unter den Bewusstseinsmonden! »Auch sie hatte vor, in einigen Tagen weiterzuziehen. ›Wollen Sie mit uns nach Lourdes?‹, fragten wir. ›Ich fühle mich sicherer allein‹, antwortete sie. ›In Rudeln hat man weniger Chancen durchzukommen.‹« Auch Lisa Fittko bleibt zunächst mehr oder weniger allein. Sie verliert dabei nie den Blick für die Schönheit der Landschaft. Einmal, voller Dankbarkeit, als sie *über die Maßen* hungrig ist, gibt man ihr Milch und Gemüse, sie nimmt es im Wissen um einen neuen Grenzweg an und ist regelrecht beschwingter Wahrnehmung: »Ich erinnere mich, dass ich damals auf dem Weg zurück das erste Mal mit offenen Augen die Gegend sah, das unwirklich blaue Meer und die Bergketten mit den grünen Weinbergen, dazwischen schon etwas Gold, und ein Himmel so blau wie das Meer. Man kann es nicht schildern, man muss dort gewesen sein.« Benjamin vertraute ihr und dem Stück Papier, auf dem die Wegskizze zu sehen war, die ihr der Bürgermeister aus dem Gedächtnis angefertigt hatte. Ist das Gedächtnis verlässlich? Ach, dieser Sänger unter den Bewusstseinsplaneten! Max Aron, Benjamins Lager-Engel, beschreibt ihn in seinen Erinnerungen als die Ruhe selbst. Auch in Gefangenschaft habe er nicht die leiseste Bemerkung über das gemacht, was ihn wirklich innerlich beschäftigte. Deshalb habe er ihn für weltfremd gehalten. »Nicht zu gehen, das wäre das eigentliche Risiko«, soll Benjamin zu Lisa Fittko gesagt haben. Das ist Weltwachheit und nicht Weltfremdheit. Immerhin war Benjamin schon seit einigen Jahren ein Unterwegsmensch, teils aus innerer Getriebenheit, teils aber auch aus der genauen und luziden Beobachtung der politischen Situation in Deutschland. Wie Ossip Mandelstam und Pawel Florenski blieb er in all den Jahren des Getriebenseins ein schreibender Mensch, egal, ob auf der Insel Ibiza, in Italien, in Frankreich oder Dänemark. Ohne viel im Lager über sich zu reden, sparte er sich Kraft für das auf, was noch seiner harrte. Die Berge forderten ihm nun den Rest dieser Kraftreserven ab. Nachdem Fittko ihm die Hochebene mit den sieben Pinien, dem Weinberg und dem Bergkamm so beschrieben und alles so wiedergegeben hatte, wie es ihr der Bürgermeister erzählt und skizziert hatte – alles war möglich, aber auch riskant –, kam er, ohne es zu wissen, auch ans Ende seines Erdendaseins. Wenn ich über diese für Benjamins Leben alles entscheidende Szene nachdenke, zeigt sich jedes Detail auf seinem Weg als schicksalhaft, denn es hätte auch etwas Neues öffnen können. Und so führt mich der Kopf wieder zu Hannah Arendt, die über diese geheimnisvolle menschliche Gabe, »die Fähigkeit, etwas Neues anzufangen«, sagte, sie habe offenkundig etwas damit zu tun, dass jeder von uns durch die Geburt als Neuankömmling in die Welt tritt: »Wir können etwas beginnen, weil wir Anfänge und Anfänger sind.« Mit einem wachsenden neuen Erdenbürger in meinem Körper, der sich im Mutterwasserdunkel auf das Erblicken des hiesigen Lichtes übt und sein Gedächtnis von diesem Element beatmen lässt, liest sich dieser Satz wie eine Offenbarung für mich, wie eine immerbleibende (gültige) Verknüpfung mit der Kraft des Anfangs, die uns überhaupt erst zu den Menschen macht, die wir sind. Alle Denkwege führen zu diesem allerersten Geschenk, zu dieser Gabe zurück – dass wir Anfänge und Anfänger sind und es in diesem Leben bleiben dürfen. Vielleicht wurde Lisa Fittko durch die Erfahrung der Todesnähe an diesen Anfang zurückgeführt und wurde selbst dadurch Teilhaberin einer Kraft, die es ihr fortan erlaubte, sich neu auszusetzen, sich selbst dabei zu gefährden, indem sie anderen Menschen zur Flucht und in ein neues Leben verhalf. Auf der Erde sind die Engel Menschen. Ihre Fingerkuppen sind sublimierte Flügel. Als Walter Benjamin vom Hitler-Stalin-Pakt erfuhr, soll er in Trauer zusammengesunken sein und gesagt haben: »Warum sollten wir es auch verdient haben, dass unsere Generation die Lösung der wichtigsten Fragen der Menschheit erleben sollte.« Ein Mensch, dessen Denkhorizont einem größeren Bild verpflichtet war, ist nicht weltfremd, er baut in der Sprache eine andere Welt, weil er sie tiefer denkt und weil er hofft, dass eine neue Welt möglich ist. Damit bringt er andere Menschen, bringt auch mich *auf den Weg* und eine Frage wie diese fordert uns Nachgeborenen auf, in die Antwort hineinzuleben, die uns gemäß ist – nun aber im schmerzlichen Wissen um die Verluste eines Jahrhunderts, das seine Verwandtschaft mit der Sonne eingebüßt hatte. Als Walter Benjamin sich 1926 in Moskau aufhielt und als ein verzweifelt Verliebter eine Fahrt in der Straßenbahn wie eine Episode aus der deutschen Inflationszeit erlebte, schrieb im gleichen Jahr der Leningrader Daniil Charms ein kleines Gedichtgebet nieder, in dem es heißt: »Kerze mach das Dunkel hell / Weihrauch ums Gesicht gestemmt / alle Bläschen werden grell / auf des Flüchtlings Leinenhemd.« Zwei Jahre nach Benjamins Tod lebte auch Daniil Charms nicht mehr. Nach dem deutschen Überfall 1941 auf die Sowjetunion wurde der Dichter ein weiteres Mal verhaftet. Jetzt klagte man ihn an, Verbrechen gegen die Sowjetunion begangen zu haben, was er bestritt. In der Psychiatrie erklärte man ihn für geisteskrank und unzurechnungsfähig. Als seine Frau ihm 1942 einen Besuch abstatten wollte, sagte man ihr knapp, er sei am zweiten Februar gestorben. Es ist zu vermuten, dass Daniil Charms während der Leningrader Blockade verhungert ist. Benjamin gab bei seinem Moskauer Aufenthalt in einem Gespräch mit einem Journalisten vor, ein Buch schreiben zu wollen, welches die Kunst unter der Diktatur behandeln wolle: »…die italienische unterm Regime des Facismus und die russische unter der proletarischen Diktatur.« Seine denkenden Augen sahen *alles als Verbindung*.

Die Göre und der Konsul

Ein Mensch ist die höhere Heimat des Menschen. Fernanda, die Göre, ist ein Mensch, der sich diese Beheimatung im eigenen Selbst nicht nehmen lässt. In einem Moment, in dem andere den Verrat und den vollen Magen vorziehen, bleibt sie lieber die Hausdienerin, die sie ist. Fernanda wird liebevoll mit diesem Gören-Spitznamen bedacht. Mit ihren großen Augen sieht sie in der Wohnung des Konsuls alles. Das ist ihre Arbeit. Sie ist Hausdienerin bei Aristides de Sousa Mendes. Fernanda ist ein Wesen ohne Eitelkeit. Sie kämpft um keine Identität, weil sie sich freuen kann. Als Göre erfreut sie sich auch an ihrem Gören-Namen und macht ihm alle Ehre. Auch das Jahr 1942 kann die Treue in ihr nicht auslöschen. In diesem das Unglück mehrenden und die Menschen verschlingenden Jahr geht sie nicht mehr in die Straßen von Bordeaux hinaus, um für ihren Konsul und seine Familie Einkäufe zu tätigen. Sie ist mit der Familie de Sousa Mendes von Frankreich nach Portugal umgezogen. Der Umzug war ein Teil der Gewalt, ein erzwungener. Und nun schreitet sie freundlich durch Lissabons Straßen, macht zwar immer noch Besorgungen, nur werden diese nicht mehr Einkäufe genannt, denn Fernanda hat kein Geld mehr, um sie wie früher einfach mal so und einfach mal schnell und sorglos zu machen. Aristides de Sousa Mendes hat kein Einkommen mehr, mit dem er sie wie einst in der schönen Diplomatenwohnung im großbürgerlichen Bordeaux bezahlen könnte. Fernanda bleibt bei der Familie und macht ihre Arbeit, *als sei nichts geschehen.* Längst aber ist etwas geschehen, es haben sich die Blickweisen umgedreht, nicht für sie wird gesorgt, sie sorgt für andere. Nun also hat sie Menschen um sich, denen sie noch vor kurzem anvertraut war und die jetzt ihr anvertraut sind. Wie die Kraft eines Menschen beschaffen ist, erkennt man in jenem Augenblick, in dem er Macht über andere hat. Die Kraft der Göre ist selbstlos groß, sie muss nicht groß scheinen. Langsam und mit suchendem Blick geht sie durch Lissabons Straßen und ganz oft auch in Richtung der Jüdischen Gemeinde, denn dort gibt es etwas zu essen, das man mitnehmen kann, wenn man bedürftig ist. Auch sie hat Hunger und muss mit ihren Kräften gut wirtschaften. Aber das bedarf keiner großen Erläuterung, Fernanda sieht genau, dass der Konsul leidet, sie sieht aber auch, dass er keine großen Worte dieses Leidens wegen macht. Die Hypotheken, die er für sein Haus in Lissabon aufgenommen hat, vervielfachen sich. Seine Schulden wachsen so, wie sein Herz gewachsen ist: Als er mindestens zehntausend Menschen mit seiner Unterschrift das Leben rettete. Die großzügig ausgetragenen fröhlichen Familienfeste sind für immer in die Vergangenheit abgesunken, nun ist es eine andere Zeit, keine Zeit der Feste, keine Zeit der Küsse und Umarmungen. Jetzt wird Fernandas guter Aristides von hochgestellten Persönlichkeiten der Regierung, für die er noch kurze Zeit zuvor der ehrfurchtgebietende Vorgesetzte war, nicht einmal mehr auf der Straße gegrüßt. *Man hat Angst, ihn zu beachten, weil man kein Selbst hat.* Auch Fernandas Ehemann bemerkt das eines Tages. Als er Aristides zum Arzt begleitet, schaut eine bekannte Person demonstrativ weg, will nicht den Mann erkennen, der sich den Anordnungen Salazars widersetzt und im Wettlauf gegen die Zeit Visa unterschrieben, unterschrieben, unterschrieben hat. Gerade deshalb wird nun dieser Mann von seiner treuen Fernanda mit Essen versorgt, aus einer Suppenküche in der Altstadt oder aus der Kantine der Jüdischen Gemeinde bringt sie ihnen immer etwas mit. Aristides wird später Fernandas Mutter traurig sagen, dass er der Göre »nicht die Zukunft geben konnte, die sie verdient hätte«. Fernanda aber bleibt Fernanda und sagt wohl darauf: »Auch wenn es bitter war, so war doch die Vergangenheit mit Aristides de Sousa Mendes viel besser als jede andere mögliche Zukunft.« Die Vergangenheit, von der Fernanda spricht, hat sich ihr in diesem von Hunger und Not geprägten Jahr schon wie einst und wie in jenem anderen Jahr gezeigt, als 1939 die Helligkeit der Existenz auch in Lissabons Straßen in Dunkelheit kippte und die gekippte Wirklichkeit *dunkel blieb*, obwohl Portugal neutral zu bleiben bestrebt war. Der Dichter Fernando Pessoa aber hatte bereits auf die dunklen Schatten 1935 hingewiesen und von ihren Wirkkräften gesprochen. Wie so oft, wurde er auch damals von vielen für einen Träumer gehalten, der nicht weiß, wovon er spricht. Nachdem António Salazar im Januar 1934 den Arbeiteraufstand von Marinha Grande an der Atlantikküste blutig niedergeschlagen hatte, spürte Pessoa, dass etwas grundsätzlich anders geworden war. Salazar, so Pessoa, sei heuchlerisch, hart und verschlagen. Seine Engstirnigkeit führe dazu, *dass er die Träumer hasst, weil sie träumen.* Von den Träumern geht eine Gefahr für die Herrschenden aus. Diese hellsichtige Erkenntnis eines Dichters wird an der Figur des Konsuls besonders deutlich und grausam an Kontur gewinnen. Aristides träumt aber noch gar nicht, als ihn Salazar 1938 zum portugiesischen Konsul in Bordeaux ernennt. Später schöpft er Kraft aus seinen Träumen. Denn in Bordeaux sieht er alles, was vor sich geht. Und er verschließt seine Augen nicht. Dort wird er mit jenem inneren Raum in Berührung gebracht, der auch in Träumen offenbar wird, wenn der Mensch von einer inneren Instanz zur Treue zu sich selbst erzogen wird. Bald schon beziehen Aristides und seine Frau Angelina eine große Wohnung in Bordeaux. »Wie alle portugiesischen Diplomaten«, so schreibt es der Schriftsteller José-Alain Fralon in einem der wenigen und deshalb umso verdienstvolleren Bücher über de Sousa Mendes, »erhält er ein Rundschreiben seines Ministers – es hat die Nr. 14 –, das Jahrhunderte traditioneller Gastfreundschaft infrage stellt und offiziell eine bis dahin unbekannte rassistische und religiöse Diskriminierung einführt«. In diesem Rundschreiben wird über Ausländer, die auf der Durchreise nach Lissabon kommen, um von dort nach Amerika weiterzureisen, und »die wir nicht behindern wollen« gesagt: Man wolle wegen der »gegenwärtigen ungewöhnlichen Umstände« notwendigerweise »provisorische Maßnahmen gegen eventuellen Missbrauch« einführen. Danach wird im Rundschreiben Nr. 14 ein Verbot ausgesprochen – der Konsul, so die explizite Aufforderung seiner Regierung, darf ohne Rücksprache beim Außenministerium weder Pässe noch Visa für Personen ausstellen, die Fralon in seinem Buch über den »Gerechten von Bordeaux« im Detail so kategorisiert: Alle »Ausländer unbestimmter, bestrittener oder aberkannter Nationalität; Staatenlose; Russen, Träger eines Nansen-Passes. Ausländer, die nach Einschätzung des Konsuls keine triftigen Gründe für eine Reise nach Portugal nachweisen können, sowie Inhaber von Pässen mit Eintragungen, die belegen, dass sie nicht frei in ihre Herkunftsländer zurückreisen können. (Die Konsuln sollen auch nachforschen, ob diese Ausländer über genügend Mittel zur Selbstversorgung verfügen.) – Juden, die aus ihrem Herkunftsland vertrieben wurden und ihre Staatsangehörigkeit verloren haben.« Offenbar sieht es das Rundschreiben Nr. 14 als besonders wichtig an, die Juden noch einmal gesondert aufzuführen, denn Staatenlose werden schon im ersten Satz genannt und viele Juden sind zu diesem Zeitpunkt bereits staatenlos und ohne Hab und Gut unterwegs durch ganz Europa. Aristides de Sousa Mendes kümmert sich nicht um dieses Rundschreiben. Er sieht es als seine Aufgabe an, Menschen zu helfen – ein gewisser spanischer Professor namens Laporte ist einer von ihnen und scheint die Arbeit von Aristides' Gewissen in Gang zu setzen. Laporte, in dessen Namen *die Tür* steckt, will zu seiner Familie nach Bolivien, und der Konsul, Vater von vierzehn Kindern, macht es ihm möglich. Er wird sogleich abgemahnt, schreibt seinem Zwillingsbruder, der sich zu diesem Zeitpunkt – im Mai 1940 – in Warschau befindet: »Wenn ich (für Prof. Laporte) kein Visum ausgestellt hätte, wäre der Mann hier nie weggekommen. (...) Alles ist noch einmal gut gegangen, aber der portugiesische Stalin wollte sich auf mich stürzen wie eine wilde Bestie. Ich hoffe, dass es nun sein Bewenden damit hat, kann aber eine neue Attacke nicht ausschließen. Mit meinem Gewissen habe ich keine Probleme.« Weitere Attacken aber werden kommen und ihn am Ende auch seines Amtes entheben. Doch mit seinem Gewissen wird Aristides de Sousa Mendes bis zum Schluss und auch als mitteloser Mensch im Reinen sein. Selbst an jenen Tagen, an denen seine Hausdienerin Fernanda aus der Lissaboner Suppenküche oder Jüdischen Kantine Brot bringt und ihm das wenige Essen, das sie bekommen kann, in die Hand legt, lamentiert er nicht. Auf einer Radierung von Charles Philippe lässt sich erkennen, warum Aristides alles in Kauf nahm, als er sich entschied zu helfen. Die Radierung zeigt Bordeaux im Jahre 1940. Ein riesiger Flüchtlingsstrom nahe der Pont de Pierre ist darauf zu sehen. Kranke, Alte, auch schwangere Frauen sind unter den Flüchtlingen. Viele von ihnen hatten schon an anderen Orten gehört, dass der portugiesische Konsul mit dem schneeweißen Haar nicht nur für ihre Not aufgeschlossen, sondern auch bereit war, alles ihm Mögliche zu tun, um ihnen ein Visum zur Weiterreise zu beschaffen. Nachdem die ersten Flüchtlinge sich ihm vorgestellt und um Hilfe gebeten hatten, fiel aber der Konsul anfangs in eine tiefe Depression. Tagelang bleibt er im Bett, er weiß nicht, wie er vorgehen, was er tun soll, also betet er und hofft auf geistige Weisung von innen. Als er sein Bett verlässt, sich anzieht und entschlossen ist, der Stimme seines Gewissens zu folgen, sagt er, in diesem Augenblick sei ihm alles klar gewesen – die Klarheit trage *den Namen Gottes*. Er habe nicht zulassen können, dass alle diese Leute umkommen: »Viele von ihnen sind Juden, und in unserer Verfassung steht eindeutig, dass Ausländern weder aufgrund ihrer Religion noch ihrer politischen Überzeugung der Aufenthalt in Portugal verweigert werden kann.« Anders als seine um Neutralität bemühte Regierung sieht er in den vorrückenden Deutschen »Feinde« und beschließt, dem Prinzip der portugiesischen Gastfreundfreundschaft genauso wie seinem christlichen Glauben treu zu bleiben. Von seinem Amt will er aber nicht zurückzutreten. Stattdessen unterschreibt er tagelang Visa und stellt pausenlos Pässe aus, auch ohne nach der Religion oder Nationalität der Flüchtlinge überhaupt zu fragen. Manchmal, wenn nichts anderes zur Hand ist, unterschreibt er einfach auf Zeitungspapier. Ein Fetzen Hoffnung – der hilft, irgendwo an einer Grenze stehen andere, die sich Menschen nennen: Und lassen die Leute mit den Zeitungsfetzen und der Unterschrift von Aristides weiterreisen. Der israelische Historiker Jehuda Bauer spricht von der größten Rettungsaktion, die während des Holocaust von einem einzelnen Menschen durchgeführt wurde. Portugals Regierung wird Visum um Visum wütender und ist irgendwann vollends vor den Kopf gestoßen. Aristides soll sich erklären. Er macht es, aber nicht nur als Konsul, der gegen gesetzliche Auflagen verstößt, sondern vor allem als Mensch und sagt Sätze wie diese – das Leid der ihn um Hilfe bittenden Menschen sei unbeschreiblich gewesen: »... manche hatten ihre Frauen verloren, andere waren ohne Nachricht von ihren Kindern, einige hatten ihre Liebsten unter den deutschen Bomben sterben sehen.« – Und: »... dann war da noch etwas, das man nicht ignorieren konnte, das Schicksal, das so vielen Menschen bevorstand, falls sie dem Feind in die Hände fielen.« Er wusste bis zum Schluss, dass er gegen das Gesetz verstieß. Als Vater einer vielköpfigen Familie war er »schrecklich mitgenommen« von den vielen Trennungen anderer Familien. Deshalb nimmt er offenbar ab einem bestimmten Zeitpunkt auch keine Gebühren mehr für die lebensrettenden Visa an. »Meine Haltung«, schreibt er in einem Brief zu seiner Verteidigung an seine Regierung, die ihm längst nicht mehr zuhört, »war allein durch jene Gefühle des Altruismus und der Großzügigkeit bestimmt, von denen die Portugiesen in den acht Jahrhunderten ihrer Geschichte oft so beredtes Beispiel gegeben haben.« Als der Konsul abgesetzt wurde, hatte er als ein zivil Ungehorsamer Schätzungen zufolge zwischen zehntausend bis dreißigtausend Menschen das Leben mit seiner Unterschrift gerettet, weil er in ihnen keine »unerwünschten Personen«, sondern atmende Einzelwesen sah. Dass er deshalb eines Tages selbst bedürftig sein würde, hatte er in dieser Rigorosität so nicht absehen können. Aber Fernanda, die Göre, nahm ihn weiterhin als Einzelwesen wahr, und ohne von ihrem Konsul bezahlt zu werden, blieb sie bei ihm und ging in selbstverständlicher Treue durch Lissabons Straßen, um hier und dort für Aristides und seine Angelina etwas Essbares aufzutreiben. Zu diesem Zeitpunkt war Walter Benjamin nicht mehr am Leben. Als Aristides mit seiner Unterschrift aber so vielen Menschen das Leben rettete, hätte auch sein Weg ihn nach Bordeaux führen können. Doch seine Füße trugen ihn woanders hin, auch weil er glaubte, im Besitz der richtigen Ausreisepapiere zu sein. In den Bergen ging er dann *um sein Leben*. Als er auf der anderen Seite der Pyrenäen ankam, hatten neue Gesetze seine gerade noch richtigen Papiere wieder obsolet gemacht, und es stand niemand vor ihm, der von den Papieren ab- und in sein Gesicht sah, um ein Einzelwesen wahrzunehmen.

Archaische Stille

In Träumen, Büchern und in den Bergen waltet eine archaische Stille. Sie hat prophetische Füße. Beim Aufstieg spricht sie sich mir Schritt für Schritt über die immer kühler werdende Luft zu. Nach dem schneidigen Einfahren des Windes in die Haut, der mich jedes Mal wie eine feste Berührung überrascht, kommt im Körper eine tiefe Ruhe zum Tragen. Die Zeitigung einer sanften Zufriedenheit ist die Folge. Ich weiß, dass die Kälte zunehmen wird, und je höher wir in die Berge steigen, desto klarer wird auch für meine Füße das, was unten am Bahnhof von Banyuls-sur-Mer schon hinter den Schienen und im langsamen Aufklaren des morgendlichen Himmels angesichts des Sonnenaufgangs noch Öffnung, naheliegend, aber nicht mit dem Körper zu Ende gedacht war – auch die Ausgesetztheit wird zunehmen. Wir sind Gehende im Gebirge, und es ist Februar. Das hat Folgen. Irgendwann wird keine Umkehr mehr möglich sein. Das werden einst auch alle gedacht haben, die es – wie etwa Heinrich Mann – wagten, zu Fuß mit Hilfe von Varian Fry auf einer anderen Strecke und zu einer anderen Jahreszeit nach Spanien zu gehen. Es wird, unter anderen Vorzeichen, auch heute für uns nur das Weitergehen geben. Jetzt schon bringt sich die Mitarbeit der leisen Schritte im Wind ein, die merkwürdig passend zu mir hinragenden kleinen festen Helfersäste, an die ich mich in herausfordernden Augenblicken klammere, um überhaupt, mit meinem wachsenden Kind im Bauch, größere Schritte tun zu können. Bei diesem Aufstieg entwickele ich das von selbst in mir aufgekommene Bedürfnis, mich für jeden dieser gelungenen Momente bei den Bäumen oder einem genau richtig und scheinbar nur für mich daliegenden Stein zu bedanken. Dieses Nach-Innen-Sprechen wird schon bald eine Art Wärmeformel, die den ganzen Weg über der singenden Stille in meinem Inneren zuarbeitet. Als Benjamin in den dreißiger Jahren von der »archaischen Stille des Buches« sprach, konnte er nicht wissen, dass sich in ferner Zukunft viele Menschen auf seinen letzten Lebensweg durch die Pyrenäen mit dieser dem Buch entströmend ureigenen Stille verbünden würden. Es ist eine Stille, die, eingefärbt von den Erfahrungen eines uns Vorausgegangenen, im Denken neue tonale Vibrationen mit sich bringt. In diesen Zwischenräumen des Lebens beginnt die Arbeit der geistigen Kontinentalplatten. In ihren Bewegungen finden die eigentlichen Unterhaltungen zwischen Ideen statt. Solcherart neu entstehende Wärmelinien sind Zuarbeiter der alles ändernden Zündungen in unseren Gedanken. Lichtwege und geistige Sonnenalleen leuchten unser Innenleben mäeutisch aus und inspirieren uns in diesen verdichteten Augenblicken so, dass wir gar nicht anders können, als uns ozeanisch wenden zu lassen und im Lichtmeer eines neu entfachten Gedankens zu schwimmen. Im ersten Lebenswasser üben wir uns schon darin und dringen klanglich ins Irdische vor, um dann allmählich von dort in unsere eigene Stimme hineinzuwachsen. Das Buch ist die geistige Verlängerung dieser im Innen erlebten ersten Sprache, die, am Wasserrauschen vorbei, nach außen dringt. Die archaische Stille ist in uns selbst angelegt und ist in einer lauten Welt grundsätzlich bedroht, weil die Menschen unserer Zeit, um einen Gedanken Nadeshda Mandelstams aufzugreifen, die Fähigkeit der intellektuellen Mimikry entwickelt und sogar die Stimmen eine Schutzfarbe angenommen haben. Diese erstaunliche Schnittmenge, die die kapitalistisch durchdrungene Welt mit der einst doktrinären kommunistischen aufweist, überrascht mich seit Jahren aufs Neue. Heute ist die Stille vom allumfassenden Konsumgebaren verdeckt, das längst schon auch unsere Gefühle verwaltet und effizient unterwandert, im Kommunismus war sie vom Zittern und der Angst und Willkür und oftmals auch vom Hunger überschrieben, auch von der Kälte und in einer Kleidung, die keine Wärme schenkte. Dass manche Menschen heute um den Verlust der geiststiftenden Stille und um den damit einhergehenden Verlust des gedruckten Buches bangen, das uns dieses Zwiegespräch in der Versenkung als Lesende schenkt, ist einer realen Gefahr entlanggedacht, aber nicht bloß, weil die Form selbst bedroht ist, sondern weil wir der Stille in uns selbst nicht mehr habhaft sind und ihre uns zur guten Einsamkeit anleitende Kraft Angst macht. Auch ich fürchte mich vor dem Lehrstoff der Stille, weil ich weiß, dass ein einziger Buchstabe alles für wirklich Befundene verändern und von der anderen Seite des Alphabets in unser Leben stellen kann. Die Bergluft der Pyrenäen erinnert mich daran, sie ist mit dieser Stille verwandt, und ihre Mittler, die Bäume, antennisieren sie schrittweise für uns. Atemzug für Atemzug schärft sie meinen Blick für die Formen und Konturen von Licht und Schatten, die Abstufungen der Farben, die mich als Mitteilungen einer Klarheit umgeben, die in den Städten, wenn alles in zielgerichteter Betriebsamkeit schwirrt, nicht einmal mehr zu ahnen ist. Ich sehe hier schon nach kurzer Zeit alles genauer, jeder Grashalm ist Mittler dieser fordernden Versenkung, die mich nun ganz einnimmt. Mein Herz darf wieder nomadisieren und die Luft und die Baumkronen und den Wind und jeden Baum lieben, ohne an das Ziel zu denken. Obwohl das Ziel mich auf den Weg gebracht hat, übe ich mich doch im Atmen ohne Wünsche. Aber nicht nur ich sehe genauer, die Genauigkeit selbst ist jetzt tätig und schaut mich an, sieht zurück und nimmt mich in sich auf, um mir zu zeigen, was meiner unerkannten Güte harrt. Wo beginne ich und wo enden diese Blickweisen der Natur, die ihre Prismen auf mich legen wie eine heilendströmende Hand? Im Gedankenkoffer haben sich von Anfang an selbsttätig ein paar Sätze eingeschleust, die mich in den letzten Jahren begleitet haben und die mich nun, als blinde Passagiere, ein anderes Sehen lehren. »Die Augen sind vielfältig.« Ich kann jetzt diesen Satz von Alexander Kluge mit der Haut verstehen. Die Haut hat überzeitliche Augen. Nicht nur eine Epoche träumt die nächste, noch zu kommende Zeit. Ein Mensch, der lebt, träumt den nächsten, noch zu kommenden Menschen. Die Natur erscheint mir nun wie eine hochpotenzierte Spiegelung innerer Wirkungsbereiche, Zeiten, Landschaften und geistigen Etappen des in Reifegraden an sich selbst erwachenden Menschen. Sie verweist ihn auf seine noch zu erobernden oder bereits verlorenen (an Gifte, Verblendungen, an die Gier) Erscheinungsformen seiner geistigen Flora und Fauna, die über zahlreiche unsichtbare Sinne mit ihm in Beziehung zu treten versuchten. Lebende und Tote stellen gemeinsam einen zeitlos wirksamen Ereignisraum her, ein auratisches, lebendiges und in fortwährender Bewegung neu entstehendes Lebensgefüge, das so viele Augen hat, wie ihm einverleibte Gedanken innewohnen, wandernde, auch jenseits der Person hinreichende Augen, die dem Bewusstsein aller zuarbeiten. Mit fünf Sinnen allein bin ich verlorener als ein Schmetterling in der Hand eines beliebig kraftvoll zupackenden Menschen, der, einmal zwischen die Finger genommen, nicht mehr fliegen kann. Gedanken entströmen diesem phosphoreszierenden Teil eines Gleichnis-Areals, in dem wir uns alle in der Sprache bewegen. Wer keine innere Sprache hat, muss auf eine äußere zurückgreifen. In manchen historischen Momenten kann das tödlich sein. Gedanken können reisen und handeln. Sie flirren aus und suchen, einmal von uns gedacht, nach entsprechender Verwandtschaft, nach Strukturen, die wir nicht verstehen können, wenn wir sie wie einen Roman oder eine Zeitung lesen, so, wie es Claude Lévi-Strauss über einen Mythos sagt. Denn Zeile für Zeile, von links nach rechts gelesen, müssen wir uns bewusst sein, dass wir ihn so nicht verstehen können.

»Wir müssen ihn stattdessen als ein Ganzes begreifen und gewahr werden, dass die eigentliche Bedeutung des Mythos nicht durch Abfolge der Ereignisse, sondern (...) durch Ereignisbündel vermittelt wird, auch wenn diese Ereignisse an unterschiedlichen Stellen der Erzählung auftreten.« Gleichzeitig weist Strauss auf die Wichtigkeit der vertikalen Lesart hin, auf eine Lektüre also, die sich uns von oben nach unten zuspielt. Jede Seite sei ein Ganzes. Das gilt auch für den einzelnen Gedanken in uns, der, je öfter wir ihn denken, eine Art persönlicher Mythos wird, der uns von innen bestimmt und mit anderen Ereignisbündeln gleicher Art in der Welt verbindet. Auf diese Weise bilden unsere Gedanken ab einem bestimmten Zeitpunkt autonom weiter wirksame Muster und Familien. Es gibt kein Zeitalter, in dem es leicht ist, ureigene Gedanken zu denken und mit ihnen einen Grundstein für geistige Autonomie zu legen, einen selbsttätig erarbeiteten menschlichen Beginn in die emsige Verwaltung der Massengedanken einzubringen. Der Dichter Ossip Mandelstam hat das vermocht und musste dafür, als ein bis zum Schluss unbeugsam Gebliebener, in einem russischen Lager der Stalinzeit an Hunger, mehr noch an der Verachtung der anderen sterben, die sich auf einen kollektiven Gedanken ausrichteten, der Gültigkeit für alle haben sollte. Mandelstams mit Angst, Hunger und Not bezahlte Unbeugsamkeit indes, wenn sie auch das eigentliche Ziel war, konnte nicht ermordet werden. Ihr lagen ureigene Gedanken eines Menschen zugrunde, der sich nicht mit dem Köder einer gottlosen Zukunft abbringen ließ von dem, was ihm heilig war. Wir können noch heute zu seiner inneren Freiheit mit unseren Gedanken hingehen und sehen, dass die von ihm erschaffene Welt und die so von ihm vorgelebte menschliche Duldsamkeit ein auch in uns glimmendes Feuer ist. Vermag es das in uns vom Kapital erschwerte Überflüssige zu schmelzen? Wie kann ich lernen, das zu wollen? Manchmal kommt in mir die Ahnung auf, dass wir am Ende unseres Lebens (und hin und wieder in unseren ungeschützten Träumen) auf diese ureigenen Gedanken hin abgeklopft werden. Es ist eine Prüfung in Bildautonomie, für die jedes Jahrhundert seine eigenen Mittel hat. Jemand schaut uns genauer an, schon sind wir durchpflügte Erde, unter Denkbeben gesetzte Zeit. Sind wir die, die wir sind oder spielen wir uns nur unser Leben vor? Klopfen wir Stein für Stein in unserer Imagination ab, sehen wir bei dieser inneren bildhauerischen Arbeit alsbald die Findigkeit der Maskerade, die Wirkungsweise der Schutzschilder, hinter denen geschickte Schauspieler, Tänzer, Sängerinnen erscheinen, die vorgeben, wir selbst zu sein. Was nach dem Steineklopfen und Wenden und Wenden und Wenden folgt, ist dies – wahres Spiel, wahrer Tanz, wahrer Gesang, eine weitere Prüfung, weitere Arbeit am Selbst, ein neues Meer, ein neues und nun am Wasser erprobtes Gehen. In schönheitsgeleitete Willensstärke und Selbständigkeit. Seit Jahren wächst in mir der Gedanke heran, dass nur aus solcher Selbständigkeit Hingabe aufleuchten kann. Diese Hingabe ist keine romantische

Süßigkeit, sie ist fordernd und hart, wie ein von Jahrhunderten geformter Berg, die Mutter jener Widerständigkeit, die wir erst erlangen, wenn wir die süßliche Freundlichkeit zugunsten einer Ehrlichkeit aufgeben, die uns fortan erzieht. In diesem Zustand hat Gott das Ich entkleidet, wie es Emmanuel Lévinas sagt, im Dienst einer Sache oder eines Menschen, da wir dann erst gelernt haben, dass dies eine höhere Art des Lebens ist als jener Eifer der Besitzenden (Ideologien, Ideen), die alles nur für sich selbst beanspruchen, ohne je auf den Gedanken zu kommen, sich von den Ideen anderer lieben zu lassen. Es müsste eine alltagstaugliche Herzenseinübung geben, eine Art Lebensfach, so wie es ein Schulfach gibt, das uns neu darauf ausrichtet, wie wir Gedanken und Bilder den akribischen Spezialisten entwinden und wieder so sehen lernen können, wie es uns am Anfang des Lebens zuteil geworden ist: überlappend, unlogisch, wildwild, mit nackten Füßen, mit der nun zurückeroberten Fähigkeit, auf die Sprache der Haut und mit der Haut der Sprache zu hören, von den Zehen her zu denken – und niemand anderes sein zu wollen als man selbst, ein verschmelzend sprechendes Gegenwartsauge. Es gibt ein Herausspringen der Dinge aus ihrer Festigkeit, die dem Leben eines Menschen eine neue Wendung geben kann. Walter Benjamin hat dieserart wirkende Erkenntnis als blitzhaft beschrieben. Wenn ich auf die von oben einblitzende Dehnung in der Zeit höre, beginnen die kosmischen Korrespondenzen. Zwischen allem Lebenden besteht Verbindung. In diesem Erkennen entsteht und wächst Widerständigkeit. Jede Erkenntnis ist eine kosmische Passage, in der das Universum sich als noch vielgestaltiger offenbart, als es unserer Imagination bisher vorstellbar war. Zeitgleichheit, einmal *erlebt*, lässt uns teilhaben an den fließenden Gedanken der Welt, die uns umgeben. Wir befinden uns, egal, wo wir stehen, immer in der Mitte der Welt, und manchmal denken wir einen Gedanken, den ein anderer an seiner Tür liegengelassen hat, weil er zu müde war, ihn zu formen, oder zu beschäftigt mit einem anderen Gedanken. Aber der Gedanke liegt da und wartet im Meer des ungeformten Lebens auf eine Sprachhand, die ihn ins Leben trägt. In uns selbst sind wir Ozean und Schwimmer in einem. Wie Darius Milhaud hören wir als Kinder schon das, was wir später im Buch des Lebens ausgestalten. Milhaud hat als Kind beim Einschlafen immer eine Musik vernommen, die zu keiner ihm bekannten einen Bezug hatte. In der Emigration erzählte er davon Claude Lévi-Strauss in New York während des Zweiten Weltkrieges und sagte, *das sei bereits seine eigene Musik gewesen*. Die Bündelung der inneren Kräfte, die uns noch als Zukunft einverleibt und zu gestalten gegeben ist, wird uns oft in der Kindheit vorausweisend offenbar. Ein Punkt in der Mitte des Kreises teilt die Wahrnehmung auf. Wir lernen anders zu sehen und erweitern den Blick so lange, bis wir begreifen, dass das Sehen uns sieht und alle unsere Blickweisen einsammelt. Die Kindheit ist kein Alter, sie ist ein Arbeitsfeld, das uns in jedem Augenblick des Hierseins neue Augen anbietet.

Die Träume sind unsere heutigen Propheten

Manchen Träumenden ist es in bestimmten Zeiten gegeben, die mathematische Präzision der nächtlichen Bildwelt
zu erkennen und daraus Lebensstoff zu machen. Die Seele
öffnet ihren Nachrichtenkanal und innere Materialien
können im äußerlich Greifbaren der fünf Sinne verankert
werden. Vorausschauende Spuren gelangen so ins Sein.
Der versprenkelte Bast der Bilder, er spricht fortwährend
in seinen vielsprachigen geistigen Sinnen. Walter Benjamin
trug einen solchen inneren Bildkompass für die weissa-
gende Kraft der Nachterzählungen in sich. Dem ästhetischen Gestalten derselben aufs Inwendigste verpflichtet,
baute er in seinem Denken einen transzendenten Damm
für jene, die (ob mit den Füßen oder als Flügelkundige, die
alle lesenden Menschen über die Zeiten hinweg sind) die
»Wirk- und Webezauber« ihrer eigenen seismographisch
sich mitteilenden Bilderoberungen plötzlich und unter
Mitarbeit der historischen Distanz erkennen und leben
können. Wohl auch gerade deshalb, weil sie einer durchweg ästhetischen und keiner ideologischen Komposition
begegnen, ist den Nachkommenden anheimgegeben, freier
zu sehen und einem Text auf diese Weise aus der beim
Lesen zerrinnenden Zeit zuzuarbeiten, einer Zeit, die einmal seine Zukunft war. Das Gleiche gilt für das aus der
Rückschau betrachtete eigene Leben, in dem die Strukturen des hinlänglich Erlittenen einem auf dieselbe Weise
vor Augen geführt werden, auf die ein Nachtfalter im ver-

lockenden Licht einer Straßenlampe sein Leben lässt: Als Verschmelzung mit einer helleren Instanz. Diese führt uns zu einer neuen Quelle – und erst im Absterben der alten Blickweisen wird die Arbeit des Lichtes (des Bewusstseins, der Zusammenhänge) deutlich. Sie stimmt das Auge auf einen neuen Raum ein, auf neue Offenheiten und die mit ihnen einhergehenden neuen Rätsel, ganz so, wie es die Arbeit der wirkungsvollen Phantasie macht, aus der heraus das Ersterkannte und Ersterlebte als Schicksal zu uns spricht und mit seiner Entbündelung gerade dann beginnt, wenn wir lieber im Altbekannten verweilen würden. Diese sprachdichte Offenheit des in den Sinnen Verknüpften geht in den Geschichten mit, die Walter Benjamin in seiner »Berliner Kindheit um 1900« verdichtet hat und von der es bekanntlich verschiedene Kompositionen gibt. Zu Lebzeiten hat er selbst keine von ihnen in Buchform zu Gesicht bekommen. Besonders wichtig waren ihm beim Durchdenken seiner Texte offenbar einzelne, oft variierende Umschreibungen und Szenen, die jeweils andere Denkwege öffnen oder dann doch schließen – wie zum Beispiel in der Traumerzählung »Ein Gespenst«. Über Jahre hinweg stieß ich jeweils auf unterschiedliche Fassungen dieses Textes, der aber immer mit dem unschuldig anmutenden Satz »Es war ein Abend meines siebenten oder achten Jahres vor unserer Babelsberger Sommerwohnung« beginnt, um dann nichts anderes zu tun, als regelrecht mit dem Titel zu kollidieren. Der große Garten, in dessen verwilderten Randgebieten sich Benjamin »herumgetrieben« hatte, führte mich jedes Mal weiter in die Tiefe, die mich bis heute, auch nach mehrmaligem Lesen, immer noch in Atem hält. »Den ganzen Tag hatte ich ein Geheimnis für mich behalten – nämlich den Traum der vergangenen Nacht«, heißt es da. Ihm war in diesem Traum ein Gespenst erschienen, ein schwer zu fassendes, denn selbst dem übergenauen Leser verwandelt es sich in merkwürdig flattrige Mehrspurigkeit. Das liegt auch daran, dass es dem Erzähler selbst schwerfällt, den genauen Ort ausfindig zu machen, an dem das Gespenst sich ihm zeigt und von allen Orten, die er kennt, scheint es ihm, »wenn auch unzugänglich«, die größte Ähnlichkeit mit jenem Zimmer zu haben, in dem seine Eltern schliefen – einem durchweg intimen Raum also, den sonst niemand einfach so betreten kann und in dem die schlafenden Menschen ungeschützt allen groben und feinen Schichten der Nacht, ihren Träumen, aber auch der sie umgebenden äußeren Welt, also der in ihr waltenden Denkkraft ausgesetzt sind. Hier also lässt sich dieses namenlos bleibende Gespenst nieder, das auf das Kind einen so starken Eindruck gemacht hatte und dem es sich im Geheimnis und im Nicht-darüber-Sprechen zwar fügt, aber vielleicht gerade dadurch zum genau beobachtenden Zeugen wird. »Das Dunkel hinter der Partiere war unergründlich: der Winkel das verrufene Pendant des Paradieses, das sich mit dem Wäscheschrank der Mutter eröffnete. (…) Lavendelduft kam aus den prallen, seidnen Sachets, die über dem gefältelten Bezug der Innenwand der beiden Spindentüren baumelten. Derart war der alte, geheimnisvolle Wirk- und Webezauber, der einst im Spinnrad seinen Ort besessen, in Hölle und Himmelreich aufgeteilt.« Ich frage mich auf diesem Weg über die Pyrenäen, ob sich ein Mensch auch nur einen Augenblick lang auf der Flucht an seine einmal erzählten Träume erinnert, ob sie sein eigentlicher Identitätsausweis, seine innere Landkarte werden müssen, weil alles, wie im Fall von Walter Benjamin, auf das äußere Sein Verweisende Entrechtung ist durch die Gewalt der in der Außenwelt agierenden Menschen. Oder ob ein so Ausgesetzter in Gefahr die nachts übermittelte Bildwelt ganz und gar vergisst, da sie ihm sonst als Vorankündigung seines jetzigen Gehens erscheinen müsste? Dem Lebensort als Paradies des eigenen Daseins gegenübergestellt ist in der »Berliner Kindheit« jedenfalls eindeutig das Gespenst, das auf nachdrückliche Weise metaphorisch den Nationalsozialisten ähnelt, die sorgsam alles vorbereiteten, was ihnen dann an Diebstahl an der menschlichen Freiheit möglich war. In Benjamins Traum entwendet das zugreifende Gespenst, das sich an einem hölzernen Gestell zu schaffen macht, zwar »die Seiden«, aber stiehlt sie eigentlich nicht, ein eigenartiges Paradoxon, dem die Energie der Lüge und Verführung eigen ist. »... es rafft sie nicht an sich, trug sie auch nicht fort; es tat mit ihnen und an ihnen eigentlich nichts«, heißt es am Ende der Erzählung. Anfang der dreißiger Jahre, in denen Benjamins »Berliner Kindheit« entstand, waren auch die Nazis noch nicht endgültig zur Tat geschritten, die Struktur ihrer geistigen Abgründigkeit wurde aber immer sichtbarer. Sie zeigten sich nun ohne Scham und machten lautstark auf sich aufmerksam. Im Traum weiß der Erzähler, dass das Gespenst, obwohl es sich die Seiden nicht gleich aneignet, sie am Ende stiehlt. Und mehr noch, ohne dass jemandem etwas zuleide getan wird, erschließt sich dem Erzähler auch, dass hier das Gleiche wie bei einem »Geistermahl« geschieht. Dieses Wissen vergleicht er mit jenem der Leute in Sagen, »die von einem Geistermahl Zeuge werden, von diesen Geistern, ohne sie doch essend oder trinkend zu gewahren, erkennen, dass sie eine Mahlzeit halten. Dieser Traum war es, den ich für mich behalten hatte.« Nicht nur der Erzähler, auch Walter Benjamin selbst behält sein Wissen für sich und bleibt weiterhin in Europa, obwohl sein Leben gefährdet ist. Obzwar schon früh im Exil, macht er bis September 1940 keine ernstgemeinten Anstrengungen, beispielsweise nach Amerika oder Palästina auszuwandern, bis die Nazis Frankreich besetzen und er, ausgestattet mit einem Visum für die USA, im September 1940 mit Lisa Fittko den Weg über die Pyrenäen wagt. In diesem Kontext hört sich der Rest seiner Gespenster-Erzählung wie eine seismographisch vorwarnende Traumanweisung zum genauen Sehen an: »Am anderen Morgen, als ich erwachte, gab es nichts zum Frühstück. Die Wohnung, soviel begriff ich, war ausgeraubt worden. Mittags kamen Verwandte mit dem Nötigsten. Eine vielköpfige Verbrecherbande habe bei Nacht sich eingeschlichen.« Mittags, bei Tageslicht also, wird deutlich, wie weit die im Dunkeln waltende Gefahr der Vornacht schon fortgeschritten ist. Geistige Verwandte, Freunde etwa wie Gershom Scholem, können aus der Distanz die echte Gefahr genauer erkennen, *sie bringen Benjamin das Nötigste*, bieten ihre Hilfe an, wollen ihm beistehen, Papiere besorgen, ihn zur Ausreise bewegen. Er denkt daran, Hebräisch zu lernen und nach Jerusalem zu gehen. Aber es kommt ihm immer etwas dazwischen, nicht zuletzt seine empfindliche materielle Situation setzt ihm deutliche Grenzen. Trotz der Lautstärke, die von Beginn an die proklamatorischen Verordnungen der Nazis begleitet, bleibt Benjamin, obwohl sich seine finanzielle Lage zuspitzt und seine Publikationsmöglichkeiten Tag für Tag schwinden, in Europa. Wie auch im Gespenstertraum wird überdeutlich, dass in Wirklichkeit nichts im Geheimen geschieht, das Geräusch, das der Eindringling im Haus macht, ist nicht zu überhören – es heißt sogar in Benjamins Erzählung, man hätte von ihm auf seine Stärke schließen müssen. Stattdessen warten die Eltern in der Dämmerung vergebens auf Hilfe von außen, »...in der Hoffnung, Signale nach der Straße tun zu können« harren sie hinter dem Fenster aus. Auch in der konkreten Situation geschieht genau das – die Nachbarn schauen überall weg, während Juden immer öfter und in gewaltsamer Lautstärke abgeholt werden. Im Traum selbst wird Benjamin aber eindeutig die Rolle des Sprechenden zugewiesen: »Ich sollte in der Sache zu Wort kommen.« Aber über das Verhalten des Dienstmädchens, das abends vor dem Gittertor gestanden habe, habe er nichts gewusst. »Und was ich Besseres zu wissen glaubte – meinen Traum – verschwieg ich.« In diesem letzten Satz zeigt sich gebündelt sowohl die Ankündigung der sozialen Kälte, dass also nicht mit der Hilfe eines vertrauten Menschen wie des Dienstmädchens zu rechnen sein wird, als auch die eigene Verschlossenheit gegenüber dem offen sich ankündigenden Schicksal. Benjamins einziger ernsthafter Versuch, Europa zu verlassen, schlägt sich in seiner Flucht über die Pyrenäen nieder. All die Jahre zuvor versucht er lediglich, der Gefährdung zwischen der Insel Ibiza, Italien, Dänemark und Frankreich, *bloß nur schrittweise* zu entkommen. Um die gleiche Zeit fasst der aus dem Nichts heraus mitten in Moskau verhaftete österreichisch-jugoslawische Kommunist Karlo Štajner innerlich einen starken Entschluss, während er die ersten seiner 7000 Tage im sibirischen Gulag verbringt und sich schon zu Beginn seiner Deportation schwört, bis zum Äußersten innerlich zu kämpfen und sich nicht zu ergeben. Benjamin, der allem Anschein nach nichts von Aristides de Sousa Mendes' Hilfsbereitschaft mitbekommen hat, fasst keine starken Entschlüsse dieser Art. Darin gleicht er auf eine merkwürdige Weise seinem Erzähler, der vor allem als ästhetischer Gestalter in den Wirkungsbereich des Gespenstes vorzudringen versucht. Es heißt in einer anderen Fassung des gleichen Textes über die Situation der hinter dem Fenster harrenden Eltern etwa, zum Glück habe im Haus irgendwann das Geräusch, das die »Einbrecherbande« (es ist nicht mehr die Rede von Verbrechern), die sich nachts über das Haus hergemacht habe, auf ihre Menge einen Schluss zugelassen: »…Und so war es meiner Mutter geglückt, den Vater, der sich, nur mit einem Taschenmesser bewaffnet, ihnen hatte stellen wollen, zurückzuhalten.« Bis gegen Morgen, heißt es auch hier, habe der »gefährliche Besuch« gedauert – und auch in dieser Textfassung stehen die Eltern vergebens in der Dämmerung am Fenster, »um nach außen Signale zu geben«. Die Bande hingegen habe in aller Ruhe mit den Körben abziehen können. Hier wird sogar das Ende des Gespenstes antizipiert, denn »…viel später wurde sie (die Bande) gefasst und da ergab sich, dass ihr Organisator, ein vielfach vorbestrafter Mörder und Zuchthäusler, taubstumm war«. Der Erzähler bekundet, es habe ihn stolz gemacht, dass man ihn über die Ereignisse des Vorabends ausfragte, denn man habe an die Komplizenschaft des am Gitter stehenden Dienstmädchens geglaubt und sei so den Tätern auf die Spur gekommen. Diese in nur wenigen Sätzen verdichtete Vorausschau der historischen Situation hat etwas Erschütterndes, da selbst »der Organisator« benannt wird, der »taubstumme« Mensch, in dem Hitler zu erkennen ist, der jenseits aller menschlichen Koordinaten agierte und der, von seinen Gefühlen abgetrennt, mit der Hilfe der deutschen Bevölkerung – sein eigenes »Dienstmädchen«, die ihm zu Diensten stehenden willigen Menschen – seinen mörderischen Plan in ganz Europa in die Tat umsetzen konnte. Bezeichnend ist auch das Taschenmesser des Vaters, sein wie sinnlos erscheinender Versuch, sich dem

Tun der (in Größe und Stärke zwar sichtbaren, aber doch rätselhaft im Dunkeln bleibenden) »Einbrecherbande« zu widersetzen, ein minimaler Akt der Anstrengung, sich zu wehren, so weit sogar von einer Aggression entfernt, dass er nur naiv und hilflos wirkt – aussichtslos hinzu, wie im später wirklich einsetzenden Alltag der europäischen Juden, deren akribische Vernichtung längst beschlossen war. Diese Formulierungen haben es nicht in die »Fassung letzter Hand« von Benjamins Manuskript geschafft, das er in seinem Pariser Exil dem Schriftsteller Georges Bataille ausgehändigt hatte und das erst in den 1980er Jahren in der Pariser Bibliothèque Nationale gefunden wurde. Merkwürdig mutet es an, dass Benjamin den Schlusssatz in dieser Fassung gestrichen hat: »Noch stolzer machte mich die Frage, warum ich meinen Traum, den ich als Prophezeiung natürlich nun zum besten gab, verschwiegen hatte.« Eine enigmatische, unauflösbare Situation, die wie eine Vorrede zu seiner allerletzten Passage und zum Weg über die Pyrenäen gelesen werden kann – auf dem er weder Essen noch Trinken bei sich trug, sondern nur, so wird es von Lisa Fittko erzählt, ein Manuskript, in einer kleinen Tasche, die ihr auffiel, weil sie scheinbar sehr schwer war. Der herzkranke Schriftsteller soll sie als eine Art Beute bei sich getragen haben. Dieses der Zivilisation abgerungene Gewicht, dem er sich bis zum Schluss verpflichtet gefühlt haben muss, war vielleicht gar keine greifbare Tasche, sondern seine innerste Gedankenwelt. Er trug sie noch in sich, als er, vom Durst geplagt, kurz vor dem Erlösung versprechenden Hafen von Portbou, aus einer dreckigen Wasserpfütze trank, ohne den Warnungen der mit ihm Gehenden Gehör zu schenken. Sein Lebensende, das verschollene und über die Pyrenäen getragene Manuskript, klingen wie einer seiner Traumtexte, in denen einmal das Wort Traumstenogramm notiert wird und die sich wie Ereignisse an einer Schwelle lesen, von einem Ort kommend, der sich zwischen Traum und Wirklichkeit einpendelt und an dem sich innere und äußere Bilder in der Begegnung überschreiben. Auch am Schluss, selbst in Lebensgefahr, ist Benjamin kein Verkäufer von Wahrheiten. Es bleiben die Offenheiten. Nach allen Seiten. Und mit ihnen: die Rätsel. Zeitgleich ist eine Art Über-Auge immerfort anwesend, es scheint alles zu überblicken, geradezu so, als seien der Traum und das Leben selbst die Erzähler seiner Bilder. In seinem Traum vom »Gespenst« wird in einer dritten Fassung gesagt, zwar habe der Erzähler nichts über das Verhalten des Dienstmädchens gewusst, das am Gittertor gestanden hatte, »aber der Traum der vorvergangenen Nacht schuf mir Gehör«. Dieses im Durchdringen der Bildwege erworbene innere Gehör nutzt Walter Benjamin nicht für sich selbst, er leitet es in seine Texte um und bleibt dabei einer dichterischen Instanz treu, die aus der Vielschichtigkeit Bedeutung erlangt. Gerade in den verschiedenen Fassungen seiner Erzählung offenbart sich das verwirrende Chamäleon-Spiel seiner ihn immer mehr bedrängenden barbarischen Zeit, wenn er zum Beispiel am Ende dieser Fassung schreibt: »Wie Blaubarts Frau, so schlich die Neugier sich in seine (des Traumes) abgelegene Kammer. Und noch im Sprechen wusste ich mit Schrecken, dass ich ihn nie hätte erzählen dürfen.« Er hat ihn erzählt und selbst die Streichungen geben uns heute Auskunft darüber, in welchem Maße ein offenes Selbst vernichtet werden kann, wenn die Menschen seiner Umgebung zu gehorsamen Dienstmädchen verkümmern, die sich von der ursprünglich verbindenden Loyalität lossagen und sich übergangslos einem »großen Organisator« anvertrauen, dessen Lautstärke mehr Gebell als Wortmodulation ist und gerade deshalb über seine seelische Taubstummheit Auskunft hätten geben können. Wie aber lässt sich das »Kraftfeld des Gespenstes« erkennen? Wie können wir es lesen lernen? Auf dem Weg nach oben, zum Gipfel, der einst Benjamin und so vielen Menschen Rettung und Freiheit auf der anderen Seite der Pyrenäen versprach, sind diese Fragen zwar in mir vorhanden, ich spüre aber, dass ich den Aufstieg und später, noch herausfordernder, den Abstieg nach Portbou, nur dann meistern kann, wenn ich die Fragen selbst denken lasse und auf den Atem achte und dem Wind zuhöre und im »und« eine Brücke entstehen lasse, die ich noch nicht kenne. Ich schaue auf den Boden. Eine kleine gelbe Blume wird am Wegrand von der immer heftiger werdenden Tramontana fast aus dem Erdreich gerissen. Meine Gedanken sind unsichtbar, aber ihretwegen gehe ich diesen Weg. Der Blume gelingt es, dem eisigen Tanz im Wind standzuhalten. Und irgendetwas an ihrer weichen kleinen Kraft geht in diesem

Augenblick auf mich über und schenkt mir Zuversicht zum Weitergehen. Die mitgehenden Fragen stellen sich selbst ins Licht. Der Atem will nichts dafür haben.

Die Lebenden und die Toten

Der Weg ist eine zeitlose Zeichnung im Gefüge der Welt, die auch um die Bewegung eines Menschen aus der Zukunft weiß. Gehend widersetzt er sich den Uhren und erlangt in der schrittweisen Bewegung sein eigenes absichtsloses Zuwarten. Jeder einmal bewusst in der Zeit getane Schritt ist eine geistige Setzung, erst recht jeder Gedanke, der stets in allen Farben unseres Denkens mit uns unterwegs ist und im Schlaf seine Pinsel auspackt. Ein Satz ist eine Zeichnung im Atem des Denkenden. Er stellt eine Verbindung zur größeren Menschenluft her. Die Bergluftgeister unserer Gedanken verbinden sich mit all jenen, die an einem kleinen Stein vorbeigegangen sind, an dem nun auch ich vorbeigehe und der mich in seiner Stille als Verbündeter unserer gemeinsamen Träume grüßt. Gedanken sind Ankerplätze. Gedanken sind Augenblicke, in denen das Universum stillsteht, um dann, nachdem wir den Punkt gesetzt haben, das Gedachte in Lebendigkeit zu übersetzen. Welche Geschichte hat dieser Weg, der mich ins Gehen führt? Und welche Schichten seiner Vergangenheit sprechen zu mir? Zuallererst sind mir auf ihm Tiere vorausgegangen, die ihn mit dem Menschen für den Menschen begehbar gemacht hatten. Im Bild von einem Weg klingt auch die anrufbare Sichtbarkeit der Zivilisation an, in der der Mensch Schutz erfährt, *wenn sein Gegenüber Mensch bleibt* und den Anderen *seinen* Weg gehen lässt. Bevor ein Weg aber sichtbar wird, ist er zeitgleich wildes Gelände und Wildnis der Phantasie. Hundertumhundert Wege wohnen im Unergründeten und können ohne unsere Schritte nichts ins Vereinzelte führen. Vogelkunde hilft hier. Eine nach allen Seiten offene Welt erfordert Umgang mit fremden und eigenen Flügeln und eine Bereitschaft, die Augen von oben schauen zu lassen, aus der Vertikale der himmelskundigen Jakobsleiter zu denken. Das 20. Jahrhundert spricht mit seinen Hassmagneten vielfach wieder dagegen an. Und doch, jene, die es als Leidende überlebt haben, tragen eine überzeitliche Sprache der Menschlichkeit in sich. Ihr ist Genauigkeit eigen. Es haben zwar alle Menschen mindestens einen Engel, aber er lebt in einer großen Enge, wie in einem nach unten zeigendem Kegel, wenn er sich nicht seiner selbst erinnert. Der Engel hat dann sein L verloren. Die vom Himmel kommenden und in die Ebene zeigenden Längen seiner Welt sind Grenzbezirke. Dort auszubrechen ist fast unmöglich. Die geistige Geometrie hat ihre Gesetze. Einem Kegel, der nach unten zeigt, ist schwer zu entkommen. Deswegen ist Dantes Hölle ein die Luft abdrückender Kegel. Die Hölle erlaubt keine Entwicklung, keinen Übergang zur anderen Seite des Kegels. Die Gedanken werden im engsten Raum des Kegels sehr dicht, und die Welt der Materie hat alles fest im Griff. Dort kann niemand erreicht werden, der vergessen hat, dass oben im Kegel die freiere Luft herrscht und dass man den Ausgang verlassen kann, wenn man ein Aeronaut ist und die Windlage nutzt, die es immer und überall gibt. Der Druck unten ist stark. Weiter oben werden wieder ein Austausch und ein anderes Sehen möglich. Die Toten und die Lebenden können miteinander sprechen, ohne vom Höllenimpressario kontrolliert oder irregeleitet zu werden. Was der gehende Mensch zu Fuß auf einem Weg zu bewältigen hat und sich Schritt für Schritt erobert, muss der im Kegel Gefangene gedanklich vollziehen, seine denkerischen Füße sind naturgemäß am Anfang noch ungeübt, aber es hilft, von der Verletzlichkeit des Menschen und auch von Adornos Tränen zu wissen, sich die Frage zu stellen, wo sie sein Leben lang derart vehement überleben konnten. Offen kann jeder einen Bezug herstellen und sehen, dass in Adornos Tränen die ganze Zeit eine Sprache, ein Wissen des Wassers mitgearbeitet hat. Zum Beispiel in einem Traum, den er im Januar 1934 in Frankfurt am Main, meiner alten hessischen Heimatstadt, geträumt hat. Es geht um eine Busfahrt von Pontresina hinab ins Unterengadin. Viele Bekannte des Träumers sind dabei und sie fahren in diesem Bus »in Wirklichkeit« nahe an Adornos Heimat zwischen Königstein und Kronberg, vorbei also an den Orten meiner zweiten Kindheit. Eine weitgereiste Zeichnerin kündigt, da sie das schon kennt, den Sturz des Gefährts an. Adorno steht nach dem

Unfall schon bald wieder auf den Füßen, genauso unversehrt wie G. (seine Frau Gretel). »Ich fühlte mich weinen«, hält er fest, »indem ich sprach: ich hätte so gern noch mit Dir weitergelebt. Da erst erkannte ich, dass mein Leib völlig zerschmettert war. Mit dem Tode wachte ich auf.« Im Tode sprachbewusst aufzuwachen heißt, dem Magnetismus des Kegels zu entkommen. Und Tränen einzulagern für das kommende Jahrhundert. Aber das Datum, das Jahr, die Umgebung sind nichts Zufälliges. Auch in Adornos Träumen spielt jener Augenblick eine gewichtige Rolle, den Walter Benjamin mit der Wirkung der Gedanken in Zusammenhang brachte. »Gedanken wirken oft weniger durch das, was sie sagen, als durch den Augenblick, in dem sie zu uns kommen.« Diesen geheimeren, leiseren Weg, den ein in Stille gedachter Gedanke (für Benjamin: »in der Einsamkeit«) gedacht wird, gleicht auch der Weg der Träume. Der Augenblick entscheidet über ihre Deutung, die wir automatisch aus der Zeit heraus vornehmen, ob wir von deren Untiefen gerade Kenntnis haben oder nicht. Die »Traumriegel« sind nicht willentlich verschiebbar. Sie sind selbst der Wille jener Bilder, die in uns ihre Werkstatt errichtet haben. Es gibt Menschen, die es den Traumriegeln gestattet haben, ein Schloss an ihrer Logik anzubringen und die deshalb, eben jeglicher Logik widersprechend, Massenerschießungen und Kriege überlebt haben. Weil sie nicht der Gefahr entrinnen wollten, so sagen sie es selbst, sondern paradoxerweise bereit waren, ohne es voll zu erfassen, durch sie hindurchzugehen. Eine äußerste Außengrenze des Lebens. Dem naiven Mathematiker nicht zum Nachahmen empfohlen. Durchdrungen von einer so großen Wirkkraft der Würde, dass aller Spott an ihr vorbeigeschleust wird. Mut und Gnade. So ins Leben zurückzutreten heißt, ganz ins Leben zu treten. Zu allen Menschen. Und gerade der Tod macht auf dieses große Gewebe aufmerksam, indem er zeigt, auf welche Weise es geknüpft ist. Der Tod ist ein Regen, der die Landschaft in unserem Sein erst dann ergrünen lässt, wenn durch ihn alles Lebendige im Verlust zu einem Wunder wird. Love doesn't die when we die. It is our resurrection. Sagt mir Etel Adnan kurz vor ihrem Tod. Wenn Menschen sterben, wissen wir um die Hinterlassenschaft ihrer Lücken und um die Mitarbeit dieser Lücken, um ihre über Jahrzehnte hinweg in uns nachwirkende Arbeit. Die so im Geist abgetasteten Wege zeigen das, was Benjamin über das Ableben eines uns nahestehenden Menschen schreibt, der gerade durch seinen Tod unsere Entwicklung ermöglicht: »Stirbt ein sehr nahestehender Mensch uns dahin, so ist in der Entwicklung der nächsten Monate etwas, wovon wir zu bemerken glauben, dass – so gern wir es mit ihm geteilt hätten – nur durch sein Fernsein es sich entfalten konnte. Wir grüßen ihn zuletzt in einer Sprache, die er schon nicht mehr versteht.« Ein im Tod vollzogenes Leben wird fortgesetzt im Leben jener, die noch im Atem anrufbar sind. Mit den Dingen verhält es sich anders. Die Dinge der Toten sind immer noch Dinge der Toten und bleiben es, bis auch wir sterben und sie jemand anderem übergeben. Sie erteilen uns so einen merkwürdigen Auftrag, den zu lesen es ein Denken in Verknüpfungen braucht und vermitteln als Restmaterial zwischen den Toten und den Lebenden. Es gibt keine Trennung in diesem Gespräch. Auch nicht im Hinblick auf sogenannte historische Ereignisse. Alles, was Teil unserer inneren und äußeren Wege ist, spricht zu uns als wissende Gegenwart. Das Leben ist Leben, weil es, mehrfach geschichtet, synästhetisch von sich Kunde gibt, *es ist Zeit* und *hat Zeit* und damit einher gehen fordernde Fragen, in denen sich nach innen weisende Lektüreempfehlungen verstecken. In unserer Ausstrahlung wie in unseren Denkbewegungen und den daraus entstehenden Öffnungen und Reibungen gehen all jene mit, die vor uns im linearen Zeithorizont gelebt haben, der uns jetzt aufwachen und einschlafen lässt. Sie sind eingewoben in unsere innere Zeit, sie bilden das Passepartout für jene Zeichnung, die wir lebend abtasten und der wir mit unserem Hiersein zu Atem verhelfen. Diese Sichtbarkeit meint Menschen, Blicke, Beziehungen, Farben (das Wesen der Farben), Freundschaften, Verwandtschaften, Liebes- und Leidensgeschichten, erste und letzte Küsse, erste und letzte Worte, die im Unterwegssein ausgesprochenen Sätze, die wir nicht mehr ungeschehen machen können und die deshalb für immer über den Verlauf unseres Lebens entscheiden. Sie bilden dabei Muster und Familien, sie rufen nach neuen Sätzen, halten Ausschau nach jenen anderen Worten, die wir uns noch nicht getraut haben auszusprechen, weil die falschen uns im horizontalen Gefüge unserer Biographie davon abgehalten haben. Das Gleiche gilt für das langsame Herausfallen aus einem Kollektiv und den schnell und feurig ausgesprochenen Hass eben dieses Kollektivs, das unsere Freiheit, die einzelne Autonomie auf seine strukturelle Begrenztheit verweist (sonst würden wir nicht ausbrechen müssen). Eine grausame Gegenwart, der wir durch Teilhabe in der Zeit ausgeliefert sind, kann dazu verführen, die eigene und freiwillige Abtötung einzuleiten. Dieser Abtötung hat sich Karlo Štajner in den Kellern und Kerkern Sibiriens innerlich widersetzt. Anders als Abertausende seiner Mitgefangenen in der Lagern der Sowjets, schreibt er, habe er den festen Wunsch entwickelt, sich nicht vom ihn umgebenden Schrecken einverleiben zu lassen, sondern *von ihm zu erzählen*: »In den Kerkern des NKWD (des Geheimdienstes, der dem Innenministerium der UdSSR unterstellt war), in der Eiswüste des hohen Nordens – überall, wo mein Leiden das Maß des Erträglichen überschritten hatte, hegte ich einen Wunsch: zu überleben, um einmal der Welt und vor allen meinen Parteifreunden von den Schrecken erzählen zu können.« Und doch müssen wir fragen, ob die Gnade dem Menschen geschenkt wird oder er sie als einzeln Gemeinter empfängt, wenn er getragen wird vom Unerklärbaren, von jener Lücke, in der das Überleben für einen Menschen möglich wird, während Tausende sterben. Denn warum sollte ein Leben wertvoller sein als das andere? Hat die Gnade etwa keine suprapersonalen Augen? Zehn Jahre nachdem Walter Benjamin seinen Moskauer

Aufenthalt beendet hatte, klopfte es am 4. November 1936 an Karlo Štajners Moskauer Wohnungstür – der Name der Straße, in der er damals mit seiner hochschwangeren russischen Ehefrau Sonja lebte, hieß Nowoslobodskaja. Die neue Freiheit. Die neue Zeit hatte ihr eigenes neues Uhrwerk mitgebracht. Die Sprache versteckte sich als Einzige nicht in sich selbst und erzählte überall von seinen gewaltvoll tickenden Zeigern. Die neue Freiheit begann für Štajner damit, dass man ihm als Erstes seine Armbanduhr abnahm und damit der Orientierung und der Teilhabe in der Zeit beraubte. Erst bittere und dann bitterkalte 7000 Tage später besaß er wieder eine Uhr und war, zwanzig Jahre älter, so etwas wie ein freier Mann. 1958, lange bevor Alexander Solschenizyn die Welt mit seinem »Archipel Gulag« aufrüttelte, schrieb Štajner seine Erfahrungen aus der Gefangenschaft nieder, wurde aber nur in Jugoslawien gelesen. Die Welt war noch nicht bereit, das zu sehen, was er in der sowjetischen Gefangenschaft erlebt hatte. Am ersten Tag im Lager musste er sich bei seiner Ankunft nackt ausziehen und wurde überall durchsucht. Weder die Zeit noch sein Körper gehörten ihm von diesem Augenblick an. Über mehrere Treppen und Gänge gelangte er in einen Korridor, wo er verschiedene Türen sah. Er wurde einem Aufseher übergeben, der, mit zwei Schlüsseln in der Hand, die Tür zum ersten Kreis der Hölle öffnete. Štajner betrat einen stinkenden, stickigen Raum von etwa drei Meter Breite und fünf Meter Länge. Auf dem Boden lagen dreißig bis vierzig Männer. Erst zwanzig Jahre später konnte er mit seiner Sonjuschka darüber sprechen. Sie wartete in Moskau auf ihn, während Nadeshda Mandelstam um ihren Ossip trauerte, der 1938 in einem Durchgangslager bei Wladiwostok an Typhus gestorben war. Ohne es zu wissen und doch im starken Bewusstsein um die weitreichende Wirkung seiner Äußerung, hatte Ossip Mandelstam mit seinem Stalin-Epigramm bereits 1933, in einer Zeit, in der die Sowjetunion nur aus »Verrätern« und »Volksfeinden« zu bestehen schien, sein eigenes Todesurteil unterschrieben. In seinem Gedicht nannte er den »Bergmenschen im Kreml« einen »Verderber der Seelen und Bauernschlächter«: »Befehle zertrampeln mit Hufeisenschlag: / In den Leib, / in die Stirn, in die Augen, – ins Grab. / Wie Himbeeren schmeckt ihm das Töten – / Und breit schwillt die Brust des Osseten.« In diese Atmosphäre der Paranoia, in der es außer Ossip Mandelstam kaum eine Seele wagte, den Kremlbewohner auch nur milde zu verspotten, wurde Karlo Štajner aus dem Nichts heraus verhaftet. Dieses Nichts war noch Jahrzehnte später eine dunkle Leerstelle auch in meiner Kindheit. Die Roten, ein Synonym für Angst und Schrecken, kamen sogar in meinen Träumen vor, als hätten jene, die das Grauen erlebt hatten und von ihm schwiegen, nur diese eine Möglichkeit gefunden, über das Verbotene zu sprechen – in den Träumen der Jüngeren, die, durch die unvergesslichen Bilder der Nacht, aufgefordert wurden, die Erinnerung wachzuhalten und von ihr zu erzählen. Vielleicht war ich deshalb immer empfänglich für die Mitteilungen der Geschichte und merkte mir ein Gedicht wie »Danksagung« von Johannes R. Becher ganz selbstverständlich, der Stalin als einen Gott besingt, dem kein Gebirge eine Grenze setzen kann – kein Feind sei stark genug, ihm zu widerstehen, »denn sein Gedanke / wird Tat, und Stalins Wille wird geschehen«. Wer den Gulag überlebt hat, hat diesem falschen Gott und allen diensteifrigen Dichtern gezeigt, dass Stalins Name nicht der Frühlingswind trägt und er nicht als Wundertätiger das Meer überquert. Die dem Leiden Entronnenen erzählen von der Dauer des Leidens und sind auch heute noch unsere Verbündeten; deshalb war Karlo Štajner zwar nicht mehr gefangen, blieb aber bis zum Ende seines Lebens *so etwas wie ein freier Mann*. Der Schriftsteller Danilo Kiš, dessen Vater in Auschwitz ums Leben gekommen war, lernte Karlo und Sonja Štajner später in Jugoslawien kennen. Erst als Kiš »die toten Augen« Sonja Štajners sah, wurde ihm auch die Wunde ihres Mannes zugänglich, der, so berichten jene, die Karlo kannten, ein fröhlicher, stets ums Lächeln bemühter Mensch war, der einen robusten und unversehrten Eindruck machte. So trügerisch sind manchmal die Bilder, die wir vom Körper der anderen haben. Sibirien aber ist auch und gerade für ihn nie vergangen. Die toten Augen Sonja Štajners schauen uns alle an. Die Zeit ist Zeit, weil sie in den Augen solcher Menschen aus sich selbst herausfällt und so das Vergessen übersteht, damit wir Lesende dieses wie für uns angehaltenen Augenblicks werden. Die Toten haben uns die sibirischen Lager, die gnadenlos eingeforderte Zwangsarbeit bei minus fünfundvierzig Grad, die abgefrorenen Zehen und die von den Wächtern gebrochenen Finger im Archiv unseres Hierseins hinterlassen. Ihr in Kälte und Hunger ausgehauchtes Leben kennen wir jetzt, weil Menschen wie Karlo Štajner, denen das Atmen noch möglich war, unbedingt darüber erzählen wollten, was sie erlebt haben und die aus dem Erzählen die Kraft fürs Weiterleben geschöpft haben. Dieser Gedanke kommt mir wie ein beharrlicher und peinigender Hunger vor, allmählich und dann doch plötzlich den Magen zudrehend, wie eine alles ändernde Überraschung, nimmt er von mir Besitz. Erzählen und Leben bilden eine Einheit. Und hat Sonjas totes Kind einen Platz darin? Indem ich an es denke, ist es Teil meiner eigenen Seelengeographie. Wie, auf welche Weise liebt uns so das Gedächtnis? Meines liebt mich fordernd und ohne abgesicherte Antworten: Haben wir genug Wasser in uns, Tränen genug, um von den auf Ganzheit ausgerichteten Fragen nicht abzulassen und jene Verluste und Leiden in der Sprache zu durchdringen, die uns mit einer höheren Heimat verbinden?

Verknüpfungen

Vielleicht hat Walter Benjamin die Uliza Nowoslobodskaja ziemlich gut gekannt, weil seine Fragen ihn ins Neue geführt haben. Auf seinen Spaziergängen in Moskau

könnte ihm Sonja, die 1926 noch nicht mit Štajner verheiratet war, begegnet sein. Karlo kam erst 1932 in die Sowjetunion, in das Land seiner Ideale – wie er glaubte. Vorher
hielt er sich in Paris, Wien, Berlin auf, ein überzeugter
Kommunist, der noch 1936, als Stalins großer Terror begann, eben diesen Terror für ein leicht aufzulösendes
Missverständnis hielt. Nirgendwo liefen sich diese beiden
Jahrhundertzeugen über den Weg, und nun, kurz bevor
ich Banyuls-sur-Mer hinter mir lasse, finden sie in mir mit
ihrem Leben und ihren Lebenssätzen zueinander. Die
Lichtung und ihre erlösende Botschaft, die bald schon sich
ankündigende andere Seite, ist nicht mehr weit entfernt.
Ich denke an Sonjas Kind, an das vollständig zum Leben
bereite Kind, das sie mit ihren Augen nur dreißig Tage
lang lebend sehen wird. Das Rauschen der Bäume, das
Rollen der Steine unter meinen Füßen, der Blick in die
Weite führt mich gleichsam von allein in die Schichtungen
der Zeit, öffnet einen neuen Blick für die Verknüpfungen,
die in mir und mit meinem in mir wachsenden Kind mitgehen. Sonjas Kind ist verhungert. Ich versuche weiterhin,
innerlich still und äußerlich leise zu gehen, dem Weg mit
dem Kopf nicht vorauszueilen, nicht mit dem Wissen,
dem Angelesenen, den Büchern voranzugehen, die sich
nun melden, bei mir anklopfen, wie Gäste, die ein Obdach
suchen. Während ich nun die Landschaft aus der Rückschau in mir wirksam werden lasse und so von ihrer
Schönheit noch einmal beschenkt werde, muss ich wieder
an Lisa Fittko denken, die über die Vorbereitungen zu

dem ersten Aufstieg mit Walter Benjamin und seinen Freunden loswanderte, so schreibt sie es, »wie Touristen, die die Landschaft genießen«. Diese merkwürdige Generalprobe, eine Einübung in die Bezwingung der Berge unter Lebensgefahr, zeigt, dass selbst dieser erste »Kundschaftsgang« nach einer Mimikry-Leistung verlangte, die Benjamin nicht davon abhielt, seine Aktentasche mit dem ihm so wichtigen Manuskript mitzutragen. »Wissen Sie, diese Aktentasche ist mir das Allerwichtigste«, soll er zu Lisa Fittko gesagt haben. Ein Satz, der gar nicht nach ihm klingt. Die ganze Zeit habe ich bei den Vorbereitungen zu dieser Reise diesem Satz geglaubt. Aber jetzt kommt er mir eigenartig vor, irgendwie schief, irgendwie nicht mit der Stimme sagbar, eine nachträgliche Referenz vielleicht, eine nachträglich ins Gedächtnis gemachte Eintragung. Und weiter – »Ich darf sie nicht verlieren. Das Manuskript muss gerettet werden. Es ist wichtiger als meine Person.« Nach einem Drittel des Weges ruhte sich die kleine Gruppe aus, um dann ins Städtchen zurückzulaufen. Der nächste Morgen, vor Sonnenaufgang, er sollte für den echten und alles auf eine Karte setzenden Übergang genutzt werden. Aber Benjamin weigerte sich plötzlich, mit den anderen zurückzugehen. Er wollte die Nacht hier verbringen und bat die anderen Mitgehenden, am nächsten Tag an dieser Stelle wieder zu ihm zu stoßen. Lisa Fittkos Versuche, ihn auf die wilde Berggegend und die womöglich hier lebenden gefährlichen Tiere aufmerksam zu machen, führte zu nichts. Benjamin hatte weder Proviant noch etwas zum Zudecken dabei. Es war Ende September. 1940. Aristides de Sousa Mendes war noch Konsul in Bordeaux und hatte genug zu essen. Die Nächte in den Bergen können kalt sein. Das muss auch Benjamin klar gewesen sein. Zu diesem Zeitpunkt lebten noch die meisten kroatischen Juden im Tag um Tag unruhiger rumorenden europäischen warmen Süden. Die Wenigsten von ihnen machten sich auf den Weg in ein anderes und Rettung versprechendes Land, im Gegenteil, eine Flucht hielten sie nicht für nötig und blieben, wo sie waren, obwohl ihnen andere Juden, die schon alles verloren hatten, von ihrer Lage erzählten, während sie hier Station machten und auf ein Visum zur Weiterreise warteten. Ein Jahr später begriffen aber auch die kroatischen Juden, dass nichts Gutes ihrer harrte und dass selbst der Süden nicht mehr großzügig war, weder das Licht des Mittelmeers sie beschenken konnte noch die Menschen sie beschützen würden. Als sich die Faschisten unter ihren katholischen Landsleuten mit Hitlerdeutschland verbündeten, schafften es nur wenige, dem Tod zu entkommen. Eine europäische Gleichung, beschämend in ihrer Absehbarkeit, vollzog sich auch hier. In unwegsamen dalmatinischen Berggegenden hatte derweil das kleine Land einige Lager errichtet (insgesamt waren es an die zwanzig), zu denen Hitlerdeutschland geraten hatte, als hochstehende Ustascha-Funktionäre nach Berlin pilgerten, um sich an Deutschlands Dunkelheit zu laben. Über Wochen hinweg waren vorher hunderte von serbischen Dörfern vor den Augen aller an den Landstraßen regelrecht exekutiert und die manchmal nur mit Beilen oder Messern getöteten Menschen in der Erde verscharrt worden. Das Grundwasser muss schon an vielen Orten gefährdet gewesen sein, so viel Blut, so viele Leichen füllten die Karsthöhlen, dass die Tiere Reißaus nahmen. Ziel der kroatischen Faschisten war es, die gesamte serbische Bevölkerung zu vernichten, die Ermordung und Auslieferung der Juden folgte genauso vehement und brutal, entsprach aber auch einem expliziten Wunsch Hitlerdeutschlands, dem man *en passant* gerne nachkommen wollte. Nicht einmal eine Konversion konnte die Blutrünstigen beschwichtigen. Nur tote Serben, nur tote Juden verschafften ihnen ein Gefühl der Zufriedenheit. Der kroatisch-jüdische Schriftsteller Slavko Goldstein hat in seinem Buch »1941 – Das Jahr, das nicht vergeht« über diese Zeit Zeugnis abgelegt und es bis in alle Einzelheiten untersucht. Sein Vater war in diesem Jahr in einem der Lager ums Leben gekommen. Goldstein hat den Zweiten Weltkrieg mit seiner Mutter und seinem Bruder als kleiner Partisan in den Bergen überlebt. Er starb 2017 und bekam nicht mehr das Erscheinen seines Buches in meiner Übersetzung ins Deutsche mit, das die Sprache seiner ukrainisch-jüdischen Mutter war und das er selbst melodiös und warmherzig sprach. Als wir uns am Telefon austauschten, kam er auch einmal auf die Bukowina zu sprechen, wo seine Mutter zur Welt gekommen war. Rose Ausländer und Paul Celan sprachen in diesem Deutsch eines anderen Jahrhunderts zu mir, das sich durch die Zeit hinweg seine

Wärme erhalten konnte. Kurz nach Goldsteins Tod postete ein kroatischer Priester auf der dalmatinischen Insel Hvar auf Facebook eine Nachricht, die kaum jemanden im Land erschütterte: »Die Nachricht vom Tode Dr. Slavko Goldsteins hat mich glücklich gemacht. Es freut mich, dass ein Hasser Kroatiens von der Weltbühne verschwunden ist.« Das Jahr 1941 war Slavko Goldsteins Lehrmeisterin. Sein Tod zeigte dann auch nach einem langen Mäandern zwischen dem alten Jugoslawien, Israel, der sozialistischen Föderativen Republik Jugoslawien und einem neu gegründeten Kroatien ein Leben, dass sein Buchtitel weise gewählt war und 1941, dieses menschheitsverdunkelnde Jahr, tatsächlich im kollektiven Bewusstsein noch nicht vergangen ist. Als Goldsteins Vater 1941 in einem kroatischen Lager starb, saß Karlo Štajner bereits vier Jahre im sowjetischen Gulag fest und weitere unfassbare sechzehn Jahre standen ihm noch in Kälte und Gefangenschaft bevor. Walter Benjamin, der bei seinem Moskauer Aufenthalt manchmal der vereisten Straßen wegen wie eine ortsunkundige Katze auf seine Schritte achten und nicht die Stadt inspizieren konnte, wie es ihm entsprach, stemmte sich an jenem Septembertag 1940 in den Pyrenäen beharrlich gegen Lisa Fittkos Bitte, mit ihr und den anderen nach Banyuls-sur-Mer umzukehren. Sein Entschluss stehe fest, soll er gesagt haben, er werde die Nacht auf der Lichtung verbringen, das sei unwiderruflich und beruhe auf einer einfachen logischen Überlegung. Sein Ziel war es, die Grenze zu überschreiten, damit er und sein Manuskript nicht der Gestapo in die Hände fallen. Ein Drittel dieses Ziels sah er als erreicht an. Er fürchtete um sein krankes Herz und dass er es nicht schaffen würde, ins Dorf zurückzukehren, um den ganzen Weg am folgenden Tag nochmals zu gehen, folglich wollte er bleiben. Als Lisa Fittko ihm eröffnete, dann auch bleiben zu wollen, soll er lächelnd zu ihr gesagt haben: »Werden Sie mich vor Ihren wilden Stieren schützen, gnädige Frau?« Auf dieser Lichtung stehe nun ich und schaue mich noch einmal um und sehe, was auch Benjamin gesehen haben muss, eine betörend schöne Landschaft, Europa, wie es ohne zementierte Grenzen ist, lebendig bei jedem Schritt, unendlich reich, betörend einnehmend und ja, das Paradies, von dem wir träumen, wenn wir von ihm träumen. Es kommt mir vernünftig vor, dass Benjamin nicht zurückwollte. Das Paradies ist für einen ausgesetzten Menschen kein geschützter Garten Eden, weil auch der Garten Eden nie für immer das war, was er jetzt für uns ist. Benjamin wusste um die ihm zur Verfügung stehenden Kräfte. Und um die Begrenzung seiner Möglichkeiten. Er muss in diesem alles entscheidenden Moment schlicht aus seinen vielen Erfahrungen als Wanderer Klarheit geschöpft haben. Nicht zum ersten Mal ging er durch die Berge. Allein auf der Insel Ibiza unternahm er ausgedehnte Wanderungen ins Inselinnere, die er »Erkundungswanderungen« nannte und die manchmal bis zu vierzehn Stunden dauerten. In der heißen Sonne, die sich vom Grashalm bis zum Vogel alles einverleibte, durchdrang er mit seiner Wahrnehmung die Arbeit des Sonnenlichtes, die tief in seine Sprache einsank und die in ihm als Landschaft nachklang – weil er sie ergangen hatte. Aber auch das Mondlicht kannte er als Wandernder. In einem Brief berichtet er seiner Freundin Gretel Karplus, die später Theodor W. Adorno heiraten sollte, von einer einsamen Mondscheinwanderung auf den Gipfeln der Insel. Zum ersten Mal erscheinen mir die als historisch verbürgten Fakten über seinen letzten Weg und seinen Selbstmord am Ende dieser zwar langen und für ihn mühsamen, aber doch vollbrachten Flucht, als zweifelhaft. Vielleicht weigere ich mich aber auch einfach hinzunehmen, was die Geschichte von mir verlangt – dass ein solcher Mensch freiwillig aus dem Leben scheidet, jemand, der so schelmisch, so entschlossen ist, sein Manuskript in einer Aktentasche über die Pyrenäen zu tragen, will doch am Ende nicht aufgeben. Aber der Einbruch der Trauer und Not nach der zuletzt ergangenen Landschaft sind nicht von der Hand zu weisen. Auch wenn Walter Benjamins körperliche Verfassung sehr angeschlagen war, die letzte Passage seines Daseins hat er, immerhin bleibt mir das, als Gehender gemeistert. Sein Bemühen zeigt sich mir nicht als weltfremd oder naiv, wie es eine allgemein bei den Zeitzeugen verbreitete Deutung will. Hans Fittko etwa erzählte seiner Frau eine Geschichte, die ihr angesichts Benjamins Weigerung, mit der Gruppe wieder nach Banyuls-sur-Mer zurückzugehen, einfiel, als Benjamin partout in den Bergen übernachten wollte. Im Winter vor der Kapitulation Frankreichs waren Benjamin und Hans

Fittko zusammen im Lager Vernuche, in der Nähe von Nevers, interniert. »Benjamin, ein starker Raucher, eröffnete ihm eines Tages, dass er das Rauchen aufgegeben habe, und er beschrieb die Qualen des Entzugs. ›Falscher Zeitpunkt‹, sagte Hans. Ihm war aufgefallen, wie wenig Benjamin in der Lage war, mit den ›Widrigkeiten des äußeren Lebens, die manchmal wie Wölfe (…) kommen‹ fertig zu werden – und in Vernuche war das gesamte Leben eine einzige Widrigkeit.« Ihr Mann habe sich daran gewöhnt, ihm zu helfen, sich in praktischen Dingen zurechtzufinden. Aber Benjamin hatte auch eigene, sehr praktische, wenn auch zuerst philosophisch erarbeitete Strategien, um dem Grauen zu begegnen, das ihn nicht nur umgab, sondern das ihn auch körperlich *meinte*. Hans Fittko habe versucht, ihm zu erklären, dass Krisen nur mit einer Grundregel zu meistern seien: »…um sie zu überstehen und dabei nicht den Verstand zu verlieren, sei es notwendig, immer nach Erfreulichem zu suchen und nicht nach zusätzlichen Härten.« Benjamin soll ihm daraufhin entgegnet haben: »Ich kann die Zustände im Lager nur ertragen, wenn ich gezwungen bin, meine geistigen Kräfte ganz und gar auf diese gewaltige Anstrengung zu konzentrieren. Das Rauchen aufzugeben kostet mich diese Anstrengung, und so wird es mir zur Rettung.« Was ist schon das banal Erfreuliche im Vergleich zu einer derart stark freigesetzten Geisteskraft? Widerständigkeit entwickelt der Mensch nicht nur durch einen bloß positiven Blick, sondern durch die Kraft, die er aufbringt, in seiner ihm gegebenen Empfindungswelt und Autonomie zu leben, um den Widrigkeiten gewachsen zu sein, *die das Leben ihm in seinen Rätseln und Gleichungen vorlegt.* Jede Seele hat dafür eigene Mittel zur Hand. In diesem Bestreben, sich den Erhalt seiner geistigen Souveränität zu sichern, erinnert mich Benjamin an den russischen Gelehrten, Priester und Naturforscher Pawel Florenski, der sich selbst in der Verbannung auf den eisigen Solowezki-Inseln, wo er als Fall Nummer 2886 am Ende zu Tode verurteilt wurde, immer noch, das bezeugen seine Briefe aus dem Lager, gegen »die Zerstäubung der Persönlichkeit« wehrte und auch dann die Struktur der Algen minutiös studierte, als ihm schon lange klargeworden sein musste, dass er der Gewalt seiner Zeit nicht mehr entkommen würde. Dieses erste große Häftlingslager Russlands wurde später das Modell des sowjetischen Lagersystems, das auch den Dichter Ossip Mandelstam verschlingen sollte. Auf der Lichtung, die Walter Benjamin schon das nahende Zeichen seiner Freiheit war, wird er sich vielleicht beim dortigen Ausharren über Nacht genauso tiefgreifende Rettung wie einst im französischen Lager erhofft haben, als er das Rauchen aufgab und so sein Bewusstsein auf eine Aufgabe ausrichtete, die ihm half, sein Selbst im Geistigen zu verorten. Lisa Fittko beschreibt Benjamin bei der Überquerung der Pyrenäen als einen Menschen mit einem kristallklaren Denken und einer unbeugsamen inneren Kraft. Merkwürdig nur, dass sie ihn dabei zeitgleich als »hoffnungslosen Tolpatsch« bezeichnet, weil seine Strategien, die seinem gesundheitlichen Zustand geschuldet sind, nicht ihren eigenen entsprachen und ja auch nicht hatten entsprechen können, da sie körperlich und auch im Denken ganz anders beschaffen war. Fittkos Robustheit war ein unendliches Glück für viele schon der Hoffnung beraubte Menschen. In jenen letzten Monaten von 1940 hätten sie ohne die scheinbar endlose Kraft von Lisa und Hans Fittko nicht überleben können. Bald schon wird ihr klar, dass dieser Weg über die Berge doch länger und schwieriger ist, als sie es nach der Beschreibung des Bürgermeisters hatte annehmen können. »Wenn man sich des Weges sicher war, nichts zu tragen hatte und jung und gesund war, könnte man es sicher auch viel schneller schaffen«, hält sie über diesen Teil des Weges schließlich fest. Zudem waren Monsieur Azémas Angaben über die Entfernung und Zeit, wie so oft bei Gebirgsleuten, sehr dehnbar. Wie lang sind »ein paar Stunden«? Und selbst in dieser gedehnten Zeit, in der jeder Schritt für Benjamin eine Herausforderung war, behält er seinen durchdachten Rhythmus bei. Selbstdisziplin und genau durchgerechnete Pausen (bevor die Erschöpfung eintrat, nicht erst danach) helfen ihm dabei. Offenbar verliert er nicht einen Augenblick lang seine Höflichkeit aus den Augen, die Lisa Fittko in den Pyrenäen als »spanisches Zeremoniell« erlebt. Mit gefälschten Marken hatte sie ein Brot gekauft und war bei einer kleinen Rast im Begriff, auch die Tomaten mit Benjamin zu teilen, als er sie fragte: »Gnädige Frau, wenn Sie gestatten, darf ich mich bedienen?« Ja, so sei er gewesen,

»der alte Benjamin mit seinem spanischen Hofzeremoniell«. Kurz vor der Eroberung des ersehnten Gipfels beeindruckt sie diese vollendete Höflichkeit dann fast genauso wie die atemberaubende Landschaft, die sich ihnen zeigt, ein Bild, hoch oben, so unverhofft erschienen, dass sie einen Augenblick lang an die Fata Morgana geglaubt habe. »Weit unten, von wo wir gekommen waren, sah man wieder das tiefblaue Mittelmeer. Auf der anderen Seite, vor uns, fielen schroffe Klippen ab auf eine Glasplatte aus durchsichtigem Türkis – ein zweites Meer? Ja, natürlich, das war die spanische Küste. Hinter uns, im Norden, im Halbkreis, Kataloniens Roussillon mit der Côte Vermeille, der Zinnoberküste, einer herbstlichen Erde mit unzähligen gelb-roten Tönen. Ich schnappte nach Luft. Solche Schönheit hatte ich noch nie gesehen.« Zu einer ganz anderen Jahreszeit zwar, durchgefroren und von der kühl zubeißenden Tramontana nach oben regelrecht gepeitscht, erleben auch wir die segnende Schönheit dieses Gipfels, der so vielen Menschen 1940 Zeichen von Rettung und Freiheit war. Die Landschaft scheint mich in diesem Augenblick förmlich zu umfangen, eine kraftvolle, doch durchaus strenge Hülle ist sie, die von der natürlichen Grenze selbst kommt und die keinen Zweifel darüber lässt, dass der Mensch auf der Erde den Platz eines Reisenden einnimmt. Ich reise, also bin ich eine *Passage*. Die Natur ist nicht nur bloß schön, sie ist dem hier gehenden Menschen verwandlungsgeübte Gebieterin.

Die Feinstofflichkeit der Jahrhunderte

Auch weit in den Februar 1941 hinein sind Lisa und Hans Fittko diesen Fluchtweg über die Pyrenäen gegangen, um gefährdete Menschen, an den schroffen Klippen vorbei, auf die andere Seite nach Spanien in Sicherheit zu bringen. Die allermeisten von ihnen wollten weiter nach Lissabon, um wie all jene von Aristides de Sousa Mendes Geretteten von dort ein Schiff nach Übersee zu nehmen. Bei Kälte dehnt sich die Zeit mehr als bei Wärme. Hätte Benjamin den Aufstieg zu dieser Jahreszeit und in einem kühlen Februar wie diesem überhaupt geschafft? Je kälter es wurde, desto öfter erlebten die Fittkos in den Bergen den einen oder anderen unberechenbaren seelischen Zusammenbruch ihrer Schützlinge. Da habe sie an die Selbstdisziplin von Walter Benjamin denken müssen, schreibt Lisa Fittko, besonders einmal, als eine Frau in den Bergen zu jammern anfing, die die Sicherheit der ganzen Gruppe gefährdete und lautstark nach einem Apfel verlangte: »… Haben Sie denn nicht einmal einen Apfel für mich mitgenommen – einen Apfel will ich« – oder als eine andere Frau die Kontrolle über sich verlor und unbedingt an Ort und Stelle sterben wollte. Walter Benjamin aber war entschlossen, auch den Abstieg Richtung Portbou zu meistern und dem fast durchsichtig türkisblau schimmernden Meer entgegenzugehen, mit dem er sich schon vorher in Marseille, auf der französischen Seite dieser paradiesischen Farbe, angefreundet hatte. Manchmal kommt mir Benjamin selbst wie sein eigener »Engel der Geschichte« vor, der schließlich seine Flügel im Sturm verfangen musste, sich zwar selbst das Leben nahm, letztlich aber von den Menschen seiner Zeit in den Tod wie in ein letztes irdisches Unwetter gedrängt wurde. Widerständigkeit zu entwickeln und die eigene Stimme vor der Übermalung durch fremde Tonalitäten zu schützen, wenn der gewaltvolle Tod uns begegnet, macht von selbst den Allgemeinplatz eines billigen positiven Denkens obsolet. Denn es gibt auch Zeiten, in denen das Böse gerade walten kann, weil das kleingedacht Verkürzte uns verführt. Dies zu erkennen, geht nur mit Aufrichtigkeit einher, mit der sich das Reptil der Lüge selbst enttarnt und so zu unserem genauen Sehen beiträgt, uns selbst also radikal verändert. Die Feinstofflichkeit der Jahrhunderte ist in uns allen eingeschrieben und steht unserem Denken zur Verfügung. Wenn alle Vögel in den Süden zurückfliegen, obliegt es dem Menschen, in der Kälte, die ihn auch in Friedenszeiten herausfordert, die Lieder seiner in ihn eingeschriebenen Freiheit im Stillen zu erhören. Das Lied, das alle kennen, ist der Wunsch zu leben. Gerade in dunklen Zeiten, und jeder Krieg ist eine solche Zeit, können die Wachposten der Schönheit in der Sprache nur dann berührbar bleiben, wenn sie im Einzelnen berührbar sind, wir also wirklich das hören, *was wir uns selbst sagen.* Und der in diesem Selbstgespräch sich wirksam spiegelnde friedliche Teil der Welt kann im Bewusstsein (in Handlungen) zum Tragen kommen, wie klein auch immer sein Ausdruck sei.

Das Gute ist nie klein. Die Seele arbeitet mit ihren eigenen Lupen und telegrafiert nicht in unseren Größenverhältnissen. Ein Wort wie Frieden ist nicht nur ein Wort. Es ist ein geistiger Kontinent. In seiner unantastbaren Essenz leben die uns anvertrauten, noch nicht verlebendigten und noch zu kommenden Jahrhunderte, so, wie der Blick von Pawel Florenski bei Eis und Algen immer noch der kleinsten Ausdrucksform des Lebens galt, die er in seinen Zeichnungen auf den sibirischen Solowezki-Inseln festzuhalten versuchte. An ihn erinnern will ich und zeitgleich von seinem Blick lernen, hier über den Krieg *und die Palmen* nachdenken, ihre anrührend ans Ewige anklopfende und beharrliche Schönheit etwa im dalmatinischen Split wieder in meine Iris einladen. Ich bin im Sozialismus geboren. Gerade deshalb waren die Palmen mir immer ein himmlisches Versprechen und eine Brücke zur Schrift. Ihretwegen bin ich nie ein sozialistischer und auf ideologischen Kampf ausgerichteter Mensch geworden. Die Palmen schauen mich an und lenken meinen Blick auf überzeitliche Formen. Sie waren für mich nie bloß touristische Verlockung, aber seit jeher Botschafterinnen des in die Höhe grünenden Lebens. »Der Gerechte gedeiht wie die Palme«, heißt es im Psalm. Und überall dort, wo das Heilige anwesend war, waren in der Geschichte der Menschheit die Palmen Teil dieses geistigen Raumes, der den Menschen halten kann, als Aura einer Erfahrung, die verdichtet zeigt, was es heißt, im Verbund mit allem Lebendigen *hier zu sein*. Am Mittelmeer wurden die Palmen seit Urzeiten als Sinnbild des Lebens verehrt und da sie in meiner Kindheit dem Auge überraschende Schönheit und Kontrast zum sozialistischen Plastikblau waren, sorgten sie, zusammen mit den Heiligen Antonius, Franziskus und Rochus dafür, dass ich den kargen Versprechen der Kommunisten nie so viel abgewinnen konnte wie dem üppig sich einbringenden Raum der Heiligen. Auch der andere immerwährende Heilige des mediterranen Südens, der blaue Himmel, würzte meine Sommernatur mit seiner Vorstellungskraft und führte zu anderen Gedanken, zu anderer Verwandtschaft und Freude, die unter seinem blauen Schutzgeleit die Zeit und die in ihr wirkenden politischen Verirrungen überstehen. Damals wusste ich noch nicht, dass ich aschkenasisch-jüdische Vorfahren habe. Und dass ihr unsichtbares, im gesprochenen Wort und dem, was meine Familie mir über uns erzählte, als noch ungeborgenes Erbe in mir mitgegangen ist. Bis es mich dann doch von allein gefunden hat. Ein kleiner Funken nur. Und doch ist mein homöopathisch in mich abgesunkenes Judentum immer Essenz meiner geistigen Koordinaten gewesen. Jetzt, da ich davon weiß, kann ich vieles in meinem ins Offene strebenden Denken verstehen, ohne mich von nur einer spirituellen Welt einverleiben zu lassen. In diesem Prozess des Verstehens kommt mir ein Gedanke von Emmanuel Lévinas zu Hilfe: »Man muss von neuem zu Gott erwachen: zum vorreflexiven Ich, dem Bruder der Anderen.« Mit diesem Satz, den der Philosoph in seinem Werk »Wenn Gott ins Denken einfällt« notiert hat, schaut mich ein anderes und verborgenes Wissen an und meine nie gekannten, nie in der Familie erwähnten Vorfahren werden mir mit einem Mal ansprechbar. Und kaum strömt dieser Gedanke in mich ein, schiebt sich ein anderer Satz dazwischen: Und doch bin ich nirgendwo Glaubensgenossin, ohne die gelebte Tradition bin ich nicht Teil der Tradition. Wieder ein neues Dazwischen. Wieder ein galaktisches Nichts, das mir Leitern zur Verfügung stellt, in dem es sie mir wegnimmt. Nur Mensch will ich sein, dem Leben in der Verwandlung verpflichtet. Jetzt aber greifen doch auch die Ahnen nach meinem Stift, werden Mitgehende in der Schrift, ohne Tradition zwar wende ich mich ihnen zu, aber sie vermitteln mir selbsttätig Echoräume ihrer Gedanken. Die Bilderrede, die Entrückung, die Erde, das Glück, sie blühen als Fragen. Am Ende ist es genau das, was in mir in all den Jahren meines Lebens gearbeitet, mir zugewartet hat, damit ich es *freischaue*. Wie aber wird man nur das, was man mit der Luft und ihren Hinterlassenschaften schon ist? Von wo aus wächst ein Mensch – und wohin? Können die in grünender Mathematik bewanderten Palmen beim Nachdenken helfen?

Vielfältige Verwandtschaften

Von all den unzähligen Cousins und Cousinen, von all den Tanten und Onkeln, den angeheirateten und den blutsverwandten, für die das Kroatische wie einige andere süd- und westslawischen Sprachen verschiedene Wörter bereithält, sind mir die meisten meiner Familienangehörigen noch einigermaßen namentlich bekannt. Wir haben uns über Jahre und Jahrzehnte durch das vollständig andere Leben, das wir in unterschiedlichen Ländern (und, noch wichtiger, in anderen Sprachen) mit derart sich voneinander unterscheidenden seelischen Verwandten führen, so weit voneinander entfernt, dass ich fast das Gefühl nicht mehr erinnern kann, wie es war, mit ihnen zu einer Familie zu gehören. Ach, liebe Neugier, komm, sei du die überraschende Schwester der Lerchen und sing dich mal durch diese Liste meiner neu entdeckten Gene, offenbar ist die halbe Welt in mich eingestreut und lässt mich staunen, so, wie vielleicht jemand irgendwann als zufällig Vorbeigehender staunen wird, wenn meinem Wunsch gemäß, die Asche meiner Überreste in irgendeinem Land dieser Welt, in dem das noch erlaubt ist, ausgestreut wird. Dann werden auch die Fische Anteil haben an dieser passagenhaften Überraschung und an meinen Genen und die Wale werden sie trinken und die Korallen werden sie einfärben und die Delphine sich durch sie hindurchsingen. Bevor aber das geschehen kann, muss ich die DNA-Überschneidungen hier und jetzt lesen. Ich habe einen Test gemacht, der meine inneren Mitbringsel sondiert hat. Überwiegend gehen wohl in meinen Genen die Balkanbewohner (was immer damit gemeint ist) mit, die mir als Verwandte genannt werden. Sie tragen Vornamen wie Kristina, Dejan, Andrija, Ivan, Mirjana, Julijan, Nikola, Luca, Árpád, Toni, Domogaj, Judith, Anita, Višnja, John, Stipe, Pavao, Mariana, Mirijam, Kaloyan, Tina, Agata, Julia, Adrianna. Sie leben in den USA, in Australien (das Land, in das neben Argentinien, die meisten faschistischen Verbrecher oder Mitläufer des Ustascha-Staates nach dem Ende des Zweiten Weltkrieges flohen), Norwegen, Ungarn, Schweden, Chile, Deutschland, Argentinien (das Land, das neben Australien die meisten faschistischen Verbrecher oder Mitläufer des Ustascha-Staates nach dem Ende des Zweiten Weltkrieges aufnahm). Insgesamt sind vorläufig 2 097 Balkanbewohner nun meine möglichen Verwandten, fast alles Cousins und Cousinen dritten bis fünften Grades. Einige von ihnen werden parallel als Bewohnende der iberischen Halbinsel oder aschkenasische Juden geführt. Bei den Iberern sind mir als Verwandte unter anderem vom Gen-Zeremonienmeister zugeteilt: Stephanie, Amedeo, Dora, Cristian, Diana, Graciela, Viola, Jorge, Sanel, Elodie Amandine, Andelka, David, Marie Paule, Amanda, Monique, Marlene, Milja, Michael, Cody, Jakob, Sophia, Zoltan, Jaime, Oaula, Marie Ange, Anna, Luisa, Alessa, Stéphanie oder Sonya. Sie leben u. a. in Kanada, Spanien, Portugal, Deutschland, USA, Griechenland, Frankreich oder Holland, 213 an der Zahl. Einige von ihnen werden als Balkanbewohner oder aschkenasische Juden geführt. Die aschkenasischen Juden, die mir als Verwandte genannt werden, leben in der Schweiz, in den USA, in Russland, Deutschland, Ungarn, Niederlande, Rumänien, Griechenland oder Großbritannien. Ihre Namen sind Elisabeth, Roxanne, Dorothy, Suzana, Hannah, Maxim, Daria, Jacqueline, Dejan, Marina, Milos, Alice, Morgan, Oleg, Nancy Sydney, Vero, April, Pepi, Olga, Sally, Marilyn, Antoni, Sergey, Ekaterina und Joseph. Insgesamt sind es 54 und einige von ihnen werden auch als Balkanbewohner oder Iberer geführt. All diese Namen verschwimmen vor meinem Auge zu einer einzigen Klangfarbe und Spielart des Alphabets, weil ich mir die Namen laut vorlese, die Buchstaben schmecke und wieder loslasse, bis alles in einem großen Meer aus Verwandtschaftsverhältnissen ineinanderzuschwimmen beginnt, sodass, beim Blick aus dem Fenster, auch der nächstbeste Baum mein Verwandter wird. Die einzelnen Gestalten aus der Kindheit, die mir als Verwandte vom Leben in einer bestimmten Zeit zugewiesen und als solche mit Namen genannt wurden, kann ich erinnern, aber es kostet mich immer mehr Mühe. Die ersten, die mir einfallen, heißen Silva, Marko, Milan, Ana, Ivanka, Vladimir, Željko, Rosa, Stipe, Dragutin, Neda, Marija, Luka, Marijan, Ivan, Kata, Zora, Zdravko, Ruža, Petar. Auch sie verschwimmen hier und in der Rückschau ineinander, ein Blickwispern und Schauschau-Wir-waren-einmal-Hier-im-Körper-gemeinsam, die Münder, Ohren, Hände legen sich wie feinste Bettlaken über sich selbst, bilden, wie auf uralten Gemälden, einen leicht bröckelnden Firnis an den Konturen ihrer einst so geliebten Körper. Die neuen Namen verschwimmen rauschend in mir wie Traumsaum, ja, irgendwo da draußen sind sie, die unentdeckten Verwandten wie jeder andere, den ich auf meinen Straßen sichte, und recht besehen staune ich ganz oft, dass der eine oder andere nicht mein Verwandter sein soll, und wenn er mein Blickfeld verlassen hat, verstehe ich nicht, warum wir nicht miteinander sprachen und sprechen und uns von nun an einfach immer grüßen und auf der Straße wiedererkennen und einander erzählen, was erzählt werden will. Es erstaunt mich jener Moment des Neubeginnens zwischen den Menschen, jener Augenblick, wenn sie einander wahrnehmen und in das Leben des anderen treten, jene Stelle sichtbar machen, an der es sie schon immer gab, aber nur kurze Zeit zuvor ein Niemandsland für sie war. Verwandtschaft kann vergehen, so wie Jahrhunderte vergehen und nicht mehr uns im Erleben zugängliche Zeit, sondern bereits Vorbeigegangenes darstellen. Und mir bleibt nur noch der Widerhall der ins Zeitland gezogenen Zärtlichkeiten in der einst gemeinsam erfahrenen Luft unter den Palmen des Südens und an den feinen städtischen Häfen, an denen diese schönen Bäume ihre würdevolle Erhabenheit ins Spiel brachten, weit weg von unseren kleinen Dörfern, weit weg von unseren Ideen und Sorgen, unberührt von unseren politischen Einstellungen, uneinnehmbar, unempfänglich für die Vernebelung, die von Parolen ausgeht. Die Palmen sind stark auch in der Erinnerung, ihre Form, ihr tanzendes Wipfelgefüge, ihre immergrüne Kraft sind derart fest in mich eingeschrieben, dass ich sie als die Zeiten überdauernde Verwandte erlebe, immer noch, Jahrzehnte nach dem ersten Gewahrwerden ihres betörenden Tanzes in Wind und Wetter, gleichwelcher Stimmung oder Not ich selbst ausgesetzt war, sind sie in mir grüne Beständigkeit. Von dieser Ewigkeit des Grüns, die sich aus allem Bürokratischen der verwalterisch denkenden Welt heraushält, ist etwas Großes und Geistiges zu ernten, das auch Symbol und wirkungsmächtige Landschaft in unserem inneren Leben ist. Natürlich konnte diese Seinsdimension den Hunger meines Urgroßvaters, meines Großvaters oder meines Vaters weder lindern noch wegzaubern, so geht das geistige Element unseres Innenlebens nicht vor. Aber der Urgrund verschwindet nie, denn er bringt uns auf den Weg zu neuen und anderen Menschen. Selten kann der Leidende in seiner Not diesen Urgrund sehen. Die Not hat einen anderen Kompass und eine andere Zeit als der Urgrund. Der israelische Maler Jehuda Bacon ist einer dieser seltenen Menschen, die im Urgrund auch im Leiden mitgehen konnten. Er hat Auschwitz überlebt und berichtete einmal davon, was die Schönheit der Bäume ihn schon in seiner Kindheit sehen lassen konnte, er beschreibt ihren Tanz im Wind, der ihm *als Gebet begegnet*. Die Bäume waren mir ihres stetigen Wachstums Richtung Himmel immer Mittler des höheren Menschen gewesen. Was kann ich von einem der Höhe zustrebenden Baum und von jemanden wie Jehuda Bacon lernen? Wie dem Baum und dem Menschen nach oben wachsend gleichen? Irgendwann muss der Mensch die alten Hungerlinien durchbrechen und bereit sein, von seinem, aber auch von jedem anderen Hunger zu lernen und einem neuen Hunger sich öffnen, jenem nach Verbindungslinien jenseits von Blut und Not, jenseits des Magens. Es hat dabei jeder seine eigenen Rätsel zu lösen, die ihm helfen werden, auch das Leiden und Leben der anderen zu sehen. Kein Schicksal ist von einem anderen getrennt. Die einen wissen etwas, das die anderen noch nicht wissen, es auch nicht wissen können und doch brauchen beispielsweise stabile Verhältnisse, wie es Benjamin einmal schreibt, nie und nimmer angenehme Verhältnisse zu sein. Und für seine Zeit, vom Ersten Weltkrieg aus gesehen: »...schon vor dem Krieg gab es Schichten, für welche die stabilisierten Verhältnisse das stabilisierte Elend waren.« Merkwürdig genau beschreibt das auch unsere Zeit. Der Zusammenhang des Zusammenhangs erschließt sich von beiden Seiten. Wir leben wieder in einer solchen Zeit, in der vielen Menschen die stabilisierten Verhältnisse weder Zeit zum Leben noch zum Atmen lassen. Verfall sei um nichtsdestoweniger stabil, um nichts wunderbarer als der Aufstieg, lässt Benjamin uns wissen. Sicherlich ist auch das eine Provokation gerade für solche, die das Privileg der angenehmen stabilen Verhältnisse immer als normal erleben und es weiterhin für sich beanspruchen wollen. Aber das Normale steht uns dauerhaft nicht zu. Der Wandel, die Veränderung sind die treibenden Kräfte des Lebens. Selbst im scheinbar zu Ende erzählten Mythos ist Transformation der Zellkern aller archetypischen Wirkweisen. »Wer Abseits in einem Tanzsaal steht, tanzt mit allen Tanzenden. Er sieht alles, und weil er alles sieht, lebt er alles.« Vielleicht ist dieser Gedanke von Fernando Pessoa eine für unser Denken genauso starke Herausforderung wie die uneinnehmbare Wirkkraft der Palmen. Die Palmen sagen nichts zu ihrem Leben und schon gar nicht zu ihrer Schönheit, aber betrachten alles vom Rande her. Auch uns. Ihr und unser Dasein ist eine Reise durch das innere Staunen. Und wenn man es im Inneren verloren hat, dann kann man es im Außen nicht gutheißen und will auch nicht, dass die anderen an die Dattelrispen reichen und von ihrem Gesang erfahren, also von ihm verändert werden. Der Gerechte aber gedeiht seit jeher wie die Palme, und so ist sie seine Lehrerin. Sie wächst in die Höhe. Sie ist selbst die Höhe, die sie darstellt. Und überragt unsere kleine Welt des sichtbaren Körpers, dem sie im Unsichtbaren und aus der allwissenden Vertikale zuarbeitet, um ihn als Teil eines größeren Ganzen zu stärken.

Die Liebe zur Sonne

Als ich zur Welt kam, war alles anders als jetzt. Die Sterne hatten ihre eigene Dunkelheit. Sie stand ihnen zu, und das Licht hatte eine rund um die Uhr betriebene Sonnen-Werkstatt und eigene Handwerker, noch und noch. Es war also eine andere Zeit mit einer eigenen Dichte, und die Landschaften hatten genug Platz, um die Menschen zu lieben und ihnen zu zeigen, dass Grün nicht nur eine Farbe ist, sondern ein großer in Abstufungen sich vollziehender Gesang des Lebens. Wie bei jeder Geburt, gab es auch bei meiner einige äußere Fakten: Sozialismus, Katholizismus, Feen und Elfen in den inneren Augen der Menschen, Schachbrettblumen und Uhrzeiger, die dem Sozialismus und Katholizismus die Zeit abzählten, den Feen und Elfen und Schachbrettblumen aber ließen die Uhrzeiger ihre eigene Zeit, und so gibt es sie immer noch für mich im Blick hinter dem Blick. Das zornige Gebaren des proletarischen Gestirns wie es einige bei ihrer Geburt zu spüren bekamen, ist mir nur aus den durchgereichten Träumen und aus Büchern bekannt. Anders als in vielen hinterdalmatinischen Dörfern kannte unser Dorf keine starken Wellen der sozialistischen Agitation, die rote Umgebung, die am Anfang des Jahrhunderts noch anderen Wiegenlied war, schrieb sich nie tiefer als der Gesang der Bora in mich ein, wurde aber in den nächtlichen Bildern vorstellig, weil die Seele so den Telefonhörer an mein Ohr hielt. Die wahren Heiligen gingen nie verloren. Die wichtigen Lücken gab es. Sie konnten als Rätsel auftauchen, denn sie sahen nur so aus wie Auslassungen. In Wirklichkeit waren sie vielgestaltiger und lebendiger als irgendein Genosse es wahrhaben konnte und es einem Priester mit spirituellen Scheuklappen überhaupt recht oder vorstellbar war. Die Lücken verfügten über ihre eigenen hiesigen mathematischen Formeln und entsprachen zeitgleich den ewigen Gesetzen. Damit mag es zusammenhängen, dass ich irgendwann ein Spiel erfand, mein Spiel mit der Sonne, von dem ich, meiner schon damals mangelnden Allgemeinbildung wegen, Jahrzehnte später erfuhr, dass es nicht nur gefährlich war, sondern auch zur Blindheit wie bei dem argentinischen Schriftsteller Jorge Luis Borges führen konnte. Dieser Meister des inneren Sehens war natürlich in meiner Kindheit nicht zugegen, aber als ich das Sonnenspiel erfand, machte das für ihn typische Vexierspiel der Innenschau auch in meinem Geist auf sich aufmerksam. Mein Sonnenspiel war ganz einfach und wurde im Wesentlichen zur frühen Kinderzeit von einem blitzartig in mich einströmenden Gedanken in Gang gesetzt: Ich will mich mit der Sonne messen und so lange in ihr Licht sehen, bis sie gar nicht anders kann, als meine Augen mit sich zu erhellen, sich also mir zu ergeben. Weil mir nie jemand etwas erklärte, war, dem Unwissen geschuldet, dieser Überschuss an Unerschrockenheit Alltag in meiner Kindheit. Was in dieser Sonnenbegegnung genau mit mir geschah, erzählte mir keiner. Also suchte ich sie Tag um Tag, vor allem an den langgedehnten Sommertagen, wenn die Kirschen prall an den Bäumen hingen und das Summen und Surren der Insekten die Luft wie ein himmlisches Orchestrion durchschwirrte, das seine eigenen Hymnen in die langen Tage mit einer weitgereisten unsichtbaren Lichtarbeitermannschaft schleuste, die mich damals wie ein zweiter Körper umschlang. Dieser Klangkörper und die immerfort verlockend bleibende Freude, der Sonne ins Gesicht zu sehen, haben mich lange und ausdauernd zu meinem Spiel angehalten, von dem ich wie von der Zugewandtheit eines lieben und durchweg guten Menschen durchdrungen wurde. Oben, auf dem Gipfel der Tage, wie jetzt auf dem im nordspanischen Portbou, herrschten die gleichen Lichtverhältnisse. Nur fehlt jetzt im wärmegeizigen Februar das schutzummäntelnde sommerliche Sirren in der Luft. Einst konnte ich nicht widerstehen und schaute immer zur Sonne, zur Quelle des Lichtes, weil sie mir als unendlicher Segen nach den langen feuchtklammen Wintern in unserem großen Haus am Ende der Landstraße vorkam. Das Ende unserer Straße lag eigentlich viel weiter weg als unser Haus, aber in meiner Vorstellung endete sie dort, wo das Gartentor mit der Sauerkirsche stand, weil wir nie weitergingen, der Rest der Welt wurde vom Licht aufgegessen und fuhr mit den wenigen Autos davon, erst in die Weite, dann hinter die geheimnisvollen Berge. Monatelang hatte ich, ohne Heizung, ohne Badezimmer und fließendes Wasser gefroren. Und jetzt übernahm das wärmende Spiel die Regie über meine Tage. Die Helligkeit durchströmte mich, tat gut wie ein wohltuendes Sommergetränk. Ich vertraute mich ihr an, ohne je einer Gemeinschaft von Sonnenguckern anzugehören oder auf andere Lichtarbeiter meiner Art zu treffen. Vielleicht hätte ich im Dorf solche Luftfreunde gefunden, wenn ich herumgefragt hätte, aber ich hielt mein Spiel für so natürlich, dass ich nie jemandem davon erzählte. Und als ich es dann einmal als Erwachsene tat, erfuhr ich zu meiner großen Überraschung, dass es absolut verboten ist, in die Sonne zu sehen. Im gleichen Atemzug wurde mir beigebracht, dass stehengebliebene Uhren von einem Uhrmacher repariert werden können. Bis zu diesem Augenblick blieben meine Uhren einfach immer stehen. Ich nahm das hin und führte es auf eine in sie eingeschriebene Lebensdauer zurück, die mit meinem Schicksal verknüpft war. Etwas ging zu Ende, wurde alt, und die Uhr verbündete sich als Deutungsgerät dieses Vorgangs mit den zu mir sprechenden Tatsachen, die Uhr musste also gerade jetzt kaputtgehen und tat mir einen Gefallen. Deshalb legte ich dann in diesen Momenten meine Uhren wie selbstverständlich zur Seite und lernte so ganz ohne Erklärungen den Unterschied zwischen äußerer und innerer Zeit kennen. Die seelische Zeitregie behält nicht nur den Überblick, sie entreißt uns auch die Vorstellung davon, dass wir alles selbst machen können. Wenn die äußeren Zeiger dieserart in uns ausgehebelt werden, wird auch die gedehnte Zeit der Kindheit ins magnetische Gefüge unserer allumfassenden Wahrnehmung verlegt. Der Sonnenposten der Freundschaft übernimmt von selbst die Verknüpfungen. Da kann auch der Kopf keinen Schaden mehr anrichten. Das Bergdorf meiner ersten Jahre ist so ein Uhrverwalter, der in mir die Welt verbindet oder auflöst. Bevor ich selbst es sehe, was seine Erzählung mir zeigt, hat das Dorf schon für die Bündelung in den magnetischen Feldern meines Bewusstseins gesorgt. Obzwar am Mittelmeer, lag es siebenhundertfünfzig Meter über dem Meeresspiegel, nun spricht dieses erste Dorf hier auf meinem Erkundungsgang mit den Bergdörfern der Pyrenäen. Die Dörfer führen eine Unterhaltung miteinander und brauchen mich gar nicht. Ich bin ihr Radio. Still gehe ich durch die unbedürftige Landschaft, während die Dörfer und Sonnenspiele sich rege miteinander austauschen. Und wo immer ich hinkomme, werden mir eigensinnige Bewohner gezeigt, die ich zum ersten Mal sehe und doch von Kinderschuhen an kenne. Die Hotelbesitzerin in Cerbère zum Beispiel. Warum kenne ich sie schon, obwohl ich ihr gerade erst begegne? Sie fasst mich an wie die Menschen meiner ersten Jahre, ganz vertraulich, robust, am Arm, dann noch fester zum Abschied, als hätten wir durch das Übernachten unter einem Dach eine besondere Form von Komplizenschaft errungen. Eine Fremde ist sie und dann auch nicht, denn genauso wie sie mich jetzt verabschiedet, hatte sie mich bereits begrüßt, ein bisschen stürmisch fast, ein bisschen schwesterlich. Die Kälte der ungeheizten Räume schien bei ihr die gleiche widerständige Kraft mit sich zu bringen, die ich so gut kenne und die mir jenes robuste Durchhaltevermögen der friedlichen Bergbewohnerinnen aus meiner Kindheit spiegelt. Die »wahrhaft duldsamen Menschen« jener Zeit ließen mich Anteil haben an ihrer Klarheit, sie vermehrten damit meine eigene, die mir bis heute beim Leben hilft, wenn ich mich selbst verliere – ich muss nur an den Fleiß und die Geduld der arbeitsamen Kirchenhelferinnen denken und die Klarheit kehrt als Ruhe in der Erinnerung und in meinen Körper zurück. Die überzeitlichen Landschaftsträume tauschen in mir ihre Bildwelten aus, verständigen sich über die ihnen innewohnenden Verwandtschaftsverhältnisse, das Grüne und die Gründe der Farben rufen sich freie Wörter zu. Und ich, ich suche noch immer die Sonne. Ihr Licht. Das Herz der Dinge, die nicht erkalten, die die Wärme in sich bergen, solange es Menschen gibt, die an die Liebe der Farben und die Vernunft der Gnade glauben. Die Pyrenäen sagen mir nichts dazu, aber auch sie sind Spiegelungen jener Lebensreise des Geistes durch die Materie, auf der wir uns alle mit unseren Körpern bewegen.

Ungestümes Seestück

Vor uns, in den Bergen, das still aussehende Meer, das auch im Februar verlockend blau ist. In mir, aus dem Archiv der erinnerten Farben heraus, lebt ein anderes und doch das gleiche Meer, seine vielschichtigen Verwandlungen, seine Verbrüderungen mit dem Urgrund der Träume.

Beide Meere verschmelzen in meiner Wahrnehmung und Etel Adnans Worte steigen aus dem hiesigen und dem einstigen Blau in meine Sprache, als wären sie etwas gänzlich Selbstgeschöpftes: »Ich wünsche mir, dass die Menschen unschuldiger werden und leidenschaftlicher. Dass sie wütender werden und glücklicher.« Sie könnten so viel daraus machen, Weite im Geist und Licht im Leben, eine tiefe in ihnen waltende Freundlichkeit wäre die Folge, als ihre eigentliche Religion. Ich wünsche mir offene Menschen in offenen Landschaften, einem Leben ohne betonierte Grenzen, ich wünsche mir lesehungrige Menschen, die sich dem Buch der Grashalme genauso anvertrauen, wie sie das Gesicht eines von ihnen geliebten Menschen betrachten: ausdauernd. Ich wünsche mir in inneren Seestücken ungestüm schwimmende und singende Menschen, die so tief in ihr Ich zu reisen bereit sind, dass sie sehen: Niemand da draußen, an keiner Grenze der Berge und der Welt, ist fremder im Hiesigen als sie selbst. Ich wünsche mir einsamkeitsbereite Menschen, Seefahrer durch die eigenen Abgründe, damit sie erkennen, dass das Fremde nur eine ausgelagerte Dunkelheit ist, Angst, sich selbst durchleuchten zu lassen, Angst vor dem Licht. Ich wünsche mir ewigkeitsbereite Menschen, solche, die sich nicht den Zynismen ihrer Zeit beugen, sondern nach dem anderen, dem ewig Beständigen suchen und an das glauben, was sie lebendig erhält. Ich wünsche mir verletzbare Menschen, die bereit sind, alle Theorien, von denen sie einmal gehört haben und die man ihnen beigebracht hat, auf ein großes Stück Papier zu schreiben und dieses Papier dann zu verbrennen, um wieder neu und überhaupt denken und sein zu können, ohne Strategien und Ziele. Ich wünsche mir seltsame Menschen, die barfüßig gehen, wenn alle anderen Schuhe tragen und vor den Scherben in den städtischen Straßen warnen. Ich wünsche mir nähedurstige Menschen, die bereit sind, jeden Glauben, jede Überzeugung zu verlieren, um den wahren Augenblick zu gewinnen und im Gesicht des nächsten Menschen das Gesicht aller Menschen zu sehen. Ich wünsche mir freie Menschen, die nicht das Produkt ihrer Zeit und des sie umgebenden Kapitals sind, sondern Schöpfer und Gestalter ihrer Welt, und dass sie Sätze von Boris Pasternak sagen und an sie glauben können: MEINE SCHWESTER, DAS LEBEN. Das Herz hat seine eigene Stelle, seinen eigenen Platz in diesem Leben. Heinrich von Kleist hat gesagt, dass wir es an falscher Stelle tragen. Ich wünsche mir Menschen, die ihr Herz an der richtigen Stelle tragen und so für die anderen sichtbar werden, die vergessen haben, dass sie überhaupt eins besitzen und es vom Leben für das Leben zugewiesen bekommen haben. Ich wünsche mir unruhige Menschen, und dass sie die falsche Ruhe, den Tiefschlaf hinter sich lassen und zu sprechen beginnen, dass sie anfangen Wahrheit zu sprechen und sich und ihre Sätze überprüfen und dann sehen, was aus ihnen selbst kommt und was den sie umgebenden Wortentleerungen geschuldet ist. Und dass sie dann, wenn sie keine wahren Worte sagen können, ins Schweigen wie in ein großes

Haus treten, so lange warten, bis das Haus sich öffnet und mit ihm die innere Sprache der Menschen sich schenkt. Die wiedergefundene Sprache wird sie nicht brechen. Nicht betrügen. Nichts außer Echtheit des Lebens von ihnen wollen. Ich wünsche mir sanfte Menschen, die nicht verlernt haben, wütend zu sein, wenn das Falsche, das Grobe, das Zersetzende ihnen begegnet. Ich wünsche mir hilfsbereite Menschen, die ihre Angst überwinden und einem alten am Boden liegenden Mann im Vorraum einer Bank helfen und nicht nur um ihr Geld fürchten, sondern erkennen, dass er im Sterben liegt. Denn nicht jeder ist ein Dieb, und selbst wenn er einer und zudem vielleicht ein Betrunkener wäre: Warum übergehen wir ihn, wenn er hilflos am Boden liegt? Auch ein Dieb und ein Betrunkener ist: Mensch. Ich wünsche mir lächelnde Menschen und andere, die ihr Lächeln in den Straßen meiner Stadt nicht als Gefahr erleben, nicht gleich ihre Handtaschen festhalten und um ihr Geld fürchten, sondern die natürliche Bereitschaft eines Nähe empfindenden noch unbekannten Nachbarn als das sehen, was es ist: Eine Öffnung in Sperrzonen der erkalteten Herzen, als eine Einladung, Cézannes Satz »Die Landschaft denkt sich in mir, ich bin ihr Bewusstsein« auf das Lächeln zu übertragen und den Gedanken zuzulassen, dass das Lächeln eines Fremden sich in mir denkt – und ich sein Bewusstsein bin. Ich wünsche mir Menschen, die an Hannah Arendts Gedanken von der geheimnisvollen menschlichen Gabe, der Fähigkeit, etwas Neues anzufangen, so viel Freude wie an einem

Sommertag an einer fröhlichen Meeresküste finden, und dass sie verstehen, »dass jeder von uns durch die Geburt als Neuankömmling in die Welt trat. Mit anderen Worten: Wir können etwas beginnen, weil wir Anfänger und damit Anfänge sind.« Ich wünsche mir Menschen, die um ihre Sterblichkeit wissen: »We die. That may be the meaning of life. But we do language. That may be the measure of our lives.« Ich wünsche mir Menschen, die diese Worte von Toni Morrison wie Ausgehungerte lesen, die bereit sind, sich dem Ozean ihrer Todesangst auszusetzen. Ich wünsche mir Menschen, die bereit sind, einen Kranken zuerst in seiner Vollständigkeit zu sehen und so auch in sich selbst friedlich Lücken annehmen können, die da sind und sich der glatten, perfekten, tüchtig funktionierenden Schönheit (dieser Betrügerin) nicht fügen. Ich wünsche mir Menschen, die Bürger ihrer inneren Länder werden und die die äußeren Pässe als eine Reise zu einem uneinnehmbaren Planeten erleben, den sie mit anderen teilen. Ich wünsche mir Menschen, die ihre Ängste wie handfeste Bücher lesen können, die lernen, das zu verstehen, was die Ängste sie lehren (und wovon sie sie abhalten) und die begreifen, dass es kein einziges Leben ohne eine Wunde gibt, dass die Wunde erst das Leben ausmacht und dass wir immer noch den Buchstaben R haben und mit ihm unser Bewusstsein von uns selbst erobern können, wenn wir der WUNDE das R schenken, das einen neuen Kreislauf eröffnet und zum runden WUNDER wird. Erst auf diesem Weg der Vervollständigung werden wir das über unsere Freiheit verstehen, was Merleau-Ponty so beschreibt: »…dass, wenn wir zurückblicken, wir in unserer Vergangenheit immer die Ankündigung dessen werden entdecken können, was wir gerade geworden sind.« Und: das »Innen des Außen« und »das Außen des Innen« – »die Doppelnatur des Empfindens«. Ich wünsche mir Menschen, die verstehen, dass wir alle im Exil sind, sobald wir den Mutterbauch verlassen, und in diesem Ausland hier ein jeder Augen hat, versehen »mit der Gabe des Wahrnehmens«, dem unentwegten Vermögen, in Verwandlungen Inseln zu orten und dort zu verweilen, wo die Stürme des Meeres uns nicht erreichen können. Ich wünsche mir Menschen, die ihr Lächeln als Gebet verstehen, als Sendungen in die Weite des Raumes, in dem irgendwo im Fließen des Lebens einem Hoffnungslosen als Flaschenpost aus dem Universum begegnen, der sich so wieder auf Sprache ausrichten kann, auf dass sich zwischen ihm und dem Sichtbaren die Rollen unweigerlich umkehren und zwar so lange, bis sie sehen, was auch alle Maler gesehen haben – »dass die Dinge sie betrachten«, dass das Lächeln sie betrachtet, dass die Welt immer zurückblickt. Ich wünsche mir Menschen, die von diesen vielfältigen Augen mehr und mehr Kenntnis erlangen und dann Merleau-Pontys »Das Auge und der Geist« lesen, in dem der Mensch als Spiegel enttarnt wird: »…der Mensch ist für den Menschen ein Spiegel. Was den Spiegel angeht, so ist er das Instrument einer universellen Magie, die die Dinge in Schauspiele, die Schauspiele in Dinge, mich in Andere und

Andere in mich verwandelt.« Ich wünsche mir verwandlungsbereite Menschen, die aufhören, in den Köder einer fernen Zukunft zu beißen und den Verlockungen dieser so effizienten Gefangenschaft widerstehen und stattdessen dem Staub des Augenblicks Aufmerksamkeit schenken, dem Fleck auf dem einen Schuh, dem Schmerz um einen nahen Menschen, um einen Verlust, dem merkwürdigen Aussetzen unserer Erinnerung, wenn wir auf eine kleine Wunde sehen, von der wir nicht wissen, wann und wie wir sie uns zugefügt haben. Ich wünsche mir Menschen, die begreifen, dass es in ihnen wie in den Städten unserer Welt neben der greifbaren, der sichtbaren auch eine leise, ohne unser Wissen stattfindende Geheimgeschichte des Lebens gibt, die uns nicht um Erlaubnis fragt und die da ist – als das Gesetz, das in uns wohnt, ob wir es wollen oder nicht. Ich wünsche mir Menschen, die verstehen, dass sie selbst ständig magische Heilungsmomente initiieren, indem sie auf etwas oder jemanden ihre Hand legen und so hoffen und wünschen, etwas Gutes zu tun oder auch nur einen Beitrag zur Unterstützung eines anderen Wesens oder einer anderen Wirklichkeitsform zu leisten. Ich wünsche mir Menschen, die verstehen, dass Heinrich Heine nie gestorben ist, aus verschiedenen Gründen, aber vor allem seiner Worte aus seinen »Reisebildern« wegen immer noch lebt: »Jeder einzelne Mensch ist schon eine Welt, die in ihm geboren wird und mit ihm stirbt, unter jedem Grabstein liegt eine Weltgeschichte.« Und wenn wir über die Erde schreiten, reden unsere Füße mit dieser Weltgeschichte. Denn die Gräber sind verbunden mit dem Rest der Erde. Hinter dem Rücken der durchorganisierten, von Kontrolle bestimmten Welt finden immerfort Umwälzungen statt. Die unsichtbaren Hände der Poesie arbeiten fleißig. Wenn wir aufwachen, am Frühstückstisch sitzen und unwissend in unser Brot beißen, ist alles schon anders als gestern geworden, ist alles schon ein wenig verwandelt und ins Offene verschoben worden. Auch Gott. Wir halten uns an die sichtbaren Linien in der Welt, aber die Linien sind nur sich selbst verpflichtet und für sich selbst sind sie unsichtbar. Sie gehen ihre eigenen neuen Wege. Ich wünsche mir Menschen, die aufhören, die diese Wege in ihrer Unerklärbarkeit lieben und die in sich wirken lassen können, was auf Paul Klees Grabstein eingraviert ist: »Diesseitig bin ich gar nicht fassbar.« Ich wünsche mir wasserkundige Menschen, die in Sätzen wie diesen schwimmen können, ohne sich ständig nach dem Ufer umzusehen. Ich wünsche mir, dass ich selbst eines Tages all das leben kann, was ich mir von den anderen Menschen wünsche. Ich wünsche mir Menschen, die mich in diesen Wünschen unterstützen, und ich wünsche mir Menschen, die ich unterstützen kann, wenn sie solche Wünsche schon entwickelt haben, solche und andere, von deren Wunschvolumen ich noch gar nichts weiß. Ich wünsche sonst eigentlich nichts, nur dass ich mir in diesem Leben keine falschen Augen einreden lasse und an der Klarheit dieser offenen Augen arbeite, dranbleibe und dem so Gesehenem mehr Freude entlocken kann als jedem bereits gesicherten

Bild. Aber vor allem wünsche ich mir Menschen, die sich keinem einzigen fremden Wunsch im Gehorsam ergeben und aus der Freiwilligkeit heraus die wärmenden Vorzüge einer weitgefächerten Freundlichkeit erleben. Ein solcher Aufbruch ist ein Umbruch im Geist, für den Diebe und Mörder sich nicht erwärmen. So erhalten jene, die am Gleichgewicht der Welt arbeiten, eine Gelegenheit, mit dem Unbekannten tanzend zu kooperieren. Auch das ist ein Vorzug von Friedenszeiten, in denen wir vielleicht noch leben. Wenn es so ist, dann können wir immer noch Friederike Mayröcker Glauben schenken und Ideen als Himmelfahrten begreifen. Hier ist immer noch die Welt der Taten, die wir selbstlos tun können, wenn unsere Ideen zu gutgedachten Leitern taugen.

Somnambule Gegenwart

Wenn ein Mensch die Bereitschaft aufbringt, einen Weg zu gehen, dann schreibt er sein Leben in ihn ein. Und jeder, der nach ihm in der gleichen Intensität und Geradlinigkeit diesen Weg geht, später, wenn er als solcher auch für andere erkennbar wird, wird er von diesem Weg gelesen und liest die Gedanken des Weges. Deshalb ist es manchmal von besonderer Bedeutung, einen Umweg gehen zu können und sich den eigenen Füßen zu überlassen, etwas zu tun, dem sich die uns vertrauten Vokabeln entziehen,

da der Weg seine eigene Sprache hat. Und so kommt es darauf an, die Wege zu wählen, die Träumen ähnlich sind.
Gleichwohl tanzen die Träume den Rhythmus vor und in
diesem Zwiegespräch erlange ich gehend ein Anrecht auf
meine Nomadenjahre: als von Chronologien befreite
»Stunden im Traumwald«. Naturgemäß ist das ein Vorzug
der Freiheit in Friedenszeiten. Während ich in Gedanken
an Benjamins Leben und Tod über die Berge hinwegsah,
begriff ich, dass meine intensivsten Lebensmomente, an
die ich mich rückblickend erinnere, immer etwas Luzides
und der Zeit Enthobenes an sich hatten, somnambule Gegenwart, die nicht gestört werden will. So viele Dinge sind
vor einer Reise zu bedenken, zu planen, zu organisieren,
und dann sehen die Berge dich an, der Wind zerrt an deiner Mütze, und die Sonne erscheint dir wie ein allererster
Glaube am Himmel, hoch oben über dem Gipfel, und du
verstehst, dass du gar nichts bedenken, planen, organisieren kannst, das nicht ohnehin auf deinem inneren Weg
liegt und durch seine sanfte Biegsamkeit in der Zeit dich
schon kennt, dich schon auserkoren hat, da zu sein, wo du
jetzt bist, und dass du eben gerade deshalb dort bist, weil
du nichts davon wusstest, sondern nur willig dem vertraut
hast, was als Gedankenblitz in dir erschienen war, du als
der Himmel des Blitzes: dieser Weg, Walter Benjamin, das
Leben so vieler ausgesetzter Menschen, die dich schon
immer umgeben haben – fast ist Stetigkeit und sind gesi-
cherte Verhältnisse etwas ganz Überraschendes und Un-
gewöhnliches für dich. Eigentlich ist es sogar so, dass du

seit jeher nur die Welt von gestern und den Rückblick kennst und den Verwandlungen vertraust. Die Vergangenheit als das in dir Abgelegte, sie ist ein bewusst freigeschauter Lebenskorridor, in dem Zeit vergangen ist, Sonntage, Sommer und Umarmungen. Risse und Lücken sind die Lungen der Erinnerung. Möge ein jeder die Kraft haben, sich nicht trösten zu lassen auf dem Weg seiner Gedächtnisbegehung. Möge ein jeder von uns die Erinnerung möglich machen, die wir alle zusammen sind. Die sonnendurchtränkten Anteile wie der erlittene Schmerz der Vergangenheit erzählen von einzelnen Menschen und Werken, von ihren verschiedenen Wegen und Umwegen – als Ausdrucksformen einer geistigen Zeit, eines rhythmischen Denkens, eines tiefen Leidens, eines Geistesblitzes, an denen wir noch heute hier als Hiesige weiterarbeiten, in unserer Zeit, in unserem Denken, mit der Helligkeit unserer inneren Wetterverhältnisse. In uns und mit uns arbeiten viele Magneten. Zurzeit stehen wir im Wald der Außenwelt mit zahlreichen sich anbietenden Kreuzungen. Wer die Vergangenheit als Ausdruck einer festen und für immer bestehenden Ordnung begreift, wird nicht fähig sein, sich dem Neuen zu öffnen, sondern mit Gewalt auf seinem Weg beharren. In der Gegenwart Sonnenalleen der Vergangenheit im eigenen Inneren zu erfahren, Wege, die sich ins Unbekannte öffnen, setzt aber einen Menschen jenseits der Menge, der Meute und des Geschreis voraus. Das Gedächtnis braucht den Einzelnen. Der Einzelne ist einsam. Einsamkeitsarbeiter sind Leute, die wieder im Besitz ihrer eigenen Füße sind und mit diesen feinsinnigen Erdantennen können sie spüren, ob ein fremder Wille, eine alte Angst oder ein Gedankenarchiv aus anderen Zeiten ihr Gehen anzuschieben versucht oder ob sie es selbst sind, die mit eigenen Füßen gehen. Letzteres erfordert mehr Kraft, macht jeden kleinen Stein zu einem Gott auf dem Weg des Bewusstseins, zum Verbündeten der Augen, die uns erkennen und mit denen wir ein Sehen, das alles ändert, in die Welt geben. In diesen kleinen Augenblicken der Blitzarbeit wird das Mineralische aufgebrochen, in Prophezeiungen spricht die Welt zu uns, in Verknüpfungen sieht sie uns an und nicht in ironischen Gegenwelten und eingeschliffenen Argumenten, die waffengleich vorgetragen werden. Aus dem »gegen« wird ein »für«, und so entfällt das, was in meiner sozialistischen Kindheit die Strafe des Lehrers für ein Zuspätkommen in der Schule war und der gottlose Genosse, einmal seiner ihn schützenden Ideologie beraubt, bleibt nur das, was er in Wahrheit ist: ein gewalttätiger Mensch. Einer, der vergessen hat, dass Stockhiebe wehtun. Auf Kinderhänden, auf allen Händen. Und dass auch die einst an ihm vollzogenen Hiebe wehgetan haben. Und dass seine ideologische Gesinnung ihm nicht den Blick in den Spiegel ersparen wird, dass er jeden Tag eine neue Gelegenheit bekommt, von diesen Bestrafungsorgien Abstand zu nehmen und das Gespräch zu suchen. Denn ich komme nie grundlos zu spät zur Schule. Mein Aufbruch wird oft unterbrochen. Unterwegs zum Dorf gehe ich zu Fuß und muss im Sommer an den glitzernden Schlangen vorbei die Landstraße bezwingen. In der Regel habe ich kein gutes Schuhwerk. Mutter schickt gute Schuhe aus Hessen, aber sie fallen einer alles Schöne an sich reißenden Tante zum Opfer, die sie wortlos an ihre Töchter weitergibt. Und ich habe Angst vor den Schlangen, Angst, dass sie an meinen großen Zeh reichen, mich mit ihrem Gift, ihres bloßen Vorhandenseins wegen, über die Luft ansprechen und mich so töten können. Dann lerne ich all die surrenden, singenden, luftmusizierenden kleinen und großen Käfer kennen, die das Orchester meiner kleinen Jahre sind, das Hintergrundrauschen einer Jahreszeit, in der auch die Tiere eine direktere Sprache wählen. Die Kühe kommen wie Bittende auf mich zu, wenn ich sie frühmorgens auf die Weide treibe, und sie sehen mich wissend an mit ihren großen Augen. Nach der Schule muss ich sie wieder in den Stall holen. Die Katzen folgen mir lange. Hin und wieder wird eine von ihnen in den langen Sommern von den Schlangen gebissen. Ehrfürchtig sehe ich zu, wie die Katzenkörper anschwellen und das Gift in ihnen zu expandieren beginnt. So voll mit dem Schlangengift sehen sie manchmal aus wie kleine weiche Ballons, aber sie schweben nicht, die Katzenaugen sind in Not geraten, sie winden sich vielfach hin und her, versuchen, mit ihren kleinen Mündern und Zungen, dem Gift entgegenzuwirken, es herauszuzutzeln wie einen alten Schmerz aus dem Gedächtnis ihrer Gattung. Sie arbeiten geduldig und stetig daran, und ich bin immer in ihrer Nähe, warte, harre aus, bis es ihnen gelungen ist und sie sich müde in eine Ecke des Gartens, meist unter dem Walnussbaum, ein schattiges kleines Erdenplätzchen suchen und sich dort von den Strapazen ihrer Selbstheilung und den akrobatischen Verbiegungen, die diese ihnen abverlangt hat, wieder erholen. Wenn ich dann auf die Uhr sehe und bemerke, dass die von der Schule verordnete Zeit nicht auf ihrer und nicht auf meiner Seite war, die Uhr an der Wand immer noch so tickt, wie es die Schule und nie wie die Heilungsarbeit der Katzen es will, weiß ich, dass nicht mehr viel Zeit bleibt, um überhaupt noch etwas von der laufenden Schulstunde mitzubekommen. Aber dann muss ich noch rasch meine nacktfüßige Wildheit bändigen, und ganz oft geht das im Sommer nur mit sozialistisch blauen oder schlichten roten Gummisandalen, die nach Fabrik und meinem Schweiß des Vortages riechen und die ich vor dem Betreten des Klassenzimmers ausziehen muss. Die Gummisandalen habe ich irgendwo im Garten liegen gelassen. Ich muss sie erst wiederfinden. Manchmal beeile ich mich dabei so sehr, dass ich vergesse, meine blaue Schuluniform anzuziehen. Und auf der Hälfte des Weges fällt es mir ein, und ich muss wieder zurück zu unserem leeren großen Haus, in dem die Insekten, die Katzen und die Kühle der Wände, die aus Betonblöcken gebaut wurden, die Regie übernehmen. Jedes Mal staune ich in solchen Augenblicken, dass sie mich alle so schnell vergessen haben, so gut ohne mich auskommen können, die Gräser vor dem Haus, die Ameisen im Waschbecken, die Schmetterlinge in der Luft. Ich kündige mich ihnen manchmal von Ferne an und sie sind von der Sonne getränkte kleine Häfen, um die die Zeit Mauern gebaut hat. Der Blick auf die Uhr bringt die anderen, wütend zusammengedrückten Zähne des Lehrers in Erinnerung, der in meinen Träumen den Körper meines Vaters einnimmt und beharrlich in den Bildern haust, bis mich ein neues Sehen ermächtigt, ein Sehen, das meiner harrt, solange ich die Umwege noch gehen muss, weil ich überhaupt nicht anders als in Umwegen gehen kann. Das Hinwegschreiten über die glitzernden Leiber der Schlangen ermächtigt meine Füße zu ihrer eigenen Zeit. Eines fernen Tages werde ich einen bis heute an mir nagenden Geldschein-Diebstahl begehen und für ein paar Stunden der Robin Hood meines kleinen Dorfes werden, der den Kindern Chips und Flips und Pepsi Cola kauft und der glaubt, dass niemand von den Erwachsenen irgendetwas davon mitbekommt. Der Glücksstau in den Augen der anderen Pioniere wird mir immer gegenwärtig bleiben. Mit ihm aber auch die Frage: wie ist dieses Glück ohne einen Diebstahl zu erreichen – und was ist Geld, wie kann es fließen, ohne Robin Hood auf die Seite der Stehlenden zu setzen? Einsame Kinder wollen geliebt werden, aber die Liebe kommt manchmal nur in Fragen und nicht in Menschen zu ihnen zurück. In meinem Kindsein funkelt das Meer verheißungsvoll in der Ferne, so stelle ich es mir vor, denn das Funkeln sehe ich nicht, es sind große Berge dazwischen, und sie sorgen dafür, dass meine Vorstellungskraft expandiert. Die Kindheit am Mittelmeer ist noch immer das Land der Imagination, in dem die Sonne alles ausleuchtet, was der Verstand sich weigert zu sehen. Aber die Bilder überlagern einander, der Lehrer ist mit einem Mal wirklich mein eigener Vater. Und die Erinnerung lässt mich genau in dem Augenblick im Stich, in dem ich glaube, etwas über diesen Schulweg und die Schlangen und die Sandalen und das Wetter zu wissen. Allein Robin Hood bleibt greifbar. Die Erinnerung will mir nichts mehr erzählen, und ich gehe weiter, lasse sie in Ruhe, damit ich den offenbarenden Augenblick und das Erwachen ihrer Jahreszeit nicht störe, mich nicht in ihre Sprache einmische, wenn sie eines Tages doch noch mit mir sprechen und mich in ihrem Tempo das Zuhören lehren will, damit ich Zahl, Rhythmus und Wandlung in Einklang bringen kann. Die Fragen wachsen derweil in die Antworten hinein und bauen ihre Sonnenposten aus.

Warten und Wandern

Das tief empfundene Licht einer Zeit, eines Sommers, eines Weges schreibt sich in unsere inneren Augen ein. Auf allen anderen, später begangenen Wegen und in den durchschrittenen Jahreszeiten spricht es deutend mit. Die eingesammelten Bildfunken leuchten Innenraum in uns aus. Das Lichtflüstern arbeitet der Landschaft zu, die mich von innen weitet und die mein kaleidoskopisches Bilderwerk nährt. Diese schöpferische Tendenz im Betrachten der Welt formt eine Art geistige Schutzschicht, weist uns ins genauere Sehen ein, das Bewusstsein geht und denkt mit und für uns. »Unser Verständnis und unsere Wahrnehmung bedingen einander«, heißt es in Robert Delaunays Manifest zur Malerei der reinen Farbe – und: »Lernen wir zu sehen!« Die Negation des Lebens lehnt er als eine Schwäche ab; das Leben solle »das erhabenste Ziel jeder Malkunst« sein. So wie es für einen Maler die reine Farbe gibt, gibt es für den Innenreisenden das reine Bewusstsein. Die sichtbaren Beziehungen zwischen mir und den mich umgebenden Bildern werden erst durch mein inneres Auge geweckt. Je tiefer ich zu den ersterlebten Lichtfunken reise, desto genauer malt sich mir meine Welt aus (zu der auch die Gedankenwelt gehört). In den Bergen ist nicht nur das Gehen auf das Wesentliche ausgerichtet. Auch die erinnerten Dinge zeigen sich im gleichen Atemzug in klaren schöpferisch-seelischen Zusammenhängen. Die mitgeführten Theorien trägt der Wind davon, übrig bleibt die Anstrengung beim Gehen und führt zur höchsten Gegenwärtigkeit. Das Sehen sieht in mir zurück und führt mich zu jenem Rest Vergangenheit, der sich als Essenz im Jetzt gerettet hat, der von der grünen Natur meines dalmatinisch-mediterranen Hinterlandes rührt. Die sozialistischen Pioniere meiner Kindheit sind eine lächelnde Bild-Einheit darin. Wie musikalische Ähren wogen sie in mir hin und her, heller Weizen im Wind, frei noch von den späteren Beschriftungen der politischen Zeit sind sie mit einem Mal hier und machen, ätherisch kundig, meine Pyrenäen-Reise mit. Dieses Wogen ist es, das sich mit der Bergluft und mit meinen Lungen verbündet und mich Schritt für Schritt herausfordert. Geröll und steile Aufstiege, der kalte Wind, das Gewahrwerden der vielen hier vollzogenen Fluchten zwingen mich förmlich dazu, die Schönheit der Landschaft im Kontrast zur Not zu sehen, die einst die fliehenden Menschen erlebt haben, mit falschen Papieren, mit schlecht nachgemachten Pässen in ihren auf der Flucht immer löchriger werdenden Taschen. In ihren Geschichten suche ich den hellen Urgrund, der für mich vor dem Hintergrund der Dunkelheit zur Farbe ihres Lebens geworden ist. Ich will mit diesem Urgrund vertraut und verbündet sein, nicht mit dem Blick der Peiniger, die ihnen genau das wegnehmen wollten, was ihr Menschsein im Kern ausmachte. Die Einlösung der einst dunklen Ziele, die eine vollständige Auslöschung mit sich bringen sollte, vollzieht sich sonst folgenreich in uns Heutigen. Wenn wir ihnen das erlauben. Wenn auch wir den hellen Urgrund, die flimmernden Anfänge eines jeden Lebens vergessen. »Der Stern der Erlösung« ist dann auch in uns gestorben. Der deutsch-jüdische Historiker und Philosoph Franz Rosenzweig verortet ihn auf der anderen Seite des Lebens, dort, wo die Liebe die Welt zur beseelten Welt macht – »nicht eigentlich durch das, was sie tut, sondern weil sie es aus Liebe tut.« Dafür müssten die Menschen überhaupt erst einmal »ein Antlitz« haben, damit sie sich und auch andere so sehen können, wie sie wirklich sind. Rosenzweigs Buch trug ich über Jahre hinweg mit mir herum und ließ es in einem Sommer im Haus meiner Kindheit liegen, als etwas, beschloss ich, zu dem ich später zurückkehren wollte, irgendwann, in einem der nächsten Sommer vielleicht. Lange schien es, als würde es einen solchen nächsten Sommer für mich geben, ihn und den damit verbundenen Frieden. Damals wusste ich nicht, dass Rosenzweig im Ersten Weltkrieg an der Balkanfront gekämpft hatte und mit mir und meinem Gepäck in eine Gegend zurückkehrte, die das 21. Jahrhundert mit einem grausamen Krieg einleitete und die er gut gekannt hatte. Ich kam in das Haus meiner Kindheit lange nach Ausbruch dieses neuen Krieges. Ein nächster friedlicher Sommer war also nie gekommen, in dem ich das Buch hätte abholen können. Es war ein erster Besuch nach einer langen Zeit des Fernhaltens von den Schusswilligen, die noch die Waffen in ihren Kellern horteten als ein neugeborener Sommer mich schließlich doch und dann auch entschlossen ins Kindheitsland zurückführte. Erst Jahre nach diesem Krieg also, in dem zum ersten Mal seit dem Zweiten Weltkrieg Menschen wieder in Lagern eingepfercht wurden und vom Hunger gezeichnete Körper hatten, kam ich, um das Haus und das Rosenzweig-Buch zu besuchen. Es stellte sich heraus, dass es keine neue Ankunft, sondern ein Abschied war, zu dem ich angereist war, dieses Mal sollte es das vorläufig letzte Mal sein, dass ich über die Landstraße aus dem Süden auf Hof und Garten zuging. Als ich das vertraute Tor öffnete, das lange schon ohne die paradiesische Nachbarschaft der Sauerkirsche auskam, wurde ich von den vielen wie zeitlos vertrauten Katzenaugen begrüßt. Dieser von mir nicht geplante und nur sehr langsam in mein Bewusstsein sich absenkende Abschied war ein Messerschnitt, Schicksal oder Folge meiner Entscheidung, mir das zeitgleiche Sehen aller hier lebenden Menschen nicht mehr nehmen zu lassen. Obwohl ich nie an Vaterländer geglaubt habe, hieß es nun paradoxerweise ausgerechnet über mich, ich sei eine Vaterlandsverräterin. Gut war, dass ich nie Länder, Völker oder Nationen lieben konnte und es nie lernen wollte, denn so verlor ich nichts, das Teil meiner Liebe gewesen wäre. Das Licht meines Kindheitsgartens war schmerzlich klar und einladend an diesem Tag. Noch immer waren die sirrenden Insekten da und durchwirkten mit ihrem zwar nicht mehr so lautem Gesang die Luft, deutlich weniger als einst jedenfalls, aber immer noch überzeitlich und schön waren sie. Gottes gleichbleibende Musik. Ich spürte, dass dieser Abschied nun endgültig war, so deutlich in seiner Setzung, so wohltuend wie beißend in einem, war er vom großen Fatum beschlossen. Er schenkte mir Zugang zu einer neuen Achtsamkeit und führte mich ein in die Kraft eines größeren Bildes. Mein Vater war nur kurze Zeit zuvor im Alter von sechsundsechzig Jahren gestorben. Es hieß, genauso alt sei auch meine Großmutter gewesen, als ihre vier Söhne sie zu Grabe trugen. Jetzt, da ich meinem Vater keine Fragen stellen konnte und meine Mutter nicht mehr mit mir sprach, begriff ich plötzlich, dass ich nur zwei, drei Fotografien von meiner Großmutter hatte und sonst gar nichts über sie wusste. Obwohl die Verwandten sich mir nun in jeglicher Form entzogen, rief ich meinen Onkel an, den damals noch letzten lebenden Bruder meines Vaters. Einer meiner Verwandten hatte mir erzählt, dass Großmutter, bei der ich meine ersten beiden Lebensjahre verbracht hatte, ohne Eltern aufgewachsen war. Es hieß, sie sei als Kind von ihren minderjährigen Cousins großgezogen worden und niemand wisse, wer ihre Eltern gewesen seien. Die Kirchbücher existierten nicht mehr. Irgendein riesiger Brand habe sie vernichtet. Meinem Onkel war in seiner Kindheit gar nicht aufgefallen, dass er keine Großeltern hatte. Diese merkwürdige Ahnungslosigkeit, die typisch für meine Familie ist, brachte mich dazu, Nachforschungen anzustellen. Ich vermutete, dass meine Urgroßeltern großväterlicherseits einer anderen Religion angehört haben mussten und bei einem Konflikt oder einer in Gewalt ausgeuferten Auseinandersetzung ums Leben gekommen waren. Aber ich fand nichts heraus. Überall stieß ich auf eine Mauer beharrlichen Schweigens. Niemand wollte mir etwas über die Herkunft meiner Großmama erzählen. Das Rätsel blieb bestehen. Die Frau meines Onkels, die sich zeitweise in der Kindheit um mich gekümmert hatte, wunderte sich, wie sie es ausdrückte, über meine Fragerei. »Warum willst du denn all das wissen? Wofür brauchst du das?« »Nur für mich selbst«, sagte ich damals wahrheitsgemäß, was mich offenbar besonders verdächtig machte. Schließlich sei meinem eigenen Onkel nicht bewusst gewesen, so sagte er es allen Ernstes mehrmals, dass er ohne Großeltern aufgewachsen war. Die Cousins, die meine Großmutter aufgezogen haben sollen, waren unauffindbar, genauso war niemand sonst auszumachen, der mir etwas über ihre und damit auch über meine Herkunft hätte sagen können. In einem kleinen Dorf, in dem fünfhundert Menschen einander permanent begegnen und alles über einander wissen, fiel das auf. In den Pyrenäen wird mir dann gehend klar, dass mein Vater der Erste in unserer Familie war, der alphabetisiert wurde, vorher konnte niemand von meinen Vorfahren mehr als den eigenen Vor- und Nachnamen schreiben. Hoffnung auf Briefe, Notizen oder gar ein Tagebuch, das irgendwo aus dem Nichts hätte auftauchen können, brauchte ich mir also erst gar nicht zu machen. Jener Abschiedsmoment, in dem ich das Buch von Franz Rosenzweig »Stern der Erlösung« in die Hand genommen und wie mit einem letzten mit mir verbündeten Verwandten aus dem Haus fortgetragen hatte, war mir schon bei meinem Aufbruch in die Pyrenäen eingefallen, und ich hatte es sogleich in meinem Berliner Bücherregal gesucht. Wie immer, wenn ich ein Buch in die Hand nahm, das einmal von großer Bedeutung für mich war, sah ich auch jetzt gewohnheitsmäßig nach, was ich mir bei meiner ersten Lektüre einst angestrichen hatte. Und wieder sprach friedlich das Buch zu mir aus dem einst für wichtig Befundenem: »Geduld und andere Karten«, las ich da, »nach dem tiefsinnigen Wort aus dem Don Quixote. Warten und Wandern sind Geschäfte der Seele, nur das Wachsen fällt auf die Seite der

Welt.« Ich weiß nicht, was mich damals bewogen hat, diese Zeilen aus dem Kapitel »Das Feuer oder das ewige Leben« grün zu unterstreichen. Was auch immer dieser Satz damals in mir ausgelöst hat, jetzt erst wurde er in meinem Bewusstsein vorstellig und erzählte mir, dass die Zeit über einen eigenen Regisseur verfügt, dieser sich nicht um meine Wünsche kümmert, aber Kunde davon hat, dass alles gleichsam von allein zum richtigen Zeitpunkt geschieht und selbst die Fragen eine Zeit an sich darstellen und dieserart einen Weg finden, in unser Leben zu treten. Aus gutem Grunde wurde mir das Wissen um meine Herkunft vorenthalten. Einmal mehr kam es für mich darauf an, in die Antworten hineinzuleben, wie es der Pfad der Antworten vorsah, der mir selbst in meinen Träumen Franz Rosenzweigs Satz ins Herz zu schreiben schien: »Sprache ist mehr als Blut.«

Das schmale Tor des Augenblicks

Immer wieder gibt es sie, jene Zeiten, in denen Einzelne und ganze Völker sich in der Lüge einrichten. In einer Zeit, in der die Deutschen die Verbindung zu ihrer Würde und den Impulsen des Gewissens verloren hatten, war Walter Benjamin, während der ganze Kontinent sich der gesichtslosen Mathematik der Dunkelheit ergab, ganz auf sich selbst zurückgeworfen. Kollektiv potenzierte seelenlose Blickweisen Einzelner sollten am Ende auch sein Leben auslöschen. »Der Augenblick«, der zum »schmalen Tor« wird, wie es bei ihm heißt, »durch das der Erlöser kommen könnte«, wurde immer seltener, unmöglicher, oder, vom Licht her gedacht, dunkler – unzugänglicher, nicht erkennbarer. Nach sieben Jahren Exil in Frankreich suchte er dieses Tor, schritt ihm herzkrank entgegen, ohne zu wissen, ob es ihn in sein Leben, in den Fortlauf seines hiesigen Lebens oder in den letzten Abschied, den Tod, führen würde. Nun ging er diesen Weg, der schon anderen, aus entgegengesetzter Richtung kommend, eine Rettung aus der frankistischen Unfreiheit war. Das schmale Tor des Augenblicks, mit dem Walter Benjamin sein Schicksal umkreiste, wurde auf der Insel Ibiza wieder einmal merkwürdig vorausknüpfend offenbar. Ausgerechnet dort ist er wohl im Frühling 1933 General Francisco Franco begegnet, jenem Mann, dessen sieben Jahre später erteilter Befehl, keine Flüchtlinge mehr nach Spanien durchzulassen, Benjamin bis zum Äußersten so zugesetzt hat, dass er in jener Nacht nach der Überquerung der Pyrenäen den Freitod wählte. Der auf Ibiza geborene Dichter Vicente Valero weist mit einer historisch verbürgten Denkbewegung auf diesen Moment hin: »Unweigerlich drängt sich ein Bild auf, das an jenem Nachmittag des 6. Mai 1933 so ausgesehen haben könnte: Walter Benjamin – vielleicht gerade unter einem Feigenbaum sitzend (...) sieht, wie eine Gruppe von Militärs vorbeizieht. Unter ihnen sticht ein junger General hervor – mit vierzig Jahren gleich alt wie

Benjamin –, den der Nimbus einer brillanten Militärkarriere umgibt. Derselbe Mann wird nur sieben Jahre später den Befehl erteilen, keine weiteren politischen Flüchtlinge an der französisch-spanischen Grenze passieren zu lassen. Ein Befehl, der bekanntlich am 26. September 1940 für Walter Benjamin fatale Folgen hatte.« Die Synergien des Bösen haben keine Antennen für das Leiden. Sie entstehen aus dem dunklen Begehren zur verschlingenden Macht und verursachen die Not anderer Menschen zielgerichtet und bewusst. Gleichgesinnte finden mühelos zueinander. Ihre Taten gehen mit und sprechen eine ihnen vertraute Sprache. Als das Ustascha-Regime im einst faschistischen Kroatien an sein Ende kam, wurde sein Anführer von Franco mit offenen Armen im Exil empfangen. Die gesinnungsgleichen Militärs mussten sich nicht viel Mühe geben, einander zu mögen. Während die einen sich ihrer Würde wieder gewahr wurden und angesichts der begangenen Verbrechen in Trauer begannen, zu sich selbst, zur eigenen Person, zurückzukehren, läuteten andere selbstbeweihräuchernde Zeiten der Diaspora ein. Kroatische faschistische Anführer und ihre sich mitunter bis heute als unschuldig empfindenden Handlanger fanden in Argentinien, Deutschland oder Australien Mittel und Wege, ihrer Ideologie des Hasses treu zu bleiben. Hinter allen Ideologien lauert sie, diese eine Ideologie des Hasses, die anderen das wegnehmen möchte, was der Hassende allumfassend für sich selbst beansprucht: einen Platz in der Welt. Heute noch gibt es sie, die Verehrer jener Exilanten, die sich mit einem durch nichts zu widerlegenden Gefühl des Rechthabens im 20. Jahrhundert auf die Seite der Verbrecher begaben. Und doch werden sie von vielen Menschen noch immer bewundert, und wenn andere diese Bewunderung nicht teilen, machen sie im Handumdrehen Feinde aus ihnen. Wie jener Priester von der dalmatinischen Insel Hvar, sind auch sie in der Lage, sich über den Tod eines Menschen zu freuen, der ihre – von der Geschichte revidierte – Sichtweise nicht teilt. Manche jener Rückkehrer in das Land ihrer Geburt küssten unter Tränen, wie es in ihren nostalgischen Erzählungen heißt, den Boden dessen, was sie Heimat nennen. Oh, so weit weg ist diese Heimat von dem, was die Träume des Menschen sind, die C. G. Jung als die leitenden Worte der Seele beschrieben hat. Oh, leitende Worte, schenkt mir Kraft, zeit meines Lebens die gute Erde *ganze Erde* sein zu lassen. Nie nannte ich sie beim Namen einer Nation. Ich knie mich vor keinem Pass nieder und spreche keinerlei Fahnen und Flaggen und Wimpeln irgendeine Form von Heiligkeit zu. Für mich ist die ganze Erde Spiegel und Aufforderung an den Menschen, seine akrobatischen Fähigkeiten ins Geistige zu verlagern. Und Farben sind Echokammern segensreicher Verbindungen zu jenen inneren Landschaften, die uns in Teilhabe und in Gemeinschaft mit anderen geschenkt werden. Wieder ist sie da, die alte Kinderfrage aus der Zeit, in der die Füße keine Narben scheuten und ein Gespräch waren, eine große und schwungvolle Unterhaltung mit den Ameisen, dem Walnussbaum, dem Gras und

seiner grünen Sprache: Führt von allein die Verwandtschaft zur Liebe oder ist es die Liebe, die zur Verwandtschaft führt? Es geschah nicht oft, dass ich meine Mutter
in der Kindheit zu Gesicht bekam, aber wenn ich sie sah,
sprach diese Frage mich von innen an. Meine Mutter sagte
dann manchmal einen merkwürdigen Satz, wenn sie zu
Besuch war, und der Satz hatte etwas mit einer Speise aus
der Kriegszeit zu tun: »Das Blut ist keine Polenta.« Ich
dachte viel über die Polenta und das Blut nach, und weil
ich weder das eine noch das andere mochte, fragte ich sie
irgendwann, warum sie diesen Satz gerade dann immer
sagte, wenn ich jemanden von unseren Verwandten tiefer
ins Herz schloss oder dieser Mensch etwas Freundliches
für mich tat. Mutter war überzeugt davon, dass das Blut
für die Wärmeverhältnisse zwischen den Menschen ent-
scheidend war. Und weil ich ihr nicht glaubte und die tro-
ckene Art, wie sie Polenta zubereitete, nicht leiden konnte,
blieb ich wie immer allein und auf meine innere Frage zurückgeworfen. Außerdem liebte ich schon, und quasi hinter ihrem Rücken, viele andere Menschen, die entweder
gar nicht oder an einen anderen Gott glaubten als meine
Mutter und das Dorf, in dem ich offenbar astronautisch
sicher gelandet war, um es zu meinem Menschenbeobach-
tungsposten zu machen. Mein Blick ging immer zum
Himmel, und wenn er zurück zur Erde gelangte, war die
blaue Weite nicht aus ihm verschwunden. Irgendetwas an
der Tiefe und Sattheit der Farben hatte sich meiner angenommen und verbündete sich, wie auch jetzt in den Pyre-

näen, mit meinen Augen. Ich konnte einfach kein Polenta-
gelb mit dem Rot des menschlichen Blutes zusammendenken,
und es dauerte Jahrzehnte, bis ich Polenta freiwillig aß
und dabei nicht mehr an Blut und Verwandtschaft und an
eine Liebe dachte, die von den Genen herrührte und auf
Genen aufbaute und andere ausschloss, die ohne Redens-
arten und ohne den Schutz eines scheinbar sicheren
Stammbaums auskamen. Nur wenn wir durch das schmale
Tor des Augenblicks schreiten, erfahren wir, wer wir
wahrhaft sind. Der »Erlöser« ist die Liebe als Handlung,
die wir aufbringen, und sie allein stützt uns in jener sich
verwandelnden »Botanik des Todes«, die der Filmemacher
Chris Marker mit der Kultur in Verbindung gebracht hat:
»Wenn Menschen gestorben sind, treten sie in die Geschichte ein. Wenn Statuen gestorben sind, treten sie in die
Kunst ein. Diese Botanik des Todes nennen wir Kultur.«
Es kann keine Kunst und Kultur geben, die nicht bereit
ist, Stein und Zeit zu durchschreiten, die sich ineinander
ablegen, je nachdem, wie das Jahrhundert es will und die
Fähigkeit der Menschen zum *Gespräch* es erlaubt. Es kann
keine wahre Verwandtschaft geben, die nicht im gleichen
Atemzug auch Freiwilligkeit ist. Wahrhaft ist der Reisende, der in sich selbst zu Flüssen, Seen und Meeren findet, so kann er die Wunder der Weltgewässer besser erkennen und sich von ihnen erkennen lassen. Wahrhaft ist
der Reisende, der sich fußwärts zur eigenen Nacktheit auf
den Weg macht. Wahrhaft ist der Reisende, der sich in die
Botanik des Todes einweben lässt und nicht aus den Augen

verliert, dass Verwandlungen, Zurufe, Zeitenwenden über den Graben der Geschichte hinwegspringen können und so in ihre unsichtbaren, aber fortwährend tätigen Archive Eingang findet. Tote Zeit, zynische Zeit meiner Welt: Ich klage dich und deinen Polentazustand an, deinen primitiven Blutkreislauf, deinen alten Blutglauben, der wie eine vergehende Kirche organisiert ist, eine Glaubensgemeinschaft, die dem Zerfall anheimgegeben ist. Innere, geöffnete Zeit: Zu dir bete ich und in deiner Wende knie ich mich der Liturgie nicht kundig innerlich nieder – befreie mich vor den eindimensionalen Magneten und lass mich im Großen Gott eines kleinen Steins das geschichtete Leben entdecken und mit jenen atmen und weinen und an einer neuen Sprache bauen, die keine Scheu haben, die »Schwelle zwischen Traum und Wirklichkeit« als den einzigen Grenzposten anzuerkennen, an dem sie nicht abgewiesen werden können, da sie dort selbst als Übersetzer ihres Lebens stehen – und vermitteln. Als Schwimmer zwischen den Welten. Als Verwalter innerer Stempel. Als Liebende und Leser, die so weit in den Elementen beheimatet sind, dass sie keine Feuerlöscher verwenden, um sich vor anderen Menschen in Sicherheit zu bringen. Nichts ist so unsicher wie Sicherheiten. Allein die Schwelle ist ein bleibender Ort, ein Raum des Übergangs, der von den Verwandlungen des Seins bestimmt wird. Meine wahren Verwandten sind Sänger der Schwelle, Menschen mit transzendenzbereiten Füßen. Ihr Denken erreicht mich jenseits eines zementierten und durchorganisierten Alltags, der in unserer Zeit ein Synonym für Tod auf Zimmertemperatur ist. Meine wahren Verwandten sind Archivverwalter im großen Buch der Botanik des Todes, die zum Leben zurückkehrt und weder das Dunkle noch das Helle für sich behält, ohne Anspruch auf Besitz webt sie an der Vielfalt der geistigen Farben.

Die Gestalt des Schäfers

Sie sind verschwunden, fortgegangen aus unserem inneren Blickvorrat. Die Schäfer gibt es nur noch als Werke unserer verschütteten Erinnerung. Der Asphalt und die Wucht der zubetonierten Städte hat sie vertrieben. Die grell durchorganisierte Verwaltung der Tiere für unsere gierig gewordenen Mägen tat ihr Eigenes dazu. In der Kindheit gab es sie noch, die Schäfer, einzelne Geher inmitten von Tieren, die ihm manchmal vorausgingen, manchmal folgten, die die ganze Zeit um ihn wussten, so, wie er um sie wusste: Ganz. Etwas in ihnen band sie kompassartig zusammen, und sie führten einander gegenseitig über das karstige, windgepeitschte Gelände. Ich sah ihnen nach, wenn sie auf den Berg stiegen und im flimmernden Schlaf des Sommers eine feine Luftlinie und kleine wärmende Wirbel hinterließen, die zu meinen Empfindungen sprachen. Ich liebte die sanften Augen der wogenden Herde und die stille Furchtsamkeit des Schäfers, der in die Landschaft einzutauchen schien, als sei sie sein Element und als tausche er auf diese Weise die Kräfte aus, die ihn zu einer beharrlichen Beschwingtheit im Gelände und aus meinem Blick hinausführten. Manchmal gab ich ihm ein Glas Wasser, wenn er an unserem Tor anhielt und mich darum bat, dabei sah er aus wie eine biblische Gestalt, ein dalmatinischer Moses auf Durchreise. Ich passte gut auf, merkte mir jedes Gesicht, als sei es gerade vor mir und in diesem einen Augenblick der Heiligen Schrift entstiegen, ein Mahner von Gottes Geboten, die mich mit tiefer Ehrfurcht erfüllten und aufs innere Gewahrsein auszurichten schienen. Das fließende Wasser war zudem keine Selbstverständlichkeit. Wir waren an kein Wassersystem angeschlossen. Alles war ein Wunder, weil es vorher nicht da war, und als es Teil des Lebens wurde, blieb es lange Zeit magisch. Die Stadt und alle größeren Orte waren weit weg. Die Zisterne fing das Regenwasser auf. Mit einem Blecheimer stieg ich in den zweiten Stock unseres Hauses, warf ihn in die dunklen Untiefen des Wassers und versuchte, so viel wie nur möglich hochzuziehen. Den Eimer, fest mit beiden Händen umklammert, trug ich in den Sommern barfuß nach unten in unsere Küche und verschüttete unterwegs fast die Hälfte meiner kostbaren Wasserbeute. Ein Badezimmer hatten wir nicht, aber in der Stadt hatte ich es bei einer gebildeten Tante gesehen und musste meine Scheu überwinden, um sie zu fragen, wie dort alles überhaupt funktionierte. Ein Telefon kannte ich nur aus den amerikanischen Filmen, in denen es permanent in Arbeit war und Leute dazu brachte, einander vieles zu erzählen, ohne sich dabei anzusehen. Der Schäfer kannte nicht einmal das. Auch wir hatten die ersten Jahre meiner Kindheit keinen Fernseher. Die Filme sah ich anfangs bei Leuten im Dorf, die es irgendwie geschafft hatten, sich inmitten sozialistischer Knappheit ein solches Gerät anzuschaffen und von denen es hieß, sie seien Verräter gewesen, mit Verbindungen zu den Roten. Für mich sprach das nicht gegen diese Menschen. Ich wusste in diesem Augenblick nicht, was Verrat in diesem Dorf bedeutete, der einzige Verrat, der mir gleich einfiel, war jener an Jesus, bevor er gekreuzigt wurde. Damals schon dachte aber etwas in mir, Christus war nicht nur euer Jesus, er war ein Jude, und das lag doch auf der Hand. Später verstand ich, dass es im Dorf keineswegs nur Christen gab, sondern auch einstige Faschisten und Kommunisten erster Stunde. Die einen hatten den Faschismus als Partisanen bekämpft, die anderen um seine Vorherrschaft gehofft. Aber im Dorf meiner Kindheit gab es, einmal davon abgesehen, unzählige gute und gottliebende Menschen fast aller Religionen, und mit ihnen habe ich alles über die Schönheit der Grashalme und den Gesang der Blätter und die edentaugliche Wucht der Sauerkirsche gelernt, die mit den anderen Rottönen im Garten nächtliche Gespräche führte, über die ich schon damals Gedichte schreiben wollte. Die Filme aber waren ein Glück, sie erfüllten meinen ganzen Körper mit einer sehr starken Vibration und Aufregung, wie echtes Leben, echte Gespräche, die mich regelrecht in Beschlag nahmen.

Manchmal sah ich weg, etwa wenn Liebende einander nahekamen, da war eine große Scheu, ich wollte sie nicht stören. Insgesamt verhielt ich mich also wie die meisten im Dorf und wie es auch die allerersten Menschen taten, die jemals im Kino waren und das Spiel der Bilder für waches Leben hielten. Ich fühlte die drängende Kraft der Filme als wirkliche Gegenwart. Fiktion war mir ein Fremdwort, es sprach mich alles als echtes und mit allen Sinnen greifbares Leben an. Ich frage mich bis heute, ob unsere inneren Sinne überhaupt in der Lage sind, es anders zu deuten, ob sie es jemals sein werden. Jedenfalls geht es mir bis heute so wie beim allerersten Sehen von Filmen, ich fürchte die Kraft der Gewalt und renne weg, wenn irgendetwas, das mein Körper nicht erträgt, gezeigt wird – ich will auch nicht lernen, es zu ertragen, Gewalt versetzt mich sofort in Flucht, schnell will ich fort, weg und dorthin gehen, *wo es leise ist*. Der Kopf kann alles zurechtbiegen, aber die Wirkung der Bilder greift bis in die tiefsten Seinsschichten. Nicht zufällig nutzten alle Diktatoren, die die Pionierzeit des Kinos miterlebt haben, die Macht der Bilder, um sich selbst als Zentralgestirn zu positionieren und um sich selbst zu schützen. Mit dem Schäfer habe ich weder darüber noch über irgendetwas anderes gesprochen. Ich weiß noch nicht einmal, ob er überhaupt wusste, dass Filme existieren. Aus der Rückschau erscheint es mir so, als hätten wir uns einfach immer nur angesehen und die Kompassnadeln unserer inneren Regung im Gesicht sprechen lassen. Meine Erinnerungen an ihn sind zwar bunt, aber eingetaucht und beeinflusst von den Farben jener Zeit, leicht abgemilderte Töne, die auf Polaroids festgehalten wurden und schnell zu Beweisstücken unseres gelebten Lebens geworden waren. Das aber weiß ich nur von den anderen, die solche Kameras aus dem Ausland mitbrachten. Auch meine Eltern besaßen eine solche Kamera und nahmen sie wieder mit, wenn sie nach zwei Wochen Familienspiel und Beisammensein wieder fortgingen, gerade dann natürlich, wenn ich mich ein bisschen an sie und ihre Körper gewöhnt hatte. Meine Augen, noch bevor sie sich an diesen Fremden, die sie für mich anfangs immer waren, sattsehen konnten, verfügten über einen eigenen Bildbereich und mit diesem nahm ich sie und den Schäfer und das Wetter wahr. Keinerlei Technik lenkte mich ab. Später, nach ihrem Fortgehen, erschienen mir die Eltern aber doch wie Darsteller, wie Leute aus den amerikanischen und tschechischen Filmen, die nach einer Stunde immateriell wurden und nur in meiner Erinnerung an sie weiterlebten. Der Schäfer hat mit der Zeit langes Haar bekommen, an den Füßen trägt er in meinem Gedächtnis Gummigamaschen und ein grobes Leinengewand. Es schützt ihn vor Wind und Wetter genauso wie vor dem Vergessen und der Lüge. Er scheint in mir mit jedem Schritt den Psalm zu verlebendigen, in dem es heißt: »Halte fern von mir den Weg der Lüge und gib mir in Gnaden dein Gesetz. Ich habe erwählt den Weg der Wahrheit, deine Urteile habe ich vor mich gestellt.« In der Ferne, hinter dem großen Gebirge, weit weg von meinem

Kinderauge entfernt, wurden aber die ewigen Gesetze mit Füßen getreten. Irgendwo in der sengenden Sonne des Mittelmeeres, während ich die Gestalt des Schäfers in mich aufnahm, trieb man Menschen gewaltsam in Lagern zusammen. Auch im jugoslawischen Gulag gab es Straf-kolonien, in denen das Vergehen gegen die Urteile der Partei vergolten werden sollte. Der eine Weg der Gewalt, die eine verdichtete Form der rigorosen Lüge ist, spricht aus den zuvor beschrittenen anderen Wegen der Gewalt. Der rückwärts gewendete Engel der Geschichte hat alles gesehen. Konnte er überhaupt ahnen, auf welche Weise man vom Gesetz abweichen würde? Seitdem Gott für tot erklärt wurde, kümmert sich niemand mehr um den Teu-fel. Das hilft ihm. Als Walter Benjamin oben auf dem Gip-fel in den Pyrenäen ankam und Spanien als das rettende Lebensgelände vor ihm erschien, waren die Ordnungen einer zivilisierten Welt längst zerbrochen. Heilsame Ein-sicht und Erkenntnis, längst zu leise geworden, in einer dunklen Welt der entfesselt Blutrünstigen, die ihre eigenen Gesetze längst formuliert hatte. Jenseits der leisen Sprache. Ich frage mich, wie sich das für ihn angefühlt hat, dieser Weg nach unten, in diese entleerte Sprache, in die mensch-liche Kälte, nachdem er und die beiden anderen, die mit ihm gingen, den Pfad nur von der Skizze des Bürgermeis-ters gekannt und ihn nach stundenlangem Gehen gemeis-tert hatten. Wer waren die beiden anderen, die seine letz-ten Stunden mit ihm verbracht haben? Das waren Henny Gurland und ihr damals sechzehnjähriger Sohn, der sich später erstaunlicherweise kaum an diesen Transit über das Gebirge erinnern konnte. Sie sollen beide beim Tragen von Benjamins legendenumwobener Manuskripttasche geholfen haben. Als Lisa Fittko sich von Benjamin, Henny Gurland und ihrem Sohn verabschiedete, gab sie ihnen den Ratschlag, gleich zum Grenzposten zu gehen und die spanischen und die französischen Transitvisa vorzuzeigen. Nach neun Stunden des Bergaufgehens trat sie den Rückweg nach Banyuls-sur-Mer an, zwei Stunden später war sie unten am Hafen. Wer aber nahm Benjamin und die kleine Reisegruppe auf der spanischen Seite in Empfang? Der Filmemacher David Mauas, der nicht an einen Selbstmord von Walter Benjamin glaubt, hat in seinem Dokumentarfilm über die letzten Tage von Walter Benjamin einem Schäfer eine wichtige Rolle zugeteilt. Der vagabundische Denker, so äußert sich ein Historiker in Mauas' Film mit dem Titel »Wer tötete Walter Benjamin?«, müsse beim Abstieg in Richtung Portbou von einem Mittelsmann abgeholt worden sein und seiner Einschätzung nach könne für damalige Zeiten in einer solchen Situation nur ein Schäfer in Frage gekommen sein.

Luftschifferei

Am Meer und in den Bergen wird die Gefährtenschaft der Vögel auf eine besondere Weise fühlbar. In den Städten verschwinden diese Luftbewohner immer mehr aus unserem Blickfeld. Einmal bekam ich eine schlimme Ahnung davon, wie sich die Welt ohne Vögel *anhören* würde. Sie schwiegen an jenem Tag in ganz Berlin. Das war bei einer partiellen Sonnenfinsternis. Die Schatten lagen auf dem Berliner Asphalt wie schwere gusseiserne Geschosse. Kein Vogel weit und breit. Mitten im Sommer. Die von Kühle durchwirkte Luft schien verschiedene Schichten des Untröstlichen in sich zu tragen. Ich spürte bei jedem Schritt das Ende eines auch von mir selbst abfallenden Jahrhunderts und dabei die Gefahr einer Leere, die in einer Welt ohne Vogelgesang nur furchterregend sein konnte. Auch in mir dehnte sich die Zeit. Eine unheimliche, lebensferne Luft umknisterte die Bäume, die mit einem Mal unbewohnt und von wichtigen Freunden zurückgelassen wirkten, Holz nur, stumpf, von einer anderen Machart als gestern noch um die gleiche Stunde. Holz ohne die Wärmelinien des singenden Lebens. Ich spürte in diesem Augenblick, wie alles Lebendige *fortwährend miteinander atmet.* Nur kurze Zeit später erwachte alles wieder, die Vögel setzten in altbekannter Unschuld mit ihrem Gesang ein und sprachen zu meinen Ohren. Es schien, als kehre selbst der Beton aus der dunklen sonnenlosen Dichte wieder in etwas Berührbares und den Menschen Zugewandtes zurück, eine Art Metamorphose aus einem dichteren zu einem offeneren, dem Licht hingewendeten beweglicheren Zustand, in dem der Sand das Element der Verbindung war. Das sommerliche Flimmern übernahm wieder das Herz des Tages, und die Blätter der Bäume tanzten wogend hin und her. Die Linden in meiner damaligen Wohnstraße sahen aus, als würden sie an der von den Baumgöttern zugewiesenen Höhe gewinnen. Das Grün liebte mich wieder und meine Augen liebten es mit farbpräziser Freude zurück. Dieser wortlose Austausch zwischen mir und der städtischen Straßenumwelt kehrt auch in den Pyrenäen in meine Wirklichkeit ein, die vielen Grüntöne sind ein kleiner Februarfarbgesang. Alle Farben sind auch als Klänge des Mittelmeers wirksam. Selbst in der kühlen Jahreszeit sind sie hier sichtbare Öffnung zum Frühling und seinen vielversprechenden Gefilden. Die Vögel übernehmen das Wipfelgewoge der Bäume, von den Städten und den lauten Autos weit entfernt, sind sie nun zur Luftschifferei ermächtigte Zauberwesen, die mich kennen, Herrscher über rauen Gipfeln und auf rutschigen Wegen. »Nichts erregte wohl von jeher die Bewunderung der Menschen und zugleich den Wunsch nach Nachahmung, als der Flug der Vögel«, heißt es in Friedrich Justin Bertuchs »Bilderbuch für Kinder«, in dem das illustrierte Wissen des 18. Jahrhunderts versammelt ist. Die schönen Abbildungen hatten mich vor Jahren dazu bewogen, es mir anzuschaffen. Es gehört zu den bekanntesten und bedeutendsten Werken der älteren Kinder- und Jugendliteratur. Als ich es kaufte, wusste ich nicht, dass Walter Benjamin auch ein Exemplar dieses Buches besessen hatte, der bekanntermaßen ein leidenschaftlicher Sammler von Kinderbüchern war. Wir können mit diesem Buch eine Augenreise zum illustrierten Wissen einer anderen Zeit machen. Besonders faszinierend war für mich immer Degens Flugmaschine, die immer noch, zeitlos verspielt, den Träumen entstiegen wirkt. Als Kind kannte ich solche Bücher nicht. Die einzige Flugmaschine, die mir ein Begriff war, befand sich jenseits irgendeiner Beweislage in meinem Kopf. Sie entsprang als bildlose Bewegung meiner Vorstellungskraft, indem sie ihr innere Flügel verlieh. So reiste ich durch Zeit und Raum mit dem einzigen Buch, das wir besaßen – mit der Bibel, furchterregend schön war der Dünndruck, erhaben der Goldschnitt. Ich nahm an, dass Gott in jedem Buchstaben wohnte und sah mir mit frommer Ehrfurcht, und lange noch bevor ich lesen konnte, die gebieterisch feinen Seiten an. Noch heute sind Bücher für mich wohl im Resonanzraum dieser ersten Freude errungene Kontinente, die sich mit der heiligen Erfahrung des ersten Ertastens verbindet, die das Buch der Bücher mir geschenkt hat. Besonders schön ist bei Bertuchs Bilderbuch »der Unterricht durchs Auge«, etwas also, das ich selbst in der Natur gelernt habe, aber, einmal so bunt aufs Papier gebannt, immer noch in einem magischen Zusammenhang mit dem Buch erlebe, als könnten die Vögel und die Schmetterlinge den Papierseiten wirklich entschweben und mich in meinem Zimmer umschwirren, in Sekundenschnelle, ohne die nötigen Umwege über die lästigen Gesetze der Materie nehmen zu müssen. »Schon im frühesten Alterthume erzählen uns mehrere Sagen«, heißt es in dem Beitrag über die »Luftschifferei«, »machte man Versuche, durch künstliche Flügel, die man an Armen und Beinen befestigte, sich von der Erde zu erheben, und in einem leichteren Elemente nach Gefallen herumzuschweben.« Doch alle Versuche seien zu klein gewesen und deswegen unglücklich ausgefallen. Bei solchen Beschreibungen denke ich immer zuerst an geistige Vorgänge, bringe sie stets in Beziehung zu den poetischen Sprüngen der Vorstellungskraft, in der die sichtbar gewordene Wirklichkeit mir als ein im Inneren vollzogener Prozess der gedanklichen Abstufung erscheint. Der Gedankenblitz, der berührbare Welt wird, zeigt sich dabei als ein spielerisch uns zuarbeitender Schöpfer. Die innige Verbindung von Eingebung und »liebevoller Versenkung«, wie sie etwa Gershom Scholem Walter Benjamin bescheinigt, gehen im Geist eine Symbiose ein. Innen und Außen verschmelzen ineinander. Der »Hang zur imaginativen Welt der Assoziationen« habe, so Scholem in seinem Buch über die Freundschaft mit Walter Benjamin, auch zu seinem ausgesprochenen Interesse für Literatur und Malerei von Geisteskranken geführt. Manchmal ist das, was wir Krankheit nennen, eine Verschiebung des Denkens in fraktalisierte Bilder, in Versatzstücke kleiner Ewigkeitsbrücken, von denen der Flug und die Arbeit der Vögel zeugen; manchmal ist es schwer, den Bildbereich, das Bruchstückhafte wieder zugunsten einer ganzen und stimmig in sich gefügten Realität zu verlassen. Ein Hauch von luftiger Freiheit am Himmel (im Kopf, im Geist eines Menschen) und schon sind wir hier unten, mit Geröll und Angsteisen an den Füßen, bereit, einen anderen Menschen zu verurteilen oder einzusperren. In unserer Vorstellungskraft fängt alles an, auch das Gefängnis entsteht zuerst im Denken. Dann erst folgt die Anstalt, die ein Gebäude ist. Wir glauben dann offenbar ganz fest daran, dass wir von dem so in die Luft Gesetzten fein säuberlich getrennt sind. Und dass der von uns als anders Verortete in einer von uns getrennten Welt lebt. Ein Trugschluss, der sich wie bei einem analog geschossenen Foto als verbleibendes Negativ in uns einschreibt und uns von da an bewohnt. Irgendwann wird das Foto aber selbsttätig entwickelt und unsere Gedanken fallen als Taten, als folgenreiche Handlungen in unserer Sprache auf uns selbst zurück. Die Gefährtenschaft der Vögel und Kinder machen ein anderes Gespräch möglich. Die Sprache einer wahren Begegnung ist eine tief in die Seele hinabgelassene Jakobsleiter. In Diktaturen wird zuerst das Licht zur Leiter gekappt. Dann haben die Menschen nur noch eine äußere Zeit zur Hand, die vom Gewissen entkoppelt ist. Ein Führer kann ihnen alles erzählen. Er führt sie lächelnd als Henker von einer zur anderen Henkersmahlzeit. Verwundern kann das aber nur einen Einzelnen. Die Masse merkt nicht, dass sie Masse ist.

Verschmelzungen

Das Mittelmeer ist tief. Es ist blau und tief. Und wir lieben es noch immer, obwohl es ein Meer voller Leichen ist. Das Meer ist eine natürliche Grenze. Zur natürlichen Natur des Menschen gehört, sich auf natürliche Grenzen zuzubewegen oder mit ihrer Hilfe an andere Orte zu gelangen. Zu anderen Menschen. Zu einem tieferen, von der Angst befreiten Atem. Verdichtungen in einem Teil der Welt führen zu Verdichtungen in einem anderen Teil der Welt. Jene, die die natürlichen Grenzen nicht scheuen und sie zu ihren Verbündeten machen wollen, sind unmittelbar von den Verschmelzungen, Um- und Aufbrüchen ihrer Zeit betroffen. Das Unsichtbare zwischen den Menschen ist ein Teppichknüpfer. Ein Meister der Fäden, der uns auch über unsere Rolle etwas erzählt, indem er uns auf die andere Seite stellt und von dem wegführt, was wir gerade eben noch waren. Der Meister lässt die Himmelsrichtungen ineinander übergehen und einen neuen Norden entstehen. Wir sind ihm näher, als wir glauben, diesem Meister aller Verwandlungen. Näher noch als allem Sichtbaren, denn das Sichtbare ist schon entäußerte Unsichtbarkeit, geschöpfte Welt, die darauf wartet, wieder neu beatmet zu werden, am Anfang der Atem zu sein, der im Wort innehält, bevor die Schöpfung sich ergießt in eine neue Form. Erst wenn einer schreiben kann, in der Schrift sich anfängt zu spiegeln mit der Arbeit seiner Hand, verhilft er sich durch seine graphologischen Fähigkeiten zur schöpferischen Gestalt, aber trägt auch, zeitgleich, dazu bei, diese Kräfte in den anderen, ihn umgebenden Menschen hervorzubringen. Blochs Worte gehen dabei auf mich zu. »Ich bin. Aber ich habe mich nicht. Darum werden wir erst.« Unser Bewusstsein ist Schrift der Zeit, der eigenen und der gemeinsam mit anderen gelebten inneren Stunden, die auf die Uhren übergehen und sie zum Stillstand bewegen können. Alles ist ineinandergelegt, verbundenes Einheitsticken. Der Blick ist eins mit der Landschaft. Der Verlust des einen Menschen spricht mit dem Besitz eines anderen. Hier bittet ein Obdachloser um eine Gabe. Er zittert vor Ausgesetztheit. Dort, an einer anderen Stelle, sitzt einer satt und glaubt, das habe nichts mit ihm zu tun und ist doch selbst ausgesetzt, kann alles verlieren, so schnell und so leise, wie er alles bekommen kann. Rasch, raschelnd können wir die Seiten wechseln, ohne eine Vorwarnung dort stehen, wo wir uns nie zuvor gesehen haben. Davon berichten die Träume. Auf kundige Weise bebildern sie unseren Weg und erzählen von unserer Zerbrechlichkeit. Eingedenken, wir sind bis zum Ende des Lebens Menschen – wenn wir uns daran erinnern, dass wir sterblich sind. Der Zündstoff der Erinnerung, er ist Feuer des Lebens, bis zuletzt. Wie schnell haben wir dann eines Tages ganz andere Namen, unbekannt für die einen, bekannt für die anderen, weil sie hier etwas anderes bedeuten als dort. Von beiden Seiten des Lebens und der Welt bewegen sich Fragen aufeinander zu. Wir sind die Liebesstelle der Sprache. Wenn die Gewohnheit uns den Blick verstellt für die ozeanischen Bewegungen in der seelisch-geometrischen Schnittmenge zwischen den Bedürftigen und den scheinbar Unbedürftigen, nehmen die Menschen einander nur vor dem Hintergrund ihrer Überzeugungen wahr. Der Kern des Kerns bleibt verborgen. Sie haben Ideen voneinander. Sie sind nachtweise geschichtete Urteile, Barrikaden, schnell aufgebaut, die Nähe fürchtend. Um aus dem schwalbenlosen Barrikadenraum herauszutreten, ist es nützlich, etwas zu tun, was niemand freiwillig tut – wie etwa einen Monat lang jedes Wochenende in den Schuhen eines anderen Menschen die eigene Stadt, die eigene Landschaft, den eigenen Ort zu erkunden. Jenen, die zu Parolen neigen, muss man das Recht lassen, auch nach den Ausflügen mit den fremden Schuhen wieder zu ihren Gewohnheiten und eingeübten Redewendungen zurückzukehren. Was werden sie tun? Alles so wie bisher wiederholen? In dem darauffolgenden Monat sollte sich jeder als Barfußgeher erproben und nachts das eigene Viertel in Wochenendstimmung durchforsten, bevor in den frühen Morgenstunden überall Scherben in den städtischen Straßen liegen. Es sind die Hinterlassenschaften jener, die sich in Übermut oder im Unglück oder in spiritueller Verlorenheit betrunken haben. Ratlos sind sie am nächsten Tag alle. Was aber werden die Barfußgeher tun? Alles so belassen wie bisher? Sich nach Tau und Gras sehnen? Die meisten Menschen verwechseln ihre Orte mit ihren Gewohnheiten, mit denen sie sich auskennen und mit denen sie Festungen bauen, Berge und Schlösser namens Heimat, wetterfest. Meistens meinen sie damit Sicherheit, einen Zustand, an dem sich nichts ändert. Die Unsicherheit, das in seinen Grundfesten erschütterte andere Leben erinnert sie daran, dass sie die Festungen, die sie so mühevoll mit ihrem Kopf errichtet haben, in dem einmal geformten Zustand verlieren können. Der gleiche Prozess findet auch in einer Landschaft statt, in der wir uns zurechtfinden und von der Walter Benjamin sagt, sie verschwinde mit einem Schlage in jenem Moment, in dem wir ihrer sicher werden: »... wie die Fassade eines Hauses, wenn wir es betreten.« Was aber ist das Bild, das noch vor dem Betreten des Hauses für uns ausschlaggebend war? Wo fängt unser Denken hierzu an? Was haben wir erstmalig an einem Ort empfunden, der für uns neu oder fremd oder schön oder verheißungsvoll war? Eine neue Empfindung macht uns frei und nackt in einem. Das Wunder und die Wunde sind Urbilder des Menschen. Ein Buchstabe trennt und verbindet sie. Manchmal ist dieser Buchstabe ein Mensch, der aus dem Nichts in unser Leben tritt und mit einem Lächeln, ohne es zu wissen, einen anderen davon abbringt, sich das Leben zu nehmen. Manchmal ist ein einziger Buchstabe ein heller, blitzartiger Augenblick, der durch den eigenen Körper fährt und zur Handlung antreibt, da ruft mich das Leben und will mich sichtbar im Du machen. Du, sagt es, du rufst jetzt bitte bei einer Wohnungsgesellschaft an, deren Nummer deine Freundin aus Aleppo von einem Fremden inmitten tausender Menschen auf einen kleinen Zettel im Berliner LAGeSo zugeschoben bekommen hat. Im Gedränge. In dem die einen nach stundenlangem Warten und Anstehen am Verdursten sind. Im Gedränge. In dem eine oder zwei oder drei Frauen in Ohnmacht gefallen sind und die das Wachpersonal für Simulantinnen hält. Im Gedränge ist alles möglich. Einer der Wachmänner hat im letzten Sommer seinen Urlaub auf einer griechischen Insel verbracht. Im Gedränge erzählt er seinem Kollegen darüber, wie schön es dort war. Der Himmel. Die blaue Ferne. Die wärmenden Wogen der Mittelmeerwinde. Und nur ein hochgewachsener, schöner athletischer Mann im Anzug mit nordseeblauen Augen schafft es in diesem Augenblick, an den Wachmännern vorbeizukommen und endlich mit einem Ansprechpartner zu reden, der wohl zuständig ist, für was auch immer, für wie lange auch immer. Der Athlet, mit dem mein Du und mein Ich verheiratet ist, hat sich mit einem eleganten Anzug Autorität verschafft, weil er weiß, dass er so helfen kann. Seine Augen sind wie immer: hellwach im Hier. Der Buchstabe J ist dran. Genau der, den mein Mann braucht. Manchmal ist ein einziger Buchstabe ein Tor, das sich öffnet, und du hast am anderen Ende der Telefonleitung nicht nur einen Ansprechpartner dran, sondern, das spürst du in diesem schicksalhaften Augenblick genau, einen echten Menschen – und der echte Mensch fragt: Für wann braucht denn die Familie aus Aleppo eine Wohnung? Sofort schöpfst du Hoffnung, weil da jemand das Wort »Familie« ausspricht, jemand also, der nicht vergessen oder verdrängt hat, was das ist – was es meint in einer

Welt voller Grenzen und Beton, doch, wir vergessen das immerzu, Beton besteht aus Sand, Sand, das uns allen einmal in seiner freien Form Korn für Korn gehört hat. Der echte Mensch versteht etwas vom Lebenssand und weiß, dass die Wohnung sofort gebraucht wird. Die christliche Wohnungsgemeinschaft ist nach Teresa von Ávila, der spanischen katholischen Mystikerin jüdischer Herkunft benannt und stört sich nicht daran, dass die Familie eine andere Religion hat als die, für die das Unternehmen steht. Teresa, ach du Wissende, die du in allem niederknien konntest, was der Wind des Lebens ist und die du wusstest, dass lang hier der Ablauf ist, »hier auf der Erde, / herb das Verweilen/ hart das Exil«, in dem wir alle leben. Diese feine Stimme da am anderen Ende der Leitung lässt dich denken, wie schön, »nichts soll dich verwirren, / nichts dich erschrecken. / Alles vergeht« und das Leben ist kein Exil mehr, sondern der Moment, in dem wir einander beistehen und einander wirklich helfen können. Es gibt sie also, diese Ausnahmen, diese Menschen mit den richtigen, noch auf den Anfang des Lebens ausgerichteten Augen, die auf Zuschreibungen verzichten und wirklich mit der Innen-Iris sehen können. Berlin scheint noch viele solcher Augen zu beherbergen. Es dauert noch ein paar Wochen, aber die Familie muss nicht mehr zu den Wachmännern und ihren lauten träumerischen Erzählungen vom Mittelmeer zurückkehren. Mein Athlet zieht sich zu Hause um. Der Anzug wird vielleicht für Jahre nicht mehr gebraucht. Viermal reduziert die Wohnungsgesellschaft die Miete, weil das täglich neue Personal vom Amt mehrmals falsche Auskünfte gibt und neue Vorschriften zückt und neue Rechentabellen auf den Tisch legt, die nach stundenlangem Anstehen den vorhergehenden widersprechen. Beim fünften Mal bemängelt das Amt wieder ein paar weitere Euros. »Die Geduld erlangt alles«, hast du gesagt, liebe Teresa von Ávila. Die Wohnung sei immer noch zu teuer, sagt das Amt jetzt ganz ungeduldig. Bitte hilf Himmel. Wenn der Himmel hilft, ist es ein Mensch, der tätig wird. Auf der Erde sind die Engel Menschen. Der Anzug wird also doch noch gebraucht. Wieder etwas Neues. Eine neue Sachbearbeiterin ist da, mit neuen Regeln, sie sieht freundlich aus, aber besteht darauf, dass die Miete so zu hoch ist, das wird nicht bezahlt, sagt sie, der Vertrag ist so nicht in Ordnung. Die nordseeblauen Augen bleiben beharrlich. Die Frist wird verlängert. Wieder entscheidet sich die Wohnungsgesellschaft dafür, der Familie zu helfen, und die monatlichen Kosten um eben diese paar Euros ein weiteres Mal zu reduzieren. In diesem Augenblick glaubst du selbst nicht mehr an die Wirkung und Einbringung dieses einen magischen Buchstabens, der die Resthoffnung mit den Herzen der Menschen verbinden könnte. Du bist dir sicher, auch die Geduld der echten Menschen ist nun damit endgültig strapaziert, und sie können nichts mehr für die Familie tun. Aber es kommt anders, sie sind wieder bereit, mit der Miete runterzugehen und einen neuen Vertrag anzubieten. Als du das hörst, bist du so überwältigt, dass dir die Tränen in die Augen schießen, dieses herrliche innere Wasser, das dich durch seine geheimnisvollen Kanäle mit den anderen Menschen in Verbindung hält. Die Familie aus Aleppo ist über das Mittelmeer gekommen. Mehr weiß ich auch nicht über sie in den ersten Tagen unserer Bekanntschaft. Später erfahre ich von ihren tagelangen Märschen durch ihnen fremde Landschaften, von dem Verlust eines Kindes, ihres Kindes, das fast drei Jahre alt war, einer Tochter, die nun nicht mehr mit den Füßen mitgeht, gestorben ist, aber im Gedächtnisraum von Vater und Mutter, von Schwester und Bruder vollzieht sie jeden Schritt mit. Sie sind zusammen im Libanon, das nur von Menschen wie mir, die im wie auch immer beschaffenen Frieden leben, mit den großen Zedern in Verbindung gebracht wird, sie sind zusammen in der Türkei, in Griechenland, auf dem Balkan, in Belgrad – überall treffen sie friedliche Menschen, überall gelingt es ihnen, weiter zu Fuß zu gehen und etwas zum Essen aufzutreiben. Und jetzt sind sie hier, in dieser asphaltierten Welt unserer städtischen Straßen und fest verschlossenen Türen. Im Winter, der Schnee, der Wind, alles sibirisch kalt manchmal. Ich versuche, mir auszumalen, wie die mir so vertraute Welt auf mich wirken würde, wenn ich hier vollkommen fremd wäre, was ich doch auch mal war, durchweg fremd, mittellos und nichts als mein Inneres vorzuweisen hatte ich. Auch denke ich dabei an die garstige Kühle des Berliner Regens, den schon Boris Pasternak beklagt hat, als er, selbstverschuldet, natürlich und wie es einem Dichter seines Formats eigen ist, ohne Jacke und Koffer in Marburg

in den Zug Richtung Berlin gesprungen war, um seine
Angebetete, die ihn zuvor abgelehnt hatte, für immer zu
verabschieden und so, ohne es zu wollen, hier strandete
und wohl in diesem Augenblick Schriftsteller wurde. So
viele Gründe gibt es, anzukommen und wegzugehen und
das lebenslange ach-an-dieser-einen-Stelle-Bleiben erscheint mir, vorsichtig gesprochen, als das Unnatürlichste.
Es wundert mich, dass die vier neuen Menschen, nach all
den Wegen, die sie zu Fuß gegangen sind, in Berlin gerne
spazieren gehen. Manchmal gehen wir zusammen in einen
Park, und ich halte Ausschau nach Libanonzedern, in
denen für mich eine kleine blaue Ferne aufscheint, zu der
unsere neuen Freunde die Verbindung nicht verloren
haben, weil es ihre in sie eingeschriebene Nähe ist. Vielleicht ist diese Ferne blau, vielleicht schmeckt sie nach
Pfefferminze, vielleicht ist sie nur in ihrer inneren Luft
vorhanden, vielleicht bereisen wir sie bei jedem Treffen
zusammen, wenn wir, mit ganz unterschiedlichen Deutungen, von ein und derselben Ferne sprechen. Es gibt
aber auch Stufen der Wahrnehmung, die uns unterschei-
den. Das Aussetzen der inneren Verbindung hat bei mir
auch schon zum Verlust der richtigen Augen geführt, dann
hat das Herz sich verschlossen, wie an jenem Heiligabend,
an dem wir, unterschiedlichem Zeitempfinden geschuldet,
einander verfehlt haben. Aber die Intuition hat die Wärmelinien doch wiederhergestellt, das wärmende Verlangen, überall zu Hause zu sein, denkend, betrachtend und
ehrfürchtig vor der Schönheit des Lebens, hat die innere

Mathematik ozeanischer Seelenarbeiter in uns belebt und wir konnten wieder: miteinander sprechen. Die daraus entstehende Weite hat die inneren Lampen entzündet. Woraus besteht das Öl? Wer macht es? Man muss wissen, wann die Lampen leer, ob sie halb voll oder ganz voll sind. Von ihrer Leuchtkraft hängt es ab, ob man zu den Anderen vorgelassen wird oder nicht. Wenn die eigenen Lampen halb leer oder ganz leer sind, bedarf es des Wissens und des Schweigens, um sie wieder zu füllen. Dann können wir wieder *grundlos geben*. Nur so zeigt sich auch uns selbst die Habenseite des Lebens. Indem wir sie teilen, erfahren wir überhaupt erst, dass wir etwas besitzen. Die Uhren halten für einen kurzen Augenblick an. Und das Öl in den Lampen wird nachgefüllt. Die innere Zeit ist eine Herausforderung für alle, die sich in einer versierten, auf guten Begründungen fußenden Kopfökonomie eingerichtet haben. Die Innenzeit leitet Bedrängnisse ein, die *noch Natur* sind. Den Kopfökonomen sagen die Wolken am Himmel nichts, weil sie die Uhren, die Orientierungen brauchen und noch nicht verstehen, dass andere nicht nur ihre Zeit, sondern auch ihre Zeitgenossenschaft, ihre Teilhabe in einer ihnen bekannten Welt verloren haben. Eine Schrift ist eine Welt. Eine Sprache ist eine Welt. Eine Stadt. Ein Fluss. Ein Gebirge. Aber die unermüdliche Offenheit im Menschen, diese mit der inneren Quelle verbundene Instanz, lässt sie eine neue Schrift erlernen, eine neue Sprache, eine neue Stadt erscheint vor dem inneren und vor dem äußeren Auge als das große Jetzt. Und eines Tages ist der Anblick eines Flusses, eines Gebirges der Ausdruck einer blauen Ferne, in der Leben an Leben wie Perle an Perle sich reiht und das eine Pochen aus dem anderen Pochen entsteht. Und bleibt. In den Augen eines anderen Menschen entsteht unser Leben so, wie es auch in unserer eigenen Seelenarchitektur entsteht. Von innen nach außen. Und nicht umgekehrt. Nie ist es umgekehrt, wenn es echt ist. Am Ende, als die Familie aus Aleppo die Flucht hinter sich gebracht und unzählige neue und fremde Landschaften, Städte, Berge und Täler gehend erlebt hatte, hörte sich alles von ihnen Bewältigte wie ein gut geschriebenes Märchen an. Merkwürdigerweise auch für sie selbst wie für jene, die nie erfahren werden, wie es ist, durch so viele Länder zu Fuß zu gehen und zwei kleine Kinder stundenlang im Arm zu tragen und eines hinter sich zu lassen, es für immer zu begraben in einer anderen Erde, die ihnen nie mehr gehören wird. Losgehen, weitergehen, immer noch weiter gehen, weil man es muss. Und weil die Füße es am Ende können. Weil sie nicht zulassen, dass wir vor der uns zugewiesenen Lebenszeit sterben. Dies ist das Bündnis der Füße mit den Herzen, die noch im Spiegelzustand leben dürfen – sie erinnern sich, sie können noch den nächsten Schritt träumen, weil die Barbaren nicht an alles gedacht haben, weil sie nicht das innere Leben der Menschen unter ihre Besatzung bringen konnten. Weil Barbaren immer die unbändige Kraft der freien Füße vergessen, jene erste Kraft, die uns aufstehen und in der Vertikale neu aufatmen lassen hat. Wir sind Gehende, von

Anfang an, sobald wir in Gang gesetzt sind, stellen wir uns dem Leben in Bewegung. Verlieren wir dieses Wissen, nimmt uns der Stillstand in Beschlag. Ausgerechnet die Not erweckt das Unbändige. Und trägt uns wieder zur Kraft des ersten Gehens und Beginnens zurück.

Das Leuchten der unsterblichen Farben

Der Abstieg auf der nordspanischen Seite lässt meine Füße vor Freude vibrieren. Den Gipfel im Rücken, als ich das von der Sonne durchflutete Meer erblicke, kommt mir der Gedanke, dass es auch im Menschen diese helle ozeanische Instanz gibt, etwas unverrückbar Würdevolles, das niemand vollends in Besitz nehmen kann, wenn wir selbst es innerlich nicht erlauben. Das staatenlose Meer, das sich keiner Papiergrenze, keiner bürokratischen Verordnung fügt, es ist mir nach diesem Gang durchs Gebirge einmal mehr der Inbegriff der Schönheit. Vielleicht war dieses uneinnehmbare Blau daran maßgeblich beteiligt, dass der jugoslawische Kommunismus immer freier geblieben ist, als sein sowjetisches Denkmodell es anfangs von ihm verlangt hat. Der Heilige Antonius von Padua blieb als mittelmeerisch kundiger Schutzpatron meines Dorfes auch im Sozialismus der geistige Ansprechpartner und war wichtiger für die Menschen, als irgendein Genosse es je hätte werden können. Ich selbst bin nie verfolgt worden, meine Geburt aber verbindet mich mit einer Zeitgenossenschaft und einem Jahrhundert, in dem der Kommunismus sich wie eine Kirche auratisch durch die Macht der Partei auflud, die ihn organisierte und an die Stelle Gottes zu setzen versuchte. »Das heißt«, notiert Nadeshda Mandelstam in ihren Erinnerungen, »die Partei ist wie eine Kirche auf Gehorsam gegenüber Autorität aufgebaut, nur ohne Gott.« Mein Leben ist eine fortwährende Übung, diesen Autoritätsraum und die Forderung nach einer Unterwerfung in meinem eigenen Inneren zu erspüren und sie zu überwinden. Meine Gedanken davon freizumachen und mit dem »Lärm der Zeit« nicht zu verschmelzen, ist der daraus folgende Innenschritt, mit dem ich der Jakobsleiter zu vertrauen erlerne. Sie trägt mein Verständnis vom immerwährenden Funken in sich und lässt mich innerlich die Stufen ins Hellere nehmen, denn wenn nichts mehr hilft (auch keine Gedichte), kommt es auf die Reise mit geschlossenen Augen an. Die Jakobsleiter spricht nicht, wenn uns die »dunkle Nacht der Seele« gestreift hat. In dieser Nacht hilft nur das fortwährende innere Gehen in den Wohnungen der Seele, so, wie beim Wandern das Erklimmen eines Gipfels nur Wirklichkeit werden kann, wenn wir ihm entgegengehen, egal, wie müde oder gebrochen wir sind. Auch im Inneren kommen wir diesem Gipfel näher, wenn wir stetig weitergehen. Wann können wir dieses das Sehen verändernde Zentrum erleben, wann mit ihm in Berührung kommen? Geht die Seele dabei vor wie ein Maler? Immer wenn ich das Meer erblicke, schwimmen solche Gedanken in mir und wollen zur Sprache vordringen. Der Philosoph Maurice Merleau-Ponty sagt vom Maler, er müsse, um auf dem Bild, das im schwachen Licht eines Zimmers gesehen wird, die Farben so leuchten zu lassen wie in der Sonne, für eine Wiese nicht nur ein Grün auftragen, sondern auch das komplementäre Rot, das das Grün vibrieren lässt. Wie aber beschützt man sein Grün vor den Dieben, die unsere »gemalten Träume« und ihre roten Setzungen zerstören wollen? Diese Frage ist dem Luxus der seelischen Freiheit geschuldet, einem Leben ohne Terror und Doktrin, die uns noch die Möglichkeit einer selbstdenkenden Langsamkeit lassen. Das ist der Vorzug meines Jahrhunderts, ich kann die Schatten meiner Zeit sehen, das in die Stille implantierte Kapital ausleuchten, werde aber davon nicht vereinnahmt und bedrängt wie etwa all jene, die im September 1940 die Flucht über die Pyrenäen wagten. Die Gurlands wussten beim Abstieg in Richtung Portbou offenbar nicht, wer Walter Benjamin war. Nur seine Aktentasche kam ihnen vielleicht ein bisschen merkwürdig vor, ein bisschen fehl am Platz. Vielleicht aber ahnten sie doch, dass sie sein ganzer grüner Lebensvorrat war, selbst dann, wenn es das Manuskript nicht gegeben hat, wenn es einfach eine Erfindung war, die ihm half zu leben. Aber warum sollte Lisa Fittko oder gar Benjamin selbst die mittlerweile mythisch ausgewachsene Aktentasche mit dem wichtigen Manuskript erfunden haben? Die Flucht eines denkenden Menschen, der alles, was er an Besitz hat, seinem greifbaren Buchstabenvorrat zuspricht, ist so natürlich wie die Bäume und Sträucher und das ganze grüne Leuchten am Wegesrand in dieser Berglandschaft, die gleichermaßen malerisch wie schroff und uneinnehmbar ist. Aber wo ist das kostbare Manuskript geblieben, wenn es denn je vorhanden war? Hat Walter Benjamin es vielleicht tatsächlich dem Schäfer anvertraut, den David Mauas' Film als Denkfigur anbietet? Das wäre unlogisch, denn Benjamin ging ja davon aus, dass er in Portbou als freier Mensch ankommen und von dort weiter nach Lissabon reisen würde, um das Schiff nach Amerika zu nehmen und um endlich den dunklen Kontinent Europa zu verlassen, so, wie es dann Henny Gurland, ihr Sohn und die anderen, denen Fittko zur Flucht verhalf, getan haben. Mutter und Sohn waren die Letzten, die Benjamin lebend gesehen haben dürften. Was haben sie von ihm wahrgenommen? Der Sohn soll später gesagt haben, ihm sei die Berühmtheit Benjamins nicht bekannt gewesen. Aber wie berühmt war Walter Benjamin eigentlich in diesem September 1940, in dem er die letzte Nacht seines Lebens in einer Pension zubrachte, die nachweislich von einem Faschisten betrieben wurde? Hannah Arendt hat Benjamins dichterisches Temperament schon damals geliebt und seine Größe erkannt, und mit seiner Arbeit als Kritiker hatte er sich bereits einen Namen gemacht. In der Ferne sehen wir das überzeitliche Schimmern des Meeres, es weiß alles und kann es doch nicht erzählen. Die Schilder, die dem Wanderer beim Abstieg helfen sollen, sind auf der spanischen Seite mit einem Mal verwirrend unklarer. Sie bedürfen fast alle paar Meter kleiner, aber auf dieser Wegstrecke alles entscheidender Deutungen. Wir versenken uns alsbald fast gebückt in die Landschaft, um bloß den Abstieg nicht zu verfehlen, der mit einem Mal viel unwägbarer als der Aufstieg erscheint. An einer kniffeligen Stelle hat ein anderer Wanderer winzige Pfeile mit Senf (oder etwas anderem Rätselhaften in gelber Farbe) auf Steinchen aufgemalt, die uns erst nachdenklich stimmen, dann zurückgehen und noch einmal alles durchdenken lassen. Und der richtige Weg ist wieder ein Versprechen. Alles braucht einen Kontrast, einen Umweg (damit die inneren Bewegungen und das leise Denken sich neu ausrichten können), eine geistig-seelische Komplementärfarbe, die alle Müdigkeit abstreift und hellwach macht. Und zum ersten Mal denke ich die Menschen als Farben, und dass ein Mensch eine solche Farbe ist, die sich erzählt, für sich selbst und für andere eine Offenbarung sein kann. Welche Farben waren die Gurlands am Ende von Walter Benjamins Leben? Und welche Farbe hat er ihnen geschenkt? So wie die Menschlichkeit nach Inger Christensen ein Prozess ist, so sind die Farben Erzähler unserer Begegnungen mit den anderen Menschen. Güte ist hellgelb, nie unbedacht, sie ist die unwillkürlich absichtslos aufscheinende Sonne, die alle inneren Farben sichtbar macht. Es obliegt nicht der Sonne, die Anordnung und die Tiefe der Realität der Farben zu ändern. Wir sind es, die für die Leuchtkraft der Farben zuständig sind. Die Güte ist das Ergebnis eines womöglich lebenslangen Gesprächs mit unserem inneren Sonnenverwalter, und in einem Augenblick, in dem die Menschlichkeit, die wir in uns tragen, in Farben gemessen wird, können wir dem in uns vollzogenen, dem erlebten Farbvorrat gemäß handeln. Deshalb ist die Rede von spontaner Güte zwar richtig, aber nicht in der äußeren, sondern in der inneren Zeit unserer Kraft. Ist Güte deshalb etwas Schlichtes? Von innen gesehen, ja. Von außen, wie so vieles andere auch, sieht das Schlichte naiv aus, es macht den Eindruck, als geschähe es unbedacht, als sei die Güte also unlogisch. Dabei ist sie sanfte Mathematik, so natürlich wie die Wellenbewegungen des Meeres. Und also doch nicht so schlicht wie es auf den ersten Blick den Anschein hat. Vielleicht auch deshalb, weil bei einem Menschen, der so lebt, die »Reflexe des Tötens« nicht oder nicht mehr funktionieren? Die Erkenntnis umreiße wie die Sonne auf der Höhe ihrer Bahn die Dinge am strengsten, heißt es bei Walter Benjamin in einer stenogrammartigen Miniatur, die den Titel »Kurze Schatten« trägt. Das Gleiche kann für die Güte gelten, die auf der Höhe ihrer Bahn die Reflexe des Lebens am genauesten aufzeigt und die als geistiges Fluidum bei uns bleiben, in der Luft, in unserem Atem, lange noch nachdem derjenige, der sich im Prozess der Menschlichkeit geübt hat, von uns gegangen ist. Menschen, die alles verloren haben, sind deshalb zwingend unsere geistigen und allernächsten Verwandten. Sie zeigen uns, zeitversetzt, unser eigenes Unterwegssein, unseren nackten Anfang und unsere nackten intelligenten Hände, die uns mit den Archiven des Universums verbinden, mit jenem kleinen Lichtfunken, aus dem wir alle hervorgegangen sind, Sternsaat auf dem Weg zur Erde. Jeder Ultraschall von einem winzigen, eifrig klopfenden menschlichen Herzen am Anfang seines Lebens im Mutterleib vermittelt uns eine Ahnung von diesem Bild unserer Sternenverwandtschaft. Das zu denken, macht uns nicht zu besseren, aber zu wacheren Menschen, die ihr Glück wieder ins Stillere (in den ewigen Anfang) hineinholen können, denen es möglich ist, Benjamins Worte nicht nur mit dem Kopf, sondern auch mit den eigenen Träumen denken zu können: »Glücklich sein heißt, ohne Schrecken seiner selbst inne werden zu können.« Solch ein Glück ist keine Theorie. Um es fassen zu können, bedarf es manchmal eines ganzen Lebens. Nur wenn ich das Leben größer denke, mein einzelnes Leben als Teil eines größeren Lebensgeflechts sehe, kann ich Hoffnung empfinden. Manchmal gewinnt dieses innere Schweben für den Bruchteil einer Sekunde an feiner Erkenntnisdichte, die die Worte von innen beatmet, nahezu gewichtslos ist sie und gleicht einer getrockneten Lindenblüte, die mich an Pawel Florenski denken lässt, einen Menschen, der gewusst hat, dass es im Leben eines jeden von uns einen Augenblick gibt, in dem er sich nicht als Subjekt seiner Umstände, sondern als Substanz erlebt. Diese Substanzsonne ist sowinzigklein, wenn wir versuchen, sie von außen zu sehen. Und sounendlichgroß, wenn sie von innen erschaut wird. Und sie vergisst uns nie. Und sie arbeitet in den Worten weiter.

Der Horizont, er öffnet sich, im Außen und im Innen. Ein Draußen-in-der-Welt gibt es zwar immer noch, und es ist laut, das andere härtere, das äußere Leben. Aber die Substanzsonne scheint weiter. Wer sie einmal erfahren hat, wird nie das Leuchten ihrer unsterblichen Farben vergessen.

Der Druck der Zeit

Sich mit dem Druck der Zeit und nicht gegen ihn zu bewegen, so Joseph Beuys, sei seine einzige Genialität gewesen. Der Druck der Zeit wird übersetzt, wenn die Füße mit den ihnen eingeschriebenen Sinnen einen Hänsel-und-Gretel-Weg aus kleinen und großen Steinen oder winzigleuchtenden Krumen bauen – einen Weg in die Zukunft, der eine Verbindung zur Vergangenheit aufrechterhält. Vater und Mutter tun das. Sie machen sich auf eine unbekannte Reise. In ein anderes Land. In eine Sprache, die sie nicht kennen. Und von der ihnen nur ein paar Wörter bekannt sind, der Besatzung durch Nazi-Deutschland wegen. Sie kennen diese Sprache aus den jugoslawischen Partisanenfilmen wie wir alle, ihre Kinder, ihre Schwestern, ihre Brüder und Tanten und Onkel alle eben, die wir den Deutschen nicht einmal im Traum begegnen wollen. Jetzt aber gehen sie alle hin, in dieses einstige Nazi-Deutschland, das plötzlich Brot für alle hat, für alle, die noch gestern seine Feinde waren und die es nun braucht, weil es aufgebaut wird, aus den Trümmern soll es auferstehen. Also packen auch meine Eltern ihre Koffer. Sie sind jung und haben Hunger, und sie kennen einander noch nicht. Sie packen also ihre Koffer unabhängig voneinander, an unterschiedlichen Orten und brechen auf, ohne umeinander zu wissen. Ich bin in diesem Augenblick nicht einmal angedeutete Sternsaat. Mein Gesicht von morgen, auch dem Kosmos ist es noch unbekannt. Der Hunger meines Vaters und die Nöte meiner Mutter kämpfen nicht gegen den Druck der Zeit, sie gehen mit ihm mit, ihre Füße kennen schon den Weg und übersetzen ihn in Ausdauer und Bereitschaft. Ich habe das offenbar von ihnen gelernt, obwohl ich über Jahrzehnte hinweg geglaubt habe, dass ich von meinen Eltern überhaupt nichts lernen kann. Aber die Zeit ist fordernd und lehrt Vater und Mutter viel, ohne ihnen auch nur eine kleine Pause zu gönnen. Keine Ruhe. Kein Durchatmen. Sie müssen immer gehen, losgehen, arbeiten, weitergehen, woanders arbeiten. Es gibt keine Ausnahme. Selbst ihr Atem vergisst sich. Die ganze Welt des europäischen Südens ist unterwegs. Alle sind mit einem Mal in Bewegung. Und so schließen sie sich an, folgen dem Fluss der Zeit, treffen, Jahre später, in der hessischen Provinz aufeinander. Sie kennen weder Krankheit noch Müdigkeit. Sie kochen sich ihr Essen auf einem winzigen Rechaud. Zwei Platten. Aluminiumtöpfe. Aber niemand kann ihnen etwas zuleide tun. Sie können schnell alles einpacken, alles, was sie besitzen, denn es ist ja nicht viel. Sie sind schön. Sie sind jung. Sie hängen an nichts. Sie können jederzeit gehen. Sie lieben sich, das ist ein guter Grund, die Vergangenheit nicht als Gegenwart mitzudenken, sich hinzugeben, das zu tun, was gerade jetzt getan werden muss und nur hier getan werden kann. Mit den eigenen Händen arbeiten. Das ist ein Gebet, das sie mir ins Herz einpflanzen wie eine Magnolie in den Garten, der uns einmal im Paradies zusammenbringen und gehören wird, aber vorher, lange, lange noch vorher werde ich sie stören, mit meinen Fragen, mit meinen Augen. Menschen, die so aufbrechen, so endgültig und ohne sich umzudrehen, verändern das Leben aller, die ihnen begegnen. Auf ihren Reisen haben sie einen Sonderengel. Er gibt ihnen einen Koffer, in den alles hineinpasst. Else Lasker-Schüler hatte auch so einen Koffer, er hätte auch ein Haus für sie sein können, am Strand von Jaffa, so groß war er, hat sie einmal gesagt. Meine Eltern haben einen sehr viel kleineren Koffer. Sie bleiben irgendwann dort, wo man ihnen Arbeit gibt. Im Süden warten die anderen auf das Brot, das ihre Arbeit ihnen schenken wird. Ein kleiner fleißiger Engel geht besonders in Mutter immer mit. Aber auch kleine Engel haben eine genaue Sprache. Selbst in Hessen sind sie tätig. Dort, wo ein Mensch wie Fritz Bauer lebte und wirkte, muss es sie doch inmitten der alten Nazis auch geben. Meine Eltern arbeiten viel, verdienen viel Geld, wie es allenthalben heißt, was halt viel ist für jene, die den Hunger kennen und wenig für die anderen, die sich teure Autos kaufen und im Wirtschaftswunder neue Begehren kultivieren, die andere arbeitende Hände in die Visionen ihrer ausufernden Wirklichkeit schleusen, in der auch die Mörder noch leben. Meine Eltern schicken Geld nach Hause. In Dalmatien ist dieses Geld nur Papier für mich. Aber die anderen zu Hause freuen sich und können sich auch etwas zu essen kaufen und geben mir davon etwas ab. Hunger habe ich auch manchmal. Das sehe ich ein. Einem dieser Menschen werde ich irgendwann hundert deutsche Mark stehlen und für drei Stunden der Robin Hood meines Dorfes sein. Meine Lungen werden also in der Rechaud-Zeit meiner Eltern immer wahrscheinlicher. Wir scheinen einander bestimmt zu sein. Dieses Zusammengehören wird das ganze Leben prägen, uns beieinanderhalten, nicht auf unsere Wünsche nach Abnabelung hören. Die Luft und die Bereitschaft zur Bewegung dieser beiden Menschen machen mich überhaupt erst möglich, und das ist das Verbindende. Mit jedem Tag, den sie mit schwerer Arbeit verbringen, nähern sie sich unserer gemeinsamen Zukunft an. Sie haben noch keine Ehe geschlossen, keine Kinder gezeugt, sie haben noch keine Abhängigkeiten entwickelt, brauchen keinerlei Betäubungen, keinerlei Schnaps. Sie haben noch keine einzige Pizza gegessen. Und keinerlei Spiele erfunden, mit denen sie ihre Kinder maßregeln. Keine Strafen, mit denen sie Grenzen in die Welt der anderen nahen Menschen setzen. Von den Tieren ihrer Kindheit sprechen sie, der Sprache ihrer Kindheit gemäß, vom Reichtum. Sie haben noch nie ein anderes Wesen geschlagen. Blago. Blago. Blago, sagen sie. Und das bedeutet so etwas wie Reichtum. Aber sie werden es tun. Das Schlagen wird ihnen sehr bald von der Hand gehen. Die wachen Augen der Tiere sehen hier nichts, die Tiere sind aus ihrer Welt verschwunden, die Welt, in der meine Eltern einst lebten, ist abgelaufen wie die Milch, die man jetzt in der Flasche oder im Karton bekommt und die ein Haltbarkeitsdatum hat, ob man will oder nicht. Es braucht nun nicht viel Zeit zu vergehen. Wie unzählige andere Menschen auch, werden Mutter und Vater mit allem, was sie denken und tun auf ihre eigene Weise einen neuen Druck der Zeit erschaffen, der sich als undienlich erweisen und gegen sie richten wird. Denn die Zeit ist ein Wesen für sich. Das Reisspiel gehört eines Tages zu ihren schlimmen Erfindungen, schrieb sich ihnen ein, blieb das, was ich lange von ihnen dachte: Dass sie keine Menschen sind. Sie haben es gemeinsam ersonnen, dieses Spiel. Sie tun in dieser Zeit aber auch viele gute Dinge. Sie sind arbeitsame, fleißige Menschen, die anderen in Not Geratenen helfen, sie bei sich aufnehmen, wenn sie kein Dach über dem Kopf haben oder ein bisschen Geld oder eine heiße Minestrone brauchen.

Mit Gott und Fäusten

Das Reisspiel ist eigentlich kein Reisspiel, aber es heißt trotzdem so bei uns. Sie lassen ihre Kinder stundenlang allein in einer Ecke des Wohnzimmers knien. Ich erlerne langsam, aber stetig meinen eisernen Willen. Ich will mich nicht beugen. Meine nackten Knie sind mir egal. So maßregle ich diese Menschen, die nun hier auf der Erde in diesem neuen Land meine Eltern sind. Diese Leute, die meine Eltern sind, jedenfalls sagen sie das, wollen Tränen sehen. Und ich träne aber kein bisschen, weil ich leben will, ohne das Spiel und seine Grenzen. Das Spiel geht so, man kann es sich schnell merken: Es mit nackten Knien auf rohem Reis so lange aushalten, bis Vater sagt, dass es reicht. Das dauert manchmal sehr lange. Damit es interessant ist und bleibt, bringt Vater eines Tages von einer seiner Baustellen Holzbretter nach Hause und lässt uns Kinder die Hände und Arme nach oben strecken. Er baut über unseren Kopf eine kleine Brücke mit dem Holzbrett. Auf dem Holz sind seine Befehle heilige Aussagen. Seine Worte sind lebendig gewordene Kräfte. Sie drücken von oben auf mich, heftiger und schwerer als das Brett, das Vater irgendwann langweilig findet. Er fasst den Beschluss, auf das Holzbrett noch ein Glas Wasser oder ein Glas Rotwein zu stellen. Und die Idee ist, dass man durchhalten und ihn damit beeindrucken soll, dass das Glas nicht umfällt. Mein Vater ist noch immer schön, aber nicht mehr so weichschön wie in der frühen Kindheit. Die harte Arbeit hat ihn verändert. Die Fremde. Wie Mutter immer sagt. Sie macht die Knochen kaputt. Die Fremde ist an allem schuld. DieFremdendieFremde. Eine Zeitlang denke ich, dass das ein Wort und eine ganz schlimme Krankheit ist, vor der man sich schützen muss. Mein Vater sieht nun bald schon nicht mehr wie ein italienischer Schauspieler aus. Aber ich habe diesen Vater in der italienischen Herzensfassung nicht vergessen. Meine Knochen macht DieFremdendieFremde nicht kaputt. Ich liebe es, Neues zu entdecken und da zu sein, wo man mich nicht kennt. Die FremdendieFremde kann ich stundenlang beobachten. Wenn mich jemand dabei ertappt, tue ich so, als sei ich der Sprache des Landes nicht mächtig. Die Herzsprache versteht aber jeder. Mein Vater doch eigentlich auch. Auch das Brett über meinem Kopf kann mir diese Liebe und das Wissen um die wahre Schönheit meines Vaters nicht entreißen. Ich sehe, dass Vater viel trinkt, kein Wasser, er trinkt nie Wasser. Und immer öfter, auffällig oft an warmen Tagen, kommt ihm das Reisspiel in den Sinn. Ich bin ein besonderer Fall des Ungehorsams. Es gibt schon einen zweiten Namen für mich. Sie nennen mich so. Sie sagen, die Ungehorsame, wenn sie mich meinen. Ich lerne, damit zu leben, dass sie mich so nicht lieben, wie ich bin, dass sie mit ihrem blitzenden Augenwillen das Licht in mir auslöschen wollen, und da ich das weiß, sage ich nichts, ich werde still und stiller und also doch auf eine Weise gehorsam, die mich eingesperrt hält. Die Eltern versuchen, mich mit dem Reisspiel, mit ihrem Gott und ihren Fäusten zu bändigen.

Wenn ich rede, fordern sie mich auf zu schweigen. Wenn ich schweige, wollen sie, dass ich endlich wieder etwas sage, weil sie meine Stummheit nicht aushalten. Ihr Gott ist für alles ein Steinschlag, auch er soll mich mit ihren Worten schlagen, sie sagen, Gott weiß alles, er sieht dich. Aber ich kenne schon lange einen anderen Gott und glaube diesem Steingott nicht. Mein Gott hat eine lebendige Iris, lebt in den Baumwipfeln, im Morgenrot, im Lächeln der Menschen, die mich nicht schlagen, in der Treue meiner Schwester, in ihrem Zittern, wenn wir einander wieder gerettet haben, einander Schutz waren vor dem eisigen Elternblick. Dieser Gott, der alles in Wärmelinien verbindet, er kennt mich, er schlägt mich nicht. Aber weil ich geschlagen werde, erkenne ich das, und das Erkannte erkennt mich. Es hilft mir, anders zu sein und anders zu bleiben. Anders zu sehen. Also sehe ich auch immer noch den anderen, den italienisch schönen Vater vor mir, den Menschen, der mir echter als der vorkommt, der das Reisspiel liebt. Außerdem merke ich, dass ich, obwohl ich das Spiel spiele wie die väterlichen Regeln es von mir verlangen, immer noch ungehorsam aussehe. Die beiden Eheleute spüren wohl, dass ich es innerlich nicht akzeptiere, dass ich mich nicht in echt unterwerfe. Dass ich nur so tue als ob. Mutter sagt es auch, sie beugt sich nicht in echt, sagt sie. Sie tut nur so als ob, sie ist ein als-ob-Mensch. Ihre Augen billigen das ganze Spiel. So entsteht in mir der Wunsch, für immer von ihnen fortzugehen, zu anderen Menschen, zu anderen Spielen. Zum Druck der Zeit gesellt sich der Druck der Wahrheit. Und in diesem Augenblick ihrer gegenseitigen Reibung wird im unsichtbaren Archiv meines eigenen, von den Eltern unabhängigen Lebens ein neuer Pass gedruckt. Es ist der Ausweis eines Menschen, den ich noch nicht kenne und der sich nur selbst gehören möchte und gehören wird; keiner Gruppe, keiner Nation, keiner Religion verpflichtet. Denn irgendwo hinter der versiegelten Naht der Gewalt musste es doch eine Nähe zwischen den Menschen geben, die ohne Reisspiele aus- kam und die eine Öffnung war, eine Nähe ohne Angst, eine Liebe, die nichts wollte und doch nur deshalb Liebe war. Viele Jahre später stellte ich fest, dass es dieser Ge- danke war, der mich auf Reisen und neue Wege brachte, zu neuen Ländern und neuen Sprachen, zu dieFremden- dieFremde, die ich lange beobachtete und denen ich, wenn sie mich dabei sahen, sagen konnte, ich bin hier neu, ich schaue mir alle an, die ich nicht kenne, wer bist du, ich- bin-die-ich-bin, wollen wir etwas trinken gehen? Heute, da ich im Wort Vergebung nicht nur eine Forderung an mich selbst sehe, sondern vor allem das Wort »geben« darin vor meinem geistigen Auge aufleuchten sehe, kann ich fassen, dass jedes Leben einen größeren Rahmen hat und dass das, was wir oft als persönliches Schicksal erle- ben, einer viel weitreichenderen Verquickung geschuldet ist, die manchmal zwei, drei Generationen unserer Vorfah- ren umfasst und zu uns als Gewalt oder Schönheit spricht. Als mein Vater zur Welt kam, am 1. Januar 1947 das Licht einer von Gewalt und Zerstörung geprägten Welt er-

blickte, hatte seine Mutter im Sommer nach dem Kriegs-
ende eine Tochter verloren. Sie war ihr in der Wiege er-
stickt, als sie schnell aufs Feld ging, um ein paar Kartoffeln
für sich und ihre Kinder zu holen. Meine Großmutter
muss von diesem schrecklichen Erstickungsbild bei jedem
Schritt und in jeder Nacht vor dem Einschlafen heimgesucht worden sein. Wieder war es der Hunger, dieser ste-
tige Mitgeher in meiner Familie, der ihr zugesetzt und an
jenem schicksalhaften Tag zum Tod ihres Kindes geführt
hatte. Als mein Vater zur Welt kam, konnte er von Beginn
an nicht das sein, was er war. Ein Junge. Er wurde seine
ganze Kindheit über als Mädchen gekleidet, meine Großmutter hat ihn offenbar so behandelt, als sei er die verlorene Tochter. Im Dorf lachten die anderen Kinder über die
hübschen Locken und die vielen niedlichen Schleifchen im
Haar meines Vaters, die meine Großmutter ihm zumutete.
Als mein Vater zur Welt kam, strengte das kleine Land im
azurblauen Süden Europas sich sehr an, seine an die zwanzig Gefangenen- und Arbeitslager, die unter der sengenden Sonne des Mediterran und mit dem vollständigen
Segen Nazideutschlands entstanden waren, wieder zu vergessen. Die Täter hatten die Gedächtnisregie der Menschen übernommen und die geschichtliche Nacht wurde
ihnen als ihre eigene und nicht die der Opfer verkauft. Die
Überlebenden unter den Opfern hingegen wussten schon
immer genau, was ihnen und auf welche Weise es geschehen war. Der Krieg war zu Ende gegangen. Niemand
wollte mehr Buchweizen essen. Kascha war zu einem Pla-

gewort geworden, aber sie hatten alle damit überlebt und mir das Wort in meinen Wortschatz gelegt und mit dem Wort das Leben, das noch ihres war, mit dieser Beschriftung des Hungers, mit dieser Not der Winter, mit diesem Zweiten Weltkrieg, der sie gezeichnet hatte, wie die Liebe nie in der Lage war, sie zu zeichnen. Polenta, das andere Wort aus der Hungerzeit, erreichte mich also nicht zufällig in Verbindung mit dem Blut. In der Region Kolyma, am gleichnamigen Fluss in Nordosten Sibiriens saß Warlam Schalamow in einem Lager fest, das mit den Lagern am Mittelmeer nicht zu vergleichen war und doch entstanden beide aus dem gleichen menschenverachtenden und ausbeuterischen Gedanken. Als Schalamow 1956 nach Moskau zurückkehren durfte, war mein Vater schon fast zehn Jahre alt und kannte die Scham, die an seinem Selbstverständnis nagte und ihn bis zu seinem Tod bestimmen sollte. Schalamow beschreibt seine Inhaftierung im stalinistischen Lagersystem als »Lehrjahre« seines Lebens. Er nutzt sie, um ins eigene Denken vorzudringen (aber auch, um die Form des Romans, wie er es sagt, abzulehnen). »Reichen meine moralischen Kräfte aus«, fragt er, »um meinen Weg als Einzelwesen zu gehen – darüber habe ich in Zelle 95 des Männer-Einzelzellen-Trakts des Butyrka-Gefängnisses nachgedacht. Dort herrschten hervorragende Bedingungen für ein Nachdenken über das Leben. Und ich danke dem Butyrka-Gefängnis, dass ich zur Suche nach der geeigneten Formel für mein Leben allein in der Gefängniszelle war. Unter allen Umständen wird diese Erfahrung mein moralisches Kapital sein, mein Glücksrubel für das weitere Leben.« Auch wenn mein Vater nie wie Schalamow am Kältepol der Erde in den ihm vom kosmischen Atemplan zugewiesenen sechsundsechzig Lebensjahren war, kannte er durchweg alle seelischen Minusgrade einer vom Hunger und von der Grobheit gezeichneten sozialistischen Nachkriegszeit und war ihrer Grausamkeit sein Leben lang ausgesetzt. Jeder von uns kommt der Kälte so nahe, wie er sie ertragen kann. Daraus als Einzelwesen hervorzugehen und ins Denken vorzudringen, gelingt nur den Wenigsten. Die härtesten Urteile fällen jene über andere Menschen, die selbst nie auch nur in die Nähe ihrer inneren Selbstheit gekommen sind (oh, wie kalt ist der Durchgang zur inneren Nacht), die also nicht wissen, dass sie mit allen Minusgraden des Lebens Einzelwesen werden können – und manchmal nur *mit ihnen*. Und solange ihnen die inneren Hinweise darauf nicht lesbar sind, müssen sie die anderen verurteilen und der Illusion erliegen, sie mit ihrem Hass bändigen zu können. Sobald ihnen aber diese inneren Zeichen einmal zuarbeiten, sie ins unverwechselbare Selbst als Lektüre drängen, fangen sie an zu denken, und ihr moralisches Kapital ermächtigt sie, zu einem größeren Bild, manchmal aber auch jenseits des Passepartouts ihrer persönlichen Erfahrungen ins weite Nichts vorzudringen, in dem alle Menschen als gleich freie Wesen erkennbar sind. Mein Vater konnte diesen fragilen und in der Verwandlung aufscheinenden inneren Zustand in seinem Leben nicht zu seinen Erfahrungen zählen. Er lebte und arbeitete unter härtesten Bedingungen und gab sein mit Hunger errungenes Erbe an mich weiter, damit ich all das selbst verlebendigen, selbst lernen konnte, was ich an ihm vermisst und in ihm gesucht habe. Auch er gehörte zu einer »Generation ohne Tränen«, zu jenen, die hinter dem Eisernen Vorhang lebten und die Nadeshda Mandelstam in ihren gleichnamigen Erinnerungen zu jenen Menschen zählt, die die sozialistische Revolution am eigenen Leib erlitten und im sowjetischen Kommunismus überlebt haben und die so mit dem Überstehen des Terrors beschäftigt waren, dass sie nur noch mit trainierter Wachsamkeit durch ihr Leben gingen. Vielleicht war es meinem Vater, der zwei Jahre alt war, als der blutig erkämpfte jugoslawische Kommunismus in die Föderative Republik Jugoslawien mündete, immer so natürlich erschienen, die Tränen nicht nur sich, sondern später auch seinen eigenen Kindern zu verbieten. Er kannte nichts anderes als die Scham und ist nie der Mensch geworden, der er in Wahrheit war. Ein Verbot kann, gerade weil es sich als weltsetzende Grenze zeigt, ein neues Vorstellungsvermögen einleiten und ein anderes Ufer sichtbar machen, das die ganze Zeit über auf einen fleißigen Schwimmer wartete. Das hat mein Vater nicht wissen können, weil das andere Ufer eines freieren Lebens nie in seinem Bewusstsein in Sprache mündete und deshalb auch unerreichbar für ihn war. Doch arbeitete er damit mir zu, machte meine Freiheit sichtbar und half mir, das zu sehen, was er selbst nie gesehen hat. Für mich gab es das andere Ufer gerade deshalb, weil es von ihm und seinem Leben sehr weit entfernt war. Weil ich das wusste, waren seine Worte für mich nicht das Ende der Welt, sondern der Anfang eines anderen Lebens. Die Worte gehören einem nicht, sie gehören einem genau so wenig wie einem Menschen gehören können. Nicht einmal unsere Kinder gehören uns, sie gehören dem Leben. Wie sie sind auch die Worte freie Gestirne. Wir dürfen von ihrer Kraft wissen und an ihr teilhaben. Das Böse, das stets als Verführung an unserer Sprache und unserer Lebensluft nagt, versucht uns und will uns mit dem falschen Leben in Beschlag nehmen. Viele Jahre glaubte ich, das Böse sei etwas, das einem bestimmten Menschen eigen ist, aber das Böse ist nicht gebunden an die Person, es schleicht sich nur ein in sie. Seine fortwährend vorhandene Luft, die wir in bestimmten persönlichen und historischen Momenten durch die bedrängenden Kräfte des Kollektivs einatmen, hat die Entheiligung des inneren Menschen zum Ziel und geht in eine Härte über, die dem Vergessen innewohnt. Nadeshda Mandelstam, die sich selbst zu den Zeuginnen zählte, die zusehen mussten, wie der Humanismus des neunzehnten Jahrhunderts sich im zwanzigsten Jahrhundert in eine schwere Krise stürzte, hat in ihren Memoiren anschaulich erzählt, wie die ethischen Werte, die nur auf den Bedürfnissen und Wünschen des Menschen oder einfach seinem äußeren Glücksstreben aufgebaut waren, in sich zusammenbrachen. Dafür habe ihnen das zwanzigste Jahrhundert ungewöhnlich anschaulich gezeigt, dass das Böse große selbstzerstörerische Kraft besitze. »So oft wir diese einfachen Wahrheiten auch hinausschreien, sie werden doch nur von denen gehört, die selbst nicht das Böse wollen. Alles ist schon einmal da gewesen, ist verschwunden und ist wiedergekommen, aber immer mit neuer Kraft und in größerem Ausmaß.« Auch wenn in unserem Jahrhundert vieles, wenn nicht sogar alles äußerlich dagegenspricht, darf auch das Gleiche für das Gute gelten, für jene Schönheit also, von der Dostojewski glaubte, sie allein könne uns erlösen. Diese Schönheit ist ohne die Kraft der Wahrheit nicht erfahrbar. In einer Welt voller Lügen, Parolen und Paraphrasen ist es schwer, auch nur die Bereitschaft für das uns verwandelnde Lernen aufzubringen und Fragen zu stellen, mit denen wir ehrlich unser eigenes Inneres ausleuchten können. Wenn es uns aber gelingt, was wird uns dann begegnen? Was vom Wahren in der Zeit bestehen? Mein Vater konnte sich das nicht mehr fragen. Sein Leben war kurz, das Jahrhundert, in dem er lebte, zu grob, um ihm einen längeren Atem durch seine Mitmenschen zu schenken und einen seelischen Kompass in die Hand zu geben. Ich hingegen genieße den Luxus, in meine Fragen mit der dafür nötigen Langsamkeit hineinleben zu dürfen, weil sein Leben immer nur ein Überleben war. Ich setze hin und wieder auf das andere Ufer über. Erlerne im Unterwegssein das andere Sehen. Und das Ufer vor meinen Augen schenkt mir Erde, es erlaubt mir, zurückzuschauen und meinen Vater so zu sehen, wie er vom Leben gemeint war.

Staatenlos in meinen Straßen

Ich erinnere mich gut an jenen Sommer, den ich nach meinem Umzug aus Paris in Berlin verbrachte, allein und ohne Freunde sah ich mich stundenlang einfach nur um. Ich hatte meinen kroatischen Pass beim Konsulat abgegeben und wartete auf den neuen. Der alte Pass war auf meinen Wunsch hin für ungültig erklärt worden, der neue noch nicht bei mir eingetroffen. Ein paar Tage lang ging ich staatenlos durch die Straßen meiner neuen Stadt. Da ich keinerlei Gefahr dabei ausgesetzt war, genoss ich diesen Vogel-Zustand sehr. Ich erinnere mich gut daran, dass ich auf meinen Erkundungen eines Tages im Berliner Stadtteil Schöneberg herumstreifte und auf die Else-Lasker-Schüler-Straße stieß. Ich fragte mich, warum man ihr nicht eine schönere Ecke in dieser weitläufigen Stadt zugewiesen hatte. Sie, die im Schweizer Exil lebte, nachdem man sie in eben diesen Berliner Straßen am helllichten Tag zusammengeschlagen hatte, erfuhr aus der Zeitung vom Entzug ihrer deutschen Staatsbürgerschaft. Wie in ganz Berlin sind auch überall in Schöneberg Stolpersteine verlegt. Sie lenkten mein Augenmerk auf eine Zeit, in der die Berliner Juden in deutsche Vernichtungslager deportiert wurden. Der apatridische Zustand, in dem sich im September 1940 auch Walter Benjamin befand, entschied über Leben und Tod, über das Dasein ganzer Familien, über Millionen von Menschenleben. Die kurze Zeit meiner selbstgewählten Passlosigkeit, wenn ich mich richtig erin-

nere, waren es knappe zwei Wochen, setzte eine seismographisch genaue Wahrnehmung in Gang. Ich empfand
darüber Dankbarkeit und beschloss, so lange nichts anderes zu tun, als mir meine neue Stadt anzusehen, dorthin
zu gehen, wohin die Füße es wollten, bis ich meinen neuen
Pass ausgehändigt bekäme. DieFremdendieFremde, das
war jetzt wieder ich. Es war schön und unheimlich, unge-
wohnt und erregend, kein Papier mehr zu besitzen, das
mich einem Volk, einem Land, einer Gruppe, einer Sprache
zuwies. Ich gehörte niemandem. Auch nicht meiner
eigenen Geschichte. Ich hätte ein Vogel sein können, ein
einzelner von einem fremden Planeten in irdische Gefilde
geworfener Buchstabe, ich hätte eine Wiederkehrende sein
können, Medea oder Nofretete, ein Kind, das niemanden
kennt und eine neue Art des Sehens ergründet, eine Eth-
nologin der Nacktheit, aus der doch die Verbundenheit,
dem Zittern sei Dank, zu allem es Umgebenden entsteht.
Denn das Auge, gleichwohl es manipulierbarer ist als das
Ohr, erzieht uns in jedem Zustand, in Schuld und Unschuld, im Sagen und im Verschweigen unserer inneren
Verfasstheiten. Ich übte mich in diesem staatenlosen Zustand in meinem eigenen Gehen. Es war ein symbolischer
Transit in ein neues Bewusstsein. Und dieser Zustand, das
Gefühl der unbändigen Freiheit, das zu ihm gehörte, hat
mich seitdem nie wieder verlassen. Ich dachte an Vater
und Mutter. An den Esel aus der Kindheit, diesen lieben
fleißigen und ohne Aureole lebenden Heiligen, der unter
allen Lebewesen das großäugigste Glück brachte. Ich

dachte an die Gewalt und an die Liebe der Bauern, die ihren Tieren zusetzen und sie dann doch, heimlich, mit innigsten Zärtlichkeiten überschütten, sie liebkosen, mit Augen und Händen, wenn ihnen niemand dabei zusieht. Ich las im Park ein Buch über Sabina Spielrein, eine der bedeutendsten Persönlichkeiten aus der Pionierszeit der Psychoanalyse, die im Werk von Sigmund Freud und C. G. Jung geradezu nebenbei erwähnt wird, aber die als erste Frau mit einer psychoanalytischen Arbeit promovierte und beide Ur-Väter der Seelenkunde ihres Jahrhunderts auf unterschiedliche Art im Denken herausforderte. Sie hat sowohl Freud als auch Jung mit ihren Texten beeinflusst und inspiriert. Ich erinnere mich daran, dass ich immer, wenn ich durch meine neue Lebensstadt streifte, an einen Satz von Spielrein denken musste, der in mir etwas überirdisch Trauriges und zeitgleich etwas von der Trauer nicht zu erreichend Würdevolles hervorrief, und ich sagte mir, während ich ohne irgendeinen Papierbeweis meiner Herkunft durch die Straßen meiner neuen Stadt wie durch ein inneres Ausland ging, diesen Satz leise vor mich hin, sprach ihn im Flüsterton und beim Einschlafen: »Ich war auch einmal ein Mensch.« So ging der Satz, der in mir seine Bahnen zog. Er erweckte etwas in mir, das ich nur mit dem Wort *heiligganz* fassen kann. Was bedeutete er für mein Leben? Er vermischte sich mit einem Satz aus einem anderen Buch, das ich als Jugendliche über die Indianer Nordamerikas gelesen hatte: »Begrabt mein Herz an der Biegung des Flusses.« Und so gingen diese beiden

Sätze und so ging Sabina Spielrein in mir und meiner kleinen Staatenlosigkeit mit, während alle Berlinerinnen und Berliner endlos lange Zeit fürs In-die-Luft-Gucken hatten und endlos lange frühstückten und sich endlos-viel-erzählten und dabei nie zu arbeiten schienen. Ich erinnere mich noch gut daran, dass keiner, dem ich damals von Sabina Spielrein berichtete, auch nur einmal ihren Namen gehört hatte. Aber irgendwie war ich zu ihr gekommen oder sie zu mir, und wir hatten uns gefunden. Erst Jahre später, als ich mich in Berlin eingelebt hatte, entdeckte ich, dass Spielrein in den Straßen meiner neuen Stadt keine Fremde war, dass im Berliner Stadtteil Moabit eine Gedenktafel ihrer erinnert und an ihrem einstigen Wohnhaus in der Thomasiusstraße angebracht ist. Gesorgt hatte dafür die Deutsche Gesellschaft für Analytische Psychologie: »Dr. Sabina Spielrein, Psychoanalytikerin, Pädagogin und Ärztin – 7.11.1885 Rostow / Don – 14. 8.1942 Rostow / Don) lebte in diesem Haus mit ihrem Mann Pawel N. Scheftel und ihrer Tochter Renate. Patientin, Schülerin, Kollegin von C.G. Jung. Mitglied der von S. Freud gegründeten Wiener Psychoanalytischen Vereinigung, Lehranalytikerin der Russischen Psychoanalytischen Vereinigung. Mit ihrer Arbeit zur ›Destruktion als Ursache des Werdens‹ (1912) trat sie als eigenständige, kreative und weitsichtige Denkerin hervor. Sie und ihre beiden Töchter wurden von den Nationalsozialisten erschossen.« Spielrein, die geglaubt hatte, die deutsche Kultur gut zu kennen und nichts befürchten zu müssen, konnte sich offenbar nicht vorstellen, dass es am Ende auch um ihr und das Leben ihrer Töchter gehen würde. Schon im Oktober 1941 hatte die deutsche Wehrmacht Rostow am Don besetzt, war aber einen Monat später wieder von der Roten Armee vertrieben worden. Spielrein hatte sich geweigert, mit ihren beiden Töchtern zu fliehen, hatte aber mehrere Gelegenheiten dazu, wie es der Schriftsteller Magnus Ljunggren ausführt, der folgert, sie sei offensichtlich vollständig vom Kommunismus desillusioniert gewesen und habe dazu geneigt, die Enthüllungen über den Nazismus als sowjetische Propaganda abzutun. Sie hatte allerdings auch gute Gründe dafür, zwei ihrer Brüder waren von den Sowjets liquidiert worden, und die Psychoanalyse war schon 1929 bei der sowjetischen Führung in Verruf geraten, schließlich dann endgültig 1933 mit der Begründung verboten worden, sie sei zu »idealistisch« und »subjektivistisch«. Als aber die Deutschen Rostow im Juli 1942 erneut besetzten, muss Sabina Spielrein erkannt haben, dass beide Totalitarismen des zwanzigsten Jahrhunderts sich Ankerplätze in ihr gesucht und sich gewaltvoll und endgültig ihrer bemächtigt hatten. Kurz darauf wurden alle Juden ihrer Stadt dazu angehalten, sich an einem zentralen Sammelpunkt einzufinden. Von dort trieb man sie zur Smijewskaja-Balka. Magnus Ljunggren hat in Russland Zeugen befragt, die ihm erzählt haben, dass Sabina Spielrein mit ihren Töchtern Renata und Eva zum letzten Mal gesehen wurde, als sie gemeinsam mit den anderen Rostower Juden in einer langen

Schlange zum Hinrichtungsort schritten. *Smijewskaja-Balka* bedeutet Schlangen-Schlucht, das wird Spielrein, die zwei Jahrzehnte ihres Lebens im deutschen Sprachraum mit psychoanalytischer Schulung und symbolischem Denken verbracht hatte, aufgefallen sein. Anfang August 1942 hatten sowjetische Kriegsgefangene den Befehl erhalten, die am Stadtrand liegende Grube auszuheben. Nachdem sie diese Arbeit erledigt hatten, erschoss man sie an Ort und Stelle. Danach wurde die gesamte jüdische Bevölkerung in Gruppen von zweihundert bis dreihundert Personen zur Ermordung an die Schlucht gebracht, die meisten wurden dort verscharrt, aber auch Gaswagen kamen zum Einsatz. 1975 wurde ein Mahnmal eingeweiht und ein Museum zum Gedenken an die Opfer eröffnet und verfiel mit der Zeit. 2004, nach dem Zerfall der Sowjetunion, wurde die Gedenkstätte erneuert und auf der Gedenktafel konnte man lesen: »Am 11. und 12. August 1942 wurden hier von den Nazis mehr als 27000 Juden vernichtet. Dies ist das größte russische Holocaust-Mahnmal«. 2011 wurde auf der neuen Tafel das Wort »Juden« entfernt und durch die Formulierung »friedliche Bürger aus Rostow am Don und sowjetische Kriegsgefangene« ersetzt. Jetzt ging Sabina Spielrein hier in meinem Berliner Leben mit mir durch meine Straßen, und das große Gedächtnis klopft bei mir an, ihr Schicksal sichtbar zu machen. Diese Straßen, in denen ich heute unterwegs bin, hatte sie einst gut gekannt. Spielrein lehrte mich das vielschichtige Sehen, wie es auch schon Hannah Arendt und

Rosa Luxemburg getan hatten. Alle drei Frauen waren Jüdinnen, deren Leben mit dem Jahrhundert der Barbaren verwoben war, weil es ein jüdisches und nicht bloß nur das Schicksal friedlicher Bürgerinnen war. Dieses Schicksal baute nun wach an meiner Lebensbrücke mit. Nachdem ich die alte abgerissen hatte, bestand seelischer Bedarf nach einer neuen, und es stellte sich heraus, dass es ohne das Andenken meiner geistigen Mitgeherinnen nicht ging und nicht gehen wollte. Überall schritten um mich herum Menschen sicheren Ganges ihren unsichtbaren Zielen entgegen. Ich erinnere mich noch gut an einen Gedanken, der mir in diesen ahasverischen Tagen kam und in mir aufleuchtete wie ein tief erlebter Sommertag aus der Kindheit – dass es schön war, kein Ziel zu haben, endlich war ich so frei und so weit gegangen in meinem Leben, dass ich kein Ziel haben und mich vor niemandem verstecken musste und dass ich selbst nie wie Sabina Spielrein an den Ort meiner Geburt zurückkehren würde. Ich trug damals lange Zeit immer nur ein helles Kleid aus Leinen, viel mehr besaß ich nicht, denn ich hatte in einem impulsiven Wegwerfmoment alle meine dunkle Kleidung entsorgt und verschenkt, weil ich sah, nachdem ein Arzt mich darauf hingewiesen hatte, dass ich nur Schwarz trug. Als ich alles in großen Taschen verstaut hatte, wurde mir klar, dass ich nur noch genug Geld für ein weißes T-Shirt und eine cremefarbene Cordhose hatte. Ich bildete mir ein, dass ich damit Ordnung in mir geschafft und mich in großen Teilen der Dunkelheit entledigt hatte, die sich in meiner Farbwahl meiner schwarzen Sachen spiegelte. Ich erinnere mich daran, dass es wehtat, die schönen Klamotten, die ich mir vorher allesamt in Paris gekauft hatte, wegzugeben und dass ich einfach den aufsteigenden Schmerz überging, im Glauben, er gehöre dazu, auf diesem Weg der Reife ohne Pass. Ich erinnere mich auch an den Gedanken, dass ich mit einem Mal den Schmerz als Lehrer entdeckte und mich fragte: Was passiert, wenn sich herausstellt, dass es gut ist, auf diesen Lehrer zu hören? Aber ich nahm mir damals keine oder zu wenig Zeit, diese Frage in eine Antwort hineinwachsen zu lassen, und als ich mir Jahre danach endlich wieder etwas Schwarzes kaufte, einen Mantel, dachte ich, dass es gut ist, wenn der Mensch keine Angst vor der Nacht hat und die Schwärze nicht auslagert, sondern mit ihr lebt, bis sie Sternenverwandtschaft wird – denn der Blick zum schwarznächtlichen Himmel ist einer unserer treuen Verbündeten, die uns zu größerem und zeitgleich stillerem Denken führen. Mein infantiler kleiner Versuch, mich von der schönen Schwärze im Außen zu befreien, war damals ohne irgendeine Alternative. Eine Krebsdiagnose und die intensive Art des Arztes, der mir selbst meine schwarzen Strümpfe und die schwarze Unterwäsche als eine Art willentlich herbeigeführte Ausrichtung auf das Destruktive vorzuwerfen schien, hatten mich glauben lassen, die hellere Kleidung würde automatisch mein Gemüt erhellen. Ein bisschen tat es das auch, aber natürlich ohne dauerhafte Wirkung. Am Ende war der Verzicht wohltuend, es war schön, neu zu beginnen, nichts zu haben und mich im ziellosen Gehen auszurichten. Es wurde mein Weg zum ganzen Menschen. Ich erinnere mich, dass mich der staatenlose Zustand und das Wenige, das ich besaß, federleicht machten und ich das Schwere fortan nicht mehr mied. Ich ging Stunden um Stunden umher und hatte keinen Hunger. Da ich nur wenig Geld hatte, aß ich nur einmal am Tag. Ich wusch mein Kleid mit der Hand, ich besaß keine Waschmaschine. Und ich trug die helle Cordhose und das weiße T-Shirt mit unermesslicher Freude. Ich schminkte mich nicht. Ich beschloss in dieser Zeit, die dann noch ein, zwei Jahre dauerte, mir ohne Lippenstuft, Rouge oder Puder in die Augen zu sehen. Mein Haar färbte ich nicht. Ich sah zu, wie die weißen Streifen überhandnahmen und diese Helligkeit auf meinem Kopf erfreute und erstaunte mich. Ich leuchtete mit Hilfe meiner weißen Haare. Ich erinnere mich noch gut daran, wie mir damals eine Freundin in einem verschwörerischen Ton sagte, ihr Liebster, ein vollendet höflicher Jurist, sei sehr entsetzt über meine Verwahrlosung, die sich für ihn offenbar an eben diesem weißen Haar zeigte, das mir so viel beibrachte und das mich so erfreute und erstaunte und zu meiner lieben Milchstraße avancierte oder mich jedenfalls mit der kosmischen Weite antennengleich verband, ohne mir das Schwarze der Nacht zu nehmen. Meine Leichtigkeit hielt an, ich übte mich in der Demaskierung meiner selbst. Es war ein wildes, bewusstseinsveränderndes Spiel, ein »reynes schpil«, so wie das jiddische Wort für Fairplay es sagt, aus dem der Name

Spielrein gebildet ist. Das Lesen verhalf mir in dieser besonderen Spielzeit meines Lebens zu neuen Augen. Ganze Nächte verbrachte ich lesend und stand doch früh auf, um mich wieder zum nächsten Buch, zum nächsten Sprachkontinent aufzumachen. Lernen. Alles lernen. Ein Leben, eng an eng mit den Buchstaben, die nichts ausblenden, keine Schlangenschlucht in der Grube jener ungesehen verschwinden lassen wollen, die die Geschichte zu ihren Gunsten umschreiben und das Schicksal der Menschen, die wehrlos und zu früh starben, ein zweites Mal mit ihrer Kälte auslöschen. Sabina Spielrein lebt in meiner Erinnerung weiter, weil sie zu jener selten gewordenen Gattung Menschen gehörte, von der Walter Benjamin einmal gesagt hat, sie suche in der Liebe nicht ewige Heimat, sondern das ewige Reisen. Dieses Unterwegssein in Menschen und Landschaften ist es, das an der Unendlichkeit des Geistes webt und Lektüre ist für mich und für alle, die ihren Platz auf der Welt als Empfindende beibehalten haben. Irgendwann oder gerade jetzt können wir uns alle als Geraden im Unendlichen berühren. Die Dunkelheit lässt sich nicht abstreifen. Ein Mensch wie Aristides de Sousa Mendes hat das vielleicht gewusst, und so konnte er in seinem Hotelzimmer, im Auto, im Konsulat, auf einer Treppe und überall dort, wo seine Unterschrift gebraucht wurde, seinen Füller aus der Tasche ziehen und Visa unterschreiben, die, manchmal nur auf Papierfetzen, wenn die in Not Geratenen nichts anderes hatten, so vielen zur Rettung in letzter Sekunde wurden. Aristides de Sousa

Mendes war überzeugt davon, dass man Befehlen nicht gehorchen muss, wenn sie der Menschlichkeit in uns widersprechen. Kann jemand menschlich sein, wenn er seine eigenen Schatten, seine bösen Gelüste nicht kennt? Sabina Spielreins Leben ging gewaltsam in der Schlangengrube zu Ende, weil andere Befehle ausführten, in denen keinerlei Menschlichkeit Platz hatte. Lange nun nach ihrem Tod wird auch ihre Fußnotenkarriere beendet, eine Zeit also, in der sie bei Sigmund Freud und Carl Gustav Jung nur in wenigen Anmerkungen vorkam, die ihre eigene Arbeit eher versteckten als würdigten.

Meine schöne Krankheit

Ich habe sie nun schon sehr lange, meine schöne unheilbare Krankheit. Ich lese. Ich bin lesekrank. Meine Krankheit ist immer dabei und verhilft mir zur Gesundheit. Auf allen meinen Wegen lese ich Dinge und Menschen, Steine, Wolken, Hände und Schicksale. Das Lächeln im Gesicht eines glücklichen und eines unglücklichen Menschen sind wichtige Lektüren. Die Vögel und der Flug der Vögel sind Bücher, die dem Auge das urteilsfreie Schauen beibringen. Sie haben unendlich viele beschriebene und noch mehr unbeschriebene Seiten, die mit den Elementen reden. Und wenn ich die Vogelbücher lese, werde ich selbst von den Elementen gelesen, die sich mit meinen schon beschriebenen und noch unbeschriebenen Seiten unterhalten. Meine Lesekrankheit geht also in beide Richtungen, ich lese und werde gelesen. Die Farben sind einzelne und besondere Kapitel darin. Sie ordnen die Welt auf beiden Seiten gleichwertig. Von Kindheit an verkünden die Vögel mir diese doppelt gewürfelte Sprache. Ich weiß, dass es nie nur den einen Blick, nie nur die eine Lesart geben wird, nie schaut ein Ich allein auf etwas, nie blättert es allein die Seiten eines Buches um. Es schaut immer etwas zurück, es ist zuerst da, dieses Etwas, das kein Land und keine Grenze kennt. Es blättert mein Bewusstsein um, in dem ich eine offen einsehbare Seite bin, Anfangsschrift, die sich der chronologischen Zeit aussetzt, weil sie lebt und lebendig zu bleiben gedenkt und aus der Vertikale der wissenden Luft gespeist und herausgefordert wird, um neu zu sein, neu zu beginnen. Und mit jedem Schritt, der mich ins Tal Richtung Hafen von Portbou hinabführt, liest auch der Bergbereich mein eigenes Leben. Ich bleibe stehen, lese die Gipfel wie nachts die Traumränder mich lesen, an denen, wie an allen Rändern und Schwellen, das Entscheidende geschieht. Grenzland zwischen Himmel und Erde, Grenzland zwischen Geist und Sprache. Die Luft arbeitet dem Grenzbereich zu, in dem das Wahre geboren wird – Einheit aus Klang und Sinn. Ich stelle fest, dass ich beim Hinuntergehen viel mehr von dieser Einheit in den Lungen behalten kann, wenn ich nach dem Einatmen für einen kurzen Augenblick innehalte und den neuen Atemzug von allein kommen lasse, ohne ihn willentlich herbeiführren zu wollen. So entsteht der Sprachgang der Wörter. Ganz sanft wirkt sich das Ausruhen im Nichts auf mein Gemüt aus. Dieserart kommt er zu mir, der kleine Vogelatem, lange noch bevor ich ihn in meine Sprache hole, richtet er mich auf, indem er mich innehalten lässt. Umgeben von Berggipfeln erscheint mir mein Körper und das in ihm mit friedlicher Langsamkeit zur Welt hinwachsende Menschenleben so winzig und biegsam wie der allerfeinste Grashalm. Das Schimmern des Lichts sieht mich aus dem Grün an und durch die Tiefe des Farbtons werde ich an die bunten Kleider der Sinti und Roma meiner Kindheit erinnert, die mit dem wogenden Gras der karstigen Landschaft in meinem Blick eine Einheit bildeten. Es hieß, sie würden die Kinder aus dem Dorf stehlen und sie an die Küste bringen, in ferne Länder entführen. Ich fühlte mich in unserer Einöde von ihrer Fröhlichkeit angezogen, sah ihnen lange nach und schrieb ihnen innerlich Briefe, schickte sie ihnen per Luftpost hinterher, ich sagte nicht direkt, was ich von ihnen wollte, aber die Briefe gingen so: Liebe Leute auf dem Pferdefuhrwerk, ihr fahrt immer im Wind durch die Sommer und irgendwo in den Dörfern, die ihr mit eurer Anwesenheit segnet, lebt das eine oder andere Kind, es besitzt keine Murmeln und keine Puppen, Spielzeug kennt es nicht, es verbringt bäuchlings seine Tage im Gras und träumt von der beweglichen Welt hinter den Bergen, unten in den Tälern, die ihr jederzeit erreichen könnt, denn wahrscheinlich seid ihr mit den Bergen verwandt, mit dem Meer, mit dem grünen Gras unten in den Städten usw. Das ist selbstverständlich eine nachträgliche Referenz wie jede Erinnerung gebautes Leben ist, die ein Fundament legt für das, was wir unser Dasein nennen. Solche Briefe habe ich nie geschrieben. Aber hätte ich sie geschrieben, könnten sie so geklungen haben, deshalb ergreifen sie hier selbst das Wort. Natürlich wollte ich mitreisen, keineswegs aber meine Grasstation verlassen, es sang das Gras für mich und ließ mich teilhaben an seiner grünen Wirkung. Oder sang ich mit dem Gras und war Gras für die Wolken, die ihre Schwingen auf den Himmel malten und zu anderen Grasarbeitern eilten? Unversehens war bald schon alles anders, die Wolken selbst formen die Erinnerung mit. Die einstigen Worte meiner Sehnsucht waren gewiss ganz andere Worte, wenn sie überhaupt Worte waren und nicht nur Luftzeichen, Verbindungsvögel zwischen mir und dem Wunsch, von den anderen einmal in die große Stadt mitgenommen, ja, sogar entführt zu werden. Denn mein Dorf war von hohen Bergen umgeben, und nun schimmern die Berge im Jetzt des Bewusstseins herauf, zeigen mir, dass sie noch immer in meinem Blick waren, beschützt vor dem Verfall in jenem Kontinuum, den wir Zeit nennen, Boten einer flimmernden Höhe und Wohnstätte von so vielen Farben, an denen ich mich von Sonnenaufgang bis Sonnenuntergang nicht sattsehen konnte. Als Kind wusste ich aber nicht, dass die heiligen Berge meiner ersten Zeit auf Erden nur sechs Jahre vor der Geburt meines Vaters so vielen Menschen dort den Tod gebracht hatten, wo ich in den siebziger Jahren als elternloses Kind, dem nie eine Erklärung für irgendetwas geliefert wurde, die freundliche Zauber-Werkstatt der Farben vermutete. 1941 errichteten die kroatischen Faschisten Todeslager im durchweg unwägbaren Berggelände. Sie brauchten nur ein paar Monate, um ihre genau durchdachten Pläne umzusetzen. Die in Lagern eingepferchten Menschen konnten im Gebirge nicht den von Hitlerdeutschland empfohlenen Zäunen und noch weniger den schroffen Bergen entkommen, die voller Karsthöhlen waren. Und hier, auf der französischen und nordspanischen anderen Seite des Mittelmeers, wo ich gerade gehe, versprachen andere in Not geratene Menschen sich in jenen Jahren ausgerechnet von den Bergen Rettung, deren Unzugänglichkeit wenigstens die Möglichkeit denkbar machte, lebend diese andere Seite der Welt zu erreichen, die ihnen im selben Atemzug auch die andere Seite der Zeit war. Davon lässt sich jetzt und hier in den Pyrenäen im Gras, im Geröll, in den Gipfeln nichts mehr ablesen. Aber im Gedächtnis arbeiten die Seismographen der menschlichen Seele weiter. Im inneren Archiv, das alle Lebenden in sich tragen, harrt diese Lektüre unseres Bewusstseins und unserer Fähigkeit, das Grausame mit unserem inneren Taktmesser zu dechiffrieren, es zu lesen und dorthin vorzudringen, wo Gut und Böse sich aufheben und das anonyme Gebet eines russischen Juden die Wirklichkeit so allumfassend berührt, dass es zum Gebet aller Menschen wird: »Friede allen Menschen, die bösen Willens sind, auf dass jedwede Rache wie auch jeder Aufruf zur Strafe und Vergeltung ein

Ende habe. Die Übeltaten übersteigen jedes Maß, sie sind jenseits menschlichen Verstehens. Es gibt zu viele Märtyrer. Daher, Herr, wäge unsere Leiden nicht auf der Waage deiner Gerechtigkeit und rechne diese Leiden nicht den Henkern an, damit sie nicht zu schrecklicher Rechenschaft genötigt seien. Vergelte auf andere Weise. Nein, schreibe den Henkern, den Denunzianten und Verrätern, ja allen schlechten Menschen die ganze Tapferkeit, die ganze Seelenstärke der Andern gut – ihre Demut, ihre höhere Würde, ihr unerschrockenes geheimes Leiden, ihre unumstößliche Hoffnung, ihr Lächeln, das die Tränen trocknet, ihre zerplagten und zerquälten Herzen, die stark geblieben sind und des Vertrauens voll im Angesicht des Todes und sogar im Tode selbst.« Was wir selbst nicht lebend lesen, wird uns eines Tages lesen und in sich einschließen. In der Ferne ist nun das wie aus einem unsterblich wirkenden Unschuldsbereich aufsteigende Meeresblau zu sehen. Die Natur folgt ihren Gesetzen. Folgen wir unseren? Wissen wir noch, dass auch wir Natur sind? Ich kann nur ahnen, was diese Frage für Arbeit in mir anstößt. Ohne Antworten zu haben, führt sie mich zu neuen Fragen. Habe ich lebend genug Reife und Kraft erlangt, um der Lektüre, die mich bewohnt, wahrhaft standzuhalten und aus ihren Tiefen und Untiefen zu lernen? Vielleicht lässt sich diese Reife und diese Kraft (die am Ende ein und dasselbe sind) nur dann auf Dauer erlangen, wenn ich mich in Einheit mit anderen Menschen denke, mit jenen, die vor mir da waren und jenen, die mit mir leben und die nach mir kommen werden. Einer dieser einst hier gewesenen und immer noch zu mir sprechenden Menschen ist Pawel Florenski, der 1933 verhaftet und zuerst nach Sibirien, dann wie Karlo Štajner in ein Lager auf den Solowezki-Inseln im Weißen Meer verschleppt wurde. Bei der ersten Verhaftung warf man ihm religiöse Propaganda unter dem Deckmantel wissenschaftlicher Arbeit vor, beim zweiten Mal nahm man sich seinen Aufsatz »Die Physik im Dienste der Wissenschaft« vor. Darin hatte er geschrieben, das abstrakt-analytische Denken unterschätze die Intuition, was man ihm als versteckten Angriff auf die marxistische Ideologie ankreidete. Die neuerliche Verfolgung war grundsätzlicher Natur, nach Jahren im Lager, in denen er sein Wissen und seine wissenschaftlichen Fähigkeiten etwa als Eis- und Algenforscher eingebracht hatte, wurde er 1937 mit einem Genickschuss endgültig aus dem Weg geräumt. Aus dem Lager schrieb er viele Briefe an seine Familie, in einem dieser Briefe, die er an seine neunzehn Jahre alte Tochter Olga sandte, berührt er die Frage nach der Rolle der Natur für den Menschen. Die Natur lebe ihr *eigenes* Leben, schreibt er, es sei ein majestätisches ganzheitliches Leben mit all seinen Widersprüchen. Von dieser Art ist für ihn Goethes Weltgefühl. »Die geheimen Tiefen sind uns durchaus zugänglich, sie sind erkennbar, nur nicht rational, in Teilen, sondern dann, wenn wir sie als Ganzes fassen. Dann scheinen die Geheimnisse der Natur auf – nicht in abstrakten Begriffen, sondern in konkreten, sinnlichen, anschaulichen Bildern, die Goethe Urphänomene nannte.« Pawel Florenski weist in diesem Brief darauf hin, dass die Idee der Entwicklung, der Dynamik, der Dialektik, des *Sinns* der Erscheinungen einerseits vorhanden ist, es aber andererseits einen dunklen Urgrund des Seins gebe. »… dunkel aber nicht, weil er tiefer liegt als der Widerspruch zwischen Gut und Böse, Ja und Nein, und diesen Widerspruch aus sich selbst hervorbringt…« Diese Dimension der Natur, die nicht »mit menschlichen Absichten rechnet, sondern sich zielstrebig aus sich selbst entwickelt und alles Existierende um sich selbst gebiert«, ist in unserer inneren Geographie gleichermaßen wirksam. Das Äußere spricht so zum Inneren und das Innere fließt zum Äußeren hin. Beim Abstieg sehe ich die Berge allmählich nicht mehr nur im Außen, ich habe mich an sie gewöhnt, ich bin von ihnen gehend einverleibt und ein Teil von ihnen geworden, ich sehe sie auch im Innen. So gehe ich, wie ein Baum wächst, auf der Erde hinunter ins Tal als bewegliche kleine und immer runder werdende Erde. Und wieder kann ich *erkennen*, ich bin nicht allein hier, sondern mit dem Menschen, den ich liebe: Weil sein Dasein seit Jahren in meines eingeschrieben ist und auch die Berge uns nun als ein Du erkennen. Werde ich, die ich über Jahre hinweg immer nur allein gelebt habe und nie anders leben wollte, später unserem Kind von diesem Weg erzählen können? Der Abstieg nach Portbou ist dann noch zäher als gedacht, beschwerlicher als der Aufstieg, obwohl dieser uns mit der kühlen Tramontana einiges an Kraft abverlangt hatte. Auf dem Weg Richtung

Gipfel hatte ich das Gefühl, mit jedem Schritt auf Walter Benjamins Schicksal zuzugehen. Auf dem Weg nach unten ins Tal spüre ich nun, dass das Schicksal unserer geistigen Verwandten, so es uns einmal berührt hat, *in uns* ist. Das eine abgebrochene Leben kann eine Aufforderung an ein anderes sein, neue Kraft aufzubringen, das Helle zu tun, für das Helle zu arbeiten. Obwohl meine Knie nun bei jedem Schritt wehtun, flimmert eine neue Leichtigkeit durch meinen Körper, die auch eine neue Aufgabe im Geist ist. Sie geht einher mit der erneuerten Erkenntnis, dass jedes Erwecktwerden ein anderes nach sich zieht und jedes zu uns sprechende Leben etwas fortsetzt, das vielleicht nur in einem einzigen Satz in einem bestimmten Augenblick zu uns gesprochen und uns ermächtigt hat, ihn mit unserem Atem von vorne und von hinten zu lesen. Unversehens wird so der Mensch in die Komplizenschaft mit dem Absichtslosen eingeweiht, bis jedes Ende in diesen immerwährenden Anfang zurückkehrt.

Wie erobert ein Kind die Welt?

Der Hafen von Portbou scheint schnell erreichbar und doch braucht es noch eine ganze Weile, bis ich ihn vollständig vor mir sehe. In der Zwischenzeit ist eine Frage mein Gedankenhafen geworden. Ich umkreise sie innerlich mit so viel Sanftmut, wie es mir möglich ist. Die

Schmerzen in den Knien zwingen mich nun dazu, vollständig seitwärts zu gehen. Die Frage, die mir dabei zuarbeitet, ist diese: Wie erobert ein Kind die Welt? Vogel für Vogel. Wort für Wort. Lächeln für Lächeln. Schmerz für Schmerz. Wenn wir ganz jung sind, erleben wir Schmerz nicht als etwas Bleibendes. Wir haben gar keine Zeit, um einen Namen für den Schmerz zu finden. Wir stehen auf. Die Wunde wächst zu. Wir vergessen den Sturz und schauen auf die Narbe als Zeichnung eines schnell dahingegangenen Augenblicks zurück. Wenn wir ganz jung sind, sehen uns die Worte wie im ewigen Raum Reisende an. Und mit jedem neuen Klangraum strömen sie zu uns zurück, verankern sich in uns und werden Teil unserer inneren Ohren. Wir fürchten uns nicht, weil wir nichts von den Reisen und Umkreisungen des Alphabets wissen. Wir sind jenseits der Grammatik und zugleich immer in ihr drin. Die Welt ist gnädig, sie verordnet uns weder Verstehen noch Grenzen, aber führt uns Schritt für Schritt zu ihnen hin, wir verschmelzen, verweben uns mit den Bedeutungen. Während wir größer werden, wachsen wir gleichsam von allein in den unbekannten Himmel hinein, der sich im Anwachsen unseres Wortschatzes bestirnt und Stern für Stern seine Größe offenbart. Wer uns auf der Erde gegenübersteht und wie wir uns mit dem scheinbar Fremden in Beziehung setzen, wissen wir nicht *mit dem Kopf* zu beantworten. Aber wir tun es mit unseren Händen, mit den Ohren, mit den Augen und mit den Füßen, wir tun es *mit dem Körper*, während die Sterne leuchten, sterben und im Verglühen ihr eigenes Requiem singen. Das Unbekannte, der Fremde, das Fremde an sich ist eine uns von der Natur zugewiesene in uns wirkende Talschaft, die nur als fremd erscheint, weil wir sie vergessen haben. Sie fasst uns, zusammen mit der Kindheit, an der Wurzel. Wir bewegen uns immerfort von innen nach außen und wieder zurück. Was Anfang war, wird im Zukunftskreis ein Ende, das einen neuen Anfang einleitet. In jenem Land, das wir Kindheit nennen, gibt es keinen Pass und keine Nation. Wir sind Gäste, Zeit vergeht, wir altern, einmal werden wir ein Mensch gewesen sein. Wann hören wir mit dieser Bewegung der Unschuld eigentlich auf? Vogel für Vogel erobern wir das große Draußen der Klänge, ohne sie gleich zu deuten. Aber irgendwann wissen wir als in den Klängen Schwimmende, wo die Sätze der Sprechenden enden, was die Pausen sagen, wie sie mitreden und wann wir von den Worten und von den Lücken gemeint sind, was uns also die Liebe der Anderen nahelegen und in unsere Sätze bringen will. Das Verstehen stellt sich allmählich gerade dadurch ein, dass wir uns genau jenes Nichtbegreifenkönnens erinnern, welches uns im Erobern der äußeren Weltsphäre so früh in unserem Leben Grenzen gesetzt hat. Wenn wir Kinder sind, liebt uns das Leben. Und wir lieben es bedingungslos zurück. Später, wenn uns das Selbstverständliche genommen wird, haben wir ein festes Ich und kennen die Angst. Wir vergessen alles in Unschuld Erworbene und in der Kindheit Gewachsene und wollen es auch den anderen nicht mehr er-

lauben, *tastend zu leben*. Das Leben wird ein Handlungs-
reisender. Es will uns etwas verkaufen. Uns festlegen, uns
verwalten. Auf einen bestimmten Strang des Seins verweisen. Er ist fordernd, dieser Handlungsreisende, er will
selbst überleben und ist auf eigene Sicherheit bedacht.
Und er nimmt uns mit auf seine Reise, auf der wir uns
selbst abhandenkommen. Wir glauben dem Sturz und
noch mehr der Angst vor ihm. Das Leben wird durch
seine Sprecher, die anderen Menschen, zäh und ungeduldig. Rätsel und Wunder sind nicht mehr erlaubt. Allein
das Verstehen wird Sinn und Zweck des Lebens, sein Ziel,
sein Tagwerk. Ungelöste Rätsel sind uns nun für immer
verboten. Jetzt sollen, müssen, wollen wir normal sein.
Das Normale packt seinen Tarnanzug aus. Wir machen
uns verdächtig, wenn wir grundlos lächeln und Wunder
lieben. Manchmal denken die Leute, dass man etwas von
ihnen will, bedürftig ist, verrückt oder etwas zielgerichtet
braucht, das sie einem geben könnten (weil sie es mehrfach besitzen), wenn sie nicht in Eile wären, zu einem
wichtigen Termin, zu einer Verabredung mit einem Menschen, von dem sie glauben, er würde den Grund ihres
Zuspätkommens nicht verstehen, nicht akzeptieren oder
ihnen helfen, ein wichtigerer Mensch zu werden. Ich
denke dabei an mich selbst und meine eigene Angst, von
solchen Menschen belogen zu werden. Aber ginge die
Lüge dann nicht zu ihren Lasten? Und das Vertrauen wäre
mein Beitrag in der Welt. Ich denke aber auch an eine alte
obdachlose Bettlerin aus Paris, der ich vor vielen Jahren

Geld zustecken wollte, als sie schlief, und die mit einem Stock auf mich einzuschlagen begann – im Glauben, ich sei dabei, sie auszurauben. Derart viel Misstrauen hat sich aus ihren Erfahrungen mit den Menschen ihrer Stadt angesammelt, dass sie keine Unterscheidungen mehr vornehmen, nicht mehr sehen, auch nicht mehr *auf den anderen Menschen* hoffen *konnte*. Das Geben und das Lächeln sind diesen vielen inneren Reflexen der Abgewandtheit ausgesetzt, die die Wärme überschrieben haben. Auf der Straße. Aber auch am Küchentisch, zwischen zwei Menschen, die sich auf den ersten Blick zu vertrauen scheinen. Was will der Andere? Wann wird er zu einem Fremden in uns selbst? Wird er mir mit seiner Nähe, mit seiner ungeschützten Nacktheit mein Normalsein nehmen? Was mache ich dann, was ist der nächste Schritt? Was wird aus mir und meinen Gewissheiten, wenn das Leben wieder eine Frage wird, in die ich ohne in Rüstung gepackte Antworten hineinleben muss? Ist es schlimm, die Waffen der Selbstverteidigung mit der alten Rüstung abzuwerfen und sich selbst nicht mehr zu kennen? Was ist ein Selbst? Das Schweigen der Berge verhilft den Fragen zur Sprache. Die Schmerzen in meinen Knien werden immer stechender, jetzt auch noch flankiert von einem intensiven Ziehen in den Sehnen, so als könnte etwas in ihnen plötzlich reißen und die Waden gänzlich am Weitergehen hindern. Eine deutliche Aufforderung, sich zu setzen, durchzuatmen und in unser Sandwich zu beißen. Die Steine, auf denen wir uns niederlassen, sind angenehm

warm. Die Vögel singen ihre Lieder. Die Kälte der Tramontana auf der französischen Seite der Pyrenäen ist fast
schon vergessen, Erinnerung an einen verflossenen Tages-
rand. Dabei war sie nur vor wenigen Stunden so wirklich,
dass man hätte glauben können, sie werde nie aufhören,
immer mit uns weitergehen. Mit dem Schmerz ist es, stellt
sich später heraus, genauso wie mit dem Wind. Im Augenblick des Erlebens erscheint er als die ganze Wirklichkeit.
Am anderen Tag ist er schon eine Erzählung geworden, in
der man selbst eine Rolle eingenommen, mit dem Schmerz
mitgespielt, ihn mit der Physis erzählt hat. Gestärkt steigen wir weiter herab, ich stelle mir vor, dass mich jemand,
der uns aus der Ferne betrachtet, für eine eigensinnige
Tänzerin halten könnte. Seitwärts gehend, erlebe ich den
Körper als intaktes Wunder. Und die Augen sehen aus
einem neuen Blickwinkel. Sie arbeiten meiner rechten
Schulter zu, die nun für die Augen nach vorne schaut.
Bald wird auch dieser Tanz vorbeigehen. Bald ist es geschafft. Bald wird sich der Weg in ein Bild fügen und ein
neues inneres Gespräch einleiten, mein Du zu einem größeren Du hinwenden. Bald, schon bald, sage ich mir, wirst
du verstehen, dass du in einer Welt lebst, in der dich niemand verfolgt, in der dich niemand zwingt staatenlos zu
sein, in der du niemandem Rechenschaft über deine
Schritte schuldig bist, in der du niemandem erklären
musst, was du hier tust und warum du da bist, wo du bist.
Dein Name und deine Gene stören niemanden in den
Pyrenäen. Dein Schmerz wird vorbeigehen, dein Leiden

auch dir selbst als ein kleiner Flügelschlag eines allerkleinsten Vogels in Erinnerung bleiben in einer Zeit, in der du ein Kind erwartest und in der dich niemand jagt, in der du das tun kannst und musst, was deine innere Freiheit mit ihrer sanften Nachdrücklichkeit dir aufträgt und von dir verlangt. Vergiss nicht, dass dir niemand etwas in deinem Denken verordnen kann. Wenn dein Gedächtnis die Richtschnur der Freundschaft ins Spiel bringt, bist du schon Teil dieser Freiheitsluft, die dich im Kern ausmacht. Und die leere Zeit hat sich verabschiedet, eine Zeit, in der die Gedanken der anderen dich in Haft nehmen konnten. Die Arbeit der Jakobsleiter wird nun seelische Wetterberichterstatterin. Jetztzeit. Darin rettet sich die Essenz unseres Lichtes, das uns in der Einsamkeit gefunden hat, um uns nach dem Maß unserer inneren Gestalt ins Leben zu tragen.

In meiner Berliner Straße wohnt eine alte Frau

Sie ist vielleicht schon hundert, aber sagt es mir nicht. Ihre Anwesenheit in meinem Gedächtnis ist so stark, dass sie nun auch den letzten Weg Walter Benjamins mitgeht. Sie lächelt mich genauso in dieser Bergwelt an, wie sie mich stets von ihrem Berliner Fenster angelächelt hat. Im Winter sitzt sie hinter dem Glas und sieht auf die Straße. Im Sommer nimmt sie Platz auf ihrem Balkon. Wenn sie nicht mehr dort ist, mache ich mir Sorgen. Ob sie Verwandte hat? Ihr Mann ist vor kurzem gestorben. Das hat sie mir erzählt. In welcher Sprache das war, das wusste ich am Anfang gar nicht. Ich weiß auch nicht, wie sie heißt, denn wenn sie spricht, ist es eine Sprache, die ich nicht verstehe. Nach Monaten der Lächelfreundschaft begreife ich allmählich, dass es Türkisch sein muss. Später erfahre ich, dass es ein kurdischer Dialekt ist, die türkische Nachbarin, die in einem Sammelsuriumladen typischer Berliner Machart arbeitet, erzählt mir das. Sie sagt, das verstehe auch sie nicht, diesen Dialekt, der in der alten Frau überlebt hat, so selbstverständlich wie ein allererster Lebenswind. Sie hat keine Scheu, sich von diesem Wind führen und ihn mit mir sprechen zu lassen. Keinerlei Eitelkeit, keinerlei Scham trennt sie von diesem natürlichen Impuls. Ich sehe mir dabei ihre vielen Falten an, lese in ihnen wie in einer hundertjährigen Baumrinde, die sich so zeigt, wie sie ist: vom Leben berufene Landschaft vor den Augen einer anderen wachsenden Landschaft, die noch zu ihren Einkerbungen kommen wird. Wie ich sie bewundere und wie ich es liebe, dass sie, auf ihren Stock gestützt, die Straßen unserer gemeinsamen Stadt (einer Weltstadt, wie es jetzt überall einvernehmlich über das Dorf Berlin heißt) unbeirrt und mit beeindruckender Zielgerichtetheit samt schelmischem Funkeln in den Augen von Ziel zu Ziel schreitet und überall dort Halt macht, wo man sie kennt. Da ist eine Art Kneipe, in die nur die türkischen Berliner Männer aus dem Kiez hingehen. Sie nennen es Verein. Diesen Ort, an dem sie unter sich sind. Reingucken kann man nicht. Aber dass nur Männer dort willkommen sind, ist mir irgendwie selbstredend klar. Ich versuche es auch nicht. Seit Jahren ist der Laden ein Rätsel für mich. Reingetraut habe ich mich aus einem bestimmten Grund nicht. Die Stimmung aktiviert in mir das alte Jahrhundert, das Dorf, aus dem ich komme, und in dem allein die Männer in der Wirtschaft das Sagen hatten. Am Billardtisch des Gasthauses, auf der Straße, auf dem Friedhof. Und in der Kirche. Das hat meinem Körper nicht gefallen. Es war die Übermacht der Männer, die mich innerlich verkrampfen ließ. Aber eines Tages nahm mein Vater mich mit. Der Billardtisch war nun ein Paradies in Grün und freundlich. Die Männer, mit Hut und ohne, eigentlich zugewandt, alle sagten, he Kleine, gegen mich gewinnst du nicht. Das fällt mir ein, eines Tages in Berlin, gegenüber der Geburtsstraße von Marlene Dietrich. Marlene. Die sich dem Bellen der Barbaren widersetzt hat, in einem blutigen Jahrhundert, in dem sie es geschafft hat, ihrem inneren Klangraum zu folgen, sich ihres Menschseins zu erinnern und ihrer eigenen Ethik zu folgen. (Auch ihr, ähnlich wie Lisa Fittko, ähnlich wie Else Lasker-Schüler, hat die Stadt Berlin eine merkwürdige Straße zugedacht, merkwürdig unentschlossen, fast versteckt ist die Straße am Potsdamer Platz, der ihren Namen trägt – während der Berlinale sehen sie durchaus viele, die berühmten Zugereisten natürlich, das passt durchaus – man schmückt sich, man schmückt sich.) Da steht nun meine Hundertjährige, nicht nur an einer konkreten Kreuzung in der Stadt meines Lebens, sondern in doppelt belichteter Erinnerung. Sie wandert mit mir über die Pyrenäen. Ihre Gestalt ist den Frauen meines ersten Dorfes sehr ähnlich. Jetzt sehe ich, dass sie etwas macht, was die dalmatinischen Frauen nie gemacht haben. Sie geht einfach in den Vereinsladen hinein und schwenkt ihren großen Gehstock demonstrativ vor sich hin und her. Eine Art Gruß an die summenden Seelen der Männer, die rauchen und gestikulieren und ja, das sehe ich richtig, in einer Art Ehrfurcht vor der alten Mutter erstarren. Man bietet ihr wohl Tee an, denke ich, während ich sie aus der Ferne beobachte. Sie verbeugen sich nahezu vor ihr. Was für eine Gestalt, in Schwarz gekleidet, mit einem Kopftuch, weißes Haar, das darunter hervorschimmert, einem von Furchen und Falten durchzogenen Gesicht. Wieder einmal zeigt es sich, dass nur Frauen das Patriachat verwandeln, zu etwas Neuem beitragen können. Sie hier – mit einem Gehstock. Oder mit dem Beharren auf Tee. Jetzt sind es Männer, die ihn für eine Frau vorbereiten. Mitten in Berlin ist ihre Gestalt eine Forderung. Sie beugt sich keinen Vorgaben, keinem Patriachat. Sie ist Chefin von Natur aus, das reicht, ihre menschliche Reife stellt sie über alle Identitäten, und sie braucht nicht einmal etwas zu fordern. Sie ist einfach da, und die Männer spielen mit. Anderntags bringe ich meiner Hundertjährigen spontan zwei Stück Kuchen. Ich sehe sie hinter dem Fenster sitzen und winke sie herunter. Sie kommt, sieht den Kuchen, küsst mich, sagt, danke, meine

Schwester. Und ich muss lachen vor Glück und Überraschung. Manchmal verliere ich Menschen, manchmal bekomme ich welche geschenkt. Danke, meine Schwester, wir sprechen verschiedene Sprachen, aber ich weiß, dass du deinen Mann vermisst und dass du einsam bist und dass du im Sommer ohne ihn allein auf dem Balkon sitzen wirst. Er wird dir fehlen. Komischerweise auch mir. Er saß ja da immer so eine ganze Weile am Tag. Und ich weiß noch, wie es war, als ich ihn das erste Mal dort erblickte. Es war erschütternd. Er erinnerte mich an meinen Vater, kurz vor seinem Tod, an sein Gesicht, als ihn die schwere Krankheit im Alter von sechsundsechzig Jahren unter die Erde brachte, dorthin, wo alle Körper Brüder und Schwestern der Erde sind. Die Wurzeln der Bäume machen keine Unterschiede. Bäume haben keine Pässe, nur Namen. Ich beneide sie. Wir werden alle einmal Menschen gewesen sein, die irgendwo lange und gerne und ausgiebig saßen. Oh, dieser Schmerz ist im Wort Mittel gegen die Empfindungslosigkeit, die sich in uns einzuschleichen sucht, während die Jahre uns mit den beiden Seiten des Wunders und der Not beschriften. Oh, dieser Schmerz ist ein Sagen. Und das Sagen, heißt es bei Walter Benjamin, »ist nicht nur der Ausdruck des Wunsches, ein Ziel zu erreichen, sondern die Realisierung des Denkens«. So sei auch das Gehen nicht nur der Ausdruck des Wunsches, ein Ziel zu erreichen, sondern seine Realisierung. Ich gehe im Kopf und auf der Erde. Hier bin ich eins mit meiner Hundertjährigen, die nun, wie ich erfahren habe, nicht mehr lebt.

Sie saß da lange und gerne und ausgiebig auf ihrem Balkon in jener Straße, in der ich lange, lange wohnte. Jetzt wohnt meine Hundertjährige in mir. Das Bewusstsein ist ein Ort, an dem wir beide uns erden.

Der poetische Chor anderer Stimmen

Am 1.Mai 1910 schrieb der Schriftsteller Romain Rolland an Stefan Zweig einen Brief, in dem es heißt: »Die Zeit ist nicht mehr fern, da selbst Europa das kleine Vaterland sein und uns nicht mehr genügen wird. Dann werden wir das Denken anderer Völker in den poetischen Chor aufnehmen, um den harmonischen Zusammenhang der Menschheitsseele wiederherzustellen.« Aber müsste hier das Vaterland nicht einen anderen Namen tragen und Menschenland heißen? Dann aber, wenn es endlich so weit ist, wird der Kosmos unser Lebensort sein und die Erde nur sein kleiner Abgesandter, so, wie der Mensch ein Abgesandter des großen weiten Himmels auf der Erde ist. Ich werde ungeduldig bei diesem Gedanken, denn vielleicht gibt's in diesem Sinne auch das für die äußere Welt, was Heinrich von Kleist mit dem Paradies in Verbindung brachte, als er schrieb: »Das Paradies ist verriegelt und der Cherub hinter uns; wir müssen die Reise um die Welt machen und sehen, ob es vielleicht von hinten wieder irgendwo offen ist.« Ich weiß nicht, ob die Vorstellungskraft jetzt schon helfen kann, von Pässen und von den Tröstungen wegzukommen, die sich manche vom Papier und von Kriegen erhoffen. Die Poesie geht der Zeit voraus. Aber Menschen gehen auch Menschen voraus, und als der menschheitsliebende Romain Rolland, der mit einer Russin verheiratet war, ein Stelldichein bei Stalin hatte, brachte er nicht die Rede auf Ossip Mandelstam – der Dichter starb in einem sowjetischen Lager bei Wladiwostok als Einzelner und zeigte doch besser als alle, die die Menschheit lieben, was es heißt, ein liebendes Einzelwesen zu sein, das am Verführungsposten der Nacht nicht käuflich wird, sondern das bleibt, was er ist: ein verletzlicher Atmender. Die Zeit ist auch deshalb noch sehr fern, in der im kollektiven Einvernehmen auch nur die Möglichkeit einer Menschheitsseele sprachlich in Erwägung gezogen werden kann, weil die Einzelnen überall auf der Welt missachtet und getötet und vergiftet werden, wenn sie die Mächtigen stören. Bevor ich diese Reise in die Pyrenäen auf mich nahm, saß ich tagelang in meiner Berliner Küche und sah auf die Wipfel der Bäume im Hinterhof jener Straße, in der auch meine Hundertjährige lebte. Immer, wenn ich an meinem alten Holztisch sitze, breitet sich die Gegenwart in mir aus, ganz sanft erst und wie ein kleiner Pionier-Sommerfalter fliegt sie in meinem Denken auf, und ich stelle fest, dass die Schwere noch nicht überwunden ist, dass Menschen wie Anna Politkowskaja nur zweieinhalb Flugstunden von mir entfernt auf offener Straße ermordet werden, weil sie über Missstände berichten, die unsere Welt als ganze unterwandern und das Gleichgewicht des Lebens gefährden. Noch immer bin ich erstaunt darüber, dass ich nicht die anderen, die russischen gottergebenen namenlos bleibenden Menschen vergesse, die das alles wissen und das Wissen aushalten, aber sich aus tausend Gründen nicht wie andere ins Exil begeben können oder bewusst nicht weggehen wollen. Das Radio läuft manchmal dabei, wenn ich in Gedanken zu den Russen reise, die einmal mehr niemand oder nie vollständig versteht. Walter Benjamin hat nach seinem Moskauer Aufenthalt 1926 die Russen vielleicht auch nicht im banalen Sinne einer Vollständigkeit verstanden, aber vielleicht ist Verstehen schon ein Satz wie dieser: »Berlin ist für den, der Moskau kennt, eine tote Stadt.« Die Menschen erschienen ihm hier nach seiner Rückkehr aus Russland trostlos vereinzelt, jeder habe es sehr weit zum anderen und sei inmitten eines großen Stücks Straße vereinsamt. Verstehen ist nicht ein Einverstandensein, es ist ein anderes Sehen, das möglich wird, wenn wir uns aussetzen und ein neues Bild in unser Blickfeld hineinlassen. Benjamin sagte über das Bild der Stadt, das er mit dem Bild des Menschen in Beziehung setzte, es sei dasselbe wie mit dem Bild geistiger Zustände. Die neue Optik, die er selbst auf sie gewann, war, wie er schrieb, der unzweifelhafte Ertrag seines russischen Aufenthalts. In meinen Denkpausen, wenn ich mich vom Schreibtisch entferne, suche ich bewusst das Gespräch mit dem Radio. Diese wunderbare Ohrenbrücke zur Welt, aus der die Liebenden immer schneller verschwinden und von akribischen Professionellen, von Machern abgelöst werden, ist immer noch mein Weltver-mittler. Ein Radio gab es im Haus meiner Kindheit lange noch vor dem Fließendwasser. Die Welt ist also auch in der Kindheit immer über die Ohren zu mir gekommen. Vielleicht ist das besser als über die leicht zu überlistenden Augen. Jedenfalls habe ich in der verlassenen Einöde, in der mein Vater unser Haus gebaut hat, diese Art Wahr-heitskanal kennengelernt. Und ich bin beim Denken der Ohren geblieben. Lieber schließe ich die Augen und lasse mich vom Gehör leiten, wenn es laut und unübersichtlich wird. Vielleicht erwische ich so einen Zipfel Wahrheit. In einer Kultursendung, die ich gerne höre, der ich vertraue, hätte ich beinahe gedacht, wird plötzlich und zu meiner großen Überraschung das Wort »neutralisieren« benutzt. Im Zusammenhang mit Flüchtlingen, die gerade hier an-gekommen sind oder schon seit einer Weile hier leben, da sie beschlossen haben, lieber ohne Pässe ins Ungewisse aufzubrechen, als in einem Krieg zu sterben, der nicht der ihre war, denn sonst hätten sie nicht aufbrechen und fort-gehen müssen. Es ist ein Augenblick, in dem das Wort »neutralisieren« mich eiskalt anweht, eine Wand voller Giftpfeile, die aus dem unschuldigen Radiogerät in meine Küche dringen, akustische kleine Feinde, die sich zu mei-nen Ohren vorarbeiten und in den Tag strömen, der ein freier Tag in meinem freien Leben ist, einem Leben ohne Not, Krieg, Schuld. Ich sehe beim Wort »neutralisieren« innerlich sofort Dr. Mengele vor mir. Ihn und seine Giftspritzen. Es gibt auch Worte, die Giftspritzen sind. Sie schlagen das Herz auf der Stelle tot. So erwischt man den ganzen Menschen und muss sich nicht einmal bemühen, mit den eigenen Händen tätig zu werden. Wenn man Menschen ihr Herz nimmt, dann sind sie schnell ganz und gar neutralisiert. Kann das jemand wollen? Heute. Hier. In der Welt, in der auch ich lebe, ist es nun doch hitzig geworden. Worte werden zudem so lange wiederholt, bis ihnen gänzlich der historische Sinn abhandenkommt, das Gesagte sich davon abkoppelt. Die Lüge wird wieder stark gebraucht und ist ein Magnet, den die meisten unterschätzen. Das 20. Jahrhundert flackert in diesem Magnetismus der Gedankenlosigkeit mit. Es wollen wieder viele, dass es brennt. Die sprachlosen Schwestern und Brüder und Bäume – wie können wir sie beschützen? Wohl nur, wenn wir uns selbst nicht neutralisieren lassen. Fühlend bleiben. Ein Mensch, der empfindet und des Lebens gedenkt, wenn es ihm in der Gestalt eines anderen Menschen begegnet. Ich mache mich, das darf nicht unterschätzt werden, damit verdächtig, aber wohl nur bei denen, die genau das verlernt haben. Was tun? Den Parolen, die ein magnetisches Feld erzeugen, nicht zuarbeiten. Die Wahrheit stehen lassen. So wie sie ist, wird sie Wirkung zeigen. Wer wird überdauern? Und wer den längeren Atem haben? Das Gleichgewicht erhalten. In sich selbst diese Wachheit erlangen, die mich achtsam sein lässt und mir die Fähigkeit schenkt, niemandem Steine zu geben, der um Brot bittet. Ohne ein »um zu«. Aber doch: Damit die Parolen sich nicht auf meine inneren Sinne legen und es mir gelingt, im Seelenraum zu bleiben. Der poetische Chor anderer Stimmen kann Stütze, aber auch Flügel und auch das Gleichgewicht selbst sein: »Nichts ist drinnen, nichts ist draußen; / Denn was innen, das ist außen.« (Goethe) »Die Psychoanalyse macht die Freiheit nicht unmöglich, sie lehrt uns, sie konkret zu begreifen, als eine schöpferische Wiederholung unserer selbst, die wir uns nicht selbst nachträglich immer treu geblieben sein werden.« (Maurice Merleau-Ponty). »Die Wahrheit erleuchtet die Seele gemäß ihrer Reinheit, und nicht irgendeiner Art von Menge entsprechend. Nicht die Menge des Metalls spielt eine Rolle, sondern der Grad der Legierung. Auf diesem Gebiet hat ein wenig reines Gold denselben Wert wie viel reines Gold. Ein bisschen reine Wahrheit hat denselben Wert wie viel reine Wahrheit. Ebenso: *Eine* vollkommene griechische Statue enthält ebenso viel Schönheit wie zwei vollkommene griechische Statuen.« (Simone Weil)

Barmherzigkeit hier und anderswo

Es gibt Wörter, die sich die Diebe unter den Nagel gerissen haben. Selbst dann, wenn sie selten benutzt werden, haben sie ihre Unschuld verloren. In ihnen lebt das gleiche Schicksal, das auch den Menschen ereilt hat. Niemand kann dieser Gleichung entkommen, denn sie umgibt uns alle. Selten redet jemand über Barmherzigkeit, aber wenn, dann kann man sicher sein, dass sie fehlt. Und dass sie immer fehlen wird, wenn über sie gesprochen werden muss. Das gilt für alle wahren Dinge und Zustände, die im Magnetfeld unseres Bewusstseins einen Ort brauchen, um zu wirken. Erst wenn sie nicht mehr da sind, möchten wir über sie reden, sie mit Worten zurückholen, weil die Taten, die durch sie beatmet werden, in der Lücke auf sich aufmerksam machen. Solidarität ist auch ein solches Wort. Es kann gesagt werden, ohne gesagt zu werden. Ein entleertes Gebilde, mit dem einige besonders gerne um sich schlagen, als könnte man mit diesen oder anderen Schlägen je irgendjemandem ein bisschen Sanftmut und Verstehen abverlangen. Aber manchmal gelingt es doch, dass das Wort Wirkung zeitigt, weil es jemand ausspricht, der es empfindet. Die Schriftstellerin Priya Basil etwa, die einen Text unter dem Titel »Solidarität für einen Todgeweihten« veröffentlicht hat. Diesen Titel lese ich in einer Zeitung. Zu einem Zeitpunkt, als der Mensch, um den es geht, schon längst in einer Zelle sitzt. Es ist eine Todeszelle. Wohl wissend, dass das Urteil über ihn gesprochen wurde und er bald diese Erde verlassen wird. Seine Pyrenäen sind nur noch im Innen. Er kann kein Gebirge mehr erkunden oder sich Rettung auf einer Fluchtroute erhoffen. Im Außen ist er ein dem Tode Geweihter, dieses Mal – ein Dichter, der mit der Sprache gedacht hat, die noch im Bündnis mit dem Anfang und mit der Unschuld steht. Weil er also an diesen Anfang und zu dieser Unschuld mit seinen Worten gereist

ist und das getan hat, was für siebenundvierzig seiner Landsleute nicht mehr möglich sein wird. Denn sie sind zu diesem Zeitpunkt alle schon geköpft worden. In diesem fernen Land ist Henker nicht nur ein böses Wort, sondern ein Beruf, mit dem Leute sich ihr Geld und täglich Brot verdienen. In diesem Land kann sich niemand auch nur vorstellen, wohl aber wünschen und davon träumen, einen falschen Pass zu erhalten. Schöne falsche Papiere wie jene, die Varian Fry 1940 für unzählige Bedürftige beschaffen konnte. Schöne falsche Papiere, wie jene, die Aristides de Sousa Mendes unterschreiben wollte. Papiere, mit denen man über die Grenze fliehen und den Henkern entwischen kann. Bis vor kurzem wusste ich nicht einmal, dass Henker überhaupt ein Beruf ist, dass so etwas in unserer Zeit ein Beruf sein kann, dass Menschen beruflich andere Menschen köpfen und danach ein Mittagessen zu sich nehmen oder ihr Kind in den Hort bringen. Der Dichter, um den es mir geht, hat das aber alles gewusst und hat doch das getan, was er tun musste, er hat mit seiner Sprache in einem von Henkern bevölkerten Land so gelebt, wie es ihm seine Innenwelt aufgetragen hat. Er hat von dieser Sprache und von dieser Innenwelt Gebrauch gemacht, so wie ein Mensch von seinem Verstand Gebrauch macht: Er, der einmal selbst Flüchtling war, hatte Mut. Genau das hat der in Palästina geborene Dichter Ashraf Fayadh getan, er hatte Mut, sich seiner inneren Poesie und also seines eigentlichen Verstandes zu bedienen. Er hat Gedichte geschrieben und ist zum Tode verurteilt worden. Das passiert in

diesem Land, wenn man sich erkühnt, ein Einzelner zu
sein. Der Henkersberuf ist dadurch nicht verschwunden.
Im Gegenteil. Ich sage es euch, wenn es erst einmal einen
Beruf gibt, wollen die Leute ihn auch ausüben. Der Vater
des Dichters erlitt einen Schlaganfall, als er von alledem
erfuhr. Wenig später verstarb er. »Barmherzigkeit«, steht
in der Zeitung, »existiert nicht im Vokabular der saudischen Regierung, die ein Regime ist.« Ein menschenfeind-
liches. Die einzigen Lebewesen, die ein ihnen selbst feind-
lich gesonnenes System erfinden können, sind die
Menschen. Tiere verfügen nicht über einen solchen Perfi-
ditätssinn. Manche sagen, dass wir ihnen durch Sprache
und Denken überlegen sind. Wir, die wir saudisches Öl
wollen, haben zwar ein Herz, aber von Erbarmen ist auch
bei uns nicht die Rede. Die Liebe der Tiere wüsste bestimmt, könnte sie eine Sprache werden, die wir verstehen,
einiges darüber zu sagen. Außerdem gibt es auch noch
unsere Verantwortung gegenüber der Rüstungsindustrie.
Wir sind Herzstahlisten. Man muss sich entscheiden. Und
wir, wir haben uns entschieden. Wir sind auf der Seite der
Logik, vielleicht weil wir denken, dass Herzen nur irre-
führende Organe sind oder eben doch mehr als das, was
wir aus ihnen gemacht haben, mehr als diese dunkle Materie, die in uns lebt, ohne uns nach unseren Wünschen zu
befragen. »Solidarität für einen Todgeweihten.« Ich lese
diese Überschrift wie in Trance. Und ich weiß nicht einmal
mehr, wie ich darüber weinen kann. Opferungen wie diese
machen mich sprachlos. Deshalb greife ich immer in die-

sen Momenten zur Poesie, zu diesem unlogischsten aller unlogischen menschlichen Mitteilungssysteme, zu diesen vogelkleinen sinnlosen Kosmologien, an denen ich mich festhalte, mich umverteile, nicht mehr nur zu den Menschen, sondern zum Leben selbst, zur Luft, zu den Elementen gehöre – das geschieht, weil ich nicht weiß, wohin mit meinem Schmerz, mit meiner störrischen Liebe. Mein Bruder Paul Éluard hat nichts gegen meine Liebe, wir stärken sie zusammen, im Schweigen und im Singen. Er denkt nicht in Trennungen, sondern baut eine geistige Brücke vom »Horizont eines Menschen zum Horizont aller Menschen«. »Um der Liebe willen liebe ich, und so blendet mich wahrlich das Helle. Ich bewahre in mir des Lichts genug, um mein Auge auf die Nacht zu richten, auf die tiefste Nacht, auf alle Nächte.« Ich lese seine Worte und weiß es wieder: Ja, ich habe meine Tränen nicht zu Stahl gemacht, ich habe noch genug Wasser in mir für das ausgetrocknete neue Jahrtausend, um mit Ashraf Fayadh zu weinen. Das Einzige, was mir bleibt, in diesem Jahrhundert der Gleichgültigen, ist, mein Herz so zu zeigen, wie es ist: Erniedrigt ist es, zu all jenen zu gehören, die in einem großen Dorf namens Welt leben und nichts mehr voneinander wissen wollen – erniedrigt, weil auch ich nichts tun kann als hier zu sein, zu atmen, unter diesem wundersatten Berliner Himmel, der so vielen Menschen ein Zeichen der Freiheit ist. Also stehe ich innerlich auf und sehe mein Bewusstsein als einen Ort, in dem meine Sprache wie das Gras der Welt wachsen kann. Du bist ich,

ich bin du. Du siehst diese vier Geretteten an, die es in einem Boot über das Mittelmeer in die Straßen von Berlin-Schöneberg geschafft haben. Sie hatten sogar ihre offiziellen, ordentlich von den einstigen Behörden abgestempelten Pässe dabei, aber man hat sie ihnen an der ersten offiziellen deutschen Behördenstelle abgenommen. Sie werden für zwei Jahre in irgendwelchen Kartons verschwinden und trotz mehrmaligen Bitten und Rückfragen, doch einmal in den Kisten nachzuschauen, zunächst unauffindbar bleiben. Dann tauchen sie plötzlich wieder auf und nun heißt es vom zuständigen Amt, die Pässe seien gefälscht. Dann wieder nicht, sie sind nicht gefälscht, also Entwarnung, die aber bald aufgehoben wird, doch, doch, die Pässe seien gefälscht. Zwar sind die vier nicht zum Tode verurteilt wie der Dichter, aber der ominöse Beamtenapparat lässt sie auch nicht in Ruhe, sondern bloß nur von einem Herzrasen zum nächsten leben. Barmherzigkeit. Die entleerte Wiederholung dieses Wortes bohrt sich ins Bewusstsein wie ein Nagel unter die Haut. Es tut weh. Der stechende Schmerz erinnert mich an jenen aus der Kindheit, als ich mir übermütig und voller Tatendrang mit einer Axt beinahe den Daumen abgehackt hätte. Schmerz. Bei der Wiederholung aller Worte, die noch niemand von uns zu Ende einlösen durfte, weil wir immer noch unser einzelnes Leben von all den anderen getrennt denken. Die Logik des Herzens. Die verbotenen Wörter stören. Sie kratzen am Stahl. Wörter wie Liebe, »das Maß unserer Träume«, die Logik des Herzens. Weil wir schon tot sind, verbieten wir es ihnen, uns an das Leben zu erinnern, das wir verloren haben. Wie aber wieder in stillere, in innere Blickgefilde kommen? »Meine liebende Phantasie«, sagt Paul Éluard, »ist immer so beständig und so hochgestimmt gewesen, dass es keinem gelingt, mich des Irrtums zu überführen.« Auch Ashraf Fayadh hat sich nicht geirrt, er hat sich seiner liebenden Phantasie anvertraut und ist Opfer geworden nicht nur der gänzlich Unbarmherzigen, auch wir, die an kalter Vernunft Erkrankten, haben ihn in die Todeszelle gebracht. Und wer, welches Wort, welche Liebe, welches Wunder, welche Gnade kann ihn da herausholen? Reicht es jetzt zu sagen, dass wir seine Freiheit wollen? Und selbst wenn nicht: LASST IHN FREI! Er gehört nicht euch. Er gehört dem ganzen Leben. Er ist Leben. Die Todesstrafe des Dichters ist irgendwann in eine achtjährige Haftstrafe umgewandelt worden. Nachdem sich Menschen wie Ulrich Schreiber in Berlin für einen anderen Menschen eingesetzt haben, blieb der saudischen Regierung nichts anderes übrig. Acht Jahre sind eine lange Zeit. 2 920 Tage, an denen er keine Gedichte schreiben kann. Oder etwa doch? Die Abwendung vom doktrinären Glauben ist schon ein Gedicht, es fordert dazu auf, aus Gemeinschaften auszutreten, die uns das Selbst wegnehmen wollen. Freiheit und Stil gibt es, wenn das Selbst einen eigenen Blitz erzeugen kann, der von den einen zu den anderen überspringt, auch wenn sie einander nie zu Gesicht bekommen werden.

Die Menschenlandkarte

Mein Berliner Bäcker, der für mich der beste Konditor in der Stadt ist, heißt Aviv mit Vornamen. Sein Name und sein stadtbekannter Orangenkuchen erinnerten mich daran, dass ich zum Zeitpunkt der Pyrenäenüberquerung noch nie in Tel Aviv war. Auch Walter Benjamin hat diese Stadt nie gesehen. Ich habe fest vor, mich dort eines Tages zu verirren und mich von den Umwegen sowohl in die Augenpflicht als auch ins Staunen, diese Schule des Lernens, mitnehmen zu lassen. Vielleicht treffe ich so durch Fügung oder Glück oder Verabredung (am Ende stellen sie das Gleiche dar) auf den Vater einer Berliner Freundin, der aus Rumänien stammt. Er lebt schon sehr lange in Tel Aviv. Immer wenn sich jemand, der sein Herz zu Stahl gemacht hat, in die Luft jagt und andere in den Tod mitnimmt, die ihr Herz nicht zu Stahl gemacht haben, kommt sein palästinensischer Freund zu ihm, und sie reden miteinander. Sie sind in diesen Augenblicken nicht nur ein Israeli und ein Palästinenser, die zusammenkommen und der großen Gewalt nichts als sich selbst entgegensetzen können, sondern Freunde, die im Gespräch bleiben – die inmitten aller sie umgebenden Widrigkeiten gelernt haben, miteinander zu sprechen. Zusammensein heißt: Wir sind Freunde. Wir bleiben es. Wir sehen uns an. Wir sind immer noch Menschen. Vögel fliegen vielleicht vorbei, wenn die beiden Tee miteinander trinken. Die Arbeit der Vögel vollzieht sich immer auf dieselbe Weise, ganz gleich, was in der Welt geschieht. Die Arbeit der Vögel ist leise, so leise, wie das Leben der Menschen kurz ist. Die beiden Freunde wissen um ihre Vergänglichkeit. Sie sehen sich an, wenn sie miteinander reden, und in dieser Augenbegegnung sind sie zwei Lebewesen, die den um sie florierenden Mythologien der Feindschaft (und der zerstörerischen Kraft ihrer Magneten) widerstehen. Die Lautstärke der Welt, die sie umgibt, arbeitet ihnen nicht zu, sie müssen ihre Herzen und ihren Willen in Bewegung halten. Niemand will etwas von ihrem stillen kleinen Frieden wissen. Viele um sie herum glauben der Lautstärke, denken, dass solche Augenblicke keine Bedeutung haben, nur ein winziges Einsprengsel in der zäh dahinfließenden äußeren Zeit, ein somnambuler Moment schwärmerischer Nähe – und der Rest der Welt verhält sich absehbar ähnlich. So weit sind wir also miteinander gekommen, dass wir das uns gegebene Natürliche für eine romantisch zugespitzte rosa Ausnahme halten. Und auch ich hätte nichts von dieser Beziehung erfahren, wenn meine Freundin Nurit mir nicht an einem kalten Berliner Wintertag davon erzählt hätte. Aber jetzt weiß ich es, habe Kunde davon, und reihe diese mir zugetragene Perle zu den anderen kleinen Perlen meines Lebens. Und ich sehe, dass meine Perlenkette schon die ganze Welt umfasst, dass sie sehr lang ist und kaum ein Land ihr fehlt. Und ich bin nicht einmal selbst in allen ihren Ländern gewesen. Alle Perlen leuchten. Alle Perlen meinen mich. Sie sind meine kleine Menschenlandkarte, an die ich nicht einmal glauben muss wie Hänsel und

Gretel an den Pfad für ihre Rückkehr glauben mussten. Ich glaube an die Perlenkette, weil sie schon immer da war und meine Denkrichtung umgedreht hat: Sie denkt an mich, vergisst mich nie, und so trage ich sie immer mit mir. Im Schatten eines grünenden Baumes. In der Berliner U-Bahn. In der Metro von Barcelona. Beim Abstieg in Portbou. Im katalanischen Hinterland, in dem die Dörfer still in der Februarsonne liegen und durch deren Straßen am Tag meiner Ankunft keine Hunde gehen, kein Bellen weit und breit, dem Zerberus im Namen des einen Ortes scheinbar wie zur Herausforderung. Aber an den Gartenzäunen hängen große weiße Laken, auf denen in roten Buchstaben »Som república« steht. Was werden die Menschen tun, wenn sie eines Tages die autonome Republik haben und sehen, dass nicht nur diese Errungenschaft und auch nicht nur Europa, sondern *die ganze Erde* ihr zu Hause ist? Die Republik ist kein antinationalistisches Heilmittel. Was tun mit einem Wir, das seit langem an seiner eigenen Auflösung arbeitet? Die beiden Freunde in Tel Aviv wissen um ihre Vergänglichkeit, weil sie nicht in den Plural anderer flüchten, sondern bei sich, bei ihrem Tee, ihrem eigenen Nachmittag bleiben, auch wenn es nur wie eine Ameisenspur der Nähe wirkt, es ist ihre Nähe, es ist ihr Tee, es ist ihr eigener Nachmittag, ein Tag ihrer Lebenszeit in diesem großen weiten Leben. Und sie geben dieses Leben nicht auf. Niemand kann ein Jemand sein ohne die Liebe (die Augen, die Ohren) der anderen. Manchmal kommt heraus, dass das, wofür man sich sein

Leben lang interessiert hat, Teil der eigenen DNA ist. Ein Gedanke, der mir immer widerstrebt hat. Die List der Gene. Aber doch konnte ich nicht widerstehen, sie zu lesen. Der Großmutter wegen, deren Herkunft niemand bezeugen wollte oder konnte. Deshalb habe ich diesen Test gemacht. Und die Gene teilen mir etwas mit: der Balkan, die iberische Halbinsel und die aschkenasischen Juden gehen also in mir mit. Was sagen sie über mich aus? Überraschenderweise decken sie sich mit dem, was mich in meinem Leben immer begleitet und im Unterwegssein geprägt hat. Auf der Suche nach einer Antwort über die Herkunft meiner früh verstorbenen Großmutter, die von ihren minderjährigen Cousins großgezogen wurde und über die die katholischen Kirchbücher schweigen, sind sie nun doch eine lebensgroße Neuigkeit. Die Auswertung des DNA-Tests, den ich bei einem israelischstämmigen Unternehmen in den USA gemacht habe, erzählt mir aber nichts über meine aus allen Archiven spurlos verschwundene Großmutter. Dafür aber sehe ich, dass vor drei, vier Generationen bei irgendeinem meiner Vorfahren Iberer und vor vier, fünf Generationen aschkenasische Juden Teil meiner Familie waren. Es ist eine Familie, die sich, auf beiden Seiten, als rein kroatisch definiert, kroatisch-katholisch soll das heißen. Ich hätte nie gedacht, dass ich ausgerechnet den Genen einmal für diese Korrektur dankbar sein würde. Für ihre Auskunft, für diese erzählerische Vielfalt, der ich doch intuitiv in meinem ganzen Erwachsenenleben gefolgt bin. Aber ist es das, was ich nun bin?

Nein, ich bin nicht meine Gene. Ich bin mehr, als die Gene es je sein können. Diese Botanik des Lebens braucht mein Herz und meine Sprache im Singular, mich als Einzelwesen. Ob Blut Polenta ist oder nicht, diese Frage stellt sich mir nicht wie meiner Mutter. Meine Perlenkette und alle Menschen, die zu ihr gehören, wird immer größer sein als alle addierten Gene. Die Perlenkette und ich, wir grünen im Hof der Menschheitsträume und lieben Rumi und seine Weisheit und das darin eingesunkene *wahre Leben*. Die Perlenkette und ich, wir glauben jedem Frühling neu. Sie und ich, wir sind Kinder, barfuß im Denken, und ohne Scheu erziehen wir einander zu noch größerer Öffnung. Ich habe dafür ein inneres Bild gefunden. Oder, den Perlen sei Dank, anders gewendet, das Bild ist zu mir gekommen, ganz wortlos, war es eine Offenbarung in Grün. Die Erzählung des Bildlandes nach dem großen Bildverlust vor dem großen Bildgewinn ist so: Ich sitze barfuß in einem Wald, der aus anderen Wäldern besteht, die alle ineinander übergehen. Noch bevor die Dunkelheit hereinbrechen kann, bin ich der Schwärze schon ausgesetzt. Ich sitze in der Mitte der Bäume wie im Herzzentrum eines labyrinthisch angelegten Universums, aus dem ich mich nicht herausschleichen kann, denn es ist der Platz des Lebens. In der Ferne höre ich Schritte. Das Knistern des Unterpfands. Gehölz, das sich vor den Füßen eines beeindruckenden Wesens in die Horizontale legt, noch bevor der aufkommende Ballen sich bemerkbar macht. Ich spüre, dass tiefe Unruhe in mir aufsteigt, Furcht, von einem Dieb (vor seiner Allmacht) umzingelt zu werden, der die ganze Zeit schon wusste, wo ich bin, was ich dachte, was ich tat. Ich begreife, dass diese Umzingelung unvermeidlich ist, dass sie im Grün der Bäume genauso ankommt wie im Gehölz, das sich so bereitwillig an die Situation angepasst hat, und ich sehe, dass ich, als Einzige in diesem Wald, mich gegen diese Landnahme wehre, dass sich alles in mir aufbäumt und die Angst sich meines Körpers bemächtigt hat. Ich möchte einen Weg finden, um dieser wogenden Strömung, diesem großen Unbekannten ein für alle Mal zu entkommen. Dann schließe ich meine Augen und nehme wahr, dass die Gefahr gar nicht im Wald ist, sondern in meinen Gedanken, die von der körperlich erfahrenen Gewalt rühren. Und die Gedanken gehen so: Ein Dieb umschleicht mich, wie kann ich das, was ich besitze, vor ihm beschützen? Dabei besitze ich außer meinem Leben gar nichts dort, in dieser Mitte der Welt, *die mein Leben ist*. Wer ohne Hiebe geliebt worden ist, denkt nicht nur an den Dieb. Wer so zu lieben vermag, weiß gar nicht mehr, dass es Diebe überhaupt gibt. Die Angst ist die Herrin der Diebe. Wenn sie es schafft, in deinen inneren Wald einzudringen, vergisst du alles, deine Perlenkette, das Grün der Erde, dass deine Freunde Menschen sind, dass sie von Vögeln mehr lernen können als von lautstarkem Gerede. Ich ergab mich dem Wald, und von den Füßen her wusste ich, dass ich nicht viel größer bin als die Ameisen und dass Wladimir Majakowski recht hatte, als er schrieb: »Ihr Menschen, ihr seid alle / nur

Glöckchen / an der Mütze Gottes.« Ich fügte mich der Größe, die der Wald hatte, ich genoss es, ein Teil von seinem Innenleben zu sein, ich ergriff nicht den Weg nach draußen, und Marina Zwetajewa fiel mir ein, ihre Kraft und ihre Fragen. »Was können wir über Gott sagen?«, fragt sie. »Nichts. Was können wir von Gott sagen? Alles. Gedichte an Gott sind Gebete.« Ist das Bleiben im Wald auch ein Gebet? Ich habe mich noch nie so ertappt gefühlt, so tief in die Angst verstrickt gesehen wie in jenem Augenblick, als ich erkannte, dass ich das Leben selbst mit einem Dieb verwechselt hatte. Ist es dieses Missverständnis, das mich mein Leben lang gehen und fortgehen und immer weiter von den mir Nächsten weggehen ließ? Ich erinnere mich an einen meiner einsamen Tage in Paris, wie ein zitternder junger Hund, ein um ein ganzes Jahrhundert zu früh ins Hiersein eingeschleustes wärmebedürftiges Tier, ging ich durch die Straßen meines Viertels im Quartier Latin. Mehr aus Verlorenheit denn aus Zielstrebigkeit betrat ich die Kirche von Saint Germain des Près und in jenem Augenblick, da ich über die Schwelle trat, hörte ich die Worte »Ne soyez pas crainte.« Fürchtet euch nicht. Ich begriff, dass ich, gegen alle meine Bezeugungen, immer zuerst nur das dunkle Schicksal, nie die helle Leuchtkraft der unzähligen kleinen Perlen in mir verbucht und so mein eigenes ideales Selbstbild unterwandert hatte. In dieser Genauigkeit, die dem Unterwasserstrom unseres Bewusstseins eigen ist, umschlich mich meine eigene Gleichung. Ich verpasste im Wesentlichen den Gesang, weil ich mich an einzelnen dunkeldramatischen Momenten festhielt und ihnen erlaubte, meine ganze Welt zu sein. Die Gleichung der Dunkelheit behält, einmal ins Sehen eingeschleust, immer recht. Sie ist geübter, versierter als der einzelne Mensch, der allein im Wald sitzt und das Leben mit einem schlauen Dieb verwechselt. Doch meine Perlenkette, mein Traum hat mich nicht vergessen. Räume sind Kinder der Träume. Ich bin hier und ergehe den Raum, der mich zu meinem Traum zurückführt. Dazwischenzeiten sind Zeiten der zurückgerufenen Bilder. Wandlung singt sich in die Lungen ein und der Atem wird Handelnder im Auftrag der Unbeschriftetheit.

Das Universum des eigenen Vokabulars

In der Nacht vor unserem Aufbruch muss es in den Pyrenäen geregnet haben, die Wettervorhersage auf meiner Telefon-App hatte also recht. Der Boden ist noch feucht, wie an jenem Tag, als es in Berlin die ganze Nacht regnete und dann selbst der Wind in der Frühe die Straßen nicht zu trocknen, sondern nass im Sturmbereich zu halten schien. Die Vögel, alle wieder anwesend. Ich sah darin die ewig gleichbleibende Treue der Vögel. Die eifrigen Krähen zeigten sich als Erste. Diese Intelligenzen. Ich staune sie an, während die Regentropfen wieder fallen. Erst ganz langsam, wie um sich vorsichtig ins Spiel zu bringen, kündigen die Regentropfen ihr Element an. Am Fenster sehe ich, dass sie mit mir reden. Sie liegen auf der glatten Oberfläche der Balkontür, als würden sie Tränen fremder Menschen sein, Menschen vielleicht, deren Namen auf den Stolpersteinen stehen, die abtransportiert und in deutschen Konzentrationslagern ermordet wurden und die jetzt mit dem Regen bei uns allen anklopfen, damit wir sie nicht vergessen – in dieser großen Stadt und in einer Zeit, in der es wieder unmöglich geworden ist und es sich verbietet, nur das Feuilleton in der Zeitung zu lesen (ein Luxus, der die Weltabgewandten teuer zu stehen kommen wird, höre ich mich denken, aber blättere selbst immer zuerst das Feuilleton durch). Ich höre dem Regen zu. Seinen Mitteilungen, die meine Gedanken über die Zeit hinweg zu den einstigen Mietern und Besitzern dieser Wohnung tragen, in der ich nun so viele Jahre lebe. Bald werde ich wegziehen und zu neuen Echoräumen und Hinterlassenschaften anderer Menschen gelangen. Ich kippe das Fenster, um den Regen noch besser hören zu können. Das mache ich von Kindheit an so. Ich liebe den Regen. Und die Mitarbeit des Windes liebe ich auch, seine stille Genügsamkeit, die zu uns Hiesigen als Zeit hinter der Zeit spricht. Wenn sie zusammen den Rest Natur in uns sortieren, der es geschafft hat, in unserer auf Nützlichkeit ausgerichteten Welt zu überdauern, entsteht etwas mit der Stille Verwandtes und baut eine Brücke zum Neuen. Ich denke wie jeden Winter am 27. Januar an die Befreiung von Auschwitz durch die Rote Armee. Es ist der Tag des

Gedenkens an die Opfer des Nationalsozialismus. Ruth Klüger spricht im Deutschen Bundestag. Ihre Wachheit. Die Klarheit ihrer Worte. Das tiefe, unverfälschte Wissen, das sich aus allen ihren Sätzen vermittelt, es redet mit mir. Im Radio hörte ich davon. Als die Moderatorin Klügers Sätze zitierte, erfasste mich ein Schwindel, ganz tief und stark und von innen kam der Schwindel. Und drückte mich an die Wand. Ich hielt mich fest. Aus Dankbarkeit, dass eine kommt und für einen kurzen Augenblick lang das Gleichgewicht der Welt erhält. Ganz Mensch unter Menschen. Wie macht sie das nur? Den ganzen Tag denke ich darüber nach. Sie macht es ohne Angst. Sie bleibt sich treu. Verschönert nichts. Bleibt bei ihrer Erfahrung, bei ihrer erlittenen Lebensgleichung. Bei dem, was sie ertragen musste und ertragen hat. In diesem frühlingshaft warmen Januar ist sie Gast in der deutschen Hauptstadt. Und die Politikleute haben plötzlich *richtige Gesichter*. Ich sehe wieder Menschen in den blauen Stühlen sitzen. Menschen, die mit einem Mal Augen haben. Wangen. Und einen Körper, der mitdenkt, der alles mitdenkt, was Ruth Klüger sagt. Und wie sie es sagt, das ist es, was mich innehalten lässt: »Im Steinbruch frieren die Kinder in der rostigen Luft.« Das Herz bleibt mir fast stehen. Es kann in dieser Luft kaum mitgehen. Kaum einfach so weitergehen. Wie bisher. Geht aber in unser aller Leben einfach alles immer so weiter. Und ich denke wieder an das, was in der Zeitung über den Dichter Ashraf Fayadh steht, der wegen Blasphemie angeklagt ist. Töten will man ihn also wirklich nicht, aber acht Jahre lang hinter Gittern einsperren und achthundert Peitschenhiebe will man ihm geben. Wohl also doch ein Tod in achthundert kleinen Schritten. Es gibt immer noch Menschen, die denken, es sei ihnen erlaubt, unter Menschen zu leben, Mensch zu sein und anderen Menschen ihr Leben zu nehmen. Schon tausend Mal kam mir der Gedanke, dass die Jahrhunderte, wie wir sie rechnen, im Grunde nicht vergehen, dass sie partikelweise alle parallel und in den einzelnen Menschen weiter existieren, in ihnen mitgehen. In den Tiefenschichten. In den Schälungen der Träume. In den Augen. In den Waffen. In den Wangen. Im Leuchten. Und im Gehorchen. Im Lieben und im Werden. Wie also der Perlenkette und ihrer Sprache Raum verschaffen? Wie Mensch unter Menschen bleiben? Sehen lernen. Das Universum des eigenen Vokabulars durchdringen. Das Innenleben der Wörter im Geist abtasten. Nicht als abstrakte intellektuelle Aufgabe. Sondern als dem Hellen zuarbeitendes und mit allem Lebendigen verbundenes Gefüge des eigenen Seins. In jedem Wort, das ich sage, wohnt eine Galaxie, in der ich mich aufhalte. Was sagt sie über mich? Über meine Überzeugungen? Über meinen Blick? Meine Gewohnheiten? Wie kann ich auch nur erahnen, was die »höhere Würde« des Menschen meint, wenn ich mich nicht auf das Ungewisse in mir selbst, auf die Archive, die in den Worten mitgehen, einlasse und die Vergangenheit jener Menschen würdige, die alles und jeden, der zu ihnen gehörte, verloren haben? In den Wörtern wohnen Vulkane und Kontinentalplatten, die meinen inneren Planeten in Bewegung bringen. Habe ich mich jemals mit den Augen eines anderen Menschen gesehen? Was sieht der andere in mir? Wie können wir auch nur eine Sekunde lang glauben, es gebe nur eine einzige Blickrichtung – unsere eigene? Und während ich mich im Fragen übe, schreiben sich die Gleichungen so vieler Lebenstrabanten in mich ein, pralles, paralleles, wundersattes Leben umgibt mich. Eigensinnige Illuminationen. Und ihre sonnigen Werkzeuge. Ohne Versenkung ins eigene Wortarchiv lerne ich nichts, denn der Singular lässt die Schnittmengen niemals so atmen, dass mein Gegenüber als Teil der gemeinsamen Luft aufscheint. Wenn ich mir zwei Menschen als kleine Erdenplaneten vorstelle, die sich aufeinander zubewegen, dann ist das, was in dieser Bewegung zwischen ihnen geschieht, die Schnittmenge, aus der sie beide neu hervortreten können, aus der sie andere Impulse und ein neues Denken wie Früchte ernten können. Das, was in der Schnittmenge wächst, ist kein Besitz, sondern Verwandtschaft in Freundschaft, an der auch der daraus aufscheinende poetische Gedanke Anteil hat. Leben wir aber immer nur in unserem kleinen Singular, der die Existenz der anderen, das Leiden in Vergangenheit und Gegenwart, die Schönheit aus dem Einstigen und dem Hiesigen übergeht, dann verlieren wir die Anbindung an die geistige Erde, die uns alle trägt. Niemand hat das Recht, einem anderen das Recht abzusprechen, dort zu leben, wo er leben möchte, dort zu sein, wo das Leben ihn hinbringt und manchmal auch hinzwingt.

Der in der geistigen Einzahl lebende Mensch weigert sich, die mit der Zeit vollzogenen Verwandlungen in einem anderen Leben und in einer neu geschälten, neu benannten Welt gelten zu lassen. So traf ich einmal auf einen fast achtzigjährigen Deutschen, der es im Gespräch nicht über die Lippen brachte, das Jüdische Museum in Berlin beim Namen zu nennen. Er blinzelte kurz als ich das tat, aber blieb beharrlich bei der alten Bezeichnung »Kammergericht«, obwohl es seit 1913 nicht mehr dort, sondern am Berliner Schöneberger Kleistpark seinen Sitz hatte. Diese Weigerung, einen neuen Namen zu benutzen und sich immer noch auf das Preußische Kammergericht zu beziehen, ist bei einem höchstwahrscheinlich um 1938 geborenen Menschen nicht nur eine nostalgische Reminiszenz an seine Kindheit. Für mich kam das aber nicht einmal überraschend. Denn ich erinnere mich gut an den Tag vor ein paar Jahren, an dem mir der gleiche alte Herr aus dem Nichts (das, wie es sich zeigt, keineswegs ein Nichts war) heraus die Frage stellte, ob ich wissen würde, was ein Arierausweis sei. Kaum hatte ich das verdutzt bejaht, sagte er: »Ich habe meinen noch oben in der Küche.« Seine ganze Familie stamme nachweislich aus Brandenburg. Er hatte seinen Arierausweis also seit 1945 aufgehoben und war immer noch verbunden mit der Zeit seiner Kindheit, in der er, wie er es selbst sagte, so viel Angst ertragen musste, dass die Amerikaner sein Elternhaus bombardieren. »Ich war doch ein braver deutscher Junge.« Dieser Satz machte mich wütend, bis ich fühlen konnte, dass dieses Kind wohl alles versucht hatte, was das menschenverachtende Nazideutschland von ihm wollte, und dass es *gerade deshalb* die Angst in ihm gab, weil genau das gelungen war. Die Angst beherrscht ihn bis heute. Er behielt in all den Jahren seinen Arierausweis, schmiss ihn nicht weg, sondern bewahrte ihn vielleicht zwischen seinem frisch gekauften Brot und dem am Wochenende sauber aufgestockten Biervorrat auf. Glaubt er, dass er diesen Ausweis eines Tages wieder brauchen wird? Dann wäre er mit einem solchen Papier auf der sogenannten sicheren Seite, was immer das in seiner Vorstellung besagen mag. Die sicheren Seiten des Lebens sind verbunden mit jener dunklen Zone, die den Menschen vollständig in Beschlag nimmt und sein wahres Sein vergessen lässt. Ich weiß nicht, wie sich dieses Aufbewahren eines Dokuments, das unweigerlich mit dem Schicksal von Millionen toten Menschen verbunden ist, anfühlt und ob es nicht grundsätzlich das Gegenteil von irgendeinem Gefühl darstellt. Wir sind in diese Welt gekommen, um dem Leben zu helfen. Und für das Leben zu arbeiten. Ohne die Kraft des Einzelnen wird es keine geistig uns stützenden Innenlandschaften geben, auf die wir so lange warten müssen, bis wir sehen können, dass das verlorene Paradies zuerst in uns und dann in der Welt verloren geht. Solange ich lebe, möchte ich neu lernen, meine neuen Gedanken in neuen Taten zu verankern. Es ist nie genug getan, damit das getan ist. Das kann mir nur gelingen, wenn ich wahrhaft weiß, ob ich auch all die guten Dinge lebe, an die ich glaube. Wie lege ich mir darüber Rechenschaft ab? Schritt für Schritt. Schmerz für Schmerz. Sonntag für Sonntag. Wort für Wort. *Mensch für Mensch.*

Wir können nur von Blatt zu Blatt gehen

»Alles hat zwei Seiten«, heißt es einmal bei dem Dichter Tomas Tranströmer, »– aber der Traum ist aus allen erdenklichen Seiten gemacht. Er schaut auf uns von allen Seiten.« In diesem tiefen dichterischen Sinn ist das Wort Traum nur ein anderes Wort für Leben. Sich vom Leben betrachten zu lassen heißt, allmählich der Mensch zu werden, der man ist. Und dann gehen wir zu Fuß auf der Erde und sind zeitglich mit unserem Bewusstsein Reisende im Universum des Seins. Fragmente unserer kosmischen Reise, ihre verlorene, uns von allen Seiten umfassende Sprache, zeigt sich fast nur noch in den Träumen, wenn wir im Gewebe unserer Bilder einzelne Pinselstriche als innere, persönliche Zuspitzungen und biographische Versatzstücke zu sehen lernen, die wir nicht halten, nicht kontrollieren, nicht unseren Wünschen gemäß steuern können. Der israelische Maler Jehuda Bacon, der Auschwitz überlebt hat und die umfassende Berührung durch die Ganzheit des Lebens nie verloren hat, spricht einmal von der Zeit als einer menschlichen Kategorie, in der wir zwar leben, aber die er nur als einen Aspekt des hiesigen

Seins begreift. Für den lieben Gott sei das alles ein großes Buch, sagt er. »... aber wir Menschen können nur von Blatt zu Blatt gehen.« Dieses blattweise Vorankommen im eigenen Sein ist mit dem Gesang der Vögel befreundet. In mir erscheint dabei das Bild eines beweglichen Kreises, so, wie er sich manchmal beim Flug der Vögel andeutet, wenn sie sich in Stellung bringen und in den Süden ziehen, um sich dort neu zu besprechen und uns zu erzählen, dass ihre Luft von den Verhärtungen, die auch unsere Wörter heimgesucht haben, unabhängig ist. Wir können den Gesang, der sich klanglich in der Mitte des Kreises ereignet, nicht erzwingen. Das Leben selbst blättert uns um. Wir sind der Kreis, der uns geschenkt ist. Von allen Seiten sieht der Traum uns an. Und doch verdienen wir nichts. Es steht uns nichts zu. Wir können nur lernen, die uns gegebenen Funken einzusammeln, aus dem Kreis heraus zu leben und jene Mitte zu sein, die das Leben in uns gelegt hat. Die Funken in Einheit zu erleben, sie als Gesang unserer inneren Farben zu begreifen, das ist unser ureigener Beitrag im geistigen Gefüge des kosmischen Winds, der uns zu größerer Menschlichkeit erzieht. Es ist eine andere Gleichung als die der stets zielführend arbeitenden Menschen. Wann wird mein Körper das verstehen, was meine Sprache schon weiß? Nicht ich gebe dem Leben seine Würde, es ist das Leben, das immerfort seine gnadenvollen Elemente in mich ablegt, mich unbeirrt von jener inneren Dimension wissen lässt, die mich aufs Neue erkennt – *und weitet*. Wenn ich unglücklich bin, muss ich die Kraft aufbringen, das Unglück zu betrachten und dazu bedarf es, wie es Simone Weil sagt, des übernatürlichen Brotes. Wenn sich die Würde in einer Familie gewalttätiger, mittelloser und dem Alkohol verfallener Menschen zeigt, dann auch deshalb, weil die Gnade (das übernatürliche Brot) nicht die gleichen Augen hat wie wir. Das Leben ist größer als alle unsere Ideen und Absicherungen. Wir sind heute diesem in uns mitgehenden Urgrund so weit entfremdet, dass wir ihn reflexartig aus unserem zeitlosen Inneren in nur eine weit zurückliegende biblische Wirklichkeit verorten, die nichts mehr mit uns zu tun hat. Aber genau in diesem Augenblick, in dem wir uns der Illusion hingeben, ohne dieses geistige Seelenzentrum auskommen zu können, »springt der Dämon in unser leeres Herz«, wie es bei Jehuda Bacon heißt. »In dem Moment, in dem wir herzlos sind, können wir verführt werden.« Wer nicht als Verletzlicher danken kann, der kann sich das wahrhaft Große nicht vorstellen, das uns vor allem im Kleinen begegnet (heute ein Marienkäfer, so winzig, dass ich ihn beinahe übersehen hätte und doch so voller Leben). Das Lebendige hat viele Ausdrucksformen. Es zeigt sich in einem Wort, in einer dunklen Nacht, in der ich wie Juan de la Cruz mein Haus verlasse, und es macht auf der Landstraße auf sich aufmerksam, in der die Bäume hinter den Rücken der Menschen miteinander reden und ihre Baumkronen kleine und große Abteilungen der vorbeihuschenden schönen mondlosen Stille formieren, die uns am Tag in einer anderen Form begegnen wird, in einer Frau etwa, die mit in die Hüften gestemmten Armen genau an diesen Bäumen steht und in den Himmel sieht. Das Lebendige ist ein kleines Kind, das keiner Anordnung gehorcht, nur einem sanften Lächeln Folge leistet, weil es in der Sanftmut sich selbst erkennt und im Lächelnden einen Verbündeten sieht. Das Lebendige ist eine Mutter, die in der ganzen Stadt nach Erdbeeren für ihre Tochter sucht, weil Erdbeeren ihr gerade alles bedeuten und sie ihr das Wort für Erdbeere auf Russisch und Arabisch, auf Deutsch und Englisch zuflüstert. Das Lebendige ist immer ein zu erklimmender kleiner oder großer Gipfel, in der Zeit, im Erleben, in der Tat, in der Sehnsucht eines Menschen. Aber es ist auch ein konkret schon erklommener Gipfel, wie der höchste Punkt des Weges, den wir fast schon gemeistert haben, der Col de Rumpissa, der die auf der Flucht sich befindenden Menschen im September 1940 vielleicht ans verheißungsvolle gelobte Land hat denken lassen. Ein Zipfel Paradies. Die messianische Zuspitzung des Lebendigen mitten im Lebensfeindlichen. Aufleuchtend in diesem einen Moment in der Zeit. Missachtet von den Leerherzigen, die ihre Verordnungen, ihre neuen Gesetze, ihre tödlichen Wortmaschinen ins Feld führen. Und doch, selbst in der Zielgerichtetheit der Gewalttätigen gibt es manchmal diese Setzungen, *diese punktuellen Entladungen der Gnade in der Zeit,* von denen sich hin und wieder auch die Abgründigsten geradezu hilflos angezogen fühlen müssen. So erging es jener berüchtigten SS-Frau, von der Jehuda Bacon spricht, die ihm in Auschwitz ganz plötzlich eine große Suppe reichte. »Sie sagte, ›Iss! Iss es auf!‹ Davon konnte man nur träumen in Auschwitz! Und das war dasselbe mit dem göttlichen Funken. Auch in diesem Bösewicht, denn sie war bestimmt kein Engel, gibt es diese Sekunde. Ich weiß nicht, warum sie sich mich ausgesucht hat, vielleicht erinnerte ich sie an irgendeinen Verwandten. Aber da war dieser Funke Menschlichkeit.« Ich frage mich, wie oft wir Menschen in unserem Leben diesen Funken beiseiteschieben, um nicht darauf hören zu müssen, was er uns zu erzählen hat und was diese Erzählung von uns verlangt. Und wie oft wir das über die Jahre hinweg tun, bis der Funke schließlich in unserer das Innenland kapernden Dunkelheit verlöschen muss, weil wir ihn nicht mehr wahrnehmen. Und eine ins Schwarze Loch unseres Bewusstseins verschobene Wirklichkeit wird. Dieser Funke, der ein bei mir anklopfender höherer Gedanke ist, hält mich auf dem helleren Weg. Er ist nicht abhängig von Bildung und Wissen. Sein Wirken ist still und unaufdringlich, aber doch, in dieser ruhigen Beharrlichkeit, sehr fordernd. Dies zur Seite zu schieben und damit auf die Nachtseite des Lebens zu wechseln, ist ein, wenn auch blitzschnell getaner, aber doch bewusster und zielgerichteter Akt, für den wir aus der Rückschau, wenn das Erhörte noch einmal vorstellig wird, viele Begründungen finden. Auf die Sprache des Funkens nicht zu hören, ist ein selbstgewählter Weg, auf dem sich früher oder später, wenn der Funke dann scheinbar völlig verloschen ist, in bestimmten historischen Situationen schnell der Hass als stetiger Komplize zeigt. »…ich wollte nicht«, sagt Jehuda Bacon, »dass es den Nazis gelingt, aus mir einen kleinen Nazi zu machen, einen Menschen, der voller Hass ist.« Jeder Mensch ist dabei im Frieden wie im Krieg für einen anderen ein Lehrer und verbindet ihn mit seiner aus dem Funken atmenden inneren Landschaft. Diese zu befragen oder zu übergehen, das ist unsere eigene und immer mit dem Bewusstsein gekoppelte Entscheidung. Einen Herz-kompass besitzt jeder. Ob er geeicht ist, was er anzeigt und wohin er uns führt, hängt von uns selbst und von den Beschriftungen ab, denen wir im Leben ausgesetzt waren. Wer von uns ist nur gut und wahrhaftig? Der werfe den ersten Stein. Aber auch, wer von uns hat sich noch nie selbst gelesen? Auch er werfe den ersten Stein. Wer von uns ist in der Lage, all die guten Dinge auch nur annä-hernd vollständig aufzuschreiben, die ihm im Verlauf sei-nes Lebens widerfahren sind? Niemand. Das Gute ist grundlegend in uns eingestreut und lässt uns leben, es ist Leben. Mit einer Liste über seine Wirkungsformen zu be-ginnen, mit der Niederschrift der erhaltenen Gaben, das kann auch den Sinn für die andere Seite schärfen, für das, was wir bedauern und gerne rückgängig machen würden. Das Letztere zu fixieren, dafür würden wir nicht einmal zehn Minuten brauchen. Es ist die ganze Zeit da, es spricht mit uns, es erinnert uns an die übergangenen Funken, an das, was uns zur Verfügung stand und das wir ablehnten zu lesen. Die Augen des Lebens sind überall. Sie sehen auf uns von allen Seiten. Wenn wir unseren inneren Kompass befragen und die Funken gewähren lassen, sind wir *innere Zeit* und beginnen damit, uns mit den Augen des Lebens zu verbünden. Jetzt erst können wir uns korrigieren, jetzt erst können wir wirklichkeitstauglich aufstehen *und neu beginnen*. Neue Zeit sein. Im Bündnis mit der Hand, im Bündnis mit dem Wort und im Bündnis mit dem Fuß. Die niederen Gefühle sind nicht mehr »degradierte Energie« (Simone Weil), sie sind verwandeltes Leben. Etwas also, das sich selbst genügt, aus sich heraus strahlt, sich nicht auf Belohnung ausrichtet, *weil es um sich selbst weiß.*

Die Vögel rufen sich ihre Lieder zu

In den Archiven des Lebens sind große und kleine Vögel beheimatet. Sie weben ihre Lieder in die Freundschaftsschnur ein, die uns mit den anderen Menschen verbindet. Das Archiv verfügt über Weite, Höhe und Tiefe und Breite. Was wir hier Auslassung nennen, ist dort Gesang. In ihm ist alles eingeschrieben, unser Erwachen im Licht und unser Abgleiten in die Welt der Schatten. Alles, was lebt, beginnt mit dem Erwachen und erhält es als Salz in allen seinen Farben, die zu reifen Gedanken werden. Ein Prisma kann bei dieser Gedankenreise helfen. Es sammelt die ersten Farben, bündelt und streut sie aus. Das ist der Tag in unserem Bewusstsein, an den wir uns halten, weil er sich als Wegweiser betätigt. Er ist Passage und Alphabet,

Welt und Lebensrichtung. Das Meer in uns ist immer in Bewegung. Die Vergangenheit existiert nicht einmal mehr in dem Augenblick, in dem sie sich als Gegenwart zeigt. Da ist sie schon vergangen. Und doch ist das, was wir Vergangenheit nennen, stets hier und geht in uns mit, erzieht uns zur Wachsamkeit. Deshalb kann es keinen sogenannten Schlussstrich unter eine Vergangenheit geben, die uns als Unbehagen in uns selbst begegnet, denn das Unbehagen ist nicht in der Zeit, sondern im Bewusstsein und in den Handlungen des Einzelnen verankert. Millionen Menschen sind derzeit auf der Flucht. Ich trinke Tee und denke an Albert Einsteins Satz über das Vorurteil. »Ein Vorurteil ist schwieriger zu spalten als ein Atom.« Transplanted memories. Und die Vögel rufen sich trotzdem ihre Lieder zu. Das Erbe der ungelösten Leben, der nicht durchgearbeiteten Leben, gesellt sich zu den unzähligen neuen, verletzlichen Leben dazu. Trotz allem bin ich und vor allem durch das Schöne und das aus ihm entstehende paradoxe Wunder seines Erscheinens erschütterbar. Hinter allen Dingen, Worten und im Inneren der Menschen liegt ein unermesslich großes Geheimnis, ein »reynes« Spiel, eine reine Zeit, in der reine Gedanken zu ernten sind. Sie zeigen sich nur von der anderen Seite der Seele. Von außen, von der beweisbaren, durchorganisierten und zweckmäßig durchdachten Wirklichkeit aus betrachtet, ist alles viel trockener, schwerer und seltsam sinnloser. Aber das Schwere ist nicht die letzte Wahrheit des Menschen, es ist sein erstes Hindernis. Die inneren Träume telegraphieren mit den

Vögeln, notieren die Mitteilungen im Klang und schöpfen aus der Archiv-Fülle des Wissens. Das gusseiserne Tor, das zwischen dem Menschen und seinen Träumen steht, verhindert diesen Klangtransfer, es tut alles, um als Grenze zu erscheinen, eine unüberwindbare. Mauern folgen der Architektur innerer Versteinerungen. Es ist ein geistiger Zustand von zäher Betäubung, den jeder in sich selbst erst überwinden muss, bevor er ins wahre Leben hinter dem Tor vorgelassen wird. Wer das Tor nie gesehen hat, ist nicht weit genug in sich selbst gereist. Und er ist schneller bereit, sich über andere Menschen zu erheben. Wer es aber einmal erblickt hat (die Funkenleser wissen davon), weiß, dass er nichts allein ausrichten kann, dass uns alles geschenkt ist, das Lächeln, die Vögel, die Berge, das Radio, die Stimmen der anderen Menschen. Jede Stimme ist ein Stern für sich, ein Klangpfad zur Welt, in der wir alle gemeinsam in dieser uns zugeteilten Zeit leben. Wenn alles um uns herum zusammenbricht, denken die Stimmen sich weiter in das Leben der Anderen, die noch hören können. Sie sagen etwas, die Stimmen. Und das Archiv bündelt ihr Sagen. Sie beweisen damit das eigene, aber auch jedes andere Leben. Kürzlich dachte ich, irgendwann würde es irgendeinem Menschen schon noch gelingen, die kosmischen und technischen Fähigkeiten zu verstehen, um alle jemals auf der Erde erklungenen Stimmen übereinanderzulegen und sie allen Lebewesen als ewigen Archiv-Klangraum zur Verfügung zu stellen. Als Menschheitsgesang. Damit wir eines Tages alles auf einmal hören, aber auch bemerken können, welche Tonlage wir selbst mit unseren Stimmen erarbeitet haben, was im Stimmenarchiv und was *in uns* überwiegt. Wenn das Leben und das Weltall das Ergebnis eines blinden Zufalls wären, würde niemand mehr Schmerz empfinden, denn dann wäre alles Schmerz, was Klang zu sein vermag, und nichts könnten wir ins Helle führen. Wichtig ist, dass man sich nicht, dass man sich im Leben NIEMALS um irgendeiner Belohnung willen einrichtet, sondern nur das macht, was das Menschlichste an einem ist. Manchmal ist das Menschlichste ein einziges Wort. Manchmal ein Lächeln. Manchmal eine tief empfundene Schwäche, die wir später erinnern und in Bewusstsein umleiten können, weil wir sie ganz auf uns genommen, sie erlitten haben, ohne sie zu glätten, ohne uns falsche Brücken zu einem falschen Selbst gebaut zu haben – weil es uns gelungen ist, die Angst zu entschlüsseln und den Schlüssel der Not an uns zu nehmen. Manchmal sind die Tränen einer Mutter das Menschlichste, manchmal ein auf sich selbst zurückgeworfener Vater, der nicht mehr atmen kann und in seinem Kummer des inhaftierten Sohnes wegen stirbt. Manchmal ist das Menschlichste am Menschen nur sein Schweigen. Sein wortlos errungenes, wortlos gelebtes Wissen. Du weißt nur zu gut, dass du deinem Leben nicht entkommen kannst. Also nimmst du es an. Und trägst es, ohne dich zu beklagen. Allein trägst du es. Und so trägst du es mit jedem, der wie du seine eigene Lebensgleichung erhalten hat. Die Vögel rufen sich wie immer ihre Lieder zu. Sie teilen dir etwas mit. Auch die ausgestorbenen Vögel haben ihre Wahrheit gelebt, es gibt Bücher darüber, du kannst dieser Wahrheit mit der Sprache folgen. Du legst dich schlafen. Du wachst wieder auf. Ein neuer Tag beginnt, eine neue Jahreszeit. Das Erwachen geht immer den gleichen Weg. Und es wärmt und erinnert den Weg von alleine. Es ist der Weg, der auf dich gewartet hat. Ziehe deine Schuhe aus. Du hast Zeit dafür. Niemand verfolgt dich. Du überquerst keine steilen Pässe in zweitausend Metern Höhe. Kein Eis. Keine Grenzpatrouillen. Keine Erschöpfung ist zu beklagen. Keine Lawinen. Kein Hunger. Nur du und deine Freiheit, die Großzügigkeit der Tage: Was machst du daraus? Hast du Zeit, einem anderen Menschen zu helfen, wenn niemand sonst ihm helfen kann? Herzzeit ist die Zeit, die nicht vergeht, die sich in uns an uns erinnert, wenn wir sie selbst längst vergessen haben. Hast du Zeit, einem Bettler in die Augen zu sehen und sein Leben in seinem eigenen Wert wahrzunehmen? Wenn du Zeit bist, hast du sie. Schau hin, das Menschlichste am Menschen ist seine *empfundene* Sprache.

Der Geschmack der falschen Güte

Es gibt Worte und Menschen, die wie im Psalm dem Fuß eine Leuchte sind. Abgesandte des Lichtes für den Weg, den wir nicht kennen. Nie kennen wir den Weg. Besonders dann nicht, wenn die Ordnung wegfällt, die Worte und Menschen nur äußerlich und so lose wie vorgetäuscht zusammenhalten. So kommt es dazu, dass es besonders in solchen Zeiten auch Worte und Menschen gibt, die dem Fuß keine Leuchte sind. Das übliche zwistige scheinheilige Streben nach einer messbaren, einer überprüfbaren Redlichkeit, wie etwa im heutigen China, in dem ein staatliches Punktesystem für vorbildliches Handeln eingeführt wurde. Es gibt Menschen, die sind im Sinne dieses Punktesystems derart redlich, dass sie erst einen Parteifunktionär anrufen, um bei ihm die Erlaubnis einzuholen, mit einem Fremden reden zu dürfen. Im iPhone-Zeitalter, eine sekundenschnelle Angelegenheit. Vergessen wir aber nie den Kern dieser gehorsamen Menschen, ihr seelisches Terrain ist unter Besatzung gebracht worden und sie haben es vielleicht gar nicht bemerkt. 1940, im September eines Jahres, in dem der innere Kompass unzähliger Menschen schon längst auf Gehorsam umgeschwenkt und nicht mehr auf das eigentliche Menschsein geeicht war, haben die meisten Europäer alles bemerkt, was um sie herum geschah. Zwei Jahre später war der Kompass ganz auf Tod geeicht. Und die in Frankreich lebenden Juden wurden in die Vernichtungslager der Nazis unter den Augen aller deportiert. Am 16. Juli 1942 wusste auch Sarah Kofmans Vater, ein Rabbiner, dass man ihn abholen würde. Er betete noch in der Rue Ordener, bevor die Gestapo ihn dann mitnahm und für immer sein Schicksal und das seiner Familie besiegelte. Seine sechs kleinen Kinder und seine

Frau sahen ihn nie wieder. Er hatte sich absichtlich nicht versteckt, um seine Familie, so seine Annahme, zu retten. »Er wartete und betete also, dass man ihn verhafte«, schreibt seine Tochter Sarah, »wenn nur seine Frau und seine sechs Kinder gerettet würden.« Sie, die Philosophin, wird den Vater ihr Leben lang vermissen. Sie, die Tochter, wird überleben und in kindlicher Ausgesetztheit den Vater und alle seine Prinzipien verraten. Sie und die Mutter werden von einer eleganten Französin in der Rue Labat versteckt gehalten. Aber getrennt voneinander. In unterschiedlichen Zimmern. Sarah wird nun als die Tochter der Französin ausgegeben. Und als solche wird ihr ihr Judentum abtrainiert. Sie schläft im selben Bett mit dieser Frau, wird bevorzugt behandelt, hübsche Schleifchen im Haar und rohes Fleisch im Magen bringen sie von Tag zu Tag mehr dazu, nicht nur alles zu hintergehen, wofür der verschwundene und später in Auschwitz ermordete Vater stand, sondern auch zum rigorosen Mutterverrat. Aber alledem geht immer diese Szene zuvor: »Wir stehen zu sechst auf der Straße und drängen uns schluchzend und heulend aneinander.« Wie soll ein Kind sich in Anbetracht einer solchen Szene selbst fühlen und zurechtfinden? Dann ist der Vater für immer weg. Die helfenden Hände der Französin retten ihr zwar das Leben, aber sie nehmen ihr auch alles weg, was sie bisher innerlich war. Eine Auslöschung beginnt. In die Wohnung des Vaters kehrt Sarah mit ihrer Mutter und ihren Geschwistern nicht mehr zurück: »Außer im Traum.« Da sie dort nur Mieter sind, ist auch nach dem Krieg keine Rückkehr in die einstigen Räume mehr möglich, in denen sich längst schon andere Leute niedergelassen haben. In der Rue Labat lebt also besagte französische Dame, später wird sie Omi genannt. Die Retterin hat einen Plan, sie setzt ein eigenes Erziehungssystem durch und lässt sich gut bezahlen dafür. Nicht mit Geld. Aber mit grenzenloser Ergebenheit. Sarah ist ein Kind und ihr schutzlos ausgesetzt. Sie wird willig mit der Zeit. Eine für das kleine Mädchen undurchschaubare, für die heutige Leserin von Sarah Kofmans Erinnerungen merkwürdig schale Redlichkeit schwingt in den Handlungen der Französin mit. Das hält die ganze Kriegszeit an, aber auch in den Jahren danach lässt sie vom Kind nicht ab – bis zum selbstgewählten Freitod Sarah Kofmans beherrscht sie ihre Gedankenwelt, die mit ihrer Konversion beginnt: »Die ›Dame‹ schlug vor, mich bei den Patres in der Rue Notre-Dame des Champs zu verstecken. Zwar müsste man einwilligen, mich taufen zu lassen, aber diese Taufe könnte man nach dem Krieg wieder annullieren. Es gelang ihr, meine Mutter zu überzeugen.« Sarah Kofman betrachtet die ganz in Schwarz gekleidete Dame ausgiebig, die kurz zuvor ihre Schwester verloren hatte und Trauerkleidung trug. Obwohl sie das Blond ihrer Haare und die melancholische Zartheit ihrer blauen Augen beeindruckt, spürt Sarah in dieser Bekehrungsangelegenheit, wie sie es sagt, als sich noch ein Priester dazugesellt, durchaus eine deutliche und sonderbare Beklommenheit. Sie ist neun Jahre alt und fühlt »unbestimmt«, dass es diesmal um etwas anderes ging als nur um die Trennung von ihrer Mutter. Die offene Tür des Sprechzimmers lässt sie sofort die Flucht ergreifen. Sie rennt allein zur Metro. Aber die Dame beschließt auch nach ihrer Rückholung, sie zu behalten. Der Geschmack der falschen Güte, er tut weh. Kleine große Fluchten eines Kindes in einer Zeit, in der das ethische Regelwerk in der Hand Einzelner liegt, sind nun an der Tagesordnung. Die helfenden Hände wissen das. Die Dame, die zur Omi geworden ist, ist eigentlich keine Omi, sondern eine alleinlebende Witwe, »mit einer mehr oder weniger starken Nervenschwäche«, wie es bei Kofman heißt. Die Zärtlichkeiten, mit denen sie das Kind überschüttet, beunruhigen Sarahs Mutter von Tag zu Tag mehr. Nach den vielen Küssen, die bei der geringsten Gelegenheit dem Kind wie ein Wetter widerfahren, wird an dem Mädchen eine zielgerichtete Verwandlung vollzogen: »Sie änderte meine Frisur. (…) Meine Mutter hatte mir einen ziemlich kurzen Bubikopf schneiden lassen, weil ich in der Schule Läuse bekommen hatte (…). Meine Haare waren wieder gewachsen, jedoch ohne Locken. Omi machte mir oben auf dem Kopf zwei Tollen und wand mir ein schwarzes Samtband um den Kopf.« Maßkleider ersetzen nun die Kleider der Hilfsorganisation. Auch eine andere, ihrem Glauben widersprechende Kost wird eingeführt. Ein Training, voller Ausdauer betrieben, bestimmt nun die Tage des Kindes. Das ihr bisher verbotene blutige Fleisch wie etwa Rindfleisch, das ihre Mutter früher stundenlang hatte ausbluten lassen, bevor sie es kochte, galt bei der französischen Retterin, die auch ein großes Herz für herumstreunende Katzen hatte, als gut. Das Mädchen soll bei ihr wieder gesund werden, rohes Pferdefleisch soll helfen; in Brühe war es neben Schweinefleisch und Speck das Lockmittel, um das kleine Mädchen an die französische Küche zu gewöhnen. Sarah musste sich häufig übergeben. »Und Omi wurde wütend.« Es gelang Sarah nicht einmal, die Milchzuckertabletten zu schlucken, die sie ihr gab, um ihr die Verdauung zu erleichtern. Sarahs Körper ist noch an seine Wahrheit angebunden und lehnt, wie Kofman es selbst notiert, »auf seine Art die Diät ab, die mir so fremd war und mich beunruhigte«. Hier sind die inneren, dort die äußeren Grenzen. In einer Zeit, in der die seelischen Spiegel so eindeutig wie radikal den Menschen zeigen, wer und wie sie wirklich sind, wird das Herz eines Kindes in Windeseile gekapert. Doch anfangs übt Sarah regen Widerstand aus, sie weiß noch um sich selbst. Das hilflose Kind wird zwar gerettet, am Ende aber erliegt es seelisch der ihm präzise abverlangten Unterwerfung. Kofman, die sich im Nachkriegsfrankreich einen Namen als Philosophin erarbeitet hat, hat sich unmittelbar nach der Niederschrift ihres einzigen literarischen autobiographischen Textes, auf den ich mich hier beziehe, das Leben genommen. »Wissend oder unwissend«, schreibt sie in diesem Text, der die Essenz ihres Daseins beinhaltet, sei Omi das Bravourstück gelungen, sie in Gegenwart ihrer eigenen Mutter von ihr zu lösen. »Und auch vom Judentum. Sie hatte für meine Rettung gesorgt, aber sie war nicht frei von antisemitischen Vorurteilen. Sie brachte mir bei, dass ich eine Judennase habe, indem sie mich den kleinen Höcker, der das Zeichen dafür ist, betasten ließ. Außerdem sagte sie: ›Das jüdische Essen ist der Gesundheit abträglich; die Juden haben unseren Herrn Jesus Christus gekreuzigt; sie sind alle geizig und lieben nur den Zaster; sie sind sehr intelligent, kein anderes Volk hat so viele Musik- und Philosophiegenies.‹ Und sie zitierte mir Spinoza, Bergson, Einstein, Marx. Aus ihrem Munde und in diesem Kontext habe ich die Namen, die mir heute so vertraut sind, zum ersten Mal gehört.« Die Gewalt der alsbald einsetzenden Folgsamkeit des Kindes, die stets vom erotischen Flirren zwischen Omi und Kind begleitet wird, trennt die Tochter von ihrer leiblichen Mutter nicht nur in den Tagen des Krieges, sondern für alle Zeiten. Auch nach dem Krieg bleibt die zielgerichtete Gewalt dieser über den weiblichen Körper vollzogenen Assimilierung wirksam. Der emotionale Missbrauch durch die harmlos Omi genannte Französin scheint aber auch mit einem physischen einhergegangen zu sein, nicht nur im Hinblick auf die äußere Erscheinung des Kindes, sondern auch sein sinnliches Erleben eines anderen Körpers betreffend. Das gemeinsame Im-Bett-Liegen könnte der eigentliche Grund dafür gewesen sein, dass die Mutter in einem anderen Zimmer übernachten musste und auf diese Weise aus der intimen Beziehung ausgeschlossen wurde. Auch von einer Nacht in einem Hotel berichtet Sarah Kofman, in der eine ähnlich gelagerte sexuelle Energie mitsurrt, die in mir, als ich darüber las, eine Übelkeit hervorrief, die ich ganz schwer fassen konnte, fast so, denke ich jetzt, als hätte mein Körper jenen Ekel empfunden, der Sarah beim Essen des rohen Pferdefleisches überkommen haben musste. Wehrlos. Zeitgleich dazu ist aber auch die Gewalt ihrer leiblichen Mutter da, die in ihrer aussichtlosen Lage nicht fähig ist, auf die Sehnsüchte und Nöte ihrer Tochter einzugehen. Es wird im Verlauf der Lektüre von Sarah Kofmans Buch klar, dass die Mutter schon in der Rue Ordener grausam war und ihre Kinder in eine dunkle Kammer einsperrte, »wenn sie unser Schreien, Weinen und Streiten nicht beenden konnte« oder mit einer Klopfpeitsche auf sie losging. Merkwürdigerweise empfinde ich plötzlich bei der Lektüre von Sarah Kofmans Lebensbeichte ein tiefes Mitgefühl nicht nur für das Kind, sondern auch für die Mutter. Für Momente und dann sogar bleibend (und für mich verstörend) gilt der Mutter zunächst mein größtes Mitgefühl. Sie verliert ihren Mann, alle Koordinaten ihres Lebens brechen in sich zusammen, zuvor hatte sie Sarah geschlagen, aber sie bleibt für mich in dieser Ausgesetztheit *immer noch ein Mensch* in einer unmenschlichen Welt, der seine in ganz Paris verteilten Kinder retten möchte und das mit aller Kraft auch versucht. Die Tochter, Sarah, bleibt mir in ihrer Unterwerfungsbereitschaft anfangs über große Strecken fremd, etwas in mir weigert sich, ganz und gar *nur mit ihr* zu fühlen. Warum genau? Alle geschlagenen Kinder vergessen sich selbst und richten sich noch oft im ersten Impuls als

Erwachsene mit ihrer Empathie auf die Zuschlagenden aus, sie suchen nach Gründen für die Unmenschlichkeit der anderen, um ihrer eigenen Menschlichkeit habhaft zu werden. Gibt es noch einen weiteren Grund? Ich lege Sarah bei der ersten Lektüre innerlich ganz und gar auf den Mutterverrat fest. Habe ich selbst im Hinblick auf meine eigene Mutter Schuldgefühle? Es dauert ein paar Wochen, bis ich begreife, dass ich mich gegen etwas wehre, weiß ich doch durchweg, dass ein so *ausgesetztes* Kind nicht schuldig sein kann, sondern gerade in seiner Verbiegung vom Erlittenen und Verlöschen der eigenen Autonomie erzählen möchte und einen Zeugen braucht. Natürlich liegt es auf der Hand, Sarah erinnert mich an mich selbst. Was mich an dem Kind Sarah innerlich zunächst abstößt, aber beharrlich beschäftigt, ist das: Es hat zum Zeitpunkt, als ihr Vater nach Auschwitz gebracht wird, schon ein feines moralisches Sensorium in sich. Sarah flüchtet sogar vor den Priestern in der Rue Labat, sie weiß, dass ihr etwas Ungutes geschieht, und ihr Körper übersetzt später dieses Wissen, als er das rohe Pferdefleisch erbricht, in eine deutliche Sprache. Sie übergibt sich auf zweifache Weise, und die eine Spielart der Not leitet die nächste und alles entscheidende ein. Wochenlang reibe ich mich daran, dass es der Französin gelingt, Sarah zu brechen, um sich ihre Zuwendung zu erhalten und auf Dauer zu sichern. Sarah rächt sich an ihrer Mutter und isst auch irgendwann ohne schlechtes Gewissen das blutende französische Fleisch. Sie löscht vermutlich zeitweise dabei auch den Vater und den

Schmerz um seinen Verlust in sich aus, um sich die Wärme jener Frau zu sichern, die ihre leibliche Mutter von allem, was in dem anderen Zimmer passiert, ausschließt. Die Gier des Kindes nach Aufmerksamkeit und Zuwendung erschien mir um so vieles grausamer als die Schläge, die es durch seine leibliche Mutter erfahren hatte. Warum erging es mir so? Was erzählte mir Sarah über mich selbst? Die Schläge hatten zwar die Bedingungen für die unermessliche Leere im Kind geschaffen. Aber auch ein Kind, sagte ich mir, ist in der Lage, eine klare moralische Entscheidung zu treffen. Es erfasst vielleicht nicht die Tragweite für das eigene Leben, ist im Geschehen verwickelt, wird unter Druck gesetzt, aber in dem Augenblick seiner Positionierung ist ihm die Wahrheit seiner Wahl bewusst. Oder etwa nicht? Es gibt in jedem Leben eine früh gesetzte ethische Weiche, die auch der kleinste Mensch etwa im Alter von neun oder zehn Jahren durchaus als Schwelle erlebt. Die Entscheidungen, die wir in diesen Momenten treffen, prägen strukturell unsere gesamte menschliche Existenz und sind wegweisend für alles, was wir später in ähnlichen Augenblicken tun, in denen unsere Echtheit auf dem Spiel steht. Über Monate hinweg beschäftigte ich mich in Gedanken mit Sarah, bis sich die Reibung in ein Gefühl übersetzte, das mir schon als Kind vertraut war: Ich muss irgendwie überleben *und* ich muss dabei besser sein als die, die mir zusetzen, ich muss gut sein, ich muss auf der guten Seite des Lebens bleiben, auch dann, wenn die Fäuste mich schlagen, die zu jenen Menschen gehören, die mich doch lieben müssten. Sarahs Mutter, das ist es, was sich aber als Schmerz in mir festbeißt, kann ihre Verfehlungen nie wiedergutmachen.. Ich richte mich auf sie aus und vergesse Sarah, so wie ich mich in der Kindheit vergessen und fortwährend auf meine eigene Mutter, auf die Schwere ihres Schicksals ausgerichtet habe, weil ich mich selbst nicht *zeitgleich* mit ihr fühlen konnte. Und doch – vielleicht hätte Sarahs Mutter nach dem Krieg ihre Fehler korrigieren wollen oder eine Aussöhnung versucht und diese vor den Augen ihres Kindes auch verdient? Hat es meine Mutter im Frieden getan? Nein. Menschen tun nur das, was sie in dem Augenblick tun können, in dem das Leben es ihnen zuspielt und wir bleiben zurück mit unseren verwandelten inneren Landschaften und brauchen eine eigene Erdung, ein eigenes Selbst. In der peinigenden historischen Situation, in der Sarahs Mutter sich befindet, wendet sich zudem alles gegen sie und sie erhält nie wieder eine Gelegenheit, das wiedergutzumachen, was sie falsch gemacht hat. Eine Gelegenheit, die wir alle brauchen, um wieder der Mensch zu werden, nach dem wir uns selbst sehnen, nimmt in meinem seelischen Raum die Arbeit einer Kompassnadel ein. Sarahs Mutter bleibt immer auf das Dunkle ihrer Taten zurückgeworfen, während der Tochter, so könnte man annehmen, noch ein langes Leben mit anderen Menschen bevorsteht. Die Französin besiegelt aber das finstere Spiel zwischen Mutter und Tochter für alle Tage ihres Lebens. Nach dem Krieg trifft sich Sarah weiterhin mit ihrer Omi und kann, wie soll es auch anders sein, auch als Erwachsene nichts gegen ihre obsessiven, stets erotisch schwingenden Beanspruchungen ausrichten. Nun richtet sich Sarah aber auch selbst auf die Aufmerksamkeit der Französin aus, so wie sie sich einst der Fütterung mit dem Fleisch gefügt hatte, das ihr erst Ekel und dann eine mit diesem Ekel errungene Nähe verschafft hatte. Das ist wohl der perfideste Sieg über einen hilflosen Menschen, den ich mir zurzeit ausmalen kann – dass sie es geschafft hat, Sarah nicht nur von ihrer Religion wegzubringen, sondern sie auch körperlich zu belagern. Und hier setzt in mir plötzlich ein tiefes Mitgefühl ein, das gleichwertig Mutter und Tochter gilt, ihrem Scheitern, ihren Fehlern, die aus der erlittenen oder ausgeübten Gewalt in nicht mehr aufzulösende Schwäche und Not mündete. Auf Vermittlung ihrer Lehrerin erhält Sarah nach dem Krieg heimlich Briefe von der Französin, die sie bis zum Schluss beflissen Omi nennt. Dem Wunsch der Mutter nach einem Abbruch des Kontaktes kommt Sarah nicht nach. Madame Cohn, eine Bibliothekarin, die ihr erlaubt, in dem einzigen Raum zu arbeiten, der später in ihrem Gymnasium beheizt wird, entpuppt sich unzählige Jahre später als eine enge Freundin Walter Benjamins. Sarah Kofman stößt bei der Lektüre des Briefwechsels zwischen Walter Benjamin und Gershom Scholem auf Madame Cohns Namen und notiert bloß in einer Fußnote dazu: »Auf eigentümliche Weise verknüpfen sich zwei Epochen meines Lebens, zwischen denen ich keinerlei Verbindung sah.« Danach öffnet sich in ihrem Text und in ihrem eigenen Bewusstsein ein neuer Raum. Als Studentin beginnt sie ein neues Leben, unterbricht den Kontakt mit der immer noch Besitzansprüche anmeldenden Omi und notiert dazu: »Ich ertrage weder, dass sie dauernd von der Vergangenheit spricht, noch dass sie mich immer noch ›mein Häschen‹ oder ›mein kleiner Liebling‹ nennt. Als ich sie später wieder besuchen gehe, bin ich immer in Begleitung eines Freundes.« Sarah brachte es auch nicht über sich, dem Begräbnis der Französin beizuwohnen. In seiner Trauerrede soll der Priester an Omis guten Taten erinnert haben und auf die Rettung des kleinen jüdischen Mädchens während des Zweiten Weltkrieges zu sprechen gekommen sein. Sarahs Mutter, die mit ihr in der Wohnung der Französin den Krieg überlebt hat, fand offenbar auch hier keinerlei Erwähnung. Kurz nach der Bestattung der Französin beging Sarah Kofman Selbstmord. Die inneren Grenzen eines seelisch gefangen genommenen Menschen können manchmal nur im Tod überwunden werden. »Ich hebe meine Augen auf zu den Bergen. Woher kommt mir Hilfe?«, fragt der 121. Psalm. Wenn die Menschen sich selbst keine »treuen Menschenhüter« sind – wer soll es dann in der Menschenwelt für sie sein? Erst wenn wir die Sprache der Verknüpfungen zu entziffern lernen, können wir damit anfangen, uns von den Bedürfnissen anderer freizumachen. Sarah konnte sich am Ende ihres Lebens nicht lesen, sie konnte nur darüber erzählen. Sie wusste schreibend zwar um das größere Bild, das in ihr entstand, während sie es ansah, aber sie konnte *nicht weiter leben.* Das hat sie bis zur Niederschrift ihrer Erinnerungen gekonnt. Wenn ein Mensch nicht mehr leben will, erzählt er auf bestürzende Weise nicht nur vom eigenen, sondern auch vom Leben aller, die sein Leben geprägt und beschriftet haben, indem er freiwillig aus dem Leben scheidet. Ein Kind braucht die Freundlichkeit der Welt. Nun *empfinde* ich die Gemütslage dieses ausgesetzten, die Freundlichkeit suchenden Kindes, sehe seine bestürzende Verzweiflung, die nackte Not, die Gier nach Anerkennung, in der es einer raffinierten Form von Gewalt erlag, weil es wehrlos war in einer Zeit, in der sich jene stark fühlen konnten, die diese Ausgesetztheit für ihre eigenen Bedürfnisse missbraucht haben. Sarah aber war ein Kind, das leben wollte. Ein Kind, von Menschen umgeben, aber doch allein in einer Welt, die ihm nicht mehr gehörte. Das Kind machte sich als erwachsene Frau »einen Namen« als Philosophin, die den Gedanken äußerte, vielleicht nur deshalb so viele Bücher geschrieben zu haben, um eines Tages berechtigt zu sein, eine Autobiographie zu schreiben. Und: »Gleichzeitig schiebe ich die Entscheidung vor mir her, als ob ich damit mein Todesdatum verschieben würde.« Sie hat ihre Autobiographie geschrieben. Sie hat diese Arbeit am Text ihres Lebens nicht verschoben. Und sie hat ihr Todesdatum mit dem Aussprechen ihrer Lebenserzählung besiegelt.

Schenke uns gute Augen

Gott des Regens, Gott der Sonne, möge Erhörung finden die Weite deiner Elemente. Schenk allen Menschen guten Herzens einen starken Willen, um den Regen zu lieben und der Sonne zu danken, die uns Wärme gibt und Wachstum und Sonnenblumen und die Fülle des Friedens. Gott des Sommers, Gott des Winters, schenk allen Menschen ein weites Herz, damit sie, wenn sie in den Spiegel sehen, nicht nur sich selbst sehen, sondern auch den Wind, das Wetter, den Flug der Vögel, die Erde, die wir lieben, weil sie uns Leben schenkt und die Sonnenblumen genauso gut wie den Oleander in unserem Garten behandelt und den Frieden *für alle Menschen* im Grün des Lebens zu uns sprechen lässt. Gott des Lebens und Gott des Anfangs, schenk uns ein gutes Gedächtnis, damit wir deine wahrhaft helfenden Menschen, die uns von allen Seiten deiner farbenfrohen Welt umgeben, nicht vergessen. Gott des Lichtes, Gott der Freundschaft, schenke uns gute Augen, damit wir sehen, wer uns wirklich hilft und wer nur von Hilfe redet und Schatten wirft, während er Sonne verspricht. Gott der Hilfe und der Freiheit, nimm uns alles, was uns daran hindert, den Sonnenblumen und dem Oleander zu gleichen und die Freundschaft zu loben, die die Blumen den Menschen schenken, damit sie sich selbst Blüten sind. Gott des Gedächtnisses, gedenke unserer, wenn wir all dessen nicht gedenken, was dein Garten uns erzählt hat, als wir in der Einheit die Sonnenposten des Lebens und *deine Worte* waren.

Entgiftungstherapie

Es war so: Lange Zeit fühlte ich mich allein im Recht. Mutter und Vater waren nicht da. Die Kindheit verankerte sich als Paradies mit nackten Füßen, überall Freunde, auch das mitsprechende Gras, ein erleuchteter Begleiter, den Schlangen nicht unterlegen, die auf der Landstraße grüßenden Pferde, ein Erstaunen, das sich ans andere reihte. Ich wusste nichts davon, dass ich in einem Land zur Welt gekommen war, in dem es keine Wunder geben durfte, denn für mich gab es sie immerzu und zwar in der Sprache der Schachbrettblumen, der Schmetterlinge, der Lichtfunken, der Grashalme und der Wahrheit der Steine. Aber das war nur ein kleiner Ausschnitt von dem, was die ganze Wirklichkeit war. Neben den Schachbrettblumen, den Schmetterlingen, den Lichtfunken, den Grashalmen und der Wahrheit der Steine gab es noch eine andere Wahrheit. Das war die grau vorformulierte Wahrheit der Partei, die nicht an die Wahrheit der Schachbrettblumen und also auch nicht an Wunder glaubte und das war schlimm. Sie war verbunden, anfangs, als der Zweite Weltkrieg zu Enge ging und Sarah Kofman immer noch heimlich ihre französische Retterin traf, mit jener großen Vaterpartei, von der der russische Schriftsteller Michael Ryklin schrieb, sie sei in Russland mit dem Oktoberumsturz als eine Partei der Atheisten an die Macht gekommen. Ossip Mandelstam, der sich nach einer Gesellschaft sehnte, die über eine Art Jakobsleiter organisiert sein sollte, sah in der Kommunistischen Partei Sowjetrusslands »eine entartete Kirche«. Gehorsam gegenüber einer Autorität ist in diesem Sinne: *Ein Leben ohne die Mitarbeit der Leiter.* Meine Tante, die in der Stadt lebte, hatte mit der Partei jugoslawischer Prägung jeden Tag zu tun. Ich weiß nicht, wie weit ihre inneren Überzeugungen gingen und ob sie die Errichtung dieser neuen Gesellschaft als »Entgiftungstherapie« begriffen hat, die Ryklin als Heilung von einer Drogensucht und dem Bedürfnis nach illusorischem, religiösem Trost beschreibt. Aber was ich noch genau erinnere, ist dies: Tante erzählt mir in meiner Kindheit immer Geschichten von kleinen Wundern, die eine große Bedeutung in ihrem täglichen Leben haben, aber sie flüstert dabei, denn die Kommunisten glauben nicht an Wunder, und Wunder würden meine Tante verdächtig machen. Sie findet zum Beispiel an jenem Tag, an dem sie vom Tod ihrer Mutter erfährt, einen Geldschein am Straßenrand, von genau dem Wert, der einer Busfahrkarte entspricht, damit sie sofort zur Bestattung reisen kann. Das macht sie auch auf der Stelle. Und kommt verwandelt zurück. An den Wochenenden darf ich oft bei ihr bleiben. Zum Begräbnis meiner Großmutter reist auch meine eigene Mutter an, aus einer Stadt, die Frankfurt heißt und an einem Fluss namens Main liegt. Ich bin noch mit dem Wunder beschäftigt, das meiner Tante widerfahren ist, aber offenbar ist die Anwesenheit der Mutter auch eine vergleichbar aufregende Kategorie, denn ich fühle noch heute wie die Worte in mir aufsteigen, die ich, ohne mit der Wimper zu zucken, aussprechen und die ich meiner Mutter zumuten werde, da der Tod mir gar nichts oder nichts Schlimmes sagt und ich die ganze Aufregung um diesen Abschied nicht verstehe. »Wie gut, dass Oma gestorben ist, so kommst du mich auch mal wieder besuchen.« Mutter ist zum ersten Mal in ihrem Leben mit dem Flugzeug geflogen. Das Ticket war teuer, der Preis entsprach fast einem ganzen Monat harter Arbeit. Sie ist kreidebleich, mit einem versteinerten Blick sieht sie mich an. Sie hat tagelang geweint. Ich scheine etwas gesagt zu haben, das sich kaltsibirisch in ihren Wangen bemerkbar macht, eine Art Einfrieren. Und sie muss sich wohl deshalb hinsetzen. Auf die kleine Holzbank, die Großvater vor kurzem selbst geschreinert hat, dort setzt sie sich hin, wo sonst immer die Katzen und ich sitzen, wenn das Ave-Maria-Glockengeläut am Abend erklingt und die blaue Stunde ihre Farbsegnungen spricht. Ich sehe noch jetzt vor meinem inneren Auge meine nackten Füße. Sehe die ganze Zeit auf sie. Ein paar Katzen kommen, schwingen sich sommerlich heran, sie stromern sanft-schüchtern um meine Waden herum. Es muss also wirk-lich Sommer gewesen sein, die Zeit der Schachbrettblu-men, der Schmetterlinge, der Lichtfunken und Wunder. Ich erzähle Mutter begeistert von dem Geldschein, den die Tante gefunden hat und berichte, dass sie sehr gut zu den ihr anvertrauten Kindern ist und ihnen auch alles über die *oktobarska revolucija* beibringt, und ich genau weiß, dass sie nur deshalb Kopfschmerzen hat, so oft jedenfalls, weil sie viel zu tun hat und Noten geben muss und die ganzen

Eltern zu ihr kommen und sich bekreuzigen und um Verzeihung bitten, wenn ihre Kinder nicht regelmäßig in den Unterricht kommen, weil die Ernte auf den Feldern, weil die kranken Verwandten, weil die bedürftigen Geschwister, weil, weil, weil. Und Mutter steht auf und geht ins Haus, in die kühle Frische des Hauses, für das sie in der Stadt am Main so viel arbeitet und aus der sie Scheine schickt, damit Großvater und ich uns Reis kaufen können, der sich später als etwas ganz anderes entpuppt: italienische Pasta, die nur die Form und sonst nichts mit normalem Reis gemeinsam hat. Ich weiß nicht so genau, warum meine Mutter immerzu arbeitet und nicht einfach wie die Tante in den wichtigen Momenten des Lebens einfach einen Geldschein findet. Sie glaubt allem Anschein nach nicht an Wunder. Die ganzen zehn Tage, die sie bei uns bleibt, hören wir kaum ein Wort von ihr. Manchmal weint sie ganz plötzlich, und sie sagt uns nicht, warum. So eine lange Reise, sagt Opa, hat sie hinter sich gebracht, nur um hier zu weinen. Tante ist ruhig und weint dann auch manchmal. Sie tragen beide Schwarz, und Großmutter wird begraben, und alle sind lauttränend und wildverzweifelt und noch mehr Tränen fließen, und dann weine auch ich aus Liebe zur tränenreichen Welt ein bisschen mit. Mutter packt ihren Koffer, und ich rede nur noch von der Tante, will ihr alles erzählen, was diese mir erzählt hat und berichte, dass sie ganz Auge und Ohr für die Wegränder der Stadt sei, denn überall, in jeder Straße dort, lauere ein Wunder. Man muss es halt erkennen. Im Grunde, aus der Rückschau betrachtet, halte ich Mutter Vorträge darüber, dass sie die Wunder nicht erkennt und von der Tante so etwas zu lernen ist, denn die Tante ist die Einzige, die in unserer Familie studiert hat und Lehrerin ist und Geldscheine am Wegrand findet. Passende Geldscheine. Aber Mutter sagt dazu immer noch nichts. Sie weint um Oma, packt ihren Koffer zu Ende, fährt zum Meer, steigt dort in ein Flugzeug und verschwindet für ein paar Monate in die Stadt am Main. Da niemand von der Verwandtschaft daran denkt, wie meine Oma zu sterben, kommt Mutter auch nicht so schnell wieder zu Besuch. Manchmal ruft sie im Dorf bei einer Nachbarin an, die als Einzige ein Telefon hat, und die Nachbarin rennt so schnell zu unserem Haus, dass ihr das Blumenkopftuch auf die Schulter rutscht. Sie will mir schnellstmöglich Bescheid geben, denn Mutter hat eine Uhrzeit mit ihr abgemacht. Es muss rasch gehen. Die Liebe der dörflich freundlichen Menschen, sie wirkt. Ich ziehe mir die Schuhe an, renne mit der Nachbarin ins Dorf und stelle mich in die Schlange zu den anderen Wartenden, die auch von jemanden, der in der Ferne lebt und zu ihnen gehört, angerufen werden. Dann bin ich dran und halte den Hörer wie eine biblische Wahrheit an mein Ohr, sobald ich Mutters Stimme höre, bringt sich mein Körper ganz akkurat in Stellung und steht blitzgerade da, so, als würde durch diese wichtige Leitung der Polizeichef aus der Stadt zu mir sprechen. Ich bin mit der Mutterstimme sehr beschäftigt, ich habe jedes Mal das Gefühl, dass sie körperlos ist und als Vibration mein ganzes

Wesen erreicht, meinen Körper auf diese Weise über die Entfernung hinweg, wann immer sie will, kontrolliert, so schnell und so herrisch, wie es ihr beliebt. Das ist unheimlich wie mein damals in der Kindheit wiederkehrender Traum, in dem die Roten – noch ist es auch in meinen Träumen die Zeit des Zweiten Weltkriegs – anrücken, in der Nacht unser Haus umzingeln und mich und Großvater mit über dem Kopf erhobenen Armen in den frühen Morgenstunden aus unseren Betten im Hof zusammentrommeln. Der winselnde Hund sieht uns traurig an. Aber er kann nicht helfen. Wir müssen gehorchen. Und ich weiß nie, wann oder warum genau, aber der Traum hört erst viele Jahre später auf, in einer Zeit vielleicht, in der ich sehen kann, dass meine Mutter jeden Tag um fünf Uhr morgens aufsteht, ihre Turnschuhe anzieht, einen kleinen türkischen Mokka trinkt und zu ihren vielen Arbeitsstellen geht. Ich sehe ihre aufgeplatzten Fingerkuppen. Sie sind entzündet. Ich sehe ihren Fleiß und ihren Willen, für das zu arbeiten, was Gott ihr nicht geben kann, es ist: dieses Geld, das alle brauchen, suchen oder finden. Gott hat meiner Mutter die Kraft gegeben, es sich und uns zu erarbeiten, das sagt sie uns wieder und wieder, und ihr Gott ist immer da, wo der Schmerz ist. Solche Leute gibt es auch, die arbeiten im Schmerz und über ihn hinaus. Um uns drei Kinder zu ernähren. Wir leben da alle zusammen. Wir nennen es: unser hessisches Leben. In diesem hessischen Leben fehlt mir die Tante, die an Wunder glaubt und passend zu ihrer Lebenslage entsprechende Geldscheine findet. Vater trinkt. Ich rede immerzu von meiner Tante. Mutter zieht am Abend die Turnschuhe aus und atmet kurz durch, bevor sie für uns kocht. Vaters Arbeitstasche riecht nach Bier und Schnaps. Und erst fünfunddreißig Jahre später, nach der Lektüre von Sarah Kofmans Buch, begreife ich meinen eigenen Mutterverrat, meine eigene Präferenz: nach dem zu suchen und bei dem zu bleiben, was leicht für mich ist. Das muss unendlich schwer und demütigend zugleich für meine fleißige, immer um Stärke bemühte Mutter gewesen sein. Und in mir selbst sorgt es für das Erlebnis von Schuld, die Schuld greift mich an wie ein Wetter, wenn ich mir auch nur das kleinste Gute gönne, denn ich denke immer, ich muss es wohl erst teilen, bevor ich es mir auch nur angeschaut habe. Tante ruft oft an in Hessen, besser gesagt, sie ruft kurz an und bittet, dass man sie zurückruft, sie muss Geld sparen. Ich kann es kaum erwarten, ihre Stimme zu hören. Sofort lachen wir miteinander. Es tut mir leid, dass sie aufs Sparen zurückgeworfen ist. Sie wünscht sich deshalb von uns lauter Dinge, die Geld kosten, zuerst ein schönes Radio. Und sie sagt, dass sie auch eine hellblaue Bluse gut gebrauchen könne. Sie braucht sie offenbar dringend für ein Fest. Oder für den Unterricht. Am besten aus Seide, sage ich zu meiner Mutter. Oder etwas ähnlich Gutes. Was auch immer sie sagt, alles macht mir Freude, eine hellblaue Bluse passt zur Tante, man muss sie ihr sofort besorgen. Wenn wir etwas zu ihrer Freude beitragen können, muss das doch möglich sein. Ich gebe jeden Wunsch der Tante an Mutter weiter, und Mutter macht eine lange, lange Liste und erfüllt dann die Wünsche ihrer Schwester. Manchmal macht sie das ganz und gar heimlich, also Vater darf davon nichts erfahren, denn er ist nicht ganz einverstanden mit diesen vielen Wünschen. Ich höre ihn oft grummelnd sagen, ein schöner Sozialismus ist das, für den man als Lehrerin arbeitet, wenn andere einem UKW und Mittelwelle liefern. Aber für so ein Gerät müsse man wirklich arbeiten, nicht nur herumsitzen, wie die Leute im Sozialismus ohne Gott sich das unter den schönen Feigenbäumen angewöhnt haben. Irgendwie ärgert es mich, dass Vater recht hat. Es stimmt wirklich, die Leute in unserem sozialistischen Süden sitzen unter Feigenbäumen und trinken in aller Ruhe ihren Kaffee, während meine Mutter ganz früh aufsteht und ihre Turnschuhe anzieht und nie Zeit hat, um einmal in Ruhe durchzuatmen oder sich die Fingerkuppen mit helfender Medizin zu versorgen. Mutter arbeitet einfach, ohne viel zu sprechen, sie will aber nicht, dass Vater sich so über die Tante auslässt, also macht sie das, was sie immer macht. Sie bekreuzigt sich und sagt Sätze wie, Gott wird uns für alles Kraft geben – wir können doch helfen. Sie hilft gerne. Meine Mutter ist ein helfender Mensch. Sie gibt gerne Dinge weg oder beschenkt Menschen einfach so. Es bedeutet ihr nichts, eine Sache für sich selbst zu behalten. Sie gibt gerne etwas aus ihren Händen weg, was ihr gehört hat, muss nicht für immer ihrer Hände Besitz bleiben. Das verstehe ich sofort alles. Mein Herz ist ganz warm dabei. Ich habe viel von ihr gelernt, ohne es auch nur zu wissen, was ich lernte. Aber ich will, dass sie alles, wirklich alles einfach der Tante gibt, was diese so haben will, ohne zu lamentieren, denn meine Tante muss doch sparen. Das hat sie mir ganz deutlich gemacht, mehrfach, am Telefon. Ich sehe dabei nicht, dass sie auch mich haben will. Weil sie selbst keine Tochter hat. Und weil sie nach zwei Söhnen, wie sie mir irgendwann fast flüsternd am Telefon anvertraut, eine Tochter abgetrieben hat und um die sie offenbar schon zwei Jahrzehnte trauert. So steht es also um meine Tante, sie braucht eben ganz dringend Zuwendung. Das sieht man doch, sage ich zu meiner Mutter, Tante braucht viel Liebe und auch ein bisschen Geld, sonst kann sie doch in der Stadt nicht leben, ohne einen Garten, ohne Tiere, die ihr Milch und Käse schenken. Eine Kuh kann sie sich nicht leisten und selbst wenn – in der Stadt hat man keinen Platz für ein derart großes Tier. Die Zuwendung eines Mädchens, sagt Vater, könne man sich schnell sichern. Du siehst nicht richtig hin, sagt er. Ich tobe. Ich bin die Einzige, die sieht, wie es meiner Tante geht, sage ich, sie hat keinen Garten, in der Stadt gehört einem nichts, man muss sich alles kaufen. Ich sehe nur meine Tante. Ich kann mich nicht selbst sehen. Ich bin noch mein eigener Rücken. Zu Hause ist es immer laut, da kann ich gar nichts, auch mich selbst nicht hören. Anfangs jedenfalls, dann kippt diese Taubheit, und mein Ohr verbündet sich inmitten der Lautstärke mit der unendlichen Weite der Stille. Und mit einem Mal höre ich alles. Auch alles, was Vater und Mutter sich im Streit um die Tante sagen. Mein Bruder sagt,

Vater habe recht. Aber Tante behält die letzte Wahrheit für sich, sie rückt nicht raus mit den Sachen, die sie im Kopf hat. Vielleicht wegen der jahrelangen Plage, die Migräne heißt und ihr so unvorstellbar schlimm zusetzt. Wenn wir sie besuchen, liegt Tante wie ein erkranktes Gemälde in ihrem abgedunkelten Schlafzimmer, und man darf mit ihr in diesen Zuständen nicht sprechen, kein einziges Wort laut sagen. Sie schläft an den Nachmittagen und steht partout nicht auf. Irgendwann hören dann ihre Berichte über Wunder auf. Jetzt ist ihr Parteibuch auch nicht mehr aktuell. Ein Staat bricht zusammen. Der Kommunismus hat ausgedient. Nun wird eine Nation aufgebaut, und meine Tante ist mal wieder mittendrin in den vielen Revolutionen, die das alles nach sich zieht. Da sie Lehrerin ist, wird sie wieder vom Staat gebraucht, der geschichtlichen Wahrheit wegen, wie es nun heißt, und weil die kleinen Bauernkinder überhaupt nichts wissen, nichts vom großen Leiden ihres kleinen großen Volkes, nichts von den übermächtigen historischen Ungerechtigkeiten, sie sind gänzlich ahnungslos, so schlimm, dass man nachhelfen muss, jemand muss ihnen die Wahrheit sagen, sie unterrichten, sie in den sicheren Hafen ihrer wahren Heimat zurückführen. Sie müssen beten lernen fürs Vaterland und verstehen müssen sie, dass die antifaschistischen Denkmäler alle vollkommener Unsinn sind, dass auch sie, die Kinder, praktisch noch vor ihrer Geburt und noch in Gottes gutem Himmel unterdrückt oder zumindest manipuliert wurden, über Jahrzehnte hinweg in dieser gottlosen Welt, in der nur vom Leiden der Juden und vom Leiden der Serben und vom Leiden aller anderen Völker die Rede war, *nur nicht von unseren Leiden.* Aber unsere Leiden! Heißt es dann mit Ausrufungszeichen in den Augen. Aber unsere Leiden! Die kamen doch nie vor! Heißt es jetzt eigentlich nur noch. Welche Leiden das wohl waren, frage ich mich und spüre, dass ich das für mich behalten, dass ich das meine Tante jetzt nicht fragen darf, dass meine Fragen uns nun trennen. Fast überrascht es mich, dass etwas wild Freies dabei in mir aufblitzt; keinerlei Schmerz der verlorenen Nähe zeigt sich. Ich werde langsam wach. Mutter sagt, Gott hat nie ein Parteibuch gehabt, er hat die Roten nur machen lassen. So komme ich wohl später auf den Gedanken, dass Gott auch keine Religion hat und ein großes weitgefächertes Buch in mir selbst ist. Nun aber das Leiden des kleinen großen Volkes, immerzu ist jetzt die Rede davon! Es hört gar nicht mehr auf, davon die Rede zu sein. Und ich kann es schon am Anfang nicht ertragen, dieses wehleidige Klagen. Was für Leiden kann denn ein Volk, das den Faschismus umarmt hat, überhaupt für sich beanspruchen, frage ich mich viele Jahre später, weil ich als Jugendliche nicht begriffen habe, worauf man allenthalben angespielt hatte. Meine mazedonische Lehrerin, die ich im Jugoslawisch-Unterricht an der deutschen Schule habe, weiß später darauf auch keine Antwort. Ich stelle meine Frage aber beharrlich weiter. Ja, eigentlich keine, sagt sie dann schließlich. Mutter sagt, aber in der Stille war Gott doch nie bei uns verboten wie bei den armen Russen. Sie sagt es leise, so wie viele Menschen, die glauben, ihre mangelnde Bildung entziehe ihnen das Recht, eine und zudem eine religiöse Überzeugung laut und deutlich auszusprechen. Ich kenne mich nicht aus, sagt meine Mutter, aber die Kirchen waren doch alle voll, niemand hat uns Gott verboten. Noch heute sehe ich Mutters Fingerkuppen vor mir. Die Entzündungen sind nie ausgeheilt. Die Fingerkuppen bluten. Bei der Arbeit, beim Gebet, wenn sie die Hände faltet und die Muttergottes um Beistand und Kraft und Mut bittet. Um fünf Uhr morgens stehen weder die neuen noch die alten Nationalisten auf, aber meine Mutter arbeitet wie immer, sie steht wie eh und je um fünf Uhr auf und hört noch kurz den Vögeln zu, bindet ihre Turnschuhe und geht los zu den vielen Arbeitsstellen, die ich mir alle nicht merken kann, da es zu viele sind. Im Land der Herkunft erfolgt eine Denkkur, es ist eine Art Entgiftungstherapie vom Sozialismus. Ein neues Gift soll das alte ersetzen. Es heißt nur nicht so. Ein neuer Glaube. Die Nation. Die Leiden. Die Opfer. Die plötzlich alle gewesen sein wollen. Eine neue Welt ist jetzt da. Mutter geht derweil immer weiter arbeiten, die neue Welt ändert nichts daran, dass sie um fünf Uhr morgens aufstehen muss, um Geld zu verdienen, damit wir alle versorgt sind. Ihre Kraft ist beeindruckend. Die Arbeit zerstört sie, je älter sie wird, Tag um Tag schneller, wie sie es sagt, sie zerstört ihren Körper, ihre Gesundheit. Sie sagt, sie arbeite nur für uns. Sie sagt sonst nicht viel, aber das, was sie sagt, belastet einen für lange Zeit danach. Vielleicht, der Gedanke kommt mir irgendwann und will nicht mehr weg, vielleicht bin ich schuld daran, dass ihre Fingerkuppen bluten. Die Tante geht wie immer gemütlich an den Vormittagen zwei, drei Stunden in die Schule und wartet auf unsere hessischen Pakete. Ich weiß nicht, warum ich so lange gebraucht habe, um Sarah Kofmans Buch zu finden. Zu viele Schläge, zu viele Momente, in denen Mutters und dann irgendwann auch meine Fingerkuppen aufsprangen und bluteten, trennten mich von dieser Lektüre. Und von mir selbst. Vielleicht brauchen wir viele Leben, um der Sprache der Verknüpfungen standhalten und ihr schließlich entgegentreten, festen Schrittes entgegengehen zu können – ohne zusammenzubrechen, ohne uns aus dem Leben zu schleichen. Zufälle und die unsere Redlichkeit herausfordernde Kraft des Erkenntnisblitzes sind vielleicht ein und dasselbe: Materialien, an denen wir Wachstum erfahren. Aber lange bleibe ich ein Feigling. Und der Tod hat Kunde davon: Er bringt sich als große Verlockung ins Spiel und wird Gedankenspielgefährte. Doch immer dann ruft etwas anderes. Ich lasse den Todgefährten los, und das Leben hat ein anderes Meer für mich gestaltet. Ich springe rein ins Wasser, und es ist ein neues Werden. Es gibt noch, solange wir leben, unentdeckte Ozeane zu durchschwimmen, vor allem dann, wenn ich glaube, dass die Kartographen schon alles vermessen, schon alles verzeichnet haben. Stehe noch einmal auf, gehe noch einmal zurück in den Wald und lasse die Kreuzungen sprechen. Die Zeit ist nicht die ewige Sprache. Augen, die sehen, ändern etwas an der Anordnung der Bäume in dir. Zähle noch einmal alle Namen durch. Vergiss deine eigenen Auslassungen nicht. Schau heimwärts zu den Linden, das können nicht nur Engel, sondern auch Menschen: Es ist Juni, die Linden blühen. Du kannst dein Leben ändern. Neue Verknüpfungen sehen dich an. Ist es Zufall, dass dein Wecker über Jahre hinweg auf 5:55 Uhr stand und dich mit diesen drei fünfen wachklingelte? Ist es Zufall, dass du jeden Morgen den Vögeln zuhörst, einen kleinen deutschen Kaffee trinkst und dann an die Arbeit, zu den Buchstaben gehst, wie einst deine Mutter zu ihren einzelnen Arbeitsstellen gegangen ist? Was ist ein Zufall? Wie findet er uns? Während ich in diese Fragen hineinwachse, stelle ich meinen Wecker auf 6:06 Uhr um. Das ist noch früh genug. In der Distanz zwischen diesen zwei Zahlen steckt eine ganze Lebenserzählung, die mich mit meiner Mutter verbindet und von ihr ablöst. Die herrlichen Vögel sind laut. Deutlich höre ich sie. Manchmal wecken sie mich, lange noch bevor der Wecker geht. Ich finde es schön, von den Vögeln geweckt zu werden. In ihrem Gesang gibt es das nicht, was wir das Unwiederbringliche nennen. Es ist ein wiederkehrender, beständig anwesender Gesang. Ein Lehrer. Trotzdem warte ich auf den Wecker, weil er mir die Welt bringt, in der ich lebe. Wenn er klingelt, stehe ich auf. Die *oktobarska revolucija* und die Geldscheine am Wegesrand sind nichts im Vergleich zum Vermögen des immer anwesenden Gesangs. Seine Erweckungen sind im Einklang mit der inneren Zeit zu erringen, in der wir unsere eigenen

Verfehlungen und Auslassungen sehen können, die, einmal innerlich gesichtet, das Auge hinter dem Auge freischalten und so keine dunklen Mythen werden können. Die Zikaden helfen dabei, sie bauen die Brücke vom Körper zu den Wörtern und *alles wird* auch für uns *auf immer neu beginnen.*

Maulbeeren der Schönheit

Von einem inneren Uhrwerk geleitet bin ich auf diesen Weg durch die Pyrenäen gekommen. Der doppelte Boden, den Walter Benjamin als Flaneur in der Stadt und auf steinernen Straßen erlebt hat, geht auch hier verwandlungsbereit in den Bergen mit. Es gibt sehr viele verschiedene Wege in der äußeren, aber auch in der inneren Welt der Gedanken, begrünte und raue Wege, Denkwege sind sie alle, wenn wir uns in uns selbst aussetzen und nichts vom Leben erwarten als das, was es uns gibt und dann rasch das verlernen, was wir von ihm wollten, aber nicht bekamen. Wenn die Denkwege sich mit Offenheit verbinden, folgen ihnen verschiedenfarbige Auskünfte. Aus den schnell gepackten Koffern und eilig gebuchten Zugfahrten werden helle, selbstermächtigende Momente des Bleibens, Maulbeeren der Schönheit, die nicht auf den letzten Metern aufgeben, sondern die Ernte, die Verwandlung im Blick behalten, die sie selbst darstellen. Aus dieser Gegenwart wird in unserer Welt Auschwitz niemals wegzudenken sein, aber auch das sibirische Norilsk nicht, eine der Gulag-Besserungsanstalten, die kältesten Herzen der Menschheit, die solche Dunkelheit, solche Abgründigkeit, solche Lichtferne ermöglichten. Samt all jenen, die sich nicht widersetzt haben. Die mitgegangen sind. Die Schweigenden. Die durch ihre eigenen Auslassungen die Lügen der akribisch Hassenden ermöglicht haben. Als das Sprechen noch nicht tödlich war. Täuschen wir uns aber dabei nicht, auch der größte Verbrecher ist nie alleiniger Täter. Er ist Spiegel seiner Zeit, Spiegel all jener, die ihn umgeben, Magnet jenes säuerlichen Geruchs, der in den Leuten ihre tödliche Feigheitsluft produziert, die sie schließlich die Frische der Elemente vergessen lässt, ihre reinigende Kraft, ihre Aufforderung, tiefer zu atmen und damit auch: In Berührung zu bleiben mit dem, was der eigene Körper sagt, vor dem wir uns manchmal eine ganze Erdenexistenz lang verstecken, obwohl er unser sichtbar gewordenes Leben darstellt. Aber der Körper ist sterblich, deshalb liebt uns seine Weisheit. Um die eigene Sterblichkeit auszuklammern, zerstören die Menschen gerne alles, was sie herausfordert oder in ihrem von Ungeduld geleiteten Erleben auf den ersten Blick zu schwächen scheint. An die Stelle von Gott sollte beispielsweise bei den russischen Biokosmisten die Sowjetmacht treten, ein auf Unsterblichkeit ausgerichteter kollektiver Körper. Allmächtig und hungrig verschlang er auch in dieser Logik Millionen Menschen, die er sich einverleibte, um sich selbst erhalten zu können und der dabei den »Blutkreislauf« im Blick behielt. Was würde ich dem Dichter Daniil Charms antworten, wenn er mich nach der Qualität dieses Blutes, dieses roten Lebenswassers fragte, denn Dichter, auch tote Dichter, gerade tote Dichter stellen mir manchmal Fragen. Schauen wir uns an, was er im Juni 1932 schrieb, als andere anfingen, von einem perfekt funktionierenden Menschen ohne echtes Blut zu träumen – »eine technisch hergestellte Ewigkeit des Körpers«, wie sie etwa Alexander Bogdanov (in dessen Namen Gott und der Tag versteckt sind) imaginierte und die jeden einzelnen Körper in immerwährender Gesundheit erhalten sollte, damit er am Ende nachhaltig zur Unsterblichkeit des sogenannten Volkskörpers beiträgt. Das sehr konkrete frische Blut jüngerer Sowjets sollte dabei den Genossen im fortgeschrittenen Alter zuarbeiten und ihren gesamten Blutkreislauf effektiv vitalisieren. Daniil Charms hingegen interessiert sich fast zur gleichen Zeit nur für Wasser und zwar als ein Charakteristikum der Erde. Vielleicht hat er sich schon damit verdächtig gemacht. Vielleicht ist Wasser eine Sprache. Sein Freund Jakow Druskin, ein Mathematiker und Philosoph, rettete aus seiner bombardierten Wohnung im belagerten Leningrad seinen literarischen Nachlass. Als Charms 1942 in stalinistischer Gefangenschaft verhungerte, wusste er nicht, dass ihn das allgemein Menschliche seiner überbordend sprachartistischen Texte überleben würde. Das Wasser hat und findet seine eigenen Wege, um den Durst der Durstigen zu löschen. Das Wasser, schrieb er einmal, sei eine notwendige Bedingung für den Menschen: »(...) und die Götter haben es erfunden.« Es liege immer unten, sei immer horizontal und spiegele den Himmel, wenn man seitlich aufs Wasser schaue. Bezeichnenderweise lese ich hier zuerst »seelisch« statt »seitlich«. Aber ich denke vielleicht dabei ganz unweigerlich an meine Mutter, die sich ihre Turnschuhe immer seitlich zur Linken hinstellte, bevor sie sie morgens anzog und zu ihren vielen Arbeitsstellen wie zu einzelnen olympischen Pflichtabteilungen des Lebens ging. Seitlich war gleichermaßen seelisch, sie war bereit, ihre Pflicht zu tun, und die Pflicht wartete »unten« auf sie, bei jenen Aufgaben also, die in unserer Gesellschaft nicht hoch genug wertgeschätzt werden, obwohl alle Ordnung und Hingabe und Sauberkeit mit ihnen zusammenhängt – beim Putzen, beim Pflegen kranker und bedürftiger Menschen, in der Küche eines großen Hotels, in dem meine Mutter über Jahre hinweg arbeitete, als Erste in den frühen Morgenstunden dort ankam, als Letzte ging. »Tief unten ist Wasser stets friedlich«, notiert Daniil Charms weiter. »Und uns Menschen unverständlich, und Fische schwimmen schnell darin, und dem Neugierigen rate ich, schau nicht hin, hüte dich. Wasser spiegelt immer nur, was über dem Wasser ist. Und schaust du seitlich aufs Wasser, dann siehst du einen Baum am Ufer stehen und einen Mann über die Brücke gehen und ein Mädchen sitzen im schmalen Boot.« Die dichte Welt dieses jungen Blicks war mit kommunistisch gefärbten Bluttransfusionen nicht zu erkaufen. Auch kann der Welt in der Welt nur das wirklich Vorhandene gespiegelt werden. Der sowjetische Superkörper, diese wasserlose Zone kühler Unsterblichkeitphantasien, ist Aleksander Bogdanov selbst natürlich nie zuteilgeworden, denn sein eigenes rein menschlich-individuelles Blut hat sich an die Naturgesetze gehalten und seine Utopie mit seinem eigenen Ableben zunichtegemacht. Im April 1928 erlag er ironischerweise seinen tödlichen Selbstversuchen, als er sich eifrig das Blut eines jungen und an Malaria erkrankten Studenten injizierte. Aber gerade die Anfälligkeit des Körpers führte andere dazu, einen interplanetarischen Besiedlungsplan des Universums anzudenken. Der Raketenwissenschaftler Konstantin Ziolkowski etwa sah dabei eine »Strahlen-Menschheit« als erstrebenswert an, deren Seelen sich seiner Vision gemäß kollektiv im Universum verpflanzen lassen würden, um so eines Tages zur »Übermenschheit« zu werden. In dieser Idee spiegelt sich letztlich genauso wie im menschenverachtenden Gulag-System Sowjetrusslands eine Art stählerner Über-Wille, der alles Zerbrechliche, ja alle Verletzlichkeit des Menschen, seine körperliche wie metaphysische Ausgesetztheit verpflanzen will, um sie hier auf Erden zu vermeiden. Nadeshda Mandelstam hat die frostigen Sowjetzeiten überlebt und das der Seele entgegenstehende Klima der kollektiven Unsterblichkeitsphantasien in ihren Memoiren beschrieben. Sie, die über Jahrzehnte hinweg der Willkür und der Unfreiheit maximal ausgesetzt war und den ihr liebsten Menschen in Stalins Diktatur verlor, schreibt über die Freiheit des Menschen, sie sei die Möglichkeit der Wahl, genauer, der Auswahl von Ideen. Sie gründe sich auf ein sittliches Prinzip, das uns vor hypnotischen Kräften und temporären, falschen Ideen schütze. »Frei ist man nicht vom höchsten Lebensprinzip«, notiert sie einmal, »sondern von der hypnotischen Macht der sozialen Welt. Freiheit unterscheidet sich von der Willkür dadurch, dass sie auf den lebensspendenden Kräften der Menschheit beruht, auf der Gottesmenschlichkeit, wie Dostojewski sagt, und nicht der Menschengöttlichkeit.« Sowohl der Gulag Sowjetrusslands als auch die nationalsozialistische Rassenideologie und der Vernichtungswahn, der sich in den Arbeits- und Todeslagern quer durch ganz Europa schmerzverzahnte Orte für seinen barbarischen wie fehlgeleiteten Übermenschen-Wahn erschuf, zeigen auf erschütternde Weise eine Willkür, die den leidenden, zerbrechlichen Körper im Visier hat. Dieser angreifbare Körper wird uns, die wir heute leben, auf immer die möglichen Auswüchse menschlicher Grausamkeit spiegeln und uns zum Fühlen auffordern. Denn dieser im Leiden gebrochene Körper ist am Ende der Tage unser aller Körper. Der französische Schriftsteller Robert Antelme, der als ein aus politischen Gründen Internierter verschiedene deutsche Lager, unter anderem Buchenwald und die berüchtigten Todesmärsche überlebt hat, beschreibt den Prozess des im Laufe der Zeit und Gefangenschaft immer mehr leidenden Körpers auf eindrückliche Weise, wenn er beispielsweise in seinem Buch »Das Menschengeschlecht«, im Kontrast zu Hunger und

Schmerzen, auf genaue Wahrnehmungen der Natur inner-
halb einer langen Kolonne zu sprechen kommt und das
zum Ausdruck bringt, was seine äußeren und inneren
Sinne empfangen: »Nachher werde ich versuchen, nur die
Bäume zu sehen, ihre Verschiedenartigkeit zu erfassen,
festzustellen, dass wir aus dem dichten Wald auf die Lichtung kommen, ich werde sogar versuchen, neugierig auf
die nächste Biegung zu warten. Kann man in der Kolonne
sein und dennoch nur die Blumen auf der Böschung sehen,
nur den Duft der feuchten Blätter riechen? Ich habe einen
Augenblick lang diese Macht.« Diese dem menschlichen
Körper gegebene Würde der Wahrnehmung, die mit seiner
inneren Freiheit und seiner direkten Sprache gekoppelt ist,
ist das Zeichen seines Lebendigseins, da er das ihn umgebende Lebendige *immer noch* wahrnimmt. Er wird zwar,
das weiß er, diesen Zustand bald schon einbüßen müssen
und nur noch auf müde Rücken in der Kolonne sehen, die
ihm seine eigene Erschöpfung spiegeln, aber das Erlebnis
der Natur, die sich ihm für heilige Augenblicke in ihrer
Ganzheit zeigt, ermächtigt ihn dazu, wieder ein Singular
zu sein, das also, was ihn die Deutschen im Lager unbedingt vergessen lassen wollen. »Man wird uns nachher
vielleicht töten«, schreibt er, »und wir werden Hunger
haben. Ich habe das Gras gesehen, den Nebel, die braunen
Wälder; auch wir können das alles sehen.« Besonders die
Verschiedenartigkeit der Bäume erweckt seine geistige
Neugier im müden und geschundenen Körper. Dieser
Körper, der noch so viel Kraft aufbringen wird, obwohl er

unzählige Male an den Todesrand gerät, ist ein Körper, der uns heute in einer Zeit des Optimierungswahns viel erzählen kann. Seine Versehrtheit ist eine warnende Botin vor den zielgerichtet strategischen und materiellen Vermessungen des Menschen, der, einmal der Mode, einem dem Zeitgeist geschuldeten blinden Perfektionsstreben oder den Herrschenden und ihrer Verachtung nicht mehr nützlich, schnell wie etwas Überflüssiges entsorgt werden kann. Stalin beherrschte diese Fertigkeit in Sekundenschnelle. Gerade jene Künstler und Sowjetforscher, die ihm nicht schnell genug das liefern konnten, was ihm vorschwebte oder aus ihrem autonomen Sein heraus seinen Unmut hervorriefen, verschwanden in unzähligen sowjetischen Gefängnissen und Arbeitslagern – vornehmlich durch Stalins Handlanger, sie waren der Löwenzahn in seinem bissigkalten Wind. Vielleicht traf einer dieser Verfemten in seiner Verbannung auch auf den jugoslawischen Kommunisten Karlo Štajner und, gebrochen in Willen und Würde, spionierte ihn dann im sibirischen Norilsk aus, um sich selbst Vorteile zu verschaffen. Vielleicht lief alles, was sie danach taten darauf hinaus, jene »različnost« – die Verschiedenheit, die Andersheit eines jeden Einzelnen – auszulöschen, die Danilo Kiš, der jeden Menschen als einen »Stern für sich« beschrieben hat und sich als letzten jugoslawischen Schriftsteller sah, zeitlebens bei sich selbst hervorgehoben hat. Die Andersheit war es auch, die am Ende seines kurzen jugoslawischen Lebens in einer von Gleichmachungsgedanken funktionierenden Welt plötzlich gegen ihn sprach, als von heute auf morgen während der jugoslawischen Kriege seine Bücher, die Bücher eines mitteleuropäischen Juden, verboten wurden. Die geistige Andersheit und die körperliche Fragilität, jene »beunruhigende Differenz«, die Freud Heimlichkeit genannt habe, so schrieb es Kiš einmal, muss die eigentliche Quelle für seine literarische und metaphysische Inspiration gewesen sein. Die »ethnographische Rarität«, schrieb er 1983 in seinem autobiographischen Text »Geburtsurkunde«, werde mit ihm aussterben. Aber das hat sich zum Glück, aufs Ganze gesehen, nicht bewahrheitet. Heute ist unsere Welt in seinem Sinne voller ethnographischer Raritäten, die sich womöglich selbst, auch und gerade dieses Umstands wegen, sogar als glückliche Menschen verstehen. Danilo Kiš war es auch, der an das Leben von Karlo Štajner und an »die toten Augen« seiner Frau Sonja erinnerte und dem ich es verdanke, überhaupt von Sonjas und Karlos Schicksal erfahren zu haben. Die Formulierung von den toten Augen kommt von Kiš selbst, der damit auch Sonjas Leben sichtbar gemacht hat. Im neunten Monat ihrer Schwangerschaft wurde ihr Mann Karlo mitten in der Nacht in jenem kalten November 1936 ins Lager abgeholt. Sie brachte das gemeinsame Kind, ein Mädchen, einen Monat nach seiner Festnahme zur Welt. Es lebte nur dreißig Tage und starb an Hunger. Dieses Schicksal ist für mich eine radikale Aufforderung, den Nachtschichten wie den Lichtseiten meiner Welt, aber auch meiner eigenen Wege nachzuspüren, eine geradezu sinnbildliche Anleitung, auf ein Heimweh im weinerlichen Singular zu verzichten, mich darin zu üben, jener Mensch zu bleiben, der ich jenseits eines Kollektivs *und in meiner Seele* bin. So zu leben, wie ich gemeint bin, das sehe ich als meine Aufgabe. Jeder von uns ist ein ausgesetztes Wesen, an dem Harmonikaklänge vergangener Zeiten zu nagen versuchen. Der Kosmos aber erzieht uns zu anderer und aufrichtiger Sprache. Der Tod ist der Horizont, der sich der Sentimentalität wie ein ehrfürchtig großer und im Sturm umgefallener Baum in den Weg stellt. Wer anfängt, das Hindernis zu meistern, ist schon anders tätig geworden und nicht mehr anfällig für alte Versprechen. »Es gibt«, heißt es einmal erhellend bei Walter Benjamin, »für die Menschen, wie sie heute sind, nur eine radikale Neuigkeit – und das ist immer die gleiche: der Tod.« Nur im Wissen um diese äußerste und zugleich innerste Grenze in uns erscheint mir die Verletzlichkeit des Lebens als der einzig mögliche Denkweg zu den Maulbeeren der Schönheit, die das Perfektionsgebaren im Hier und Jetzt uns vergessen lassen will. Kurz bevor ich die Bucht von Portbou erblicke, die Benjamin zunächst Rettung versprach, erkenne ich wieder eine früh in meinem Leben aufgeblitzte Forderung der Intuition – auf den Wegen, die wir gehen, liegen die Gedanken der uns Vorangegangenen und warten darauf, dass wir sie lesen, fortführen, hinterfragen und weiterdenken. Die Intoleranten möchten deshalb das Gedächtnis abschaffen. Das haben sie mit Maschinen und Chips gemeinsam. Wer kein Gedächtnis hat, der hat auch keine Vorfahren. Das Leben der Sterblichen hingegen verknüpft sich mit anderen Welten, Menschen, Sätzen, die in uns mitgehen und zum ersten Mal, mit zugespitzt einsetzenden beharrlichen Schmerzen in Waden und Knien, die den Abstieg zu einem größeren Willensakt machen als anfangs gedacht, denke ich in den Pyrenäen mit Dankbarkeit an all jene, die mich nicht zu ihresgleichen zählen und die mich als Verräterin sehen, als einen schwachen Menschen, der arm, heimatlos und unfähig ist, das Vaterland zu lieben. Diese und andere Gegenspieler sind die notwendigen Schatten auf meinem Weg zum autonomen Menschen, sie sind, radikal und vom Hellen zu Ende gedacht, Zuarbeiter des Bewusstseins und in ihm wirkendes Licht. Ich arbeite gern am sonnigen Bewusstsein des in mir pochenden Lebens. Und die für mich sinnstiftenden Worte Danilo Kiš' fallen mir wieder ein, die er als »Ratschläge für einen jungen Schriftsteller« so formuliert hat und die mir seine letzte Lebensgefährtin Pascale Delpech vor über zwanzig Jahren in Paris auf Tonband aufgenommen überlassen hat: »Sobald eine Gemeinschaft dich annimmt – stelle dich in Frage.« Braucht ein Mensch Weihrauch, wenn er auf seinem Weg einen solchen Satz zur Speisung erhält? Ein Satz wie dieser ist für mich synthetisch, eine währende »Kraftzentrale«, die mich seit über zwei Jahrzehnten beim Denken stützt. Beim Abstieg in das Tal und Richtung Bucht, beim Aufstieg im eigenen Denken wirkt er in mir, denn erst dort, wo ich ausgesetzt bin, wird offenbar, »wo der Bug steht« und, in der Umkehrung des Bildes, wo mein eigener Platz ist, von wo aus ich auf die Welt sehe, die mich zurück ins Paradies führt und sich mir von meinem Lebensschiff aus zeigt, wenn es in voller Fahrt das Meer des Seins durchschwimmt. Der Ozean ist ein strenger Lehrer, der nichts von uns will. Er ist einfach nur da, als Wasser, das uns in unseren hellsichtigen Träumen nährt, Bildweite schenkt und an Ufer denken lässt, die nur möglich sind, weil wir hier leben und einen Körper haben. Wer sich mit diesem Körper und der in ihm waltenden Wahrheit nicht anfreunden kann, sucht die Kühle der Perfektion. Dort aber steht kein Bug und kein Schiff, es gibt kein Wasser und keinen Tod. Wo Wasser und Tod fehlen, bleibt die Verwandlung aus. Wir haben darin nur die horizontale Zeit, aber sind losgelöst von der vertikal wirkenden Gnade aller in uns waltenden Stunden und uns umgebenden Elemente. Der Kampf und die Perfektion verdecken die Lücke, in der ein unbeweisbares Wunder geschieht, das wir mit niemandem teilen können, denn weil es ein wahres Wunder ist, gewinnt es nur in uns an Landschaft, die uns mit anderen Menschen verbindet.

Eine Betrachtung zur Mathematik der Verführung

Das Böse rechnet damit, dass wir nicht an sein Vorhandensein glauben. Denn so hat es freie Hand. Wir können es uns nicht vorstellen. Und je mehr wir seine Anwesenheit bestreiten, desto größer wird seine Kraft, und sein

Einflussbereich breitet sich aus. Es kann tun und lassen, was es will. Wir verweigern uns seiner Wirklichkeit, und so verstrebt es seine Fundamente in unserem Sein. So fasst es Fuß. Es hat Zeit, seine Pläne zu durchdenken, eine Architektur des schwarzen Todes bis ins Detail zu planen, während wir uns für aufgeklärte moderne Wesen halten und mit unbestimmt rebellischem Gefühl einmal dies, einmal das bekämpfen. Wir halten das Böse für einen Aberglauben ferner Zeiten. Und wissen nicht, dass es mit ebendieser Naivität rechnet. Es spricht für den Menschen, dass er sich die bauplanerische Gewissheit des so Abgründigen nicht ausmalen kann. Aber zugleich spricht es auch gegen ihn, denn das Böse schweigt nicht, es sagt schon weit im Vorfeld, was es zu tun gedenkt. Seine Worte zu ignorieren heißt: *Nicht denken zu wollen* und so sein Vorhandensein auszublenden, obwohl es deutlich wahrnehmbar ist. Der Talmud sagt, anfangs sei der böse Trieb wie ein Vorübergehender, dann wie ein Gast und zuletzt wie ein Hausherr. Wenn der Hausherr sich in uns niederlässt, ist es schwer ihn wieder loszuwerden, denn er gibt nicht so schnell das auf, was er einmal sein Eigen nennt. Man selbst ist dann leicht schachmatt gesetzt. Den meisten Menschen fehlt es nicht an Mut, das Gegebene zu erkennen. Es fehlt ihnen an Vorstellungskraft, den Schritt zum Erkannten in sich zu vollziehen und sich gemeint zu wissen. Denn das Böse ist nie abstrakt. Es handelt sehr konkret. Es rechnet damit, dass wir es leugnen. Es verwickelt uns in Diskussionen, bis wir versteinern. Unsere Versteinerung ist die erste

aufgegangene Gleichung in seiner gut durchkomponierten Kunst der Verführung. Dort beginnt die Herrschaft,
die davon träumt, einen Untertan nach Maß zu erschaffen,
einen Menschen, der diesem (uns fremden) Willen durch
sein Schweigen und durch die Auslassungen in seinem Gewissen gehorsam folgt, obwohl er es immer besser weiß.
Maschinen haben keine dieserart aufblitzende Intuition.
Maschinen haben kein Gewissen. Und auch keine aus dem
kosmisch ozeanischen Nichts herrührenden Eingebungen.
Alle Kultur, alle Kunst und alle Schönheit des Menschen
kommen genau aus diesem innen aufleuchtenden Licht,
aus einem tiefen, wie von der Sonne rührenden Gedanken,
der uns öffnet und neue Wege gehen lässt. Wir berech-
nen den Weg nicht im Vorfeld, wenn wir schöpferisch tätig
sind. Wir gehen den Weg. Nicht weil wir den Weg kennen,
das ist eben zum Glück nicht der Fall. Wir gehen den Weg,
weil der Weg uns kennt. Ebenso kennt uns der Schmerz,
er fordert uns so lange heraus, bis wir, dem Maulbeerbaum
gleich, in einer einzigen Nacht mit einer solchen Kraft
neu beginnen können, dass man es mit den inneren Ohren
in der ganzen Welt hört. Wenn der Mensch dieser einen
Nacht, in der alles neu entstehen kann, auszuweichen versucht, versäumt er den Ausklang jener dunklen Nacht der
Seele in ihre Helligkeit, die der Mystiker Juan de la Cruz
als die Bedingung für die schöpferische Verwandlung des
Menschen beschrieben hat. Dieses Erwachen im Ganzen
bleibt aus, wenn wir versuchen, uns in eine Perfektion zu
retten, die am Ende alles in uns abtötet, was Sanftmut und

Verletzlichkeit uns im Laufe unserer Jahre auf Erden und mit den Erdenmenschen unseres Hierseins beizubringen versuchen. Das Leben, hat einmal Nadeshda Mandelstam geschrieben, sei nicht nur eine Gegebenheit, sondern auch Gegebenes. Das führt nach meinem Empfinden eine Verantwortung mit sich, Kraft genug zu sammeln, um ohne Fluchten ins Absolute gleichwelcher Art ein Mensch zu sein und zu bleiben, der das ihm Gegebene entschlüsselt, während er lebt, und das gelingt ihm wie dem Maulbeerbaum nicht »vor Ende der späteren Fröste«. – Die Kälte, die er in Wärme verwandelt, macht ihm im Seelischen zum vieläugigen Schmetterling, der weiß, dass nach der Verwandlung die eigentliche Arbeit am Gesang beginnt. Erst wenn wir uns fragen können und müssen, was aus dem Schmetterling nach seinem Aufblühen im Schönen werden soll, wohin sein Flug ihn also bringt, beginnen wir, vom heiligen Urzustand zu ahnen, der uns in dem uns Gegebenen trägt. Ein neuer Empfindungsraum, ein neues Eingewobensein in alles Lebendige ist die Folge. Der Helligkeit zuarbeitende neue Anfang, der daraus erwächst, stellt wahre Wärmelinien zwischen uns allen her und leuchtet mit seiner Ganzheit in unsere unverkäuflichen Augen. Denn am Ende, so sagte es Nadeshda Mandelstam und die in ihrem Vornamen lebende Hoffnung, sind wir keine Porträts, wir haben Gesichter.

Die Geburt der Lüge

Als Danilo Kiš 1983 von sich als einer ethnographischen
Rarität sprach, fing in der sozialistischen Welt das eiserne
Machtgefüge alter Autoritäten langsam an nachzugeben.
In diesem Jahr, in dem der mentale Vulkanismus eines
ganzen Kontinents die Herrschenden endgültig zu verun-
sichern begann, beschloss mein Vater, mit uns Kindern
gleich nach Neujahr in die Stadt zu fahren und Reisepässe
für uns zu beantragen. Im sozialistischen Jugoslawien war
das keine große Sache, man riskierte nichts, wir durften
ausreisen und mussten lediglich einen bürokratischen Akt
über uns ergehen lassen. 1982 war das Jahr, in dem ich
meinen Großvater zum ersten Mal angelogen habe, indem
ich eine Lüge meines Vaters stützte und sie übernahm. Das
beschäftigt mich bis heute, dieses erste bewusste Abrü-
cken von der Wahrheit. Ohne rot zu werden, daran erinnere ich mich sehr genau, sage ich Großvater ins Gesicht,
und ohne auch nur die Andeutung irgendeiner Scheu, dass
wir in diesem Januar zum Zahnarzt gehen müssen und
zwar fortwährend. Ich sage das einfach so, wiederhole,
was Vater gesagt hat. Ich weiß es zwar damals noch nicht,
aber ich habe mich selbst in diesem Augenblick verloren.
In der Folge kehrt eine Ruppigkeit in meine Stimme ein,
die bisher nicht da war. Ich höre genau den Widerstand,
den sie im lauten Sagen überwinden muss, um das Un-
wahre aussprechbar zu machen. Es geht nur mit dieser
brüsken Schnelligkeit. Großvater scheint es zu spüren, er

ist etwas überrascht, nimmt es aber hin, was ich ihm so hinwerfe. Es tut weh, dass er keine Fragen stellt. Auch daran erinnere ich mich nur zu gut. Ich bin wie Sarah Kofman neun Jahre alt und erhalte keine Gelegenheit, mich zu korrigieren. Die Lüge ist nun in der Welt und wird Welt. Meine Stimme lügt aber nicht. Die Ruppigkeit, die mich leitet, sagt mir, dass sie verstanden hat, wozu ich sie gezwungen habe. Denn wir gehen gar nicht zum Zahnarzt, sondern zum Amt, um unsere ersten Pässe für die Ausreise zu beantragen und mit ihnen für immer nach Hessen umzuziehen, auf dem Weg zu einer anderen ethnographischen Rarität als derjenigen, die Danilo Kiš für sich in Anspruch nahm. Da aber weiß ich noch lange nicht, dass es aschkenasisch-jüdische Vorfahren gibt, die in uns allen mitgehen und weggehen und von Großvater fortgehen, der Glöckner ist und nie in die Kirche geht. Und doch wird auch aus mir nur in kürzester Zeit eine wortlos gemachte, der Sprache beraubte kleine ethnographische Rarität, die ihr neues Leben als Kind mit einer weitreichenden Lüge beginnt und sich in Sekundenschnelle grundlos der väterlichen Autorität fügt. Nie werde ich das trauernde Gesicht meines Großvaters vergessen, nie den Augenblick in mir auslöschen können, in dem mir klarwurde, dass die Lüge unnötig war und ich mit ihr die zwischen uns sanft flimmernde Wärmelinie der Nähe und des Vertrauens verraten hatte. Ein neues Leben beginnt also mit dieser weitreichenden Lüge, für mich legt sie den Grundstein für alle in der Zukunft meiner Wahrheit harrenden Augenblicke. Und die Einkehr der Lüge in mein Denken. Die erste Lüge im Leben eines Menschen ist ein Einfallstor für alle späteren Verführungen, diese schnell sich ins Spiel bringende Möglichkeit, sich akribisch vor der Wahrheit zu drücken und sich in der Lüge zu verstecken. Vor der Wahrheit im Kleinen, vor den ungeschützten Momenten, in denen es mir viel leichter erscheint, Unterschlupf in der Lüge als eine Verankerung in der Wahrheit zu finden. Die Geburt der Lüge, diese sagenhaft verlockende Verführung zur scheinbaren Leichtigkeit, die sie meinen Sätzen einverleibte, sie ging sehr schnell. Ich erinnere mich aber an einen kleinen Augenblick des Zögerns. Dieser Augenblick macht den Menschen zum Menschen. Der Funke war da und hatte also gesprochen. Es gab diesen winzigen inneren Moment, der sich mir als Frage zeigte. Aber warum sagen wir Großvater nicht einfach die Wahrheit? Früher oder später müssen wir es doch ohnehin offenlegen, dass wir alle das Land und ihn, diese Küche, diesen Hof, diesen Feigenbaum verlassen werden. Aber mein Vater hatte diesen anderen Plan. Die Leichtigkeit, mit der wir später wochenlang logen, begriff ich Jahre danach, war eine zusätzliche Last, die fortan immer in mir mitging. So leicht also hatte die Lüge ihr schweres Gewicht in mir abgelegt. Es sollten ganze drei Jahrzehnte vergehen, bis ich in der Lage war zu begreifen, was diese verführerische Leichtigkeit aus mir gemacht hatte, diese erste bewusste Lüge, die Großvater einen Schmerz auf Raten vermeiden lassen sollte, ihm aber im Moment des tat-

sächlichen Abschieds eine vergiftete Lanze ins Herz
stach – sie zog eine Wunde nach sich, an der er zeitlebens
litt und die mich in ihrem dunklen Wirkungsbereich wie
in eine schäbige, gefahrenvolle nachtschwarze Gasse zog,
der ich nicht so schnell entkommen konnte, wenn es darum ging, meinen oder den Schmerz eines anderen Menschen zu fühlen und beim Erlebten zu bleiben. In der
Gasse gab es kein Licht, und es gab keine andere Straße,
keinen anderen Weg, der aus ihr herausführte, es gab nur
diese Gasse, nur das dunkle Terrain ihrer belastenden Ver-
fänglichkeit. Ich konnte ihr nicht mehr entkommen, denn
ich hatte vergessen, dass ich eine Wahl hatte. Und: Ich
packte die Koffer, nur kurz ließ ich den Abschied zu, bloß
eigentlich nur als Wort, nie als Gefühl, ging fort von dem
gerade noch nahen Menschen, aber ohne mich innerlich
umzudrehen. Und selbst wenn ich zurücksah, gelang es
mir, das Messer im Herzen so weit zu drehen, dass ein
schnelles Fortgehen immer noch möglich und besser für
mich war als das Bleiben. Drei Jahrzehnte später also begriff ich, dass die Lüge einen Menschen aus mir gemacht
hatte, an dem ich selbst am meisten litt. Ein ängstliches
Wesen war an die Stelle jenes sorglosen, vagabundisch
fröhlichen Kindes in mich eingezogen, wie ein Fremdkör-
per, der alles daransetzte, mich im Vergessen leben zu lassen. Liebend war ich vorher, mit Worten, mit Augen, mit
Händen, offen und mit den Wundern des wärmenden Südens befreundet und verbündet, auch mit der Weite der
Landschaft, in der ich aufwuchs, elternlos, aber verwandt

mit jedem Menschen, mit jedem Grashalm, mit den wachen Augen der Tiere, mit den großen wissenden Köpfen der Pferde und der Klarheit und Sauberkeit der eifrigen, so hingebungsvoll gottesfürchtigen Kirchenhelferinnern. Über die erste Lüge und die Maßstäbe, die sie fortan an mich stellte, habe ich weder mit meinem Vater noch mit irgendeinem anderen Menschen gesprochen. Es ist ein großes Glück, dass ich aber den Verlust der Unschuld als einen eisigen Einschnitt und als schmerzliches Unglück erlebt und den Januar 1983 nie vergessen habe. So blieben am Ende die Sprache des Funkens, der ersten Eingebung, und der Durst nach Wahrheit immer in mir bestehen. Der Funke wollte einfach nicht sterben. Doch der Weg zurück zur Unschuld ist lang und beschwerlich. Das seelische Gebirge, das zu überwinden sich nicht vermeiden lässt, gewinnt mit den Jahren an Höhe. Es bedarf einer neuen und zweiten Geburt, um wieder von ihr aufgenommen zu werden. Sterben lernen ist ein Kapitel für sich, an dem ich mich lange üben durfte. Eine neue Sprache, ein neues Land haben das vielleicht bei mir möglich gemacht. Es war ein notwendiger Tod. Er hatte viele Facetten und Etappen. Aber am Ende ist es das Land des Gewissens, das uns erzieht und auf den helleren Weg bringt. Von dort werde ich immer angefunkt. Meine kleine Radiostation der Seele lässt nicht an Lautstärke nach und akzeptiert keine schnellen Erklärungen. Sie mutet mir viel zu im hingestreckten Spiel mit den Rätseln. Gibt es Ausnahmen?, lässt sie mich fragen. Darf ich manchmal lügen? Ja. Es gibt eine Form der frommen Lüge, die einem anderen Menschen von Hilfe ist. Alle anderen Lügenarten sind Gewichten unterworfen, deren Schwere wir erst erkennen, wenn die Wege, die wir gehen, keinerlei Geburtsurkunde mehr kennen, uns also vom Anfang, der wir sind, abgeschnitten haben. Nur ein Zusammenbruch kann dann neue Wege möglich machen. Das Unvollkommene, Kleine wird wieder greifbar, wir staunen es an – wie die verletzten winzigen Flügel eines Insekts oder das Innenleben einer Blume –: Blütenstaub. Nur so kann ich wieder Anfängerin meiner selbst werden: In den vielfachen (von mir selbst nicht mehr zu überblickenden) Versprenkelungen meiner eigenen Unvollkommenheit, in der Ungerichtetheit meiner Handlungen. In einem Atem, der kein Ziel, kein Interesse hat, sondern schon das Ziel ist, Leben aus Freiwilligkeit. Offen. Ergebnislos. Von allen Seiten der frischen Luft der Wahrheit ausgesetzt.

Der eigene Blick

Im Herbst vor meinem Aufbruch in die Pyrenäen war mein Blick schon geweitet, der Reise wegen noch offener als sonst. Wie jeder Aufbruch, fand auch meiner erst in Gedanken statt und leitete einen Umbruch im Geist ein. Ich konnte anders und im Zusammenhang mit der einst unter der dunklen Regentschaft Nazideutschlands erlittenen Not meinen Denkweg wahrnehmen, bevor ich ihn wirklich im Gehen sah. In solchen Augenblicken bündelt sich die Wirklichkeit, und ihre Tiefenschichten zeigen sich deutlicher als sonst. Eine der Wirklichkeit harrende Wirklichkeit fordert das heraus, was wir bis dahin *für Wirklichkeit gehalten haben.* Diese neue Seinsform kann sich anders im Sehen schälen, was auch grundlegend für jedes andere Gewahrwerden im Bewusstsein gilt. Ich ging kurz vor meinem Aufbruch an einer munteren Gruppe von kleinen Kindern vorbei, die mit ihrer Erzieherin einen Ausflug machten. Die Kleinen sammelten kunterbunte Blätter. Eines der Mädchen hatte eine Vorliebe für solche Blätter, die nicht mehr ganz waren und denen etwas fehlte. Ich liebte dieses Kind im Vorbeigehen dafür. Als es der Erzieherin seine Sammlung zeigte, war diese nicht erfreut und auch nicht einverstanden mit dem Ergebnis. Es folgte eine lange Ansprache, die dem Kind eine durchdachte Erklärung für den Unmut der vor ihr stehenden Person lieferte. Es sei besser, nur ganze Blätter zu sammeln. Mit denen könne man später mehr machen. Das Mädchen wurde ganz still. Ich weiß nicht, was genau in ihm vorging und ob es mit der Forderung nach unversehrten Blättern einverstanden war oder nicht. Das Kind wirkte jedenfalls verstört, sprach aber kein Wort aus. Es sah nur immer auf seine in nur einem Moment vom Blick der Kindergärtnerin getötete Sammlung. Ich dachte lange über diese Szene nach, in der ein Kind seine Vollkommenheit zum Ausdruck brachte, indem es sein Augenmerk auf etwas richtete, das niemandem in diesem neuen Herbst von Nutzen war und das nur ihm Sinn und Beglückung und eine Struktur in seiner Sammlung versprach. Es vervollständigte mit seinem eigenen Blick die Unvollständigkeit der Blätter, indem es sie als solche immer noch wahrnehmen konnte und sie des Sammelns für würdig erachtet hatte. Es hatte ein genaues Auge für die Fülle der herbstlichen Blätter, nicht für deren Perfektion aus einer bestimmten Perspektive. Mir ging durch den Kopf, dass das Mädchen etwas gekonnt hatte, was das abgründige 20. Jahrhundert und seine vererbten Zeitsplitter in unserem Innenraum in Millionen von Menschen und scheinbar auch in uns Nachgeborenen gelöscht hatte – den Sinn für die Schönheit des nicht vollständig in unserem begrenzten Blick als perfekt Erscheinendem, das sich in der Euthanasie im Nazideutschland auf so dunkle Weise entladen konnte. Hier, vor meinen Augen, wurde ein offenes Wesen von seinem guten und das Gute sehenden Blick weggeführt. Was tun die auf Perfektion Ausgerichteten in der Welt? Sie vergleichen sich mit anderen und büßen dabei ihre Einzigartigkeit ein. Einer, der sich im 20. Jahrhundert nicht mit anderen verglich, war der Dichter Ossip Mandelstam. »Vergleiche nicht – ein Lebender ist unvergleichlich«, hatte er einmal geschrieben und seine Verbundenheit mit den Menschen, mit allen Menschen, die noch Menschen geblieben waren, zum Ausdruck gebracht. Deshalb konnte er sich das Gedächtnis bewahren, er konnte sehen, was um ihn herum und mit ihm selbst in einer Welt geschah, in der Zeugenschaft nicht erwünscht war. Er blieb seinem warmen menschlichen Kompass treu, indem er nicht vergaß, was einem niemand wegnehmen kann.

Das Schwinden der Wärme

Eine nicht mehr so neue Partei besteht darauf, dass Europa christlich ist. »Europa ist nicht christlich. Europa liebt den Mammon.« Sagt Mahatma Gandhi. Die große Seele ist wie immer groß, weil sie *einfach* und weil sie *allein* ist. Aus diesem Alleinsein heraus kann sie das Ganze verstehen, die Zusammensetzungen des Schmerzes, die luftraubende Not, die irrationale Willkür und das Bedürfnis, sich über andere Menschen zu erheben. All das rührt aus der Trennung, die wir herstellen, aus dem Glauben heraus, hier seien die perfekten und vollständigen, dort die unvollständigen, hier die richtigen, dort die falschen Menschen. Ach Majakowski, Majakowski!, ja, es stimmt wirklich, was du gesagt hast, *wir sind alle nur Glöckchen an der Mütze Gottes.* Blick nicht ängstlich voraus, denn dann wird alles, was du liebst, sofort vergehen. Blick nicht kleinkrämerisch zurück, denn dann ist alles, was du geliebt hast, schon verloren, und du erstarrst im Salz, wirst zur Salzsäule deiner versteinerten Überzeugungen. Blick ins Jetzt, dort, in diesem unfassbaren Hier und in der Tiefe der Zeit wirst du ein Mensch werden, der die anderen kennt, weil er sich selbst als Denkweg *durchschritten* hat. Da, vor dir, hinter dir, an dieser oder jener Ampel deiner Stadt steht sie und weint, diese Mutter, die das Meer überwunden hat und auf unserem Festland des Kapitals angekommen ist. Da weint sie, und kein Geld der Welt kann ihr helfen, nicht zu weinen. Und selbst wenn du ihr alles gibst, was du hast, du wirst niemals so viel besitzen, um an diese Tränen zu gereichen. Deshalb schau sie dir an, ihre Würde, ihre bloße Existenz, schau sie dir an und verstehe, welche Botschaft ihr Blick hat: Diese unbekannte Frau kann dich so aus dem Innersten ansehen, dass deine Jugend auf der Stelle zu Ende geht. Jeder Mensch will tätig sein. Ein Blick ist eine Tat. Eine Handlung jenseits von Europas Grenzen. So ins Rechnen versteift, begreifen wir Menschen nicht, dass die Gleichungen für alle gelten und dass der andere, in unseren Augen Störende, Unvollkommene, einmal wegdividiert, auch mich selbst aus der Welt schafft. Denn was ist mein Geld, mein Konto, meine Sicherheit wert (unter anderen Vorzeichen könnte auch mir all das genommen werden), wenn der andere unserem Informationskapitalismus, unserer Kälte erliegt, noch bevor wir ein Messer zücken? Es gibt so viele Arten, den anderen schachmatt zu setzen. So viele Arten, den Krieg zu beginnen, zu sterben und zu morden. Das Wahre ist also immer noch das Ganze. Wir entwickeln uns zusammen. Jeder für sich in seinem Wesen ist verbunden mit dem Wesen der anderen Menschen. Dafür muss jeder so sein dürfen, so sein können, *wie er wirklich ist.* Manchmal stelle ich mir vor, dass wir einem einzigen Seelen-Apfel-kern entsprungen und hineingewachsen sind in diese kör-perliche Form der Versprenkelungen. Nun müssen wir als Einzelne durch unser Leben gehen, das aber stets mit an-derem Leben verwoben ist und von dort zu allem Leben-digen spricht. Wir stehen nur scheinbar an verschiedenen Plätzen. Nur in Langsamkeit können wir die Verbin-dungslinien sehen. Das Schnelle ist noch immer nicht das Vernünftige. Das Neue bringt Herausforderungen mit sich, seiner Natur nach birgt es zeitgleich Anleitungen zum genauen Sehen, die sich in den Reibungen anbieten. Im Radio. In den Zeitungen ist davon nicht die Rede. Das ist das Schwinden der Wärme in den Dingen. Weil die Wärme im Menschen und in seiner Stimme verschwunden ist, suchen wir sie auch vergebens in den Dingen. Aber ein neuer Sommer wird kommen und auch die Toten in ihm an Wärme gewinnen. Meine hundertjährige Schwester lebt nicht mehr, doch ich sehe sie noch immer vor mir, weil ich sie *in mir* sehe. Die Vögel, die wir mit unserem Gift um-schwirren, das wir überall versprühen, werden uns nicht vergessen. Die Vögel, die auch in einem stalinistischen Lager für Karlo Štajner Boten der größeren Luft sind, Himmelsraum, der die unheimliche Stille durchsetzt, wenn er wieder einmal in ein anderes Gefängnis gebracht wird: »Im Hofe war es so still, dass man hören konnte, wie die Vögel vorbeiflogen.« Und: in einem anderen Kerker, wo er ebenfalls auf den unbewohnten Solowezki-Inseln dem freiheitlich klingenden Möwengeschrei zuhörte, bis eine Kommission aus Moskau auf den Gedanken kam, die Gefangenen könnten über die Möwen Post in die Freiheit befördern und so ihren Angehörigen oder Freunden ihre Lage schildern. Sie ließen alle Vögel abschießen. Zuvor hatte es eine Hinrichtung einiger dreihundert Klosterschwestern gegeben, die hierher von der Hauptinsel gebracht worden waren. Das einstige Gotteshaus diente nun als Lebensmittellager und Gefängnis. Die Frauen hatten sich allesamt geweigert, für den NKWD zu arbeiten und sagten jeweils vor ihrer Erschießung den Satz: »Für den Antichrist arbeite ich nicht.« Wie viele Vögel erschossen wurden, hat niemand festgehalten. Auch kann niemand gewusst haben, was sie zuletzt sagten. Ein osteuropäischer Ministerpräsident hat vielleicht dem Gesang der freien Vögel seiner und meiner Zeit vielleicht gar keine Aufmerksamkeit geschenkt, als er im Radio verlautbarte, *seine Partei sei gegen alle*, nicht nur gegen muslimische *Flüchtlinge*. Ich nehme an, das hat dieser Mann nach einem guten, ausgewogenen Frühstück gesagt, eingenommen in einem großen Haus, mit fließend Wasser und Heizung und allem, was wir für selbstverständlich halten, weil wir es selbst besitzen und von dem wir glauben, wir würden sterben, wenn es uns fehlt. Eine derart klare Ausrichtung mit sattem Magen muss nicht zwangsläufig überraschen. Mir fällt in den Pyrenäen ein Spiel ein, das dieser Ministerpräsident wahrscheinlich nicht so gerne mitspielen würde. Ich will ja nicht, dass irgendjemand Hunger leidet. Obwohl es Zeit und Einsatz fordert, ist es ein Spiel, bei dem man nicht entlohnt wird, es gibt auch keine Sieger, weil alle, die mitmachen, einfach nur die Menschen bleiben müssen, die sie im wahren Leben sind. Das Spiel geht so: Ein Mann macht sich mit einem satten Magen auf den Weg, ohne Geld, ohne frische Kleidung, ohne Speisen und Duschgelegenheiten muss er einfach reputationslos und sich selbst überlassen zu Fuß gehen, in irgendein anderes Land dieser Welt, dessen Sprache und Schrift er nicht kennt. Ginge sein Blick irgendwann zum Himmel, zu der Arbeit der Vögel? Das Spiel erführe seine Zuspitzung darin, dass er seinen Überzeugungen in Gestalt von politisch Gleichgesinnten begegnen und sich in der Gnade jener Menschen wiederfinden müsste, die wie er einen satten Magen, ein schönes Haus und so weiter haben. Es darf ihm dabei niemand etwas zuleide tun. Man darf ihm keine Steine zu essen geben, wenn er um Brot bittet. Und niemand darf zu etwas verpflichtet werden. Auch nicht zur Moral. Wenn Menschen Darsteller und Zuschauer in einem sind, lernen sie vielleicht am ehesten etwas über Freiwilligkeit. Denn die Gedanken sind schmiegsam. Alle Gedanken. Sie übersetzen sich sofort in Leben. Sich selbst einen Augenblick lang auf ein anderes Wesen einzulassen und zu sehen, wer uns gegenübersteht – wird es die schnelle, mineralische Härte unseres unruhigen Blicks auflösen? Etwas anderes als unsere Eile, unsere eigenen Bedürfnisse in die Luft senden? Was würde das Ende des Spiels mit dem – sagen wir – Osteuropäer machen, der nun kein Ministerpräsident mehr wäre? Mit einer Anordnung zum Gutsein ist nichts gewonnen, das Helle wird dabei nachhaltig gestört, da es aus der Freiheit heraus entsteht, durch die Wahl, aus der es erwächst. Auch das Schauen muss aus sich heraus wirksam sein, es muss größer und stiller sein als unsere abgenutzte Sprache, größer auch als die banale Glückssuche, die schnell Ersatzreligion für die innere Leere wird. Wer das Glück sucht, ist ein gewöhnlicher Mensch, wer es schenken kann, wurde vom Glück schon gefunden. Ich mache das Radio aus. Ich suche kein Glück und lese heute keine Zeitung mehr. Ich beschließe stattdessen, an jenem Tag hinauszugehen und in den Straßen meiner Stadt zu spazieren. Ich übe mich noch immer im Blick nach innen und im Wunsch, ein Mensch zu sein, der das Gespräch mit anderen Menschen sucht. Und da sind sie alle, hier draußen in meinen Straßen, alle Menschen meines Lebens, sie gehen durch die Stadt und durch dieses Leben wie ich, und neue (vielleicht wie ich einst staatenlose) Menschen kommen dazu, neue Sprachen sind in der summenden Luft zu hören. Die Insekten, sie surren mit uns, ich höre sie kommen, die Tiefe der Zeit wird helfen, andere Sinne und die aus ihnen entstehenden Verknüpfungen zu finden. In einem solchen inneren Hoffnungsmoment erhalte ich plötzlich eine Mail einer wütenden Frau. Darin empört sie sich darüber, dass ich in Odessa und in einem vom Krieg heimgesuchten Land über die innere Zeit des Menschen gesprochen habe. Eine solche Zeit empört sie so grundlegend, dass sie alle Katastrophen aufzählt, die uns umgeben, sie und mich und alle anderen Menschen, Katastrophen, für die, um sie zu beheben, es viel Geld brauche und all das, was Menschen eben zuerst denken, wenn sie mit der Not, die auch mich bedrängt, umgehen müssen. Es ist eine lange Liste. Ich beschließe, auf diese Liste nicht einzugehen, verzichte darauf, die innere Zeit zu verteidigen. Ist Verteidigung nicht recht besehen der erste Schritt zum Krieg? Ich beschließe stattdessen, zu schweigen und das zu lieben, was heute geliebt werden kann. Die äußere Zeit hat ja so viele Fallen, so viele Schichten, mit denen sie uns umschlingt. Sie hat es schon immer geschafft, die Menschen an sich zu binden und sie von der alleinigen Bedeutung der Chronologien zu überzeugen, sie also an das gusseiserne Tor in ihrem Inneren zu binden, ohne sie auch nur ein Mal durchzulassen, auf die andere Seite, auf die Seite jener Stunden, die man nicht zählen kann und die wir immer noch und je älter wir werden umso dringlicher *unser Leben* nennen. Die Würde eines jeden Atmenden ist eine lebendige Stunde. Es gibt kein theoretisches Leben, es gibt auch keine theoretische Zeit, auch wenn wir uns alle darauf geeinigt haben, Uhren zu tragen. Jeder Mensch ist seine eigene Zeit. Die Zeit mit anderen zu teilen, ist das, was wir unser Leben nennen. Die Menschen leben nicht von außen nach innen, die Menschen leben von innen nach außen. Nur haben wir das vergessen. In der Zwischenzeit führen wir Kriege und fertigen Listen an und wollen, dass diese Listen von allen gelesen werden, damit gekämpft wird in Gegnerschaft. Ich überquere die Straße und sehe mehr Bettler denn je in meiner Stadt. Zu dem einen Bettler gehe ich hin. Als ich ihm Geld geben will, lacht er mich offenbar aus. Er nimmt das Geld. Aber er sieht meine Hilflosigkeit. Er ist nicht lange genug auf der Straße, um dieses kurze Innehalten auf meinem Gesicht übersehen zu können. Er hat noch keinen einzigen Winter auf den Straßen von Berlin gefroren. Noch scheint er genau zu wissen, dass er mehr *ist*, als ich ihm jemals geben kann. Selbst der bedürftigste Mensch lebt nicht vom Geld allein. Gerade das können wir von den Bedürftigen lernen, die wir immer nur auf ihre Hilflosigkeit reduzieren. Stell dir vor, du selbst bist bedürftig und ein anderer schenkt dir einfach nur einen ehrlichen Blick. Wie viel ist dieser Blick wert, dem einen und dem anderen, da wir am Ende ohnehin nicht mehr geben können, als uns unsere wahre Anteilnahme es erlaubt? Der wahr Blickende wird aber vielleicht auch an den Hunger des Anderen denken können. Allem Geben geht das Funkenlesen zuvor. Der Funke spricht. Der Funke macht uns zu einem Menschen, der, wie es Primo Levi einmal über einen Mithäftling in Auschwitz namens Lorenzo erläutert, außerhalb einer Welt der Verneinung lebt. Lorenzo sei rein makellos gewesen. So sei es auch ihm vergönnt gewesen, dass auch er nicht vergessen habe, noch ein Mensch zu sein. Wer das nicht vergisst, wird immer teilen können. Teilen ist Geben ohne den Hintergedanken an einen wie auch immer gearteten Gewinn.

Die Profiteure der Angst

Es gibt sie wieder, die Dunkelmänner, die Angst vor dem ausgedachten Anderen und damit vor dem Leben selbst verbreiten. Sie tun es so lange mit ihren eigenen Händen, bis keinerlei Hände mehr nötig sind, bis ein System entsteht, ein Netzwerk der Angst, das für sie weiterarbeitet. Es ist kein Zufall, dass in solchen Zeiten sowohl Gedichte als auch Menschen auf der Flucht sind. Ein kleines Mädchen (dessen Nationalität ich vergessen habe) ist aus Versehen an der belgischen Grenze in einer solchen Zeit, die meine Zeit ist, erschossen worden. Von Polizisten, die Geflüchtete verfolgten. Der Schuss ging durch die Wange des Kindes. Es war zwei Jahre alt. Unsere Gegenwart führe genauso wie unsere Vergangenheit einen heimlichen Index mit, durch den sie auf die Erlösung verweise, heißt es einmal bei Walter Benjamin. »Streift denn nicht uns selber ein Hauch der Luft, die um die Früheren gewesen ist?«, fragt er weiter und notiert: »Ist dem so, dann besteht eine geheime Verabredung zwischen den gewesenen Geschlechtern und unserem. Dann sind wir auf der Erde erwartet worden.« Der »heimliche Index«, von dem Benjamin im Hinblick auf das einst Gewesene spricht, scheint sich temporeich mit unserer Gegenwart zu verknüpfen, in der wir sowohl sehen können, was die Inschriften der Vergangenheit uns zuarbeiten und sagen wollen, als auch das, was die Gegenwart zur Sprache bringt, denn das in ihr gemündete Vergangene wird uns heute als jene Zukunft offenbar, von der Benjamin im Zusammenhang mit seinem »Engel der Geschichte« sprach: »Er hat das Antlitz der Vergangenheit zugewendet. Wo eine Kette von Begebenheiten vor *uns* erscheint, da sieht *er* eine einzige Katastrophe, die unablässig Trümmer auf Trümmer hängt und sie ihm vor die Füße schleudert. Er möchte wohl verweilen, die Toten wecken und das Zerschlagene zusammenfügen. Aber ein Sturm weht vom Paradiese her, der sich in seinen Flügeln verfangen hat und so stark ist, dass der Engel sie nicht mehr schließen kann. Dieser Strom treibt uns unaufhaltsam in die Zukunft, der er den Rücken kehrt, während der Trümmerhaufen vor ihm in den Himmel wächst. Das, was wir Fortschritt nennen, ist *dieser* Sturm.« Ich lese diese Worte als seelische Gleichung im Innenleben eines jeden Einzelnen, der nicht nur den Ereignissen der Geschichte, sondern auch seinen eigenen Dunkelheiten ausgesetzt ist. Ich lese diese Worte als Teil eines unabwendbaren »inneren Zeitgefüges«, das in uns allen wirksam geworden ist – als Gleichung und Erbe des dunkelbestirnten 20. Jahrhunderts, das immer noch in uns mitgeht. Es kommt darauf an, wie wir uns in diesem »Sturm« verhalten. Und ob wir das »vergessene Menschliche« als einen persönlichen, uns eingeschriebenen Weg entziffern und wieder lesen lernen können. Immerhin leben wir in Zeiten, in denen es nicht einmal einen Skandal darstellt, dass auch kleinste Kinder aus Versehen erschossen werden, Kinder auf der Flucht, in einem Lastwagen, an der Grenze eines europäischen Landes. Gleichgültigkeit ist eine Tötungsmaschine. Die

Profiteure der Angst sind genau jene, die uns in diesen Zustand der Gleichgültigkeit versetzen wollen. Das Böse und das Gleichgültige sind miteinander verwandt. Gleichgültigkeit ist auf Eis gelegte Angst, dem Unbekannten zu begegnen, wenn wir aus uns selbst heraus frei handeln. Wir verweigern uns damit selbst die Möglichkeit der Innenschau und einer im Denken erlangten Reife, die das Leiden übersteigt, im Bewusstsein durchdringt und zur Sprache bringt, so, wie es Primo Levi in seinem Buch »Ist das ein Mensch?« getan hat: »Eben darum, weil das Lager ein großer Mechanismus ist, der uns zu Tieren herabwürdigen soll, dürfen wir keine Tiere werden (...) Wenn wir auch Sklaven sind, bar allen Rechts, jedweder Beleidigung ausgesetzt und dem sicheren Tod verschrieben, so ist uns doch eine Möglichkeit geblieben, und die müssen wir, weil es die letzte ist, mit unserer ganzen Energie verteidigen: die Möglichkeit nämlich, unser Einverständnis zu versagen.« Ist es ein Zufall, dass jene, die die Angst vor dem anderen verbreiten, genau jene sind, die von der Vergangenheit, die uns Primo Levi in dieser Gedankenklarheit vor Augen führt, regelrecht warnen, indem sie sie vergessen machen wollen? Indem sie einen »Schlussstrich« unter diese Vergangenheit ziehen wollen? Wer sich von der Angst bandagieren lässt, der hat in seinem Inneren begonnen, sich selbst zu terrorisieren und ist freiwilliger Lohnempfänger eines ihn selbst ausradierenden Systems geworden. Er hat die Möglichkeit einer Wahl vergessen. Ein wie auch immer geartetes System kennt keine Gnade, ihm sind keine Namen, keine Personen, keine einzelnen Menschen bekannt. Das System der Angst ist eine dunkle Wolke, die magnetisch wirkende Dienste anbietet, und wer ihr seine Gedanken, seinen Körper und seine Seele leiht, wird zur Klebemasse einer Menge, die nur nach Vermehrung trachtet, weil sie nur so überleben kann. Deswegen kann man mit ihr nicht reden. Im Magnetismus der dunklen Wolke ist nur Einverleibung und kein Austausch vorgesehen. Ein Gespräch ist nicht bedacht. Die Verbindung zwischen dem »Index der Vergangenheit«, dem Erkennen Primo Levis, dass wir die Möglichkeit haben, »unser Einverständnis (zu unserer Unterdrückung) zu versagen«, und unserer heutigen Zeit, in der die Stürme sowohl im Außen als auch (und vor allem) in unserem Bewusstsein ausgetragen werden, haben wir durch die Umkehrung unseres Blicks eine Möglichkeit, den Profiteuren der Angst zu entkommen: Wir müssen aufhören, gegen das zu kämpfen und uns auf das auszurichten, was uns als Gegnerschaft unserer Freiheit erscheint und sollten stattdessen kraftvoll an dem bauen, was unsere Freiheit von uns verlangt. Es ist leicht, bloß nur gegen etwas zu sein und eine Sprache der Verneinung in die Welt zu geben. Wenn Sprache aber nur Verneinung ist, widerfährt uns genau das, was Charlotte Beradt, die unzählige Träume von Menschen während der Nazidiktatur gesammelt und in ihrem Buch »Das Dritte Reich des Traums« analysiert hat, über die Fallstricke der eigenen Einwilligung zu einem autoritären System schreibt: »Sie zeigen, wie sie, in blinder Furcht vor dem Jäger (…) hinter ihrem eigenen Rücken die Fallen, in die sie gehen sollten, aufstellen helfen und zuschlagen lassen.« Auch mit den »dunklen Formen« unserer eigenen Einwilligung können wir dann keine Verbindung mehr aufnehmen, sie verstehen oder sie wieder rückgängig machen. Sie sind schon längst Teil einer hungrigen dunklen Wolke, der wir geholfen haben, an unserem falschen Kampf zu wachsen. Der Hunger des Schattens ist unermesslich und groß. Er verschlingt auch das Denken des Menschen und verleibt ihn einem Kollektiv ein, das den Einzelnen auslöschen will. Richten wir uns aber auf das aus, was wir wirklich wollen, können wir wieder sprechen und genau sehen, welche Arbeit unserer Taten harrt. Sein, in Richtung gebracht, wird erzähltes Leben.

Die menschliche Wegstrecke

Der Schnee in den Herzen der Menschen ist auch im Sommer ein Phänomen. Die Eisschichten sind manchmal sehr fest. Und das Eis schmilzt nicht sofort. Eine gute Übung in unser aller Leben wäre, wenn jeder, absolut jeder zwei, drei oder vier Kilometer in den Schuhen eines anderen gehen müsste, um der Schmelze zuzuarbeiten. Über eine windige Brücke. In einer dunklen zugigen Straße. Auf einem vereisten See. In einer menschenleeren U-Bahn, nachts in einer Großstadt. In einem Zug mit vielen eleganten Menschen, die sich an jeder Abweichung von ihrem eingeübten Blick gestört fühlen. Bei einer Versammlung, deren Ziele, Beweggründe und Teilnehmer einem unbekannt sind. Vielleicht sind manche von ihnen aus Hoyerswerda. Aus einer Stadt, die nach der deutschen Wiedervereinigung ihr Gesicht verloren hat, weil fünfhundert ihrer Bürger sich im Hass vergessen haben. In ihm aufgeblüht sind. Kurz nach dem Fall der Mauer. Angriffe auf ein Asylbewerberheim. Feuer. Schreiende Menschen vor einem Wohnheim für Vertragsarbeiter und vor einer Unterkunft für Flüchtlinge. Der Beginn (neuer) rechter Gewalt, die später so vielen aus mir unerklärlichen Gründen *eine Überraschung* gewesen sein soll. Brandsätze. Ich habe dieses Wort noch in genauer Erinnerung. Es war ein neues Wort in meinem anwachsenden bundesrepublikanischen Vokabular. Brandsätze. Auch wir hatten Angst. Überall im Land hörte man sie wieder, die Rauswerf-Wörter einer gerade noch im Taumel der Wiedervereinigung sich einrichtenden Nation: *Ausländer raus!* Im Wort Ausländer blickte mich das Aus und das Wort Länder an. Und scheinbar sollten Brandsätze helfen, das Ausland aus dem wiedergefundenen Innenland zu vertreiben. Im Jahr meiner Volljährigkeit sprach mich die Sprache sehr bewusst an. Noch im Deutschen tastend, sah ich zuerst die *Sätze*, dann den *Brand*. Und ist es nicht immer so? Zuerst kommt das Wort, dann die Tat, aber der Angriff bringt sich mit den Buchstaben in Stellung und wird zu einer Welt, die vor dem Plural Angst hat. Im Süden Europas fand zeitgleich ein Krieg statt, eine über vier Jahre andauernde Belagerung einer zivilisierten Stadt zeigte Europa, dass jederzeit alles anders werden kann, dass der Frieden vorbeigehen kann, dass Frieden nicht einfach bestehen bleibt, wenn er nicht in den Menschen Wohnung nimmt. War es hier ein anderer Hass? Auf jeden Fall war es ein Hass, der das Gesicht ähnlich brüllender Menschen trug. Warum schreien die denn alle, fragte ich meine Mutter. Meine Mutter schwieg, sie wollen, dass wir weggehen, sagte sie dann. Wer schreit, hat nie recht. Die Schreienden selbst wissen das am besten, denn es mangelt ihnen an innerer Kraft, leise zu sein. Ich hatte damals, als alle über Hoyerswerda sprachen, eine Freundin, die aus Bombay stammte. Sie wurde von einer evangelischen Priesterfamilie adoptiert und kam so in den beschaulichen Main-Taunus-Kreis, in dem auch ich 1983 nach meiner ersten Lüge gestrandet war. Sie wusste schon damals, dass die Schreienden sich selbst anschreien. Sie hat das auf ihren Wegen durch die Welt schon als Kind gelernt, diese Wahrheit, von der die meisten Erwachsenen nicht einmal mehr ahnen. Sie war genauso alt wie ich. »Wer schreit, hat nie recht und wird nie recht bekommen.« Das hat meine Freundin mehrmals gesagt, damals, in der Zeit, als wir beide mit großen lebensdurstigen Augen auf die Welt sahen, die uns umgab und in der wir beide uns als die anderen fanden, weil andere sagten, wir seien dieFremdendasFremde. Lange Zeit wusste ich nicht, was meine Freundin genau mit ihrem einnehmenden Satz meinte. Und wusste es doch, denn es gab sie, die Reisspiele in meinem Leben, und böse Worte dazu, leise gesprochen zwar, aber das Böse darin schrie mich an. Kurz nach den Anschlägen in Hoyerswerda gingen fünftausend Menschen zu einer antifaschistischen Demonstration auf die Straße. Damals schon fing sie an, die Wiederkehr des Faschismus. Die redlichen Menschen von Hoyerswerda haben das intuitiv gewusst, als sie friedfertig ihre Körper sichtbar machten und auf einen anderen Kristallisationspunkt in ihnen selbst verwiesen. Jetzt erinnert sich fast niemand mehr an die Redlichen. Mir ist es bis vor kurzem genauso gegangen. Ich habe die Stadt mit den fünfhundert Zündlern gleichgesetzt. Jetzt sind in Hoyerswerda viele geflüchtete Menschen untergebracht. Eine kleine Frau von einer Regionalzeitung steht bei meinem Besuch in der Stadt vor mir. Sie zittert vor Anteilnahme. Und ich staune sie an, als sei sie eine Ausnahmeerscheinung, ein vom Himmel gefallener kleiner Engelmensch, der, ja, ich bin erstaunt darüber, keinen Stein in der Hand hält, sondern das Gespräch sucht. Auch die anderen, die mir vorgestellt werden, sie sind alle auf Freundschaft ausgerichtet. Ich bemerke, dass mich das überrascht, dass ich die Hassbilder erst abstreifen muss, um diese Menschen vor mir zu sehen, die als Einzelwesen aus einem anderen Grund hier sind. Am Morgen noch war ich in der Frühe angereist. Hatte das Bild der Meute in mir. Die Schreie. Das Feuer. Die Not. Alles lebte noch in meinem Kopf. Es hat dort die Jahre überdauert. Seit 1991 genaugenommen. Es schlief das alte Bild die ganze Zeit in meiner Erinnerung. Irgendwo müssen aber auch heute noch die fünfhundert Hasser sein. Ich treffe sie nicht. Ich treffe nur die anderen. Sie schenken mir neue Augen. Das Eis in den Herzen der Menschen, es hat unterschiedliche Härten. Ein Bild legt sich über den Nachwende-Hass, der die Blaupause für die Zukunft bereithält. Neonazis, Sachsen. Ich sehe den Bus, höre die Schreie der anderen Hassenden, heute, so viele Jahre später sind sie wieder oder immer noch da, und immer noch ist ihr Leben ein »Leben für den Kampf«. Umberto Eco weist darauf hin, dass es für den Ur-Faschismus keinen »Kampf ums Überleben«, sondern ein »Leben für den Kampf« gibt. Daher sei Pazifismus *Kollaboration mit dem Feind* und werde als etwas Schlechtes angesehen, weil das Leben ein permanenter Krieg sei, der in einem »Endkampf« enden müsse und dem nur die Weltherrschaft folgen könne. »Das erzeugt jedoch einen Armageddon-Komplex«, so Umberto Eco weiter, »in dem die Feinde besiegt werden müssen und können.« Ein solcher »Endkampf«, so sein Gedanke über die ur-faschistische Idee weiter, impliziere eine anschließende Zeit des Friedens, ein Goldenes Zeitalter, das im Widerspruch des permanenten Krieges stehe. Keinem faschistischen Führer, schließt Eco diese Betrachtung ab, sei es jemals gelungen, diesen Widerspruch aufzulösen. Und weil er unauflösbar ist, wird der Zustand des Krieges neu entfacht. Der Einzelne, um sich nicht selbst begegnen zu müssen, verschwindet in der Menge der Schreienden, die er als Gleiche empfindet. Diese gesichtslosen, in den Wogen der

Massen sich einschwingenden Menschen, ertragen nicht die Zerbrechlichkeit der Ausgesetzten. Erinnert sie sie an ihre eigene? Aber die anderen, Freundlichkeit und Freundschaft Suchenden in Sachsen – sie fühlen sich aufgerufen, das eigene und das Menschsein der anderen berührbar zu halten. Einzelne zu sein. Zum Beispiel an einem frühen Morgen auf den Spuren der Schriftstellerin Brigitte Reimann. Martin und Helene. Die Schmidts. Diese warmherzigen Fackelträger der Freundschaft. Sie haben viel erlebt. Sie kennen ihre Stadt. Sie wollen nicht den geistigen Pionierskern von Hoyerswerda aufgeben. Schließlich sind sie hier in den sechziger Jahren des letzten Jahrhunderts alle fremd gewesen. Fünfundsechzigtausend Fremde. Zugezogene. Beseelt von einer Idee: neu zu beginnen. Anders neu zu beginnen. Zusammen neu zu beginnen. Ein neues Leben. Ein anderes Leben. Ein Leben mit Idealen. Trotz und wegen der Schwarzen Pumpe. Geistige Jahreszeiten. Aufbruchszeiten. Die Versprechen der Freiheit, die damals so hieß. Und ihre Fröste. Ihre Sommer und Winter in den Menschen aller Zeiten, die Sommer und Winter in der Glück-Ahoi-Generation – Maschinisten, Brikettierer und Ingenieure vom Gaskombinat Schwarze Pumpe widmen ihre Zeit dem Aufbruch, der Arbeit, den Feierabendvergnügungen, und irgendwann haben sie Kinder, und nach Schichtschluss verbringen sie ihre Zeit mit ihnen, mit einem Fernstudium oder im Garten. Der Tanz auf den Tischen ist vorbei, wieder zählt nur der lange Atem. Die menschliche Wegstrecke. Unter diesen bestimmten Bedingungen. Gleichförmige Plattenbauten. Menschenleere Straßen in der Frühe. Die Schwarze Pumpe pumpt nicht mehr. Aber die Amseln singen immer noch. Martin Schmidt sagt: »Das ist doch eine ideale Stadt.« Auf Sand und Sand und Sand gebaut. In Begleitung der Amseln, die schon vor allen anderen da waren. Und die immer noch da sein werden, wenn alle anderen schon gegangen sind. Und so wie ich dort in diesem Amselland stehe und Martin Schmidts leuchtende Augen sehe, begreife ich zum ersten Mal vollständig, wie gefährlich es ist, den Hassenden das Gesicht einer ganzen Stadt zu überlassen. Und die anderen, die noch zu einer Umarmung in der Lage sind und noch immer die Amseln hören können, einfach zu übergehen, sie zu vergessen. Sie nicht zu sehen, welch ein Gewinn dieser Zustand für die Zündler ist! Ob jene, die sich aus irgendeinem Krieg dieser Welt gerettet haben und nun in einem Bus sitzen, in diesem Land bleiben oder nicht: Sie wissen es jetzt – die selbsternannten Zivilisierten sind ruchlos in ihrer Gewalt. Aber wie kann es einer schaffen, sich zu erkennen, wenn das ihn umgebende Kollektiv seiner Zeit alles tut, um das zu verhindern? Pier Paolo Pasolini wurde einmal gefragt, ob er in seiner Schulzeit die Last des Faschismus sehr gespürt habe. Er antwortete: »Nein, habe ich nicht, weil ich in einer faschistischen Zeit und in einer faschistischen Welt geboren wurde und den Faschismus ebenso wenig wahrnahm, wie ein Fisch wahrnimmt, dass er im Wasser ist.« Als Jugendlicher fing er an, ernsthaft zu lesen, und sein Denken setzte ein. Was aber wenn kein Denken einsetzt und das in uns abgelegte zuständliche Freisein sichtbar machen kann? Wenn alles immer nur so bleibt, *wie es ist*? Das Freiwerden eines einzelnen Menschen ist ein Akt des Seins, der immer auch verbunden ist mit dem Leben und den Augen der anderen. Für Pasolini *lebten diese anderen in Büchern* und sprachen von dort dem erweckenden Wandel zu. Auch in meinem eigenen Leben übernahmen Bücher die Rolle der Menschen und einer dieser in Büchern Lebenden war Pier Paolo Pasolini, er lebte so sehr in seiner Sprache, dass er in meinem Leben vorstellig wurde – als sei er hier bei mir, mein allererster Zeitgenosse, während Jahreszeiten kommen und gehen. Martin Schmidt ist ein Amselhörer. Wie ist es ihm in seinen Jahreszeiten gelungen, ein Mensch zu bleiben, der sich vor seinen Empfindungen nicht schützt? Wir dürfen die Amselhörer nicht vergessen. Sonst sterben sie draußen vor der Herztür aus wie die Vögel. Und auch in uns und unserem Blick stirbt etwas ab, das mit ihnen verwandt ist. Die ausgestorbenen Vögel können uns nichts mehr erzählen, nur die, die sie einmal gehört haben, können von ihrem Gesang berichten und am Gedächtnis bauen, das uns anvertraut wurde, als wir noch ein Anfang waren. Wenn irgendetwas mit der Liebe verwandt sei, hatte einst Joseph Brodsky in Erinnerung an Nadeshda Mandelstam geschrieben, dann wohl am ehesten das Gedächtnis. Wenn Russen von der Liebe reden, höre ich genau zu. Wenn Russen von der Schönheit reden, höre ich genau zu. Ich höre bei Liebe und Schönheit *immer das Wort Wahrheit* mit. »Die armen Leute«, schreibt Joseph Brodsky in seinen »Erinnerungen an Leningrad«, »wollen alles zu irgendetwas gebrauchen.« Das Gewissen können wir nicht in diesem Sinne gebrauchen, es gebraucht uns, indem es in uns spricht. Seine in uns aufscheinenden Funken sind eine Sprache, die uns erzieht, so, wie meine erste Lüge mich über Jahre hinweg in aller Beharrlichkeit erzogen hat – nicht, weil ich sie als Kind vermieden habe, sondern weil ich sie ganz offensichtlich in meiner emotionalen Zwickmühle nicht vermeiden konnte, obwohl ich die Wahl hatte, die Wahrheit zu sagen. Die Wahrheit auszuhalten und in einem laut gesprochenen Satz münden zu lassen, das heißt auch: Der Versuchung zu widerstehen, sie für irgendetwas anderes als für sie selbst zu gebrauchen.

Der bereitete Boden der Freundlichkeit

Ich bäume mich nicht mehr auf. Was der Mensch tun kann, muss er und kann er nur in seinem eigenen Leben tun. »Gesegnet sei die Niederlage«, sagt Romain Rolland. Und er sagt auch: »Die Luft ist lieblich, der Duft der Glyzinien schwebt in der Nacht, auch die Sterne funkeln in so reinem Glanz! In diesem göttlichen Frieden und in dieser zarten Schönheit beginnen die Völker Europas das große Morden.« Der Erste Weltkrieg bricht aus. Aber er will nicht kämpfen. Nicht an die Front gehen. Doch er wird

Helfer, arbeitet beim Roten Kreuz. Spendet dem Roten Kreuz das ganze Geld, das ihm der Nobelpreis für Literatur eingebracht hat. Er hat gesehen, was ein Krieg anrichtet. Er wusste, dass man Geld nicht essen kann. Dass es nur dann zur Freiheit des Menschen beiträgt, wenn es einen wahrhaftigen Kreislauf spiegelt und in einer großzügigen Tat wie der seinen sichtbar wird. Aber man kann mit Geld nichts ins Leben hineinschreiben, nicht den Hass aus der Welt wegkaufen. Im Hass gibt es nur Verluste zu verbuchen. In der inneren und in der äußeren Welt. Was ein Mensch tun und an Klarheit erlangen kann, kann er nur in sich selbst vollziehen. In seinem inneren Buch. Dort entsteht und wächst die andere Welt, die nicht im Kampf und mit keinem Geld der Welt zu erringen ist. Die Vorgehensweise ist die eines Kindes, das eine neue Sprache lernt, zuhört und in den Klang wie in Wasser eintaucht, in die sprechenden Farben des beweglichen Lebens, die ihm schon innewohnen. Da singt es vor mir auf meinem Lebensweg, in meiner Straße, in meiner Erinnerung. Ein Kind ist ein Vogel in der Menschenwelt. Es lässt sich nicht erschrecken, weil es die Freundlichkeit kennt. Es kämpft gegen nichts, so leise ist es in seinem stillen Gewahrsein, als wüsste es besser als alle Erwachsenen, dass man von dem infiziert wird, was man bekämpft. Für das Kind gibt es keine Zufälle. Nur Materialien. Aus ihnen setzt es gleichsam von allein seinen Blick zusammen. Später muss der erwachsene Mensch dieses einstige Erwachen mit Bewusstsein betreten, es so in Sprache verwandeln, dass es seine ganz eigene Kraft wird. Was wir einen Zufall nennen, ist für das Kind und den wundergewendeten Erwachsenen so natürlich wie eine staunenswert mysteriöse und doch ganz normale Amsel. Der Mensch hat diesen Gesang in sich. Diese feinen kleinen Klangfarben, die er von Kindheit an kennt und später zu einer Klangwelt formt, die ihm Schmuck und Freude in einem ist. Diese Schmuckfreude ist unsichtbar. Aber Gleichgesinnte sehen ihr Leuchten. Auch der Vogel pickt an den unsichtbaren Klangperlen. Er hat sehr viel Liebe für die Helligkeit. Er glaubt nicht an die Ausschließlichkeit chronologischer Verläufe von Biographien. Weil er ein Luftwesen ist, weiß er, dass das Auffliegen und Wegfliegen und Hinfliegen von kühnen Sprüngen im Weltennichts lebt. Wer sich seine Sprünge nur ausmalt und niemals springt, stürzt unweigerlich in die Tiefe. Nikola Tesla ist gesprungen, weil er sich nicht dem Denken seiner Zeit gefügt, sondern es ergänzt, es erweitert hat. In seiner Vorstellungskraft und in seinem eigenen Leben. Immer mehr wächst in mir die Empfindung heran, die auch in ihm 1901 entstand – dass die Übergangszeiten der Menschheit, ihr Transit ins Neue womöglich dafür verantwortlich sind, dass nun nicht nur ich, sondern auch viele andere die Grüße eines Planeten an einen anderen Planeten gehört haben. Dass unser Leben einen Klang hat, so wie die Planeten einen Klang haben. Da geht er vor mir, dieser kleine Planet. Dieser Planet, der ein Mensch ist. Ein großäugiger Junge aus Aleppo. Er spricht. Er grüßt in seiner neuen Sprache. Ich denke an den Sohn meiner Freundin und den Vater meiner Freundin, der Buchenwald und die Todesmärsche als junger Mann überlebt hat und doch im Nachkriegsdeutschland Mensch unter Menschen geblieben ist (woher hatte er *diese Kraft*?) und all das im Abgrund der Menschheit an Lebendigkeit Errungene an seine Tochter weitergegeben hat, die es ihrem Sohn weitergibt, der es seinen nächsten Menschen weitergeben wird, ob direkter Nachfahre oder nicht. Ich möchte ein nächster Mensch der Menschen sein, die die andere Seite des Lebens kennen und nicht dem Abgrund, sondern noch dem Leuchten eines Kindes Glauben schenken können. Der Junge aus Aleppo hat keine alten Wörter für das Neue, das ihn umgibt, denn er kennt von nun an nur das Neue. In dieser einen Welt besteht er als ein Teil des Ganzen. Er grüßt aus dem Ganzen ins Ganze. Seine Eltern haben Angst, dass er das Alte vergisst. Er aber ist nur an den einzelnen Perlen im Hier und Jetzt interessiert. Dabei ist er selbst eine kleine Menschenperle. Und wie alle Menschen, die einander auf der Straße und im ungerichteten Raum der Gedanken begegnen, bilden sie zusammen eine Perlenkette, jenes helle sonnenverwandte Leuchten, das die Mitte der Welt ist. Wenn wir Worte finden, die Verstehen und Empfinden in sich vereinigen, wird es nicht so leicht sein für die Hassenden, an Raum, an Sprache, an Festigkeit zu gewinnen und die Perlenkette unvergessen zu machen. Vereinte Worte. Die unendliche Einsamkeit des Einzelnen lässt sich nur durch seine seelische Bereitschaft überwinden, die Nähe zu anderen Menschen aufs Neue zu suchen. Deshalb ist es umso enttäuschender, dass Romain Rolland sich bei seinem Treffen mit Stalin nicht für Ossip Mandelstam eingesetzt hat und sich diese Freundlichkeit, die ein Gewicht in der Welt hätte werden können, hat nehmen lassen. Es ist leicht, die ganze Menschheit zu lieben, es ist schwer, einen Einzelnen zu sehen. Ich denke wieder an meine Freundin, die aus Bombay nach Hessen kam, daran, dass sie meine Freundin war und es blieb, auch nachdem meine Mutter mir aus dem Nichts heraus offenbart hatte, dass sie ihre »schwarze Haut« hasste. Ich erzählte meiner Freundin davon. Ich schämte mich. Ich glaube, dass ich gehofft habe, einen Teil der Schuld, die meine Mutter damit in meinen Augen auf sich lud, auf diese Weise abzutragen. Ich glaube, ich habe damals die Haltung meiner Mutter im seelischen Sinne als eine auch in mir nachbrennende Sünde empfunden, weil ihre Worte einem anderen Menschen wehtaten – und ich *zu ihr gehörte*. Es war furchteinflößend, ihre Worte *wirklich zu hören* und sie nicht ungeschehen machen zu können. Heute kann ich ihren damaligen Hass als eine Spur der in ihr abgelegten, in sie regelrecht eingravierten Angst lesen. Sie hatte Angst vor meiner Freundin, vor ihrer Schönheit und Erhabenheit – sie erinnerte sie an das, was sie selbst in ihrem Inneren verschüttet hatte, es meldete sich in meiner Mutter als beißender Schmerz, der den anderen Menschen als fremd verorten musste, weil sie selbst sich fremd und abhandengekommen war. Meine Freundin fühlte sich nicht anders, sie war einfach nur sie selbst. Aber diese

Übersetzung ins tiefere Lesen ihrer Person war damals weder ihr noch mir zugänglich. Ich denke daran, dass etwas in mir bei Mutters zornigen Worten hell und leuchtend aufbegehrte, sofort, ohne irgendeine Pause dazwischen, wurde ich meiner gewahr. Das war der Funke, der mich leitete. Die Widerworte sprachen sich gleichsam von allein. Obwohl ich sonst der Strenge und Härte meiner Mutter nicht in dieser Klarheit so schnell entgegentrat, sondern eher schwieg und meine Wahrheit wie eine Beute für mich behielt, die ich mit niemandem in Worten teilen konnte. Aber jenseits davon gab es dieses kleine Licht, auf das Jehuda Bacon aufmerksam gemacht hat. Es machte in mir für mich selbst die Wahrheit sichtbar, spielte sich mir als Verbündeter zu, der, je öfter ich mit ihm eine Einheit bildete und dem Funken folgte, mein Selbst stärker machte. Das gelang und gelingt nicht immer. Der Funke funkt mich aber stets an. Die Welt, in der ich lebe, ist sehr laut. Die Welt ist immer laut. Und doch kann ich nur in ihrer Lautstärke das begehrensfreie Hören erlernen. Es gibt keinen Ort in der Welt, der uns vor der Welt beschützen kann. Reibungen sind Zeichen des sich einbringenden Anfangs, Aufforderungen, um der Wahrheit willen, das genauer werdende Sprechen zu erlernen. Der Beginn einer neuen Bewusstseinsmusik. Ich will mich nicht dagegen stemmen, weil ich mich schon lange nicht mehr dagegen stemmen kann. Vielleicht ist das der Vorzug meiner Zeit, vielleicht müssen wir im 21. Jahrhundert alles neu lernen, das Reden, das Denken, das Hören (das heilige Hören), auch das Singen. Und während ich das denke, sitzen in Tel Aviv und in Sarajevo, in Hoyerswerda und in Bautzen zwei Menschen zusammen, die Freunde sind, die Kaffee miteinander trinken und die nicht vergessen haben, dass alle Jahrhunderte in einem einzigen Menschen beginnen und ausklingen. In der inneren Zeit zweier Freunde, die sich zuhören, die sehen können, dass der andere ein Einzelner ist, ein Einzelwesen, das lebt, Fehler macht, sich korrigiert, von vorne beginnt – all das kann es tun, weil es ein Gegenüber hat. Ja, wir sind immer noch die Nachgeborenen, die den bereiteten Boden der Freundlichkeit neu bestücken müssen. Wir sind jene, die keine Zeit mehr haben, sich in der Freundlichkeit nur zu üben. Mit ihr und durch sie entwickelt sich alles. Sie ist kein Zaubermittel, sondern ein großer, noch zu bestückender Menschengarten, der unserer Arbeit harrt. Manchmal, um Freundlichkeit leben zu können, brauchen wir die Zuarbeit der Gnade, einen Sprung im Geist, der uns die Fähigkeit schenkt, das größere Bild zu sehen, von den Fehlern anderer abzurücken und mit dem langen Atem der Geduld auf uns selbst zu sehen, wie das Leben uns immerfort zur Freundlichkeit auffordert und sieht, indem es uns unermüdlich mit all jenen zusammenbringt, mit denen wir nicht einverstanden sind. Als ich zwanzig Jahre später meine Mutter auf meine damalige Schulfreundin ansprach, konnte sie sich an nichts mehr erinnern, weder an ihre Worte noch daran, dass sie der dunklen Haut wegen so zornig gewesen war. In ihrem kleinen Dorf im Süden Dalmatiens verbrachte meine Mutter Stunden um Stunden mit den kleinen Kindern einer zugewanderten Frau, die aus einem afrikanischen Land stammt. Einer der dalmatinischen Dorfbewohner, der meine Mutter kannte, wie sich im Dorf alle Leute kennen, war Matrose und hatte sich auf einer seiner Reisen verliebt, die Frau sofort geheiratet und war irgendwann mit ihr und zwei Kindern zurückgekehrt. Nun war diese Liebe zur Mittlerin zwischen der Furcht und der jählings aufkeimenden Freude in meiner Mutter geworden, und sie spielte mit den Kindern, ging mit ihnen über die Felder und weihte sie in die Geheimnisse der unterschiedlichen dalmatinischen Feigensorten ein. Als ich sie mit ihrem Hass von einst in Berührung brachte, war er ihr nicht mehr erinnerbar. Ob das wahr ist? Am Ende zählen die Glückssprünge in der Freude des unmittelbaren Erlebens mehr als die Verfehlungen und Irrungen, in die uns die Angst führt. Die Glückssprünge überschreiben nicht die Furcht, sie nehmen nur den Ort ein, der ihnen gehört und sie sind größer und wirklicher als unsere Irrtümer. Ich sehe meine Mutter mit diesen Kindern ausgelassen über die Weite der dalmatinischen Felder schreiten, so glücklich und übermütig, wie sie mit mir nie glücklich und übermütig über die Felder und durch die wogenden Ähren gegangen ist. Und ich sehe eine andere Frau, einen mir fremden Menschen, der selbstlos lieben kann. Es ist eine alte Frau, die einmal meine Mutter gewesen sein wird, ein Mensch, wie Sabina Spielrein ein Mensch war, als ihr Jahrhundert sie bedrängte und in den Tod trieb. Meine Mutter ist also auch ein Mensch, der sich selbst bedrängt hat und nun für sich selbst lebt und andere Menschen beschenkt, ein Mensch, der lacht, der vor Glück und Übermut einen Schuh verliert, zum großen Oleanderstrauch läuft und glucksend von den Kindern am Rock gezogen wird. Ein Mensch, der auch in meinem Blick frei geworden ist, um das zu sein, was er für sich selbst ist, ohne mich, ohne meine Erinnerung an jene andere Zeit, die in ihr und in mir zwar abgespeichert, aber doch vergangen ist.

Verknüpfte Gedächtnisse

Am Ende des Weges nach Portbou stellt sich heraus, dass wir die letzten Kilometer offenbar auf einem eifrig markierten Anwesen gegangen sind, von Leuten, die uns hier allem Anschein nach nicht haben wollen. Nach all den Stunden ohne menschliche Stimmen sehen wir in der Ferne eine eingezäunte Schafherde und hören das forsche Bellen eines Hundes. Schon vor einiger Zeit hatten wir uns über die bettlakengroßen Aufschriften »Privatgelände« und »Betreten strengstens verboten« gewundert. Dann bemerkten wir einen etwas unordentlich wirkenden großen Garten, aber niemand tauchte auf, und wir nahmen an, doch auf dem richtigen Weg zu sein, da wir allen Anweisungen gefolgt waren, die es beim Abstieg zu beachten gab. Plötzlich fuhr aber ein rasend schnelles Auto um die Kurve, und ich konnte mich noch rechtzeitig mit einem Sprung an den Straßenrand retten. Ein grimmig schauendes Paar fuhr zielstrebig auf das Anwesen zu, das wir nun schon, als wir uns nach dem Auto umdrehten, hinter uns gelassen hatten. Sie konnten aber gerade noch sehen, dass wir von dort gekommen waren und wohl auch deshalb lösten wir keine Freude in ihnen aus. Auch hier, an einer Mauer, prangte ein Plakat, auf dem »Som república« stand. In Gedanken an Walter Benjamin und sein Schicksal erscheint mir nach der Überquerung der Pyrenäen gerade dieses Bedürfnis nach Autonomie als fremd, mit einem schalen Beigeschmack. Das Ehepaar, so eine weitere riesige und in roten Buchstaben angebrachte Erklärung am Eingangstor, befindet sich offenbar mit dem Land oder der Region in einem juristischen Streit und beansprucht den unteren Teil dieses historischen Weges für sich als Familienbesitz. Die Atmosphäre hat etwas Feindseliges, und wir sind froh, ihnen nicht schon auf dem Grundstück, sondern erst auf der offiziellen Landstraße begegnet zu sein. Der Himmel hat sich zugezogen, und nur unsere bunte Wanderausrüstung und die gelben Zitronen in den Gärten am Wegesrand leuchten hell in den Tag hinein. Immer mehr Hundegebell ist zu hören, fast erschreckend laut ist es nach all den Stunden des Schweigens im Gebirge, in denen wir nur dem Wind und den Vögeln zugehört haben. Die Gedächtnisse verknüpfen sich in der Sprache wieder. Und ich stelle fest, dass ich erst jetzt, erst kurz vor dem Ortseingang von Portbou, in der Lage bin, wirklich zu fühlen, dass Walter Benjamin und so viele andere Menschen, die wie er in Not und auf der Flucht waren, *genau diesen Weg gegangen sind.* Jetzt liegt dieser Weg hinter uns und bleibt als Zukunft in unsere Körper eingeschrieben. Erst jetzt wird mir bewusst, dass ich in all den Stunden des Gehens durch das Gebirge alle Kraft für das Atmen und stille Nachdenken aufgebracht und es nicht gewagt habe, an den Tod jener zu denken, die es nicht geschafft haben, sich von Frankreich auf die andere Seite nach Nordspanien zu schlagen und sich zu retten. So habe ich mir wohl Reserven verschafft, den Weg mit einem in mir zur Welt hinwachsenden Kind und den immer mehr zunehmenden Schmerzen in den Knien zu meistern. Nun, da es nur noch geradeaus und ans Meer Richtung Bucht geht, spüre ich die Gewichte der mitgegangenen Traurigkeit. Und die Plakate, auf denen der republikanische Wille nach Separation zum Ausdruck gebracht wird, zeigen mir, dass wir wieder, wie es bei Sigmund Freud in seinem Text »Der Mann Moses und die monotheistische Religion« heißt, »in einer besonders merkwürdigen Zeit« leben. Auch das, was er als »Rückfall des deutschen Volkes in nahezu vorgeschichtliche Barbarei« bezeichnet, geht mir nicht aus dem Kopf – und das uns heute, »auch ohne Anlehnung an irgendeine faschistische Idee« wieder ereilen kann. Und ereilt hat. Es gibt keine historischen Endpunkte, lediglich Übergänge im Dunklen und im Hellen. Das einst Gewesene steht uns als Wirklichkeitspotential zur Verfügung und je unerforschter ein einzelnes Bewusstsein ist, je schmerzverzahnter in sich selbst verbarrikadiert, desto schneller ist es bereit, fremde Verwandlungen als Gegenspieler zu erleben, die es bekämpfen muss. Das unterscheidet ihn von einem bearbeiteten Leben, das sich selbst zuzuschauen vermag und das mich an einen Satz aus Julien Greens Roman »Leviathan« denken lässt: »Tatsächlich veränderte sie ein wenig die Gebärden, als sie sie im Geiste erneut vollzog, und das, was sie hätte tun wollen, trat an die Stelle der exakten Erinnerung dessen, was sie getan hatte.« Das Abtasten des Gewesenen im Geistigen vollführt eine kleine, aber wesentliche Veränderung. So geben auch wir nicht nur uns selbst, sondern allem, das uns umgibt, eben diesen anderen Pfad, diese andere *Denkfährte* als Gelegenheit zur Innenschau mit, wenn wir genauer sehen lernen. »Unser Denken«, heißt es bei Sigmund Freud, »hat sich die Freiheit bewahrt, Abhängigkeiten und Zusammenhänge aufzufinden, denen nichts in der Wirklichkeit entspricht.« Nur wenn wir uns selbst lesend umblättern, stellen wir fest, dass wir diese parallele Wirklichkeit in unserem Geist erschaffen. Während wir *in uns selbst gehen*, wächst unsere noch unentdeckte Welt, und wir *begegnen* den falschen Göttern, die wir so entblößen und sich selbst überlassen können. Tun wir das nicht, bleiben wir immer auf der Ebene der uns umschwirrenden beliebigen Ereignisse, und diese erfreuen sich überaus an einem homogenisierten Ich und einem ultrahocherhitzten Wir, das sich eine ummauerte Daseinsform zum Ideal auserkoren hat. Es weiß nicht, wie es sich anfühlt, im Unbekannten zu leben. In Übergangszeiten verknüpfen sich die Gedächtnisse dort, wo die stärkeren Kräfte walten. Am Beispiel Russlands erläutert Swetlana Alexijewitsch diesen Prozess nach 1990, in dem die Zeit sich ihrer Einschätzung nach zurückgedreht hat: »Wir haben die Welt nicht zu uns hineingelassen, wir haben uns vor ihr verschlossen. Jetzt machen wir allen damit Angst, dass die Russen gute Soldaten und zu allem bereit sind. Wir kennen nur einen Weg, wie man erzwingen kann, uns zu respektieren: Man muss uns fürchten. Putin ist gekommen, und die Welt hat wieder Angst vor uns.« Diese innere Schicht des archetypischen destruktiven Kriegers, der nicht nur im eigenen Kollektiv, sondern in der ganzen Welt Angst verbreitet, ruft in Schwellenzeiten nach Verwandlung. Dieser Ruf ist aber zeitgleich auch eine dringliche psychische Einladung an alle Menschen, das Offene als etwas Gestaltbares zu erfahren und sich dem Unbekannten zu öffnen. Die in uns allen angelegte diktatorische Dimension der Angst will das Alte erhalten, führt uns permanent in Versuchung und hält auch unsere Gedankenwelt in Schach. Auf die Frage, so Swetlana Alexijewitsch, ob die Menschen in Russland in der postsowjetischen Ära ein mächtiges Land, das andere das Fürchten lehrt, haben wollten oder ein Land mit einem guten und würdevollen Leben, sei ihre Entscheidung fürs Erste gefallen. Jetzt sei wieder die Zeit der Härte. An die Stelle der Zeit voller Hoffnung sei eine Zeit voller Angst getreten, eine Zeit, in der die alte Maschinerie Stalins wiederaufgelebt sei – und funktioniere. Die Mechanismen der Furcht gehen so weit, dass die Leute wieder Angst haben zu reden: »Sie beginnen wieder zu denunzieren – und niemand zwingt sie dazu. Sie erinnern sich einfach selbst daran, was zu tun ist.« Das lässt mich wieder an einen Satz von Ossip Mandelstam denken, der am eigenen Leib erfahren musste, was es heißt, von Kollegen, also von Menschen des Wortes, denunziert zu werden: »Stalin braucht die Köpfe nicht abzuschlagen, sie fliegen von selbst, wie Löwenzahn.« Diese Erinnerung an die Stalinzeit, so Swetlana Alexijewitsch, sei fast schon ein »Gen«. Der Magnetismus, auf das zurückzugreifen, was noch als starke Präsenz im kollektiven Erinnerungskörper vorhanden ist, wird so lange greifen, bis wir verstehen, »dass dieser menschliche Tod etwas ist, das man uns beibringt« – so, wie es in den meisten einst kommunistischen Ländern und besonders in Russland der Fall war. »Uns wurde nicht beigebracht«, so Alexijewitsch, »dass ein Mensch für Glück und Liebe geboren wird. Uns wurde gesagt, der Mensch existiere, um sich hinzugeben, sich zu opfern. (…) Die Luft unseres Lebens war vergiftet. Wir wurden vom Bösen ständig belauert. Daher ist es sehr schwierig, uns zu ändern.« Doch wie verändert sich die vergiftete Luft des Lebens? Wie können wir sie austauschen? Wie kann sich ein Einzelner in einer solchen Umgebung in einen Atem hineinfühlen, der ihn freier werden lässt? Vielleicht geht es nur, wenn wir in Generationen und nicht in Jahren denken und wenn wir denen, die nach uns kommen, beibringen, wirklich frei zu leben, und darauf verzichten, ihnen das Gift des falschen Sterbens von Anfang an zu injizieren. Das Gift, das von den Henkern kam und von dem wir uns befreien wollten, indem wir freiwillig unser Einverständnis zu seiner Verwendung gaben, wird uns sonst immer verfolgen. Es gibt keinen anderen Weg, dem Gift mit dem eigenen Atem auf die Spur zu kommen und seine Lesart zu entziffern, als den schmerzvollen Weg zurück – über das Abtasten des eigenen Bewusstseins, in dem alle Strukturen abgelegt sind, die bis ins Detail unsere eigenen Verwicklungen und Versuchungen spiegeln, unsere Beschriftungen, unsere Abgründe und unsere meist von uns selbst verratenen Hoffnungen. Die Rückkehr zum Raum der Hoffnung ist auch eine Rückkehr zu den Geheimnissen und zu neuen Gleichungen des Lebens. Zum mystischen Enigma, das uns im Kern ausmacht und die Fähigkeit schenkt, uns einzumischen, wie es Pier Paolo Pasoloni fordert: Interpoletavi, amici, interpoletavi. Es führt uns zu den Lücken zurück, zu den magischen Brücken des Zusammenhangs, die sich unserer Kontrolle entziehen und in denen etwas aufleuchten kann, das schon seit langem auf uns wartet. Das rätselhaft Schöne spricht zu uns aus den uns mitgegebenen Unsicherheiten, dem Voranschreiten ins Unbekannte, da jede Seite des Lebens auch ihr Gegenteil in sich trägt. Die Rückkehr zu diesen Gaben des Lebens hat einen eigenen Namen, aber der Name will nicht laut ausgesprochen werden. Er führt zu all dem Stillen, das uns umgibt und das uns von innen beatmet und auf die Reise bringt. Wir verraten diesen Raum der sprechenden Stille, die unser Werden von Beginn an begleitet, während wir uns im gegnerischen Kampf verstricken und von ihm um eben diese stillen Vermächtnisse und um die Offenheit des Lebens gebracht werden. Wir können uns nicht gegen das Leben absichern, wir können uns ihm nur öffnen. Die Biographie eines Menschen lässt sich am besten aus seinen metaphysischen Windungen ablesen. Sie geben Auskunft über seine Wege und Wälder, über seine Schreie und seine Träume, sie sind seine Mittler, wenn die Sprache schläft und wir nichts mehr sagen können, weil die Wörter nicht alles tragen können, was wir manchmal leben müssen, um die zu werden, die wir sind.

Der Hafen von Portbou

Die Sonne scheint, und das Meer zittert in seiner glanzerfüllten Weite. Die Kälte der Tramontana ist in Anbetracht dieser Schönheit, die das blaue Meer in mir Welle für Welle ins Spiel bringt, in Sekundenschnelle aus den Gliedern verschwunden. Wie erkennen wir das Schöne? Wie können wir es uns nehmen, uns von ihm aufnehmen lassen? Wie wieder ein Gespräch mit dem ewigen Farbtraum und der Weite des Landes werden? Der Maler Stanislaus Stückgold hat einmal vom Blau als der Mutter aller Farben gesprochen. Das hilft mir, das Selbstverständliche im Staunen durch Sprache wiederzuentdecken, wenn das Meer zurückschaut. Die Genauigkeit des Schönen. Aber auch: Das nahezu metaphysische Erschrecken darüber, dass es da ist. Dass es immer noch da ist. Dass es nicht verschwunden ist. Dass es die Zeiten überlebt hat, in denen im Ausklang des 20. Jahrhunderts mit Menschenschädeln Fußball gespielt wurde. In städtischen Straßen einer belagerten Stadt, die außer Gefecht gesetzt wurde von einem selbsternannten Shakespeare-Experten. Das Schöne braucht uns, unsere Ohren, die tieferen Schichten des Gehörs. Das Schöne ist mit dem Wahren verwandt, es ist das im Wahren Aufscheinende. Die Genauigkeit unserer inneren Augen, den mit den Funken verbündeten Augen. Je länger ich lebe, desto erstaunlicher erscheint es mir, das ganze mich umgebende *andere* Leben. Wohin ich auch schaue, ein menschlicher und ein großer übermenschlicher Gedanke reiht sich in jedem Leben an den anderen. Und mit müden Beinen und einem vom Wind geöffneten Geist gehe ich auf den Hafen zu, dankbar, zu zweit zu sein, zwei zu sein mit diesem einen Menschen und unserem Kind, das uns bald schon zur Zahl Drei verhelfen wird. Eine alte Frau sitzt auf einer verwitterten Holzbank, ich denke an meine Hundertjährige, die mich ohne Scheu umarmte und küsste und nach Erde roch wie die Menschen meiner Kindheit. Ob Holz und Mensch das Alter teilen und deshalb hier wie eine Einheit auf mich wirken? Eine junge Frau geht am Wasser mit ihrem Hund spazieren. Aus dem

Nichts heraus wirbelt der Wind den Sand auf. Und alle, die wir gerade dort stehen, drehen dem Meer den Rücken zu. Ein Wunder der synchronen Handlung, mit dem wir vielleicht die Güte der uns ummalenden Engel wecken und für einen Augenblick ihren auf uns ruhenden Blick herbeirufen. Ist das auch schon Beten? Die Sandkörner hinterlassen überall ihre Botschaften, auch in den Mundwinkeln lassen sie sich nieder. Ihre winzigkleine, aber kraftvolle Anwesenheit verschafft Verbindungspunkte zwischen uns allen, die wir hier stehen, Fremde, Zugereiste, Einheimische, Dinge und Tiere. In diesen zeitlos sprechenden Augenblicken, in den heiligen Momenten, in denen nicht wir, sondern die uns umgebende tiefere (und zeitgleich höhere) Welt spricht, offenbart sich eine andere Wahrheit (Mutterblau, du kannst jetzt singen) und erinnert mich an das, was für Pawel Florenski die »aktuelle Unendlichkeit« war. Ein Pinselstrich des ewigen, durch uns hindurchreisenden Raumes. Ein Atemzug des Atemzugs, an dem wir lebend Anteil nehmen und von dem wir, als Reisende, zusammen mit anderen, in der Zeit und im Raum *hingemalt* werden. Als Verbindungsstelle. Als Brücke zu jener anderen Welt, von der wir, wie es Florenski sagt, lange Zeit keine Ahnung haben. Der Hafen, dieser alte Blickvermittler des Menschen, der uns ein Bild für unsere Lebens- und Denkwege ist, öffnet die begehbare Erde ins Gleichzeitige, und wir können die Schwere abstreifen, die uns daran hindert, alt und jung, ein Weiser und ein sorgloses Kind gleichzeitig zu sein – kein Zufall ist es, dass auf diesen Gedanken Jean Michelet kam, der die schaudernde Kraft des Meeres wie kaum ein anderer in Worte gebannt hat. Die lebhafte Einbildungskraft, mit der uns ein Hafen beschenkt, hat den verblüffenden Effekt, unser ganzes Leben in Sekundenschnelle in seiner Essenz zu bündeln, und das daraus entspringende Schöne spricht schließlich als das die Zeiten überdauernde Beständige zu uns. Die merkwürdig eigensinnige Verdichtung der Zeit bringt dieses Schöne als Aufscheinen in uns selbst und in der uns beherbergenden Umgebung hervor. Als das Sicht-bar-Gewordene ist es Segnung und Ankündigung in einem – eine Sprache der Liebe, die einerseits unser Her-austreten aus dem zubetonierten Blick und andererseits ein Eintreten in die paradoxe Wahrheit des kurz Aufblitz-enden ist. Das Anzünden der inneren Lampen. Der Augenblick, der zum hellen Tor wird, weil wir nichts tun können und es zulassen müssen, Pinselstrich und Atem-zug der blauen Farbe in einem zu sein. Ein Zeitpartikel, in dem Wahrnehmen und Begreifen mit den kleinen Sand-körnern zusammenarbeiten. Verschwisterung. Verbrüde-rung der Welt. Verlebendigung. »Nun ist der Atem deren allerfeinste Regulierung.« (Walter Benjamin) Der Augen-blick und seine Tiefe, eine Gebetsmühle, die all unsere Nomadenjahre zu einer einzigen Lebenssekunde verbin-det. Ob uns diese Sekunde überlebt? Ob sie das ist, was am Ende von uns bleibt? Ob wir ihn sehen, diesen Zeit-funken, wenn wir die Erde verlassen? Oder findet diese Lebenssekunde uns, so, wie wir zu Lebzeiten verlorene

Gegenstände wiederfinden, die uns dann im Augenblick der Rückeroberung als doppelte Gaben erscheinen, als etwas, das wir zum ersten Mal besitzen durften und dann, beim zweiten Mal, als eine in der Dingwelt konzentrierte Gnade jenseits des Besitzes, eben weil wir sie bewusst *wiedererleben*. Zugewiesene kleine, nur für uns geschälte Apfelhälften des inneren Lebens. Die blaue Ferne arbeitet fiebrig an den Konstellationen des Erwachens. Das Städtchen am Meer ist leise. Nur ein paar Restaurants haben geöffnet. Einheimische essen gerade zu Mittag. Es ist ein beruhigendes Bild. Für einen Moment umfliegt mich der Gedanke, dass auch ich gut zu ihnen gehören könnte, so wie der grauhaarige Mann, der seine Pasta isst, friedlich in sich gekehrt, und den alle hier zu kennen scheinen. Die Straßen von Portbou, ruhiggestellte, auf neue Schritte wartende Lebenslinien in der Mittagssonne. Das rote Haus, in dem Walter Benjamin seine letzten Stunden verbrachte, sieht unschuldig klein aus. Es lässt uns nicht seine Geheimnisse lesen. Es fällt heraus aus jenem gedehnten Lebenssekundenstrang, der Walter Benjamins Worte an die Stelle seines Sterbens in meinen Gedanken setzt: »An allem, was mit Grund schön genannt wird, wirkt paradox, dass es erscheint.« Seine letzte Passage lässt unerwähnt, dass er ein deutscher Jude war, der hier, Geheimnisse ranken sich um seine letzten Stunden, auf einem katholischen Friedhof bestattet wurde. Auf dem Totenschein stand eine andere Ursache als die, an die sich Henny Gurland erinnerte, und das Kirchenregister führt ein anderes Sterbedatum. Wenigstens ein Gedenkstein erinnert an ihn. Vor allem aber steht dort ein begehbares Memorial von Dani Karavan, das über eine steile Treppe zum Meer führt, das Lebenssekunden schenkt und verweigert. An der Gischt, die sich gegen die durchsichtige Wand wie gegen eine fremde Welt wirft, lässt sich die unbändige Kraft des Meeres ablesen, dem Karavan seine Mitwirkung an diesem Denkmal abverlangt hat. Ist das wahre Maß des Lebens die Erinnerung? Und wie kam es dazu, dass in den Wirren des Jahres 1940, in jenem menschenfeindlichen September Walter Benjamin auf einem christlichen Friedhof bestattet wurde? Es muss wohl an einem Empfehlungsschreiben von einem katholischen Geistlichen gelegen haben, dass Benjamins letzte Stunden einer absurd genau durchkomponierten christlichen Bestattungsregie unterlagen. So wie am Wohnhaus, in dem Walter Benjamin die Nacht nach der Überquerung der Pyrenäen verbracht und in dem er sich das Leben genommen hat, ist auch am Friedhof nichts über seine jüdische Herkunft vermerkt, auf einer schneeweißen, von der Sonne ausgeblichenen kleinen Tafel ist an der Friedhofsmauer zu lesen: »Walter Benjamin. Filosof Alemany. Berlin 1892 – Portbou 1940.« Die Tafel wurde 1979 angebracht. Nach neununddreißig Jahren war das wahre Maß und ist bis heute hier nicht nur die Tiefe der Erinnerung. Die Friedhöfe des Südens, mit ihren in die Höhe ragenden Lebensbäumen und Zypressen, üben immer eine beruhigende Wirkung auf mich aus. Und jedes Mal freue ich mich darüber, dass wir den Toten diesen besten aller Aussichtspunkte schenken. Doch hier steigt diese Freude nicht in mir auf. Ohnehin hätte ich die fast unsichtbare kleine Tafel übersehen, die uns zum Grabstein Benjamins lotste. Kaum bin ich hier, will ich also auch schon wieder fort. Unbehagen beschleicht mich. Die Auslassung schaut mich an wie eine Aufforderung, dem Gedächtnis durch mein Fortgehen auf die Sprünge zu helfen.

Der Verrat ist ein falsches Versteck

Unter der Zeit vibriert eine andere elementare Schicht, ein anderes Uhrwerk spricht zu dem stilleren Leben der Menschen. Dort, in der Zeit unter der Zeit, ist alles miteinander gesprächsbereit, verquickt, ohne Stunden. Unsere Perlenkette, unsere Lebensmosaiken und ihr Ankerpunkt, unser Gewissen, verbindet uns mit ihr. Die Zeit der Welt kann manchmal zerspringen. In einem Einzelnen, in einer Landschaft, in einem Gedanken, in einem Augenblick, in dem die Epochen ihre Kleider wechseln und für immer das Alte hinter sich lassen. So sprechen auch die Toten und ihre Werke zu uns, in denen sich unser eigenes und noch zu eroberndes Leben spiegelt. Das Herz ist kein sentimentales Organ, wir haben ihm nur falsche Dinge zugeschrieben, es überschrieben, mit unseren billigen kleinen Wünschen und dem Bedürfnis, uns vor den anderen Menschen *zu verstecken*, manchmal sogar, indem wir vorgeben, sie zu lieben. Noch bevor der Hahn dreimal kräht, haben wir uns schon viele Male verraten, und der Verrat ist ein falsches Versteck. Das Herz ist ein freies Element, in dem alle Elemente miteinander am Mutterblau weben. In ihm ist ein Kompass angebracht, der die Richtung unserer Seele anzeigt, und diese Richtung ist nicht das, was wir wollen, sondern das, was uns das Leben gibt – was wir sind, bevor wir gierig werden. Was gibt uns das Leben? Menschen, Beziehungen, Freundschaften, Bücher und Landschaften, Wege, Umwege und Sterne, es gibt uns Stärke und Stille und Stürze und Auferstehungen und gestattet einen Blick auf ferne Planeten. All das von innen zu sehen, gelingt nur der seelischen Zeit, wenn sie selbst Handelnde wird. Sie beatmet alles, was wir tun. In den Sätzen eines Vaters, wie Pawel Florenski ein Vater war, ist sie tätig, diese andere Zeit, sie hat alles gesehen, als Eis und Algen seinen Körper umgaben und als er im Oktober 1936 an seinen Sohn Kirill schrieb: »Lieber Kirill, Du schreibst mir (wie Mama auch) von Deiner Niedergeschlagenheit. Sich Gedanken über die Zukunft zu machen, lohnt sich nicht, leb' in der Gegenwart, die Zukunft entwickelt sich ohnehin so, wie Du es nicht erwartest und entgegen jeder Berechnung: ›Es ist das seitliche Geschehen, aus dem das stärkste Glied geschmiedet wird.‹ Gerade auf das ›seitliche Geschehen‹ muss man sein Augenmerk richten, es ist häufig bedeutsamer als jenes vordergründige, auf das sich alle Berechnungen stützen. Sei also guten Mutes, was der Augenblick bietet, dass Du ein erfülltes, reiches Leben lebst und das

Durchlebte wertvolle Ablagerungen zeitigt.« Das »seitliche Geschehen« können wir nicht in der chronologisch vergehenden Zeit sehen, selbst wenn wir alle Zeit der Welt haben, wird es uns stets mit den äußeren Augen entgleiten und so weit von uns entfernt stattfinden, dass wir es nicht einmal erahnen können. Das seitliche Geschehen sieht *uns*, alle Tage ist es da. Der Sprung aus der wunschgeleiteten und nach vorne ins Horizontale wegfließenden Zeit verstellt uns den Blick auf die verwandlungsfähigen Flügel des Schmetterlings, der in uns an unserer Vieläugigkeit webt. Aber die Schmetterlinge darf man nicht anfassen, sie zerfallen zu Staub, wenn wir sie mit unseren Händen zu spüren bekommen. So auch zerfällt alles andere Wahre zu Staub, wenn wir glauben, es mit den äußeren Sinnen zu verstehen, *es berühren zu können* und es dieserart besitzen wollen. Wir besitzen nichts. Wir sind verknüpfte Lebendigkeit, Grashalme und Montage auf der Durchreise, Erzählungen, wie die Frauen der Bibel, die wir noch nicht entdeckt, noch nicht angestaunt haben. Wir wachen jeden Morgen näher am Tod auf und werden jeden Morgen in den Atem eingewiesen, zurückgeholt und eingeklungen in die Jahreszeiten des inneren Werdens. Andere sind uns vorausgegangen, wir sind nicht allein, jeder einmal tief erlebte Satz steht uns als Speisung zur Verfügung. Auf dem Rückweg nach Hause zeigen die Pyrenäen sich mir als gebieterische Lehrerinnen dieser inneren Dimension, an die Pässe, Verordnungen und Paragraphen nicht heranreichen. Die Verbindungsstränge zwischen dem Gewesenen und dem Heutigen sind in jedem Schritt in mir mitgegangen. Sie gehen mit mir zurück nach Hause, als Verbündete und Mittler zwischen der Zeit der Welt und der Zeit der Seele. Hier, in diesem inneren Sprachgefilde, gilt wohl das Gleiche für das Leben eines in sich selbst das Sehen erobernden Menschen wie das, was Walter Benjamin über das Einsetzen der Eingebung sagte. Man fülle es aus mit der sauberen Abschrift des Geleisteten: »Die Intuition wird darüber erwachen.« Die saubere Abschrift des Geleisteten ist heute für mich das barfüßige Gehen im Unbekannten, ein neues und daraus entstehendes bewussteres Leben. Der bloße Gedanke an unsere eigenen Sicherheiten tötet das Erwachen der Intuition, schneidet uns ab von jenem Wesensstrang unserer Seele, der uns mit der Eingebung in Einklang bringt und der jener großen Erzählerin zuarbeitet, die mehr weiß als wir und vor der wir uns unbewusst schützen, weil wir nicht wissen, *wer wir danach sein werden*. Und ob wir den Mut haben und die Kraft aufbringen können, den Sprung ins wahre Leben zu wagen. In die Unmittelbarkeit eines überraschend aufgekommenen Windes, in das Lächeln eines sommersprossigen Mädchens, in die Weite eines freundlichen Blicks, in dem sich Jahrhunderte und Wochentage und Jahreszeiten und Schicksale bündeln. Aber wir können zeitgleich um das Leiden der Welt wissen und in die wiesengrünen Träume unserer eigenen Anfänge aufbrechen, in die Freundschaft mit dem Leben reisen, so, wie wir es sahen und taten, als wir Kinder waren, die keine Angst vor dem

Sturz hatten und für die das Unbekannte nur ein weiterer kleiner Traumschritt war in die Offenheit der Bilder ohne Riegel.

Danksagung

Mein besonderer Dank gilt der am Dartmouth College tätigen Literaturwissenschaftlerin Prof. Veronika Fuechtner, die Lisa Fittko persönlich gekannt hat und die mich bei meinen Recherchen zu diesem Buch von Anfang an unterstützt und großzügig ihre eigene wissenschaftliche Arbeit (und anderes für mich wichtige Material) mit mir geteilt hat. Zusätzlich bin ich dem gesamten Kollegium des German Departements vom Dartmouth College zu aufrichtigem Dank verpflichtet – ein Semester lang konnte ich in großer Freude intensive Nachforschungen für mein Buch betreiben und eine der besten Bibliotheken der USA beanspruchen. Auch danke ich Prof. Paul Reitter von der Ohio State University für alle Gespräche über Walter Benjamin (und über Karl Marx, dessen »Kapital« er zu diesem Zeitpunkt neu ins Englische übersetzte), die wir im sorglos sommerlichen und pandemiefreien Berlin geführt haben. Besonders dankbar bin ich Paul Reitter für die gedanklichen Umkreisungen zum Wort »Seelenstenogramm« und den Hinweis auf Peter Altenbergs Gebrauch einer ähnlichen Formulierung, die mir vorher unbekannt war. Auch danke ich Ceci Reitter für das in liebevoller Spontaneität niedergeschriebene »Prayer vor Mahlzeit«, als ich ihr von meinem homöopathischen Judentum berichtete. Meinem Bruder Brett Wheeler danke ich für die lebensrettende Post aus dem kalifornischen Berkeley, der sofort meiner Bitte entsprach und das in Deutschland nicht lieferbare Buch »Walter Benjamin and the Bible« auf den Weg nach Berlin brachte. Prof. Noah Isenberg von der University of Texas in Austin danke ich für seine stete Offenheit und die Bereitschaft, mein Manuskript zu lesen und mich zu unterstützen. Meinem Mann Gregor Hens, ohne den der Weg über die Pyrenäen in meinem Zustand nicht möglich gewesen wäre, gilt mein Seelendank und aller Dank des Herzens für die gemeinsamen Schritte durchs Gebirge und die fünf Jahre, in denen er gefühlte drei Millionen Male den Namen Walter Benjamin hören musste und es (wie meine allabendlichen Gulag-Lektüren) mit stoischer Gelassenheit ertragen hat. Gisela von Wysocki danke ich für die Bereitschaft, meinen Text zu lesen und der »aktuellen Unendlichkeit« mit Pawel Florenskis Worten nachzuspüren. Meiner Agentin Karin Graf danke ich für die unermüdliche Unterstützung meines Denk-, Essay- und Erzählprojektes, in dem sie eine neue Form des Romans sah. Meiner Lektorin Martina Klüver sei Dank für ihre Geduld, ihr ästhetisches Vermögen und den synästhetischen Blick hinter dem Blick. Mein Dank gilt auch Gila Lustiger, die mich mit Noa Karavan zusammengebracht hat. Noas sofortige Teilhabe bleibt mir in besonderer Erinnerung, sie hat mir breitwillig Auskunft zur Arbeit ihres Vaters Dani Karavan gegeben und wichtige Fragen zum Walter-Benjamin-Denkmal in Portbou beantwortet. Auch hat sie mir Brücken zu Pilar Parcericas und David Mauas gebaut. Ich bedanke mich auch bei der Kunsthistorikerin und Kuratorin Pilar Parcericas für ihre Hilfe und die Erläuterungen zum Dani-Karavan-Denkmal (das renoviert werden muss und für das sie Gelder sammelt) in Portbou und für ihre Einschätzungen zum Vorgehen rechtsextremer Politiker in Perpignan, die sich Walter Benjamins als Namensgeber für ihr Kulturzentrum bemächtigen wollten und die nun das Gebäude unverrichteter Dinge verkaufen müssen. Ich danke auch sehr herzlich David Mauas für seine Zeit und die Freundlichkeit, meinen Text mit seinen wichtigen Hinweisen zu unterstützen. Alle hier erwähnten und im Text aufscheinenden, mitgehenden Lebenden wie Toten haben mir das in die Hauterinnerung eingeschrieben, was diese SEELENSTENOGRAMME sagen: Wir alle bauen die Welt im Austausch miteinander und erfahren dabei, dass es die Welt an sich nicht gibt, sondern dass sie erst entsteht, während wir uns einander öffnen und miteinander leben lernen.

Inhalt

Sollte diese Publikation Links und Webseiten Dritter enthalten,
so übernehmen wir für deren Inhalte keine Haftung,
da wir uns diese nicht zu eigen machen, sondern lediglich auf
deren Stand zum Zeitpunkt der Erstveröffentlichung verweisen.

Penguin Random House Verlagsgruppe FSC® N001967

1. Auflage
Originalveröffentlichung März 2022
Copyright © 2022 Luchterhand Literaturverlag, München,
in der Penguin Random House Verlagsgruppe GmbH,
Neumarkter Str. 28, 81673 München
Umschlaggestaltung buxdesign / München
unter Verwendung eines Motivs von © Jade They
Satz: Uhl + Massopust, Aalen
Druck und Einband: GGP Media GmbH, Pößneck
Alle Rechte vorbehalten.
Printed in Germany
ISBN 978-3-630-87594-1

www.luchterhand-literaturverlag.de
www.facebook.com/luchterhandverlag
www.twitter.com/luchterhandlit